Peter Grosche

AF282522

Trilogie:
Im Netz der Schatten – Olsen ermittelt

Band 1

Das Tattoo

· Symbol des Todes ·

Peter Grosche

Das Tattoo

· Symbol des Todes ·

Nach seiner Versetzung ins ruhige Hamburg wollte Kommissar
Bernd Olsen dem gefährlichen Alltag der Clankriminalität entflie-
hen. Doch ein mysteriöser Mord im Moor führt ihn direkt zurück
in die Welt, die er hinter sich lassen wollte. Die Leiche trägt ein
geheimnisvolles Tattoo, das Olsen in die dunklen Abgründe eines
mächtigen kriminellen Netzwerks zieht.

Schnell wird klar, dass es sich nicht nur um einen Mord handelt.
Das Tattoo ist das Symbol eines gefürchteten Clans, der über Europa hinaus operiert. Alte Feinde tauchen auf, neue Allianzen bil-
den sich, und Olsen muss sich gegen unsichtbare Mächte wehren,
die vor nichts zurückschrecken.

Doch je tiefer er gräbt, desto größer wird die Gefahr. Jovan Milojevic, einer der skrupellosesten Clanführer Europas, scheint die
Fäden in der Hand zu halten. Olsen steht vor der Entscheidung
seines Lebens: Wie weit wird er gehen, um die Wahrheit ans Licht
zu bringen – und welche Opfer ist er bereit, dafür zu bringen?

Hinweis:

Alle in diesem Kriminalroman genannten Namen, Charaktere, Handlungsorte
und Ereignisse sind frei erfunden. Jegliche Ähnlichkeiten mit realen Personen, ob lebend oder verstorben, sowie tatsächlichen Begebenheiten sind rein
zufällig und nicht beabsichtigt.

Dies gilt ebenso für die Darstellung von Institutionen wie Interpol, Europol,
BND, LKA, BKA und anderen im Roman vorkommenden Organisationen, deren dargestellte Handlungsweisen und Entscheidungen rein fiktiver Natur
sind und nicht unbedingt den tatsächlichen Vorgängen entsprechen müssen.

Impressum

Text/Story:	© 2024 by: Peter Grosche
Umschlaggestaltung:	© 2024 by: Peter Grosche
Verlag:	BoD · Books on Demand GmbH In de Tarpen 42, 22848 Norderstedt
Druck:	Libri Plureos GmbH Friedensallee 273, 22763 Hamburg
ISBN:	978-3-7597-9256-3

Inhaltsverzeichnis

Prolog: Die Schatten der Macht

Der Regen fiel in feinen Tropfen, die von den dichten Wolken wie silberne Fäden hinabzogen und die Welt in einem unscharfen Schleier einhüllten. Wittmoor, das letzte Hochmoor im Norden Hamburgs, war in dieser Dämmerung gespenstisch ruhig. Der Wind spielte mit den kargen Gräsern, und das Sumpfland gurgelte leise, als ob es den Atem der Nacht verschluckte. Ein Ort, der längst vergessen schien, von der Welt und den Menschen.

Doch Kai Wessling wusste, dass dieser Ort perfekt für das war, was kommen sollte.

Sein Herzschlag hämmerte in seiner Brust, als er mit schnellen Schritten durch das Moor stapfte. Die Furcht kroch ihm wie Eis im Nacken hoch. Sein Blick wanderte rastlos über die schmalen Pfade, die sich vor ihm durch die dichten Nebelschwaden wanden.

Niemand folgte ihm – noch nicht. Doch er spürte es in seinen Knochen, dass sie nicht weit sein konnten.

Er war in der Falle.

Die letzten Monate hatten ihn ausgelaugt, und jetzt war er hier, an diesem Ort, den er nur aus finsteren Geschichten kannte. Es gab keine Sicherheit mehr, nur das ständige Gefühl, dass er beobachtet wurde. Jeder Schritt im weichen Moorboden fühlte sich an, als würde er in eine andere Welt sinken, eine, in der niemand einen Ausweg kannte.

Ein Knacken hinter ihm.

Er drehte sich abrupt um, die feuchte Luft brannte in seinen Lungen. Ein Schatten, eine Bewegung, vielleicht nur der Wind.

Aber in dieser Stille klang es wie ein Vorbote von etwas Unausweichlichem. Er wusste, dass sie ihn verfolgten. Und sie würden ihn nicht entkommen lassen.

Sein Fehler war es gewesen, zu glauben, er könnte sich aus der Sache heraushalten. Jetzt war es zu spät.

Kai tastete instinktiv über seine Brust, wo unter den nassen Schichten seiner Kleidung das Tattoo verborgen lag. Es war eine Rune – alt, verschlungen, wie ein Schlüssel geformt. Ein Zeichen, das ihm einst Schutz versprochen hatte, welches ihm Zugang zur Macht und einem Leben fernab des Gesetzes verschafft hatte. Jetzt war es ein Fluch. Sein Todesurteil.

Wieder ein Geräusch. Diesmal näher.

Sein Puls raste. Er trat schneller, stolperte über eine Wurzel, fing sich knapp. Das Moor schien ihn festhalten zu wollen, als ob es wusste, dass er nicht mehr lange fliehen konnte. Der Weg wurde immer unsichtbarer, die Schatten um ihn dichter. Aber da war es wieder – das Knacken. Schritte. Jetzt war er sich sicher. Sie waren hier.

Kai wusste, dass sie keine Gnade zeigen würden. Nicht, nachdem er versucht hatte, sie zu hintergehen. Milojevic, der Mann, den sie alle fürchteten, hatte klare Regeln. Einmal drinnen, immer drinnen. Es gab kein Entkommen aus der Organisation. Und niemand brach den Eid, den sie mit diesem Tattoo besiegelt hatten.

Er dachte an die letzten Worte, die man ihm mit auf den Weg gegeben hatte: *„Wenn du versuchst zu fliehen, bist du so gut wie tot.“* Wie eine kalte Klinge schnitten sie ihm jetzt ins Gedächtnis. Sie hatten nicht gelogen.

Ein dumpfes Rascheln ertönte erneut hinter ihm, diesmal näher. Kai rannte.

Der Weg war fast unsichtbar geworden, seine Beine schwer wie Blei.

Der feuchte Moorboden saugte an seinen Schuhen, und der Regen peitschte ihm ins Gesicht, während er versuchte, seine Geschwindigkeit zu halten. Aber es war zu spät.

Ein greller Blitz riss die Dämmerung auf, gefolgt von einem ohrenbetäubenden Knall. Der erste Schuss traf ihn wie ein Vorschlaghammer, direkt in den Rücken. Der Schmerz schoss durch seinen Körper, ließ seine Beine nachgeben, aber er stürzte nicht. Noch nicht. Ein keuchender Laut entwich seiner Kehle, als er taumelte, weiter durch den Schlamm stolperte. Sein Körper schrie, dass er aufgeben sollte, aber die Furcht war stärker.

Doch dann kam der zweite Schuss.

Er spürte, wie etwas in ihm zerriss. Das Feuer, das sich durch seinen Körper fraß, war unerträglich. Seine Beine gaben endgültig nach, und er stürzte zu Boden. Das kalte, nasse Gras presste sich gegen sein Gesicht, der Regen prasselte unnachgiebig auf ihn herab. Sein Atem wurde flacher, das Brennen in seiner Brust nahm überhand.

Er konnte seine Hand heben, tastete mit den Fingern wieder über das Tattoo auf seiner Brust. Es fühlte sich heiß an, fast so, als würde es in Flammen stehen.

Doch das war nur der Schmerz, der ihm den letzten Rest seiner Kraft raubte. Die Rune – der Schlüssel zu seinem Aufstieg und jetzt zu seinem Ende – verschwand langsam aus seinem Bewusstsein. Die Dunkelheit kroch näher.

Seine Augen füllten sich mit Regen und Tränen, während er auf die dichten, grauen Wolken über sich starrte. Das letzte, was er wahrnahm, war das Geräusch von langsamen Schritten, die sich ihm näherten. Dann verschwand alles.

Die Nacht verging, und der Regen wurde dichter. Am Rande des Moores, halb im nassen Boden versunken, lag Kai Wessling.

Sein Körper war von Schlamm bedeckt, und nur die Hälfte seines Gesichts und Oberkörpers ragten noch aus der feuchten Erde. Der Regen wusch das Blut fort, das aus seinen Wunden gesickert war, und hinterließ nichts als eine stille, dunkle Leere.

Das Tattoo auf seiner Brust war noch sichtbar, wenn man genau hinsah.

Die verschlungene Rune, das Symbol seiner Vergangenheit, verblasste nicht. Sie blieb, ein stummes Zeichen dessen, was er war – und was ihn zu Tode gebracht hatte.

Neustart in Hamburg

Die Hallen des Münchener Hauptbahnhofs hallten wider vom Lärm der Reisenden, dem dumpfen Pochen der Lautsprecheransagen und dem gleichmäßigen Klicken der Abfahrtstafeln. Kommissar Bernd Olsen, 58 Jahre alt, ehemaliger Starermittler des LKA München, stand am Bahnsteig zwischen den Gleisen. Die Luft war erfüllt vom Geruch der Großstadt – eine Mischung aus Kaffee, Diesel und dem leichten Hauch von Regen, der von draußen hereindrückte.

Olsen war nicht allein. Um ihn herum standen drei seiner engsten Kollegen – Menschen, mit denen er die letzten zwanzig Jahre in Verbrecherjagden verbracht hatte. Männer und Frauen, die ihn mehr als nur einen Ermittler nannten. Sie waren eine Familie geworden. Doch jetzt war es an der Zeit, sich zu verabschieden.

„Mann, Bernd, ich kann's immer noch nicht glauben," sagte Thomas Groß, Olsens langjähriger Partner, während er einen langen Zug aus seiner Zigarette nahm. Der Rauch vermischte sich mit der feuchten Morgenluft, während Groß den Kopf schüttelte.

„Was machst du in Hamburg? Die haben da doch nicht mal richtige Kriminelle!" Seine Augen blitzten, und das verschmitzte Grinsen, das Olsen gut kannte, spielte um seine Lippen.

Olsen hob eine Augenbraue. „Du weißt doch, ich brauchte eine Pause. Die Clankriminalität hat mich völlig ausgelaugt. Das ständige Jonglieren mit Großfamilien und den Anwälten, der Dreck, die Politik." Er zuckte mit den Schultern, als er den Blick auf die Anzeigetafel richtete, wo sein Zug nach Hamburg aufleuchtete. „Ich will es ruhiger angehen. Die sollen mich in Hamburg nur bei Mord und Rauschgift einsetzen."

„Klingt, als ob du schon halbtot wärst." Groß lachte auf, aber sein Lachen war hohl. „Du warst die letzten zwanzig Jahre der beste Mann im Land, und jetzt willst du dich im Norden verkriechen?"

„Die Zeit ist gekommen." Olsens Stimme war ruhig, aber entschieden. „Ich bin fast sechzig. Noch zwei Jahre, dann bin ich durch. Und ich will nicht, dass der Job mich ganz auffrisst, bevor ich das Pensionsalter erreiche."

„Du bist doch nicht müde, Bernd," mischte sich Sarah Nowak, die jüngste im Team, ein. Ihre blonden Haare waren unter einem unordentlichen Dutt versteckt, und sie wirkte, als hätte sie die ganze Nacht nicht geschlafen. „Ich habe dich im Verhörraum gesehen. Du schaltest die Kriminellen immer noch aus, als wäre es deine zweite Natur."

Olsen grinste schwach. „Vielleicht habe ich noch ein paar Tricks auf Lager."

„Es ist einfach schade," sagte Groß schließlich, während er die Zigarette zu Boden schnippte und sie mit dem Stiefel ausdrehte. „Du bist hier eine Legende, Bernd. Jeder bei der Polizei, jeder Verbrecher in München kennt deinen Namen. Europol, sogar die internationalen Dienste... die haben alle Respekt vor dir."

„Legenden altern auch, Thomas." Olsen klopfte seinem Partner auf die Schulter. „Und ich bin hier nicht für immer weg. Nur woanders, okay?"

Die Lautsprecheransage kündigte die Abfahrt seines Zuges an. Ein Seufzen ging durch die kleine Gruppe.

„Hamburg wird dich nicht verdienen, Bernd," sagte Groß leise.

„Oder Hamburg wird mich brauchen." Olsens Lächeln war müde. Dann schüttelte er jedem die Hand und wandte sich ab. Keine Umarmungen, kein unnötiger Abschied. Er hasste lange Verabschiedungen.

Er drehte sich um und ging in Richtung Zug, den schweren Koffer in der Hand. Die Tür des Zuges zischte, als er die Stufen hinaufstieg und eintrat. Ein letzter Blick auf München, auf die Stadt, in der er jahrelang alles gegeben hatte. Er setzte sich ans Fenster, der Zug fuhr an. Die Stadt zog langsam vorbei. München verschwand, und ein neues Kapitel begann.

Der Zug lief im Hamburger Hauptbahnhof ein. Die Hallen waren genauso laut wie in München, aber die Energie war anders. Der Regen hatte sich in einen feinen Niesel verwandelt, und der Geruch von Hafenluft vermischte sich mit dem Geruch der vorbeiziehenden Züge. Kommissar Bernd Olsen stieg aus dem Zug und blickte sich um. Der Bahnhof war voller Menschen, die sich durch die Gänge schoben, doch für ihn fühlte sich alles fremd an. Er stand einen Moment da, den Koffer in der Hand, und atmete tief ein. Hamburg. Seine neue Heimat für die nächsten zwei Jahre. Vielleicht die letzte Station, bevor er endgültig abdankte.

Olsen winkte ein Taxi heran, dessen Bremsen quietschten, als es direkt vor ihm zum Stehen kam. Der Fahrer, ein älterer Mann mit grauem Schnurrbart, musterte ihn durch den Rückspiegel.

„Wohin, Chef?"

„Poppenbüttel. Moorhof."

Der Fahrer nickte und gab Gas. Die Straßen glitten an ihnen vorbei, als sie sich durch den Feierabendverkehr schoben. Olsen sah aus dem Fenster, wie die Stadt an ihm vorbeizog – die roten Backsteinhäuser, die engen Straßen, die Lichter, die durch den Regen hindurch schimmerten. Es fühlte sich anders an als München. Mehr Wasser, mehr Wind, weniger Wärme.

Nach etwa zwanzig Minuten hielten sie in einer ruhigen Wohngegend. Hamburg-Poppenbüttel war ein wenig grüner, ruhig und gepflegt, genau der Kontrast zu den lauten Straßen der

Innenstadt. Olsen stieg aus, bezahlte den Fahrer und blieb vor einem dreistöckigen Wohnhaus stehen. Moorhof 10.

Seine neue Wohnung. Möbliert, modern, aber ohne Seele. Er hatte sie vor zwei Monaten online gemietet, ohne sie vorher gesehen zu haben. Jetzt, wo er davorstand, wirkte sie auf ihn nüchtern und zweckmäßig. Ein Ort zum Leben, aber kein Zuhause.

Er betrat die Wohnung, schloss die Tür hinter sich und ließ den Koffer fallen. Die Stille empfing ihn. Er ging direkt zum Fenster, das einen Blick auf die ruhige Straße freigab.

Es war still draußen, nur das Rauschen des Windes und das entfernte Hupen eines Autos. Das war es, was er wollte: Ruhe. Abgeschiedenheit.

Olsen lehnte sich gegen den Fenstersims und ließ seinen Blick über die Bäume und Dächer schweifen. Sein Kopf war voll von Erinnerungen an München – an die Endlosigkeit der Ermittlungen, die Nächte ohne Schlaf, die Konfrontationen mit brutalen Kriminellen. Es war das Leben gewesen, das ihn geformt hatte. Die Jagd, der Druck, das Gefühl, immer derjenige zu sein, der die schwersten Fälle lösen musste.

Aber es war auch das Leben gewesen, das ihn ausgebrannt hatte.

„Zwei Jahre noch," murmelte er zu sich selbst, als er in die Dunkelheit blickte. „Dann ist Schluss."

Er dachte an die Kollegen, die er zurückgelassen hatte. An Thomas Groß, an Sarah Nowak. An die Zeiten, in denen sie die Stadt zusammen durchkämmt hatten, um die Gangster aufzuspüren, die München heimsuchten. Aber das war vorbei. Das hier war Hamburg. Und hier würde alles anders sein.

Olsen schloss die Vorhänge, drehte sich um und zog sich langsam aus. Morgen würde ein neuer Tag beginnen. Und ein neues Leben.

Die Morgensonne kämpfte sich durch den dichten Wolkenhimmel, als Bernd Olsen in seinem dunklen Mantel die Stufen des Landeskriminalamts Hamburg hinaufstieg. Der Wind trug den Geruch von Salz und Hafenluft mit sich, und der Regen war nicht mehr als ein feiner Niesel, der sich auf seinen Schultern niederließ. Hamburg. Sein neuer Anfang. Sein letzter, bevor der Ruhestand ihn endgültig einholte.

Das LKA war ein hektischer Ort, ähnlich wie in München. Polizisten und Ermittler eilten hin und her, Telefone klingelten, Computertastaturen klickten, und eine spürbare Energie lag in der Luft. Hier war man an die täglichen Herausforderungen gewöhnt, das sah man auf den ersten Blick. Aber für Olsen fühlte es sich anders an. Neuer Ort. Neues Team.

Er ging durch den belebten Flur und hielt schließlich vor seinem neuen Büro. Die Tür war geschlossen, doch vor ihr stand eine Frau, die ihm den Rücken zugekehrt hatte, während sie auf ihrem Smartphone tippte. Maren Starke, seine neue Stellvertreterin. Er hatte schon von ihr gehört – eine kluge, toughe Ermittlerin, die in der Abteilung Mord und organisierte Kriminalität einiges bewegt hatte.

„Maren Starke?", fragte er, als er nähertrat.

Sie drehte sich um und musterte ihn für einen Moment. Dann lächelte sie und streckte ihm die Hand entgegen. „Und du musst Bernd Olsen sein. Schön, dass du da bist."

„Freut mich, dich kennenzulernen," erwiderte Olsen und schüttelte ihre Hand. Sie hatte einen festen Händedruck und strahlte eine Selbstsicherheit aus, die er sofort bemerkte. „Ich habe schon viel über dich gehört."

„Oh ja, ich auch über dich. Eine lebende Legende aus München – da bleibt nicht viel ungehört." Maren grinste und ließ die Hand los. „Bist du bereit für Hamburg? Wir haben hier genug Arbeit für jemanden mit deiner Erfahrung."

„Das hoffe ich," sagte Olsen trocken, während er sich umsah. „Ich bin hier, um es etwas ruhiger anzugehen. Mord und Rauschgift, oder?"

Maren lachte kurz auf. „Ruhiger? Ich glaube, da hast du was falsch verstanden. Hamburg ist eine Hafenstadt, Bernd. Hier passiert immer was. Aber keine Sorge, ich zeig dir das Revier. Komm erst mal rein."

Sie öffnete die Bürotür und trat ein. Der Raum war einfach, aber funktional – ein großer Schreibtisch, ein Aktenschrank, einige Regale und ein breites Fenster, durch welches man auf den Innenhof blickte. Olsen ließ seine Tasche auf den Schreibtisch fallen und sah sich um.

„Alles vorbereitet für deinen Einstand," sagte Maren und klopfte auf den Stapel Akten, die schon auf seinem Schreibtisch lagen. „Die ersten Fälle warten bereits."

„Ich habe es befürchtet." Olsen grinste leicht und ließ sich in den Stuhl hinter dem Schreibtisch sinken. „Was haben wir hier?"

„Nichts Großes zum Einstieg. Ein Toter in einer Wohnung, wahrscheinlich eine Überdosis, aber da hängt mehr dran. Es sieht nach einem kleinen Fisch aus, der für jemanden Größeren gearbeitet hat."

Olsen öffnete die Akte und überflog die ersten Seiten. „Routinearbeit. Aber ein guter Anfang."

„Genau." Maren nickte. „Und ich möchte dir gleich noch jemanden vorstellen. Jonas, komm rein!"

Die Bürotür öffnete sich, und ein schlaksiger, junger Mann mit kurz geschorenem Haar trat ein. Jonas Holst, Olsens dritter Kollege.

Jonas war Anfang 30, der IT-Experte des Teams und bekannt für seine analytischen Fähigkeiten, gepaart mit jugendlichem

Enthusiasmus. Er war das Gegenteil von Bernd: jung, technologieaffin und hungrig darauf, sich zu beweisen.

„Bernd, das ist Jonas Holst," stellte Maren vor. „Jonas, das ist der neue Mann aus München, den ich dir schon angekündigt habe."

Jonas trat vor, sein Grinsen breit und aufrichtig. „Schön, dich kennenzulernen, Bernd. Ich hab' viel von dir gehört. Freu mich, mit dir zusammenzuarbeiten."

Olsen nahm den festen Händedruck entgegen. „Freut mich auch. Ich bin gespannt, was Hamburg für mich bereithält."

„Na ja, was Technik angeht, ist Hamburg definitiv kein Dorf. Ich helfe dir, dich bei uns einzuarbeiten. Falls du irgendwo nicht durchblickst, einfach fragen." Jonas zwinkerte und setzte sich an den Rand des Schreibtischs.

„Ich hab' gehört, du bist hier der Spezialist, was IT und Cyberkriminalität angeht," sagte Olsen, während er die Akte schloss und sie auf den Tisch legte. „Gut, sowas kann ich gebrauchen. Cybern ist nicht gerade meine Stärke."

Jonas lachte. „Kein Ding. Ich habe schon mit den besten gearbeitet... und den schlechtesten. Aber ich bring dir das bei, keine Sorge."

Olsen grinste leicht. „Dann hoffe ich, ich falle nicht in die letzte Kategorie."

„Wird schon." Maren verschränkte die Arme und lehnte sich gegen die Wand. „Also, Bernd, wenn du dich ein bisschen eingerichtet hast, zeige ich dir den Rest vom Revier. Hamburg ist nicht München, und es gibt hier ein paar Dinge, die anders laufen."

„Bin gespannt," sagte Olsen und richtete sich auf. „München war immer... sagen wir, besonders. Die Clans dort haben das Verbrechen fast wie ein Familiengeschäft geführt."

„Hier auch," mischte sich Jonas ein, „aber in Hamburg hat das Wasser die Finger im Spiel. Der Hafen ist der Umschlagplatz für alles, was von außerhalb kommt. Du kannst dir vorstellen, was da alles reingeschmuggelt wird."

Olsen nickte. „Genau das habe ich gehört. Rauschgift, Waffen, sogar Menschenhandel, richtig?"

„Und das nicht zu knapp," sagte Maren. „Aber keine Sorge, wir zeigen dir die wichtigsten Punkte. Hamburg hat seine eigenen Regeln."

„Ich schätze, die lerne ich bald kennen," erwiderte Olsen und nahm seinen Mantel von der Lehne des Stuhls. „Also, zeigt mir, was ihr habt."

Maren und Jonas führten Olsen durch die langen Korridore des LKA, vorbei an hektisch arbeitenden Polizisten, die über Telefone gebeugt oder in Akten versunken waren.

Die Energie in diesem Gebäude war spürbar – ein ständiges Summen von Aktivität.

„Hier ist unser Hauptbüro," sagte Maren, als sie an einem großen Raum mit mehreren Schreibtischen vorbeikamen. „Die Mordkommission sitzt hier. Du wirst viel mit ihnen zu tun haben. Die meisten sind alte Hasen, aber ein paar frische Gesichter haben wir auch."

Olsen nickte, als er einen Blick auf die hektische Betriebsamkeit im Büro warf. Die Ermittler waren in Gespräche vertieft, fuhren mit Fingern über die Akten oder starrten auf Monitore, als ob jede Sekunde eine neue Spur auftauchen könnte.

„Und da hinten," sagte Jonas und deutete auf einen angrenzenden Flur, „ist die Abteilung für organisierte Kriminalität. Das ist dein Revier. Da geht's richtig zur Sache."

„Hört sich gut an," murmelte Olsen. „Wie läuft die Zusammenarbeit zwischen den Abteilungen?"

„Ziemlich gut, meistens," antwortete Maren. „Aber wie in jedem Revier gibt's Reibereien. Wir arbeiten hart daran, dass die Abteilungen gut miteinander kommunizieren. Besonders, weil die meisten Fälle ineinandergreifen."

Sie führte ihn zu einem Besprechungsraum mit einem langen Konferenztisch, an dem bereits einige Kollegen saßen und auf ihn warteten. Die Gespräche verstummten, als Olsen und seine beiden Begleiter eintraten.

„Leute, das ist Bernd Olsen," stellte Maren ihn vor. „Unser neuer Kollege aus München. Er wird uns bei den großen Fällen unterstützen."

Ein gemurmeltes „Moin" ging durch den Raum, gefolgt von ein paar anerkennenden Blicken. Olsen spürte die Mischung aus Respekt und Neugier. Man hatte von ihm gehört, und die Erwartungen waren hoch. Genauso, wie es immer gewesen war.

„Ich hab' gehört, du hast in München bei den Clans aufgeräumt?" fragte einer der Ermittler, ein bulliger Mann mit Glatze und kräftigem Kiefer. „Das ist ne ganz andere Liga als hier."

Olsen nickte. „Stimmt. Aber Verbrechen bleibt Verbrechen. Ich schätze, in Hamburg geht es nicht weniger brutal zu."

„Das kannst du laut sagen," sagte Jonas und grinste. „Die Drogenflüsse hier sind gigantisch. Du wirst dich schnell wie zuhause fühlen."

Olsen setzte sich an den Tisch, zog eine der Akten zu sich und schlug sie auf. „Dann lasst uns keine Zeit verlieren."

Der Raum summte leise vor Spannung. Olsen konnte spüren, dass dies der Anfang einer neuen Ära war.

Er war angekommen.

Der Leichenfund

Das Wittmoor lag wie eine stillgelegte Welt unter einem dichten Nebelschleier. Die Luft war feucht und kalt, und das Gras schien schwer vom nächtlichen Regen, als sich die ersten schwachen Sonnenstrahlen mühsam durch die Wolkendecke kämpften. Das Moor strahlte eine zeitlose Ruhe aus, als ob es jede Veränderung in seiner Umgebung stumm verweigerte. Nur der stetige, kaum wahrnehmbare Wind, der über das lange Sumpfland strich, erinnerte daran, dass die Zeit hier nicht stehengeblieben war. Doch an diesem Morgen wirkte es so, als hätte das Moor ein Geheimnis verschluckt.

Lars Kuhlmann, ein Mann Anfang fünfzig, der normalerweise nichts von solcher Mystik hielt, zog seine atmungsaktive Outdoor-Jacke enger um sich. Er war kein Freund von Großstadtlärm, und der regelmäßige Morgenspaziergang im Wittmoor war für ihn wie ein Ritual geworden.

Hier, abseits des Trubels der Stadt, fand er eine Ruhe, die er nirgendwo sonst kannte. Die Stadt schien weit weg, und doch lag der Stress des Alltags wie eine unsichtbare Last auf seinen Schultern.

Seine Schritte waren gleichmäßig, das leise Quietschen seiner wasserdichten Wanderschuhe im feuchten Boden waren das einzige Geräusch, das durch den Nebel drang. Er folgte dem schmalen Pfad, der sich durch das Moor zog, die Hände tief in den Taschen vergraben, den Kopf leicht gesenkt, als wollte er dem Wind ausweichen, der ihm ins Gesicht schnitt. Der Nebel dämpfte die Welt um ihn herum, und die Geräusche seiner Schritte schienen zu verschwimmen, als wären sie nicht mehr real.

Ein leises Rascheln ließ Kuhlmann innehalten. Er hielt den Atem an und lauschte. War da etwas? Oder hatte er sich das nur eingebildet?

Er sah sich um, aber außer den halb verhüllten Gräsern und den sich neigenden Bäumen, die am Rande des Pfades standen, war nichts zu sehen. Alles wirkte still und friedlich.

Zu friedlich.

Kuhlmann kannte das Wittmoor. Er kannte die Stimmung dieses Ortes, die von einem Moment auf den anderen umschlagen konnte. Die meisten Menschen, die das Moor betraten, sprachen von der natürlichen Schönheit, den weiten Gräsern, den seltenen Vogelarten, die hier manchmal ihre Kreise zogen. Doch er wusste, dass das Moor eine dunklere Seite hatte. Es war nicht nur ein Ort der Ruhe, sondern auch einer des Vergessens.

Die Geschichten, die man sich in den umliegenden Vororten erzählte, handelten oft von verschwundenen Menschen, von verlorenen Seelen, die nie wieder zurückkehrten. Und das Moor nahm sie auf.

Er schüttelte die Gedanken ab und setzte seinen Weg fort. Doch irgendetwas nagte an ihm, ein Gefühl, das er nicht ganz einordnen konnte.

Er ging weiter, die Augen auf den Pfad gerichtet, aber sein Herzschlag war schneller geworden, und seine Schritte weniger locker. Es war, als würde das Moor selbst ihn beobachten, als würde es ihn warnen, weiterzugehen.

Und dann sah er es.

Nur ein paar Meter abseits des Pfades lag etwas Dunkles im hohen Gras. Kuhlmann blieb abrupt stehen, und zog die Augenbrauen hoch. Zuerst glaubte er, es wäre ein Haufen alter Kleidung, den jemand hier entsorgt hatte – vielleicht von einem Wanderer, der sich verirrt und Ballast abgeworfen hatte, um weiterzukommen. Doch etwas daran ließ ihn nicht los. Das war kein Haufen Stoff. Es war ein Körper.

Ein Mensch.

Kuhlmann spürte, wie seine Kehle trocken wurde, und er schluckte hart. Der Nebel schien sich um die Szene zu legen, als wolle er das Geheimnis verbergen, das er gerade entdeckt hatte.

Mit zittrigen Händen griff er nach seinem Handy. Er wusste, dass das hier kein Zufall war. Niemand lag einfach so tot im Moor. Sein Daumen zitterte, als er das Handy entsperrte.

„Scheiße," murmelte er leise, während er die 110 wählte. Die Sekunden zogen sich wie Kaugummi, bevor er endlich die Stimme eines Operators hörte.

„Polizeinotruf, was kann ich für Sie tun?"

Kuhlmann atmete einmal tief durch, bevor er sprach. „Ich... ich bin im Wittmoor. Da ist eine Leiche."

Er spürte, wie seine Stimme bei diesen Worten leicht zitterte. „Ein Mann, er liegt hier... tot, denke ich. Er sieht aus, als wäre er schon länger hier."

Die Stimme am anderen Ende blieb ruhig. „Wo genau sind Sie im Wittmoor? Können Sie die Position genauer beschreiben?"

„Ich... äh, ich bin auf dem Hauptweg. So ungefähr auf halber Strecke, denke ich. Ich komme regelmäßig hierher, aber ich habe so etwas noch nie gesehen..." Er verstummte, als er erneut auf den Körper blickte. „Er liegt nicht weit vom Weg entfernt, vielleicht zehn Meter. Halb im Schlamm."

Die Stimme blieb ruhig und sachlich. „Wir schicken sofort jemanden. Bleiben Sie bitte in der Nähe der Leiche und entfernen Sie sich nicht vom Fundort."

Kuhlmann nickte, obwohl der Operator das nicht sehen konnte. „Ja, verstanden." Er schob das Handy zurück in seine Jackentasche und atmete tief ein. Was hatte er hier nur gefunden?

Langsam ging er näher an den Körper heran, sein Blick fixierte das Gesicht des Toten, das zur Seite gedreht war. Der Mann war vielleicht in den Vierzigern, schwer zu sagen, weil die Haut durch die Feuchtigkeit des Moores aufgequollen war. Die Kleidung war teuer – ein helle Designer-Jacke, teure Schuhe, doch der Schlamm hatte alles verschmutzt. Es konnte kein Wanderer gewesen sein. Die Kleidung war viel zu fein.

Der Tote lag da, als hätte ihn jemand achtlos fallen gelassen. Sein Gesicht war bleich, und seine Augen starrten ins Nichts. Die Züge eingefallen, die Lippen blass.

Es gab keine Zweifel mehr – der Mann war tot. Doch es war nicht der Anblick des Leichnams, der Kuhlmann so verstörte. Es war der Ort. Warum hier? Warum im Wittmoor? Wer auch immer diesen Mann getötet hatte, wollte, dass er nicht gefunden wurde.

Aber das Moor hatte seine Geheimnisse nicht für immer bewahrt. Nicht dieses Mal.

Kuhlmann trat einen Schritt zurück, als er das entfernte Heulen der Polizeisirenen hörte. Ein kalter Schauer lief ihm über den Rücken. Der Nebel zog sich dichter zusammen, als würde er die Szene vor den Augen der Welt verbergen wollen. Aber es war zu spät.

Ein paar Minuten später hatte die Polizei das Gebiet weiträumig abgesperrt. Blaulichter durchbrachen den Nebel und warfen verzerrte Schatten auf die unruhigen Gräser. Die Beamten trugen dicke Jacken, während sie in der feuchten Kälte das Moor durchkämmten, Spuren sicherten und versuchten, den Tatort zu rekonstruieren.

Doch es war nicht viel zu finden. Der Regen der letzten Tage hatte die meisten Hinweise fortgespült, und der Boden war durch das Wasser fast unsterscheidbar geworden.

Bernd Olsen stieg aus dem dunkelblauen Einsatzwagen und blickte über das Feld. Sein Mantel flatterte leicht im Wind, und der feuchte Dunst legte sich sofort auf seine Haare und seine Wangen. Er kniff die Augen zusammen und atmete tief die kalte Luft ein.

„Also, das ist der Ort." Er sprach die Worte mehr zu sich selbst, als er den Blick über das neblige Sumpfland schweifen ließ. Das Moor wirkte beinahe wie ein lebendiger Organismus, der versuchte, alles zu verschlingen, was ihm zu nahekam.

Ein seltsames Gefühl beschlich ihn, als er die Szenerie betrachtete. Es war der erste Fall seiner neuen Einheit, und er wusste sofort, dass dies kein normaler Leichenfund war.

Neben ihm stand Maren Starke, seine Stellvertreterin. Sie war ein paar Jahre jünger als er, vielleicht Ende dreißig, eine Frau mit wachen, intelligenten Augen und einer pragmatischen Art, die ihm sofort gefallen hatte.

„Das ist nicht gerade der freundlichste Empfang für deinen ersten Fall hier in Hamburg," sagte sie und zeigte auf die Polizisten, die um den Fundort herumgingen.

Olsen lächelte leicht, doch seine Augen blieben ernst. „Glaub mir, nach all den Jahren im Dienst überrascht mich nichts mehr. Aber das hier…" Er ließ den Satz in der Luft hängen, während er auf die Leiche zuging.

Maren nickte und folgte ihm durch das nasse Gras. „Wir haben bisher nur wenig Informationen. Ein Wanderer hat den Toten gefunden. Zwei Einschusswunden. Keine Anzeichen auf Raub. Die Spurensicherung hat noch nicht viel gefunden, der Regen hat alles fortgespült. Der Typ liegt schon seit ein paar Tagen hier."

Olsen blieb vor der Leiche stehen. Die Polizisten machten Platz, als er den Toten betrachtete. „Also, was haben wir hier?"

„Kai Wessling," sagte Maren und reichte ihm einen kleinen Beutel mit dem Führerschein des Mannes darin. „48 Jahre alt, wohnhaft in der Hamburger Innenstadt. Seine Kleidung ist teuer, der Kerl sieht nicht so aus, als hätte er in letzter Zeit finanzielle Probleme gehabt."

Olsen kniete sich hin, um die Leiche genauer zu betrachten. „Zwei Schüsse, sagst du?"

„Ja, einer in den Rücken, der andere in die Brust. Keine Spuren von Abwehr, kein Anzeichen, dass er gekämpft hat. Sieht aus, als wäre er aus dem Hinterhalt erschossen worden und dann einfach hierher geworfen worden."

Olsen schob die Jacke des Toten zur Seite, seine Finger tasteten über die Brust des Mannes. „Er war nicht alleine hier. Jemand hat ihn bewusst an diesem Ort platziert. Das ist kein Zufall." Seine Stimme war ruhig, fast tonlos, während er die Kleidung genauer betrachtete.

Dann richtete er sich auf und sah Maren in die Augen. „Aber warum hier? Warum in einem Moor, wo er gefunden werden konnte?"

Maren schüttelte den Kopf. „Vielleicht wollte der Täter, dass wir ihn finden. Oder vielleicht ist das Moor einfach nur ein praktischer Ort, um eine Leiche verschwinden zu lassen."

Olsen blickte wieder auf den toten Mann hinab. „Ich glaube, hier steckt mehr dahinter."

Der Nebel hatte sich ein wenig gelichtet, aber die Kälte und Nässe hingen immer noch schwer über dem Wittmoor.

Bernd Olsen stand regungslos am Rand der Absperrung, während das Team der Spurensicherung in weißen Schutzanzügen den Tatort durchkämmte. Sie bewegten sich langsam, systematisch, mit der Vorsicht von Menschen, die wussten, dass die Natur in ihrer Feuchtigkeit und Wildheit Beweise gnadenlos verschlingen konnte.

Olsen hatte in all seinen Jahren als Ermittler viele Tatorte gesehen. Viele Leichen. Doch jeder Fall, jede Szene trug ihre eigene Geschichte in sich – manchmal schrie sie einem ins Gesicht, manchmal war sie verborgen, tief unter Schichten von Dreck und Zufall. Er wusste, dass es oft die stillen Tatorte waren, die die lautesten Geheimnisse bargen.

Maren Starke trat neben ihn, die Augen auf den Leichnam gerichtet. Sie hatte das gleiche gespannte Gesicht wie immer, wenn sie in einen neuen Fall eintauchte. Ihre Hände steckten in den Taschen ihres Mantels, und sie zog eine Augenbraue hoch, als sie Olsens Blick bemerkte.

„Nichts Auffälliges bis jetzt," sagte sie. „Keine Kampfspuren, keine frischen Reifenspuren. Der Regen hat den Boden in den letzten Tagen völlig aufgeweicht."

„Das war zu erwarten," murmelte. Seine Augen glitten über den feuchten Boden, die Büsche am Rand des Pfades und das Gras, das sich leicht im Wind wiegte.

„Hat der Regen Spuren weggespült oder gab es gar keine?" Er kniete sich wieder neben den Leichnam, um ihn noch mal genauer zu betrachten.

Die Spurensicherung hatte den Körper bereits freigelegt, aber noch nichts bewegt. Kai Wessling lag halb auf der Seite, halb auf dem Rücken. Seine Kleidung, die durch den Schlamm und das Wasser dunkel und schwer geworden war, klebte an seiner Haut. Sein Gesicht, blass und ausdruckslos, war zur Seite gedreht, die Augen geschlossen, aber selbst im Tod lag eine seltsame Ruhe über ihm. Es war die Art von Ruhe, die nur ein Mensch hatte, der den Tod nicht kommen sah.

Olsen beugte sich näher. Zwei Einschusswunden waren deutlich zu sehen: eine in den Rücken, die andere direkt in die Brust. Der tödliche Schuss, dachte Olsen. Präzise. Schnell. Jemand hatte sicherstellen wollen, dass Wessling keine Chance hatte zu entkommen.

„Zwei Schüsse," wiederholte Olsen leise. „Saubere Arbeit. Jemand wusste, wie man tötet." Seine Stimme war fast tonlos, während er die Leiche weiter musterte. „Keine Anzeichen von Abwehrverletzungen. Er wurde von hinten getroffen, der zweite Schuss war nur noch zur Bestätigung."

Maren kniete sich neben ihn und ließ ihren Blick über die Umgebung schweifen. „Es sieht nicht nach einem Kampf aus. Der Ort scheint zufällig gewählt, aber irgendwas daran stört mich."

Sie runzelte die Stirn und deutete auf die Füße des Toten, die fast symmetrisch nebeneinander lagen. „Das sieht nicht natürlich aus, oder?"

Olsen nickte. „Nein, jemand hat ihn hingelegt. Wer auch immer ihn getötet hat, hat ihn danach hier abgelegt. Aber warum hier?"

Er richtete sich auf und blickte über das weite, nebelverhangene Moor. „Wenn der Mörder nicht wollte, dass er gefunden wird, hätte er ihn tiefer ins Moor gebracht, nicht so nah am Pfad."

„Vielleicht wollte er, dass wir ihn finden," sagte Maren und schüttelte leicht den Kopf. „Oder es war Eile im Spiel."

„Vielleicht." Olsen wandte sich wieder der Leiche zu. Seine Augen blieben einen Moment an der Kleidung hängen. Teure Materialien, gut verarbeitet. Die Jacke war maßgeschneidert, das Hemd ebenfalls. „Er war kein armer Kerl." Olsen fuhr mit einem Finger sanft über den Stoff der Jacke. „Die Kleidung sagt uns, dass er wohlhabend war, vielleicht beruflich erfolgreich. Menschen wie er geraten nicht einfach so ins Moor."

Maren nickte. „Aber Menschen wie er geraten in Situationen, die sie nicht kontrollieren können."

Jonas Holst, der jüngste im Team und Olsens IT-Experte, trat in diesem Moment zu ihnen, die Augen auf sein Tablet gerichtet, auf dem er bereits die ersten Informationen überprüfte, die man über Kai Wessling gefunden hatte. „Ich habe ein paar Daten zu ihm gesammelt." Jonas' Augen funkelten hinter der dicken Brille. „Wessling war Unternehmensberater. Kein krimineller Hintergrund, keine Auffälligkeiten, soweit ich sehen kann."

„Unternehmensberater?" Olsens Stirn zog sich in Falten. „Wie passt ein Unternehmensberater in eine Schießerei im Moor?"

Jonas zuckte mit den Schultern, aber ein Grinsen stahl sich auf sein Gesicht. „Vielleicht hat er die falschen Leute beraten."

„Das könnte sein." Olsen richtete sich auf und betrachtete den jungen Kollegen, der ihm in vielerlei Hinsicht das genaue Gegenteil war – jung, ambitioniert und manchmal ein wenig übermütig, aber mit einer analytischen Schärfe, die Olsen an sich selbst in jüngeren Jahren erinnerte.

„Schau dir mal seine digitalen Spuren an, Jonas. E-Mails, Anrufe, alles, was du finden kannst. Vielleicht hat er in letzter Zeit mit jemandem Kontakt gehabt, den wir uns genauer ansehen sollten."

„Mach ich." Jonas verschwand wieder in den Tiefen seiner Daten, während Olsen und Maren weiter am Tatort verweilten.

Ein leichter Nieselregen setzte wieder ein, als Olsen ein paar Schritte von der Leiche wegging und den Blick auf das Moor richtete. Der Nebel hatte sich erneut verdichtet, hüllte das Land in eine trügerische, verschlossene Stille. Es war so, als ob das Moor selbst nicht zulassen wollte, dass man ihm zu viel entlockte.

Ein perfekter Ort, dachte Olsen, um Geheimnisse zu bewahren – oder sie verschwinden zu lassen.

Maren trat an seine Seite, ihre Augen folgten seinem Blick. „Es fühlt sich an, als ob wir etwas übersehen."

Olsen antwortete nicht sofort. Er war noch immer tief in Gedanken versunken, als seine Augen erneut zu der Leiche wanderten. „Hast du das Gefühl, dass dies nur der Anfang ist?" Seine Stimme klang ruhig, fast sachlich, doch Maren konnte die Schärfe dahinter hören.

„Was meinst du?"

„Dieser Mord," sagte Olsen langsam, während er sich von der Umgebung abwandte und erneut auf den Toten zuging.

„Es gibt zu viele unbeantwortete Fragen. Wer war er wirklich? Warum wurde er so präzise getötet?

Warum hier im Moor, an einem Ort, der fast symbolisch für das Verschwinden ist, aber dennoch zu leicht gefunden werden konnte? Und dann ist da noch etwas..."

Er blieb neben dem Körper stehen und deutete auf die Hände des Toten. „Keine Abwehrspuren, keine Kratzer, keine Verletzungen außer den Schusswunden. Er wurde nicht überrascht, sondern in eine Falle gelockt."

Maren betrachtete die Leiche ebenfalls genauer. „Du meinst, er kannte seinen Mörder?"

„Es wäre logisch," antwortete Olsen und trat einen Schritt zurück. „Menschen lassen sich nicht ohne weiteres in ein Moor führen, schon gar nicht nachts. Wer auch immer das getan hat, war entweder geschickt oder sehr vertraut mit dem Opfer."

Jonas kehrte in diesem Moment zurück und blieb neben den beiden stehen. „Keine Nachrichten, die verdächtig wirken. Aber ich habe Zugang zu seinen letzten GPS-Daten bekommen. Kai Wessling war in den letzten Tagen oft unterwegs, aber nichts deutet darauf hin, dass er hier draußen war."

Olsen nickte langsam. „Wir müssen seine Bewegungen nachverfolgen. Seine sozialen Kontakte, seine Arbeit. Alles."

Der Regen wurde heftiger, und die Stimmen der Spurensicherung klangen im Hintergrund. Olsen wusste, dass der Tatort nicht mehr hergeben würde – nicht auf den ersten Blick. Doch er hatte genug gesehen. Dieser Mord war kein Zufall.

Er schob die Hände in die Taschen seines Mantels und wandte sich zum Gehen. „Lasst uns zurück ins LKA fahren. Ich will alles über diesen Mann wissen. Wer er war, woher er kam und vor allem – warum er hier gelandet ist."

Der Regen hatte inzwischen nachgelassen, aber das Moor blieb feucht und schwer, als hätte es die Kälte tief in seine Erde eingesogen.

Die Spurensicherung war dabei, die letzten Aufnahmen von der Leiche zu machen, während Bernd Olsen weiterhin über den Tatort nachdachte.

Etwas an der gesamten Szene ließ ihn nicht los, als ob sie ihn zu einer unausgesprochenen Wahrheit drängte. Es war nicht die Präzision der Schüsse oder die Abgeschiedenheit des Ortes – es war der Körper selbst, der ihn beschäftigte.

Kai Wessling, ein wohlhabender Mann, der augenscheinlich kein Verbrechen begangen hatte, lag hier, ermordet und weggeworfen, wie ein lästiges Geheimnis, welches jemand schnell loswerden wollte.

Doch es war zu einfach. Zu offensichtlich. Nichts an diesem Fall schien Zufall zu sein.

„Olsen, sie wollen den Leichnam jetzt abtransportieren," rief Maren Starke, die am Rande des Tatortes stand und mit einem der Forensiker sprach. „Willst du noch etwas prüfen, bevor sie ihn wegbringen?"

Olsen nickte, trat einen Schritt vor und hockte sich erneut neben die Leiche. Es war ein Instinkt – der gleiche Instinkt, der ihn seit über dreißig Jahren im Polizeidienst begleitete.

Etwas fehlte noch, und er würde es nicht zulassen, dass es ihm entging. Sein Blick wanderte über die durchnässte Kleidung, dann über den nackten Hals, an dem keine sichtbaren Spuren von Gewalt zu erkennen waren. Doch als seine Augen auf die Brust des Toten fielen, hielt er inne.

Unterhalb des Hemdes, das sich durch den Regen eng an die Haut geschmiegt hatte, sah er eine dunkle Verfärbung – nicht nur Schmutz, sondern etwas, das tiefer ging. Eine Markierung auf der Haut.

„Maren, komm mal her," sagte Olsen, ohne den Blick von der Stelle zu nehmen. „Siehst du das?"

Maren trat näher, beugte sich über die Leiche und folgte Olsens Blick. „Was meinst du?"

Olsen griff vorsichtig nach dem nassen Stoff des Hemdes, das sich förmlich an den Körper des Toten gesaugt hatte. Er zog es langsam hoch, bis ein darunterliegendes Tattoo zum Vorschein kam. Eine schwarze, verschlungene Rune, direkt unterhalb der linken Brust, prangte auf der aufgeweichten, blassen Haut. Es sah alt aus, fast rituell, wie ein Zeichen, das mehr symbolisierte als nur Körperschmuck.

„Was zur Hölle..." Maren starrte das Tattoo an, die Stirn gerunzelt. „Das ist kein gewöhnliches Tattoo."

„Nein, ist es nicht," stimmte Olsen zu. Seine Augen verengten sich, als er die feinen Linien der Rune nachzeichnete. Es war mehr als nur ein dekoratives Motiv. „Ich kenne dieses Symbol. Es ist eine Rune, ein Zeichen aus einer alten germanischen Schrift."

Maren trat einen Schritt zurück, ihre Arme vor der Brust verschränkt. „Was bedeutet es?"

„Das ist keine gewöhnliche Rune," erklärte Olsen und richtete sich langsam auf. „Es ist eine Variation des altnordischen Schlüsselsymbols. Früher symbolisierte es Macht und

Geheimnisse – aber in den letzten Jahren wurde es von bestimmten kriminellen Gruppen als ein Erkennungszeichen genutzt."

„Was für Gruppen?" Maren sah ihn mit einer Mischung aus Neugier und Besorgnis an. „Hast du so etwas schon mal gesehen?"

Olsen nickte langsam, während die Erinnerungen in ihm hochstiegen. „Ja, das habe ich. Aber nicht hier in Hamburg. Das letzte Mal, dass ich ein ähnliches Symbol gesehen habe, war vor Jahren in München – im Zusammenhang mit einem internationalen Drogenkartell." Seine Stimme war leise, aber fest. „Sie benutzen diese Runen als eine Art verschlüsseltes Zeichen. Nur Eingeweihte tragen es, und nur sie wissen, was es bedeutet."

Maren ließ den Blick nicht von ihm. „Meinst du, Wessling war in etwas verwickelt? In ein Kartell?"

Olsen blieb stumm, während er das Tattoo weiter betrachtete. Wessling hatte keinen kriminellen Hintergrund, zumindest keinen offensichtlichen. Aber das bedeutete nichts. Menschen führten oft ein Doppelleben, und nicht jeder, der in kriminelle Netzwerke verwickelt war, hatte eine Vorstrafenliste.

Dieses Tattoo war der erste Hinweis, dass hinter diesem Mord weit mehr steckte, als sie bisher geahnt hatten.

„Ich weiß nicht, ob er direkt beteiligt war," sagte Olsen schließlich und richtete sich vollständig auf. „Aber dieses Tattoo ist ein Zeichen. Ein Schlüssel zu etwas Größerem. Ich glaube nicht, dass er zufällig hier gelandet ist."

„Und du denkst, das Kartell ist wieder aktiv?" Maren schüttelte den Kopf, als wolle sie die Gedanken ordnen. „Das erklärt zumindest, warum er so präzise ermordet wurde. Das ist ein professioneller Mord. Kein Amateur, kein Zufall."

„Richtig," murmelte Olsen, als er sich von der Leiche abwandte. „Ich werde die Akten durchsehen. Es könnte Verbindungen zu alten Fällen geben. Wenn wir Glück haben, ist das
Kartell noch nicht ganz aus den Augen der Polizei verschwunden."

Während Olsen in Gedanken versunken war, trat Jonas Holst
erneut zu ihnen. Der junge Ermittler hatte sein Tablet in der
Hand und einen Ausdruck von Neugier und Unruhe auf dem
Gesicht.

„Ich habe noch ein paar Infos zu Wessling herausgefunden,"
begann er, ohne Umschweife zur Sache zu kommen. „Sein
Handy war ausgeschaltet, als wir es gefunden haben, aber ich
konnte trotzdem auf einige seiner letzten Standorte zugreifen.
In den Tagen vor seinem Tod war er nicht nur in der Stadt,
sondern auch mehrfach am Hafen."

Olsen spürte, wie sein Puls leicht anstieg. „Am Hafen?" fragte
er, die Augen auf Jonas gerichtet. „Was genau hat er da gemacht?"

Jonas zuckte mit den Schultern. „Das ist schwer zu sagen.
Seine Bewegungen sind nicht verdächtig, zumindest nicht auf
den ersten Blick. Aber es gibt ein paar Stellen, die auffällig
sind. Ein Lagerhaus im Freihafenbereich, das immer wieder
auftaucht."

Olsen nickte langsam. Der Hafen war ein bekannter Umschlag-
platz für alle möglichen illegalen Aktivitäten. Drogen, Waffen,
Menschenhandel – alles lief über diese dunklen, abgelegenen
Orte. Und nun führte eine Spur direkt dorthin.

„Das passt zusammen," sagte er nachdenklich. „Das Kartell
hat immer über Häfen operiert. Es wäre nicht das erste Mal,
dass sie über Hamburg ihre Geschäfte abwickeln."

Maren hob eine Augenbraue. „Und du denkst, Wessling war irgendwie darin verwickelt?"

Olsen schüttelte leicht den Kopf, während er die Szenerie noch einmal auf sich wirken ließ. „Das ist die Frage. Ob er aktiv beteiligt war oder nur eine Schachfigur in einem viel größeren Spiel... das müssen wir noch herausfinden."

Seine Augen wanderten noch einmal zu der Leiche hinüber. „Aber eines ist sicher – dies hier ist kein gewöhnlicher Mordfall."

Jonas tippte auf seinem Tablet herum, als er einen weiteren Gedanken laut aussprach. „Ich werde versuchen, die Verbindung zwischen Wessling und dem Lagerhaus zu vertiefen. Vielleicht finde ich was in seinen E-Mails oder Kontakten."

„Tu das." Olsen nickte ihm zu und wandte sich dann wieder an Maren. „Wir sollten alles über ihn herausfinden. Seine Arbeit, seine Kontakte, alles. Dieses Tattoo... ich habe das Gefühl, dass es der Schlüssel zu etwas viel Größerem ist."

Maren nickte nachdenklich. „Ich werde unsere Datenbank durchforsten. Wenn das Kartell schon einmal aktiv war, haben wir vielleicht noch alte Akten, die uns weiterhelfen."

Olsen nahm einen letzten Blick auf die Leiche, bevor er den Tatort endgültig verließ. „Das ist erst der Anfang," murmelte er leise. „Aber wenn dieses Tattoo das bedeutet, was ich denke, dann stehen wir vor etwas Großem. Etwas, das die Stadt erschüttern könnte."

Ein erster Verdacht

Das grelle, sterile Licht der Rechtsmedizin war ein scharfer Kontrast zu dem trüben, nebligen Wittmoor, welches sie am Morgen verlassen hatten. Der Geruch von Desinfektionsmitteln hing in der Luft und vermischte sich mit dem metallischen Hauch von Blut und Chemikalien, der immer an Orten wie diesem zu spüren war.

Der Fliesenboden unter Olsens Stiefeln knirschte leise, als er den Gang entlangging. Die morgendliche Feuchtigkeit klebte noch an seinem Mantel, als er den Mantel ablegte und sich dem Eingang zum Sektionssaal näherte.

Dr. Petra Schneider, die erfahrene Pathologin des LKA Hamburg, stand bereits über den aufgeschnittenen Körper von Kai Wessling gebeugt. Ihre kurz geschorenen Haare blitzten im kalten Licht auf, und die chirurgische Maske verbarg den Großteil ihres Gesichts. Aber ihre Augen – scharf und fokussiert – glitten immer wieder von ihren Werkzeugen über den Körper und zurück zu den Monitoren, die die Aufnahmen der Kamera zeigten.

Sie arbeitete methodisch, fast mechanisch, und Olsen hatte gehört, dass es nur wenige in der Rechtsmedizin gab, die an ihre Präzision herankamen.

Neben ihr standen Maren Starke und Jonas Holst, beide in den weißen Überwürfen, die sie vor der Kälte des Raums und den Gerüchen schützen sollten.

Jonas sah blass aus – er war noch nicht lange genug im Job, um an diesen Anblick gewöhnt zu sein. Seine Hände hielten nervös das Tablet, als er versuchte, seine Aufmerksamkeit auf die Daten zu richten, die ihm die Forensik bereits geliefert hatte.

„Guten Morgen, Bernd," begrüßte Petra ihn, ohne von ihrer Arbeit aufzusehen. Ihre Hände waren tief im geöffneten Brustkorb des Leichnams, und das dumpfe Geräusch von Gewebe, das sich spannte, hallte durch den Raum. „Ich habe schon ein paar interessante Erkenntnisse für dich."

Olsen trat näher, zog seine Handschuhe an und betrachtete den Leichnam, der auf dem kalten Metalltisch lag.

Die klaffende Wunde in der Brust, der präzise Schnitt, den Petra gesetzt hatte, um den Körper zu öffnen, zeigte das Innere des Mannes, als wäre er eine Maschine, die nun von einem Mechaniker analysiert wurde. Doch es war das Tattoo, das immer noch klar auf der Haut zu sehen war, welches Olsens Aufmerksamkeit fesselte.

„Lass mich raten," sagte Olsen, während er einen Schritt nähertrat, die Augen auf das verschlungene Runen-Tattoo gerichtet. „Das Tattoo sagt uns mehr, als wir dachten."

Petra schnaubte kurz, immer noch mit ihren Händen in der Brusthöhle des Opfers. „Oh, das Tattoo sagt uns mehr, als uns lieb ist. Schau dir die Linienführung an, Bernd." Sie trat zurück, legte die Zange beiseite und deutete auf die klare, feine Arbeit. „Das ist kein Billigschrott, wie du ihn in irgendeinem Tattoo-Studio an der Ecke bekommst. Das hier ist handwerkliche Perfektion. Die Linien sind makellos, keine Verwischungen, keine Narbenbildung."

Olsen trat näher, sein Blick folgte den Linien der verschlungenen Rune. „Also hat ein Profi das gestochen?"

Petra nickte, nahm ein Skalpell in die Hand und deutete auf die Stelle direkt unter der linken Brustwarze. „Genau. Jemand, der weiß, was er tut. Jemand, der regelmäßig solche Arbeiten macht – und ich rede nicht von irgendwelchen Kunst-Tattoos." Sie sah ihn ernst an. „Ich tippe auf jemanden, der im kriminellen Milieu arbeitet. Die Art, wie dieses Tattoo gestochen wurde, ist sauber, präzise und... rituell."

Maren trat näher, ihre Augen auf das Tattoo fixiert. „Rituell?"

Petra nickte und zog ihre Handschuhe aus, während sie zu den Monitoren ging, auf denen Nahaufnahmen des Tattoos zu sehen waren. „Ja, die Rune ist eine alte Darstellung eines Schlüssels, das weißt du bereits. Aber die Art, wie es gestochen wurde, hat Symbolcharakter. Das ist kein gewöhnlicher Körperschmuck. Es ist ein Erkennungszeichen."

Sie drehte sich um und sah Olsen direkt an. „Dieses Tattoo bedeutet, dass der Mann zu einer bestimmten Gruppe gehörte. Es ist eine Art Initiation."

Olsen runzelte die Stirn. „Was für eine Gruppe? Kartelle? Banden?"

Petra schüttelte den Kopf, ihre Stimme sank zu einem gefährlich ruhigen Ton. „Ich würde sagen, es geht um etwas Größeres. Ich habe in meiner Zeit hier viele kriminelle Tattoos gesehen, aber das hier... das ist etwas Seltenes. Sehr selten."

„Du hast von den Runen gesprochen, Bernd," sagte Maren und sah ihn an. „Kann es wirklich sein, dass wir hier ein internationales Kartell vor uns haben? Etwas, das über Hamburg hinausgeht?"

Olsen nickte langsam. „Das ist meine Vermutung. Die Runen sind nicht nur symbolisch – sie sind ein Markenzeichen für eine bestimmte Gruppe von Kriminellen, die europaweit operiert. Aber wir wissen noch nicht, wie tief Wessling involviert war."

Jonas, der bisher still in der Ecke gestanden hatte, trat näher an die Gruppe heran, seine Augen auf das Tattoo gerichtet. „Das passt zu den Informationen, die ich über ihn gefunden habe. Wessling hatte in letzter Zeit immer wieder Kontakt zu Leuten, die nicht zu seinem typischen normalen Umfeld gehören. Geschäftsleute, wie es schien. Aber das könnte Tarnung gewesen sein."

„Tarnung," murmelte Olsen. „Das würde Sinn machen. Ein un-auffälliger Mann, der im Hintergrund arbeitet, aber eine di-rekte Verbindung zu etwas Großem hat." Er sah zu Petra hin-über. „Was kannst du mir über die Schüsse sagen?"

Petra drehte sich um und griff nach einem kleinen Edelstahl-Tablett, auf dem zwei deformierte Projektile lagen. „Hier, das sind die beiden Kugeln, die wir aus dem Körper entfernt ha-ben."

Sie hob die erste Kugel mit einer Pinzette hoch, und das Licht der OP-Lampe ließ die scharfen Kanten des deformierten Bleis aufblitzen. „Beide Kugeln stammen aus derselben Waffe. Kali-ber 9mm. Die Verformung deutet darauf hin, dass sie auf kurze Distanz abgefeuert wurden."

„Welche Art von Waffe?" fragte Olsen. Er beugte sich über die Kugeln, als könnte er dadurch mehr erkennen.

Petra zog die Schutzmaske ab und setzte ein Lächeln auf, das nur wenig mit Freude zu tun hatte. „Hier wird es interessant. Diese Kugeln stammen von einer russischen TT-33, einer To-karev-Pistole. Ein Modell, das seit den 1950er-Jahren nicht mehr produziert wird. Sie ist auf dem Schwarzmarkt zu finden, aber selten. Vor allem in dieser Region."

„Russische Waffe?" Maren runzelte die Stirn. „Das ist doch keine Standardwaffe für einen gewöhnlichen Mord."

„Ganz und gar nicht." Petra legte die Kugel zurück auf das Tablett. „Wenn du dir ansiehst, wo diese Waffen am häufigsten auftauchen, wirst du in Osteuropa und im Nahen Osten fün-dig. Aber in Hamburg? Da musst du auf ein gut organisiertes Netzwerk stoßen, um an so etwas heranzukommen."

Olsen trat einen Schritt zurück, seine Gedanken rotieren. „Ein internationales Kartell. Russisch? Oder zumindest Verbindun-gen nach Osteuropa?"

Er konnte fühlen, wie der Fall sich vor ihm entfaltete, wie die ersten Puzzleteile zusammenpassten. Wessling, das Tattoo, die Waffe. Nichts davon war Zufall.

„Es passt alles zusammen," sagte er schließlich leise. „Die Tatwaffe, das Tattoo, der Ort des Mordes. Wessling war tief in etwas verwickelt, das weit über die Grenzen von Hamburg hinausgeht. Und jemand wollte ihn loswerden – aber nicht, ohne eine Botschaft zu hinterlassen."

„Wollte ihn loswerden? Das sieht eher nach einer gezielten Hinrichtung aus," warf Jonas ein, die Augen noch immer auf das Tattoo gerichtet. „Das Tattoo, die Waffe – jemand wollte, dass wir wissen, wer es war. Aber warum?"

Olsen sah ihn an, und ein Hauch von Härte trat in seinen Blick. „Weil sie uns warnen wollen, Jonas. Das hier ist keine gewöhnliche Gang von Kriminellen. Sie operieren nach anderen Regeln. Das Tattoo ist ein Zeichen – nicht nur für uns, sondern für jeden, der diese Gruppe kennt."

„Die Kugeln erzählen auch ihre eigene Geschichte," fügte Petra hinzu. „Der Mann, der das getan hat, ist ein Profi. Es gibt keine Anzeichen von Hektik oder Panik. Zwei saubere Schüsse, einer in den Rücken, der andere in die Brust – das war präzise, kontrolliert."

„Sie wollten, dass wir ihn finden," sagte Olsen, fast zu sich selbst, während er den Raum verließ. „Aber wir sind erst am Anfang."

Das Licht in den Büroräumen des Landeskriminalamts Hamburg war gedämpft, fast schummrig, als die Spätnachmittagsdämmerung durch die Fenster fiel. Die kühle Luft, die durch die geöffneten Fenster hereinströmte, brachte einen Hauch des herbstlichen Windes mit sich, während die ersten Tropfen eines Regenschauers begannen, die Scheiben zu benetzen.

Der Tag im Wittmoor und die Autopsie lagen hinter ihnen, doch der eigentliche Fall begann jetzt erst an Fahrt aufzunehmen.

Bernd Olsen betrat den Besprechungsraum, in dem die Hektik des normalen Polizeialltags in einem merkwürdigen Kontrast zur Intensität seines Gedankenkreises stand. Sein Mantel war noch feucht vom Regen, aber das störte ihn nicht.

Was ihn beschäftigte, war das Puzzle, das sich vor ihm ausbreitete. Ein toter Mann mit einem mysteriösen Tattoo, eine Waffe vom Schwarzmarkt und das Gefühl, dass er sich mitten in einem internationalen Netz befand, das größer war als alles, was er bisher erlebt hatte.

Am Besprechungstisch saß bereits Maren, ihre Augen wie immer wach und analytisch, während sie sich durch die ersten Berichte wühlte. Neben ihr hockte Jonas, der mit einem energischen Wippen auf dem Stuhl versuchte, die Spannung des Tages abzubauen. Der junge IT-Spezialist hatte seit dem Morgen eine Unruhe in sich, die durch die ständigen neuen Erkenntnisse weiter angeheizt wurde.

Olsen sah den beiden einen Moment zu, bevor er die Tür hinter sich ins Schloss fallen ließ.

„Setzen wir uns," sagte Olsen knapp, als er selbst auf den Stuhl am Kopf des Tisches sank. „Wir müssen die Erkenntnisse ordnen und die nächsten Schritte festlegen." Seine Augen glitten zwischen Maren und Jonas hin und her. Er hatte schon oft mit neuen Teams gearbeitet, aber dieses hier war anders. Maren war erfahren, ein Profi, die das Metier von Grund auf kannte, während Jonas noch voller Energie und Tatendrang war. Ein interessanter Kontrast, dachte er, und genau das brauchte er jetzt.

Maren war die Erste, die das Wort ergriff. „Olsen, du warst ja heute auch bei der Autopsie. Was haben wir?" Ihre Stimme war ruhig, sachlich, aber die Schärfe in ihrem Blick verriet, dass sie mehr in dem Fall sah, als auf den ersten Blick zu erkennen war.

„Das Tattoo ist der Schlüssel," begann Olsen, seine Hände fest auf dem Tisch. „Es stammt eindeutig von einem Profi. Petra hat bestätigt, dass es rituell ist, keine übliche Körperkunst. Es hat Symbolcharakter. Wir sprechen hier von einem Erkennungszeichen – und nicht irgendeinem, sondern einem, das auf eine internationale Organisation hinweist."

Jonas hob den Kopf von seinem Tablet und sah auf. „Ein Tattoo als Erkennungszeichen?" Er klang erstaunt, aber nicht überrascht. „Das passt zu den anderen Informationen, die ich gefunden habe. Wessling hat sich in den letzten Monaten immer mehr in Kreisen bewegt, die nicht seinem normalen Umfeld entsprachen. Geschäftsleute, die ich in der digitalen Welt nicht direkt verifizieren konnte. Es könnte eine Tarnung gewesen sein."

Olsen lehnte sich leicht vor und sah Jonas ernst an. „Was genau hast du gefunden?"

Jonas wischte ein paar Mal über sein Tablet, bevor er die Informationen an den großen Bildschirm an der Wand übertrug. Eine digitale Karte von Hamburg erschien, auf der mehrere Markierungen aufblinkten.

„Hier," sagte Jonas und deutete auf den Hafenbereich. „In den letzten Wochen war Wessling immer wieder an diesen Orten. Speziell an Lagerhäusern und Bürogebäuden, die wir als Umschlagpunkte für illegale Aktivitäten kennen. Besonders auffällig ist dieses Lagerhaus hier, im Freihafen."

„Freihafen." Maren spuckte das Wort fast verächtlich aus. „Ein Drecksloch, perfekt für illegale Geschäfte. Drogen, Waffen, Menschenhandel – der Freihafen zieht alles an, was wir nicht sehen wollen. Keine Überraschung, dass Wessling dort war."

Sie lehnte sich zurück, ihre Augen funkelten entschlossen. „Aber was hat ihn da hingeführt? Hat er für jemanden gearbeitet oder war er tief in diese Strukturen verstrickt?"

Olsen kniff die Augen zusammen, während er die Karte betrachtete. „Noch wissen wir nicht, inwieweit er beteiligt war. Aber alles deutet darauf hin, dass er mehr als nur ein zufälliges Opfer ist."

Er drehte sich zu Jonas. „Was ist mit den Leuten, mit denen er Kontakt hatte? Hast du Verbindungen gefunden?"

Jonas tippte erneut auf sein Tablet und rief eine Liste von Namen auf. „Die meisten seiner Kontakte sind Geschäftsleute – zumindest auf den ersten Blick. Einige von ihnen scheinen in dubiose Geschäfte verwickelt zu sein, aber das herauszufinden ist kompliziert. Viele benutzen Deckfirmen oder legen falsche Identitäten an. Aber es gibt eine Handvoll Namen, die in der Vergangenheit in Zusammenhang mit Schmuggel oder Geldwäsche gestanden haben."

Er tippte auf einen Namen auf der Liste.

„Dieser hier – Viktor Solokov. Ein russischer Geschäftsmann, der offiziell in der Immobilienbranche tätig ist. Aber es gibt Hinweise, dass er Kontakte zu osteuropäischen Verbrechersyndikaten hat. Solokov hat in den letzten Monaten häufige Meetings mit Wessling abgehalten."

„Solokov." Olsens Miene verhärtete sich. „Der Name sagt mir was. Ich habe in München schon von ihm gehört. Ein zwielichtiger Typ, der es meisterhaft versteht, seine kriminellen Aktivitäten hinter legalen Fassaden zu verstecken. Wenn er im Spiel ist, reden wir von einem größeren Netzwerk."

Maren trommelte mit den Fingern auf den Tisch, während sie den Namen nachdenklich wiederholte.

„Solokov hat in der Vergangenheit Verbindungen zu internationalen Drogenkartellen gehabt. Wenn er und Wessling gemeinsame Sache gemacht haben, dann stecken wir knietief in etwas, das viel größer ist, als wir dachten."

Olsen nickte und spürte, wie die Schwere der Situation sich in seinen Gedanken festsetzte. „Wir müssen mehr über Solokov herausfinden. Seine Rolle, seine Verbindungen zu Wessling – und warum Wessling mit diesem Tattoo in einem Moor endet."

Jonas lehnte sich vor, seine Hände spielten nervös mit einem Kugelschreiber. „Das Tattoo ist eindeutig der Schlüssel. Es könnte uns zu den Leuten führen, die hinter all dem stecken. Wenn wir herausfinden, wer noch dieses Symbol trägt oder damit in Verbindung steht, haben wir vielleicht eine Chance, das ganze Netzwerk zu entwirren."

Maren schnaubte leise und sah Jonas an. „Du sagst das so leicht, Jonas. Aber diese Leute verschwinden nicht einfach in irgendwelchen Datenbanken. Wenn sie dieses Symbol tragen, sind sie nicht leicht zu fassen."

„Das weiß ich." Jonas blickte Maren ernst an. „Aber wir haben die Technik auf unserer Seite. Ich kann versuchen, durch die Überwachungskameras im Hafenbereich zu gehen und die Bewegungen von Wessling und Solokov nachzuvollziehen. Vielleicht finden wir jemanden, der in Verbindung mit dem Tattoo steht. Oder Hinweise auf geplante Aktionen."

Olsen nickte langsam, sein Blick fest auf den Bildschirm gerichtet. „Mach das. Wir müssen jede Spur nutzen, die wir haben."

Es entstand eine kurze Stille im Raum, während die Bedeutung dessen, womit sie es zu tun hatten, über ihnen schwebte.

Das Team hatte sich gefunden, und Olsen spürte, dass sie bereit waren, die Herausforderung anzunehmen. Jeder von ihnen hatte seine eigene Stärke: Marens Erfahrung und ihre Hartnäckigkeit, Jonas' technisches Können und seine analytische Brillanz.

Und Olsen selbst – ein Ermittler, der es gewohnt war, die dunklen Abgründe zu betreten, in die andere nicht gehen wollten.

„Was ist mit den nächsten Schritten?" Maren brach die Stille und sah zu Olsen. „Wir müssen eine Strategie entwickeln. Wir haben Wessling und seine Verbindungen, aber wenn Solokov involviert ist, dann wird das hier nicht einfach."

Olsen lehnte sich zurück, während er die Gedanken sortierte. „Wir gehen methodisch vor. Jonas, du gehst weiter den digitalen Spuren nach. Überwache den Hafenbereich und finde heraus, was Wessling und Solokov da genau gemacht haben. Wir brauchen jeden Hinweis auf ihre Aktivitäten."

Er wandte sich zu Maren. „Du und ich kümmern uns um die direkten Ermittlungen. Ich möchte mit Wesslings Familie sprechen. Die wissen vielleicht mehr über seine Geschäfte oder Verbindungen, als sie zugeben wollen."

Maren nickte zustimmend. „Gut. Die Familie könnte der Schlüssel zu seinen Aktivitäten sein. Wenn wir herausfinden, wer Wessling wirklich war, können wir seine Rolle im Netzwerk besser verstehen."

Olsen stand auf und griff nach seinem Mantel. „Dann lasst uns keine Zeit verlieren. Wir müssen schneller sein als die, die Wessling getötet haben."

Maren und Jonas erhoben sich ebenfalls, bereit, die nächsten Schritte zu unternehmen. Es lag eine drückende, aber fokussierte Energie im Raum – jeder von ihnen spürte, dass dies der Beginn eines langen, gefährlichen Pfades war, der sie direkt in die Tiefen einer kriminellen Unterwelt führen würde, die bisher im Schatten verborgen geblieben war.

„Noch etwas," sagte Jonas, als sie den Raum verließen. „Das Tattoo... ich werde sehen, ob es irgendwo in den internationalen Netzwerken Referenzen gibt. Vielleicht stoßen wir auf ähnliche Fälle. Oder Hinweise, die uns helfen, das Netzwerk zu entwirren."

Olsen klopfte ihm auf die Schulter. „Gut. Bleib dran, Jonas. Und pass auf dich auf. Diese Leute spielen nicht nach den üblichen Regeln."

Sie verließen den Besprechungsraum und traten hinaus in den kühlen, dunklen Flur des LKA. Der Fall hatte gerade erst begonnen, doch die Vorzeichen waren düster. Olsen wusste, dass sie keine Sekunde zu verschwenden hatten.

Es gab kein Zurück mehr – also auf nach Blankenese.

Das große, moderne Haus in Blankenese, einem der wohlhabendsten Stadtteile Hamburgs, schimmerte im kühlen Licht des späten Nachmittags. Die hohen Fenster, die sich über die gesamte Front des Gebäudes erstreckten, reflektierten die ersten Regentropfen des anbrechenden Abends.

Der Blick auf die Elbe, die ruhig unter dem grauen Himmel floss, hätte in einem anderen Moment idyllisch wirken können, doch für Bernd Olsen war dies kein Besuch, um die Aussicht zu genießen.

Das Haus von Kai Wessling strahlte Reichtum aus, aber es war ein Reichtum ohne Seele. Die Fassade war perfekt, die Hecken akkurat geschnitten, doch es war die Kälte des Anwesens, die Olsen sofort auffiel, als er aus dem Wagen stieg. Hinter der makellosen Oberfläche lag etwas Verborgenes. Geheimnisse, dachte Olsen, als er die Auffahrt entlangging. Dieses Haus birgt Geheimnisse.

Neben ihm ging Maren, ihre Schritte fest und zielgerichtet. Auch sie hatte das Gefühl, dass hier etwas nicht stimmte. Beide hatten bereits im Vorfeld Informationen über die Familie eingeholt. Laura Wessling, die Witwe, war eine Frau Mitte vierzig, in der Gesellschaft angesehen, engagierte sich für wohltätige Zwecke und führte ein scheinbar makelloses Leben.

Aber das, was hinter den verschlossenen Türen dieses Hauses lag, war etwas anderes. Ihr Ehemann war tot, und die Umstände seines Todes deuteten auf ein gefährliches Doppelleben hin.

„Das wird keine leichte Befragung," sagte Maren leise, als sie zur Haustür kamen. „Wenn sie überhaupt weiß, in was ihr Mann verwickelt war..."

„Ob sie es weiß oder nicht," antwortete Olsen mit ernster Miene, „wir werden es herausfinden müssen. Wessling war tief in etwas verwickelt. Ob seine Familie eine Ahnung davon hatte oder nicht, das wird sich zeigen."

Maren nickte, und Olsen drückte die Klingel. Es vergingen nur wenige Sekunden, bevor die Tür geöffnet wurde. Eine Haushälterin, eine Frau Mitte fünfzig mit streng zurückgebundenen grauen Haaren, trat zur Seite und ließ sie wortlos eintreten.

Der Eingang des Hauses war ebenso makellos wie die Fassade – der Marmor glänzte, die Wände waren mit teuren Kunstwerken geschmückt, und die Luft war von einem Hauch teuren Parfüms erfüllt.

„Frau Wessling erwartet Sie im Wohnzimmer," sagte die Haushälterin mit leiser Stimme und führte sie durch die langen Flure des Hauses. Das dumpfe Geräusch ihrer Schritte auf dem Marmorboden hallte leicht wider, während sie sich der geschlossenen Tür näherten.

Olsen warf Maren einen kurzen Blick zu, bevor die Haushälterin die Tür zum Wohnzimmer öffnete. Laura Wessling saß auf einer eleganten, cremefarbenen Couch, die Beine übereinandergeschlagen, ihre Hände fest auf ihrem Schoß gefaltet.

Sie sah aus wie eine Frau, die den Anschein von Kontrolle aufrechterhalten wollte, obwohl die Welt um sie herum zusammenbrach. Ihr blasses Gesicht, umrahmt von glattem, schulterlangem Haar, wirkte wie eine Maske – starr, emotionslos.

„Frau Wessling?" begann Olsen, als er den Raum betrat. „Bernd Olsen, Kriminalpolizei. Das ist meine Kollegin, Kommissarin Starke."

Laura Wessling nickte knapp, doch ihre Augen blieben auf den Boden gerichtet. Sie deutete wortlos auf die Sessel gegenüber der Couch. Olsen und Maren setzten sich, wobei Olsen die Stille des Raums bemerkte – keine Geräusche von draußen, kein Hauch von Leben, nur das sanfte Ticken einer teuren Wanduhr. Alles in diesem Raum schien erstarrt.

„Wir sind hier, um über Ihren Mann zu sprechen," begann Olsen, seine Stimme ruhig, aber fest. „Wir wissen, dass das für Sie eine schwierige Zeit ist, aber wir müssen Ihnen einige Fragen stellen."

„Ich verstehe," antwortete Laura Wessling leise, ohne ihren Blick zu heben. Ihre Hände lagen immer noch fest auf ihrem Schoß, als würde sie sich daran festhalten, um nicht den Halt zu verlieren.

Olsen ließ die Stille einen Moment länger hängen, bevor er fortfuhr. „Frau Wessling, wissen Sie, warum Ihr Mann ermordet wurde?"

Laura Wessling zuckte leicht zusammen, und ihre Augen flackerten kurz, als hätten die Worte sie aus einer tiefen Lethargie gerissen.

„Ich... ich weiß es nicht. Er war ein guter Mann. Ein harter Arbeiter. Er hat uns immer beschützt." Ihre Stimme klang dünn, fast zerbrechlich, als würde sie versuchen, das Bild ihres Mannes aufrechtzuerhalten, während die Realität langsam auf sie einbrach.

„Ihr Mann hatte keine Feinde? Niemanden, der ihm schaden wollte?" fragte Maren mit einem scharfen Blick, während sie die Frau beobachtete.

Diese schüttelte den Kopf, doch Olsen sah, wie sich eine Spannung über ihr Gesicht legte, als hätte sie etwas zurückgehalten. „Nein... nein, das glaube ich nicht. Kai war kein Krimineller. Er war ein Geschäftsmann, ja, aber er... er war ehrlich. Ich verstehe nicht, wie das passieren konnte."

Olsen ließ den Blick durch den Raum schweifen, während er sprach. „Ihr Mann war in den letzten Monaten oft unterwegs. Er hat sich an Orten aufgehalten, die nicht zu einem gewöhnlichen Geschäftsmann passen. Wussten Sie davon?"

Laura Wessling blickte auf, ihre Augen voller Ungläubigkeit. „Was meinen Sie?"

„Der Hafenbereich," antwortete Olsen ruhig, aber mit Nachdruck. „Ihr Mann war dort in den letzten Wochen regelmäßig. In Lagerhäusern, die für illegale Aktivitäten bekannt sind. Haben Sie eine Erklärung dafür?"

Laura Wesslings Hände begannen leicht zu zittern, doch sie versuchte, ihre Fassung zu bewahren. „Ich... nein. Kai hat mir nichts davon erzählt. Er war oft unterwegs, aber das war wegen seiner Arbeit. Geschäftsreisen, Treffen mit Klienten... ich habe ihm vertraut."

„Hat er jemals erwähnt, dass er unter Druck stand? Oder dass er sich in gefährliche Geschäfte verwickelt hatte?" Marens Ton wurde drängender. „Wir müssen wissen, ob er Kontakte zu bestimmten Personen hatte. Haben Sie schon einmal den Namen Viktor Solokov gehört?"

Der Name Solokov brachte eine sichtbare Reaktion in Laura Wesslings Gesicht. Sie zuckte zusammen, und ihre Augen weiteten sich einen Moment lang. „Viktor... Solokov? Ja, ich habe von ihm gehört. Kai hat ihn ein paar Mal erwähnt, aber..." Sie verstummte, als hätte sie zu viel gesagt.

Olsen spürte, dass sie etwas wusste. „Was hat er Ihnen über Solokov erzählt, Frau Wessling? Es ist wichtig."

Sie zögerte, und ihre Augen flackerten erneut, bevor sie tief Luft holte. „Kai sagte, er sei ein Geschäftspartner. Jemand, mit dem er zusammenarbeitete. Aber ich hatte immer das Gefühl, dass da mehr war..."

Ihre Stimme wurde leiser, und sie senkte den Blick auf ihre Hände. „Kai war in letzter Zeit... verändert. Geheimnisvoll. Manchmal war er gereizt, andere Male wieder wie abwesend. Ich wusste, dass etwas nicht stimmte, aber er sagte mir nie, was."

„War er in Schwierigkeiten? Hatte er Angst vor etwas?" fragte Olsen weiter, seine Stimme ruhig, aber drängend. Er wusste, dass sie an einem Punkt angekommen waren, an dem sie entweder mehr erfahren würden – oder die Wahrheit ihnen entgleiten würde.

Laura Wessling sah auf, und in ihren Augen lag ein Ausdruck, der zwischen Angst und Verzweiflung schwankte. „Ja. Ich glaube, er hatte Angst. Er sagte einmal, dass er etwas tun musste, um uns zu schützen. Aber er sagte nie, vor was er uns schützen müsse."

Olsen und Maren tauschten einen kurzen Blick. Es wurde klar, dass Kai Wessling in mehr verwickelt gewesen war, als seine Frau wusste – und dass Solokov eine zentrale Rolle spielte.

„Ihr Mann war in gefährliche Geschäfte verwickelt, Frau Wessling," sagte Olsen schließlich, seine Stimme voller Nachdruck. „Wir haben Hinweise, dass er in einem internationalen Netzwerk operierte. Sein Tod war kein Zufall. Es war eine gezielte Hinrichtung."

Laura Wessling zitterte leicht und schloss für einen Moment die Augen, als würden die Worte auf sie einprasseln und sie in die Realität zurückzerren. „Gott... ich wusste es. Ich habe es geahnt. Aber er hat es mir nie gesagt..."

Maren beugte sich leicht vor, ihre Augen auf die Frau gerichtet.

„Wir brauchen Ihre Hilfe. Alles, was Sie wissen, könnte uns helfen, dieses Netzwerk aufzudecken. Kai Wessling war nicht der Einzige, der darin verwickelt war. Und es könnte weitere Opfer geben."

Laura Wessling öffnete die Augen und sah Maren direkt an, ihre Fassung zerbrechend. „Ich weiß nur das, was ich Ihnen gesagt habe. Aber wenn ich mehr gewusst hätte... ich hätte ihn gestoppt." Ihre Stimme brach, und Tränen begannen, ihre Wangen hinunterzulaufen. „Ich hätte ihn gestoppt."

Olsen stand auf und sah die Frau einen Moment an. „Wir werden alles tun, um die Verantwortlichen zu finden. Aber Sie müssen stark bleiben. Was auch immer er getan hat – er tat es offenbar, um Sie zu schützen. Das müssen Sie im Hinterkopf behalten."

Laura Wessling nickte stumm, ihre Schultern leicht zitternd. „Ich... danke ihnen." Es war alles, was sie sagen konnte.

Maren und Olsen verließen das Haus in derselben Stille, in der sie es betreten hatten. Als sie auf die Auffahrt traten, hatte der Regen zugenommen, und der Wind fegte hart über die Elbe. Geheimnisse, dachte Olsen erneut.

Das Haus, die Familie, Wesslings Leben – alles war von Geheimnissen durchzogen. Und nun lag es an ihnen, diese Geheimnisse zu lüften, bevor noch mehr Menschen den Preis dafür zahlten.

„Sie hat nichts gesagt, was wir nicht schon wussten," murmelte Maren, als sie zum Wagen gingen.

„Doch," entgegnete Olsen ruhig. „Sie hat uns gezeigt, wie tief Wessling in etwas verwickelt war, von dem er sich nicht mehr lösen konnte. Das Netzwerk zieht sich enger zusammen. Wir müssen schneller sein."

Maren nickte, während sie einstiegen. Der Regen schlug auf das Dach des Wagens, und in der Ferne war das dumpfe Rauschen der Elbe zu hören.

Der Kampf hatte gerade erst begonnen, und sie wussten, dass sie es mit Gegnern zu tun hatten, die keine Gnade kannten.

„Solokov," sagte Olsen schließlich, als er den Motor startete. „Er ist der Schlüssel. Alles führt zu ihm."

Das Netz des Clans

Der Regen peitschte gegen die großen Fenster des LKA Hamburg, während die Nacht über die Stadt hereinbrach. Die neonbeleuchteten Straßen spiegelten sich auf den nassen Gehwegen wider, und das stetige Summen der Stadt drang gedämpft in die kühle, stillgelegte Luft des Büros. Bernd Olsen saß an seinem Schreibtisch, den Rücken gegen die harte Lehne seines Stuhls gelehnt, und starrte in die Dunkelheit, die jenseits des Glasfensters lag.

Seine Gedanken waren tief in der Vergangenheit vergraben. Das Tattoo, diese seltsame Rune auf der Brust von Kai Wessling, hatte sich in seinem Kopf festgesetzt, als würde sie dort widerhallen, selbst wenn er die Augen schloss.

Etwas an dem Zeichen war ihm vertraut, und je mehr er darüber nachdachte, desto stärker wurde das Gefühl, dass er es schon einmal gesehen hatte – vor langer Zeit. Aber es war nicht die Rune selbst, sondern der Kontext, in welchem er sie gesehen hatte, der nun eine düstere, scharfe Erinnerung in ihm wachrief.

Olsen schüttelte den Kopf, als wollte er die Gedanken klären, doch es funktionierte nicht. Ein dumpfes Gefühl der Unruhe kroch in ihm hoch. Das hatte er seit seiner Zeit in München nicht mehr verspürt hatte. Er hatte viele Jahre gegen die Clans gekämpft, gegen organisierte Kriminalität und internationale Drogenringe – und er hatte geglaubt, dass er diese Zeit hinter sich gelassen hatte. Doch dieses Tattoo brachte ihn plötzlich zurück, direkt in die dunklen Schatten einer Zeit, die er nie ganz losgeworden war.

„Das ist es,“ murmelte er leise zu sich selbst und griff nach der Akte, die er auf dem Tisch ausgebreitet hatte. Die Details des Falls lagen vor ihm – Wesslings Bewegungen, seine Verbindungen, die Autopsieberichte.

Doch das Tattoo, dieses Zeichen auf seiner Brust, dominierte. Es war der Schlüssel. Und Olsen spürte, dass es weit mehr enthüllte, als sie bisher verstanden hatten.

„Bernd?" Die Stimme von Maren Starke durchbrach die Stille, als sie an die Tür seines Büros klopfte und eintrat. Sie hielt einen dicken Stapel Akten in den Händen und sah erschöpft aus, doch ihre Augen waren aufmerksam und scharf wie immer. „Ich habe die Berichte aus der Spurensicherung. Nicht viel Neues, aber ein paar Details könnten dir gefallen."

Olsen nickte dankend, nahm jedoch die Akten nicht sofort entgegen. Sein Blick blieb starr auf die Karteikarte des Tattoos gerichtet, die vor ihm lag. „Das Tattoo," begann er leise, ohne den Blick zu heben. „Ich habe es schon einmal gesehen."

Maren zog eine Augenbraue hoch und legte die Akten auf den Tisch. „Wo? Wann? Bei wem?"

Olsen atmete tief durch, als die Erinnerung ihn wieder traf.

„München. Vor etwa zehn Jahren. Wir hatten damals einen Fall, der uns an die Grenzen brachte. Organisierte Kriminalität, Drogenhandel. Es war ein harter Kampf gegen einen Clan, der sich immer mehr Einfluss in Europa verschafft hat. Und das Symbol... ich bin mir sicher, es war das gleiche. Damals habe ich es auf einem der Mitglieder des Clans gesehen."

Maren setzte sich ihm gegenüber und verschränkte die Arme, ihr Blick neugierig, aber wachsam. „Welcher Clan war das?"

Olsen zögerte kurz, bevor er antwortete. „Der Milojevic-Clan." Seine Stimme klang schwer, als er den Namen aussprach, als wäre er ein dunkles Geheimnis, das man besser nicht laut aussprach.

Maren schnaubte leise. „Milojevic... Das ist doch einer der größten Clans in Osteuropa, oder? Drogenhandel, Menschenhandel, Waffen... Die haben sich doch überall eingenistet."

Olsen nickte langsam, während er gedanklich tief in den Erinnerungen an seine Münchener Zeit wühlte. „Ja, das stimmt. Damals waren sie dabei, ihre Tentakel in ganz Europa auszustrecken. München war ein wichtiger Knotenpunkt für sie – nicht nur für Drogen, sondern auch für Geldwäsche und andere illegale Geschäfte."

Er rieb sich das Kinn und starrte auf die Notizen, die er sich gemacht hatte. „Dieses Tattoo... es war das Erkennungszeichen derjenigen, die zu den inneren Kreisen des Clans gehörten. Die Leute, die in direkten Kontakt mit den Bossen standen. Die Elite der Verbrecher."

Maren runzelte die Stirn und lehnte sich nach vorne. „Wenn das stimmt, dann sprechen wir von einer viel größeren Bedrohung, als wir bisher dachten."

Ihre Augen wurden schmaler, als sie die Bedeutung seiner Worte erkannte. „Das würde auch erklären, warum Wessling getötet wurde. Wenn er mit den Milojevics zu tun hatte, dann hat er entweder für sie gearbeitet – oder gegen sie."

Olsen rieb sich die Schläfen, als die Erinnerungen immer klarer wurden. „Ich erinnere mich an die damaligen Verhöre. Es war damals fast unmöglich, jemanden aus dem inneren Kreis des Clans zum Reden zu bringen. Diese Leute sind loyal bis in den Tod. Die Rune, die sie tragen, ist nicht nur ein Symbol. Es ist ein Schwur – ein Schwur, dass sie für den Clan alles tun, was nötig ist, um im Gegenzug dafür die Macht des Clans zu genießen."

Maren schüttelte langsam den Kopf. „Und jetzt taucht das Tattoo in Hamburg wieder auf. Glaubst du, der Milojevic-Clan ist hier aktiv?"

Olsen seufzte tief. „Es wäre nicht das erste Mal, dass sie sich eine neue Stadt suchen. Hamburg ist eine Hafenstadt. Der perfekte Ort für Schmuggel und Drogenhandel. Es würde Sinn machen."

Er nahm die Karte mit dem Tattoo in die Hand und hielt sie hoch. „Ich muss die alten Fallakten durchsehen. Vielleicht gibt es Verbindungen, die ich übersehen habe."

Maren nickte zustimmend. „Das könnte uns helfen. Wenn wir herausfinden, wie tief Wessling in diese Sache verstrickt war, könnten wir den nächsten Schritt des Clans vorhersagen. Aber..., wenn der Milojevic-Clan hier in Hamburg aktiv ist, dann wird es gefährlich. Diese Leute sind gnadenlos."

„Das weiß ich," sagte Olsen und stand auf, seine Hände in die Taschen seines Mantels schiebend. „Sie haben eine klare Struktur, feste Regeln. Wer einmal drin ist, kommt nicht mehr raus. Und Wessling war zu tief drin. Sein Tod war eine Botschaft. Nicht nur an uns, sondern an jeden, der vielleicht darüber nachdenkt, sich gegen den Clan zu stellen."

Maren sah ihn ernst an. „Wir müssen uns beeilen, Bernd. Wenn die Milojevics hier wirklich aktiv sind, wird es nicht lange dauern, bis sie wieder zuschlagen."

Olsen nickte. „Ich weiß. Aber bevor wir handeln, muss ich sicher sein. Ich werde in den alten Akten nachsehen und mit einem alten Kontakt aus München sprechen."

Er nahm seine Jacke und wandte sich zur Tür. „Diese Rune... sie führt uns tiefer in die Abgründe dieses Clans. Und wir müssen bereit sein, dem entgegenzutreten."

Später am Abend, als das Büro des LKA sich allmählich leerte, blieb Olsen allein zurück. Die kalte Leuchtstoffbeleuchtung war das Einzige, was die Dunkelheit verdrängte, die sich draußen über Hamburg gelegt hatte. Der Regen trommelte monoton gegen die Fensterscheiben, und die Neonlichter der Stadt blitzten im Takt der Tropfen auf.

Er zog einen großen Stapel alter Akten aus seiner Tasche – die Überreste seiner Zeit beim LKA München, die er nie ganz losgelassen hatte. Es war nicht einfach gewesen, diese Fälle zu vergessen, und nun holten sie ihn ein.

Der Milojevic-Clan war damals eine undurchdringliche Festung gewesen, und Olsen hatte immer das Gefühl gehabt, dass er sie nie wirklich besiegt hatte. Vielleicht hatte er es auch nie wirklich geglaubt.

Als er die ersten Akten öffnete, durchströmte ihn ein vertrautes Gefühl – eine Mischung aus Entschlossenheit und düsterer Vorahnung. Die Namen, die Gesichter, die Verbrechen... alles kam wieder hoch. Bilder von toten Männern, die die Rune auf ihren Körpern trugen, tauchten vor seinem inneren Auge auf.

Es war immer das gleiche Muster: Harte Männer, die loyal bis in den Tod waren. Sie hatten gelächelt, als sie im Verhörraum saßen, wissend, dass sie nicht reden würden. Und keiner von ihnen hatte jemals gesprochen.

„Das ist es," flüsterte er zu sich selbst, als er eine alte Akte aufschlug. Ein Bild eines toten Mannes, der im Münchener Umland gefunden worden war, starrte ihn an. Die gleiche Rune prangte auf dessen Brust. Ein Markenzeichen. Eine Signatur. Genau wie bei Wessling.

Olsen konnte das Pochen seines Herzens in seinen Ohren hören, als er sich durch die Akten wühlte. Jeder Fall, jedes Bild, jede Zeugenaussage brachte ihn näher an die Wahrheit. Und dann, nach Stunden des Durchsehens, stieß er auf etwas. Eine Vernehmung von vor fast zehn Jahren, die ihn innehalten ließ.

Der Mann, der damals befragt wurde, war ein kleiner Fisch gewesen, ein Mittelsmann für den Clan. Er hatte kaum Informationen preisgegeben, aber ein Detail war hängengeblieben: Der Clan hatte Pläne, sich nach Hamburg auszuweiten. Es war nur ein Gedankenspiel gewesen, eine beiläufige Bemerkung – doch jetzt, Jahre später, fügte sich das Puzzleteil zusammen.

Der Milojevic-Clan war in Hamburg angekommen.

Olsen schloss die Akte, lehnte sich in seinem Stuhl zurück und starrte auf die verregnete Stadt vor ihm. Es hatte nie aufgehört. Sie hatten nur abgewartet, ihre Pläne vorbereitet. Jetzt, nach all den Jahren, waren sie bereit, zuzuschlagen.

Der Regen trommelte unaufhörlich weiter auf das Dach, und das monotone Geräusch des prasselnden Wassers schien mit den Gedanken von Bernd Olsen zu verschmelzen, die tief in der Vergangenheit wühlten. Sein Büro war in das gedämpfte Licht der Nachtschichten getaucht, die nur von den flackernden Monitoren und den alten Papierakten durchbrochen wurden, die sich über seinen Schreibtisch türmten. Der Duft von abgestandenem Kaffee lag in der Luft, und seine Hände umklammerten den Becher, während er auf die Dokumente starrte, die er in den letzten Stunden durchforstet hatte.

Vor ihm lag die Akte eines alten Mordfalls aus seiner Zeit beim LKA München. Ein Mord, den er nie ganz hatte abschließen können, weil die Verantwortlichen sich immer den Händen der Justiz entzogen hatten. Es war ein Fall gewesen, der von Anfang an durch die Finger der Polizei zu gleiten schien, wie feiner Sand. Jedes Mal, wenn sie glaubten, den Täter zu fassen, hatten sich die Hinweise in Rauch aufgelöst.

Doch jetzt, fast zehn Jahre später, lagen die gleichen Spuren wieder vor ihm – wie ein düsteres Déjà-vu, das ihn unaufhaltsam in die Schatten seiner eigenen Vergangenheit zog.

Die Rune war der Schlüssel. Das wusste Olsen jetzt mit Sicherheit. Sie war mehr als nur eine zufällige Markierung. Sie war das Symbol eines mächtigen Clans, der vor Jahren im Verborgenen agierte, den er damals nicht hatte zerschlagen können. Der Milojevic-Clan. Der Gedanke an diesen Namen ließ sein Herz schneller schlagen, während er die Notizen seiner früheren Ermittlungen durchging.

„Ich habe es geahnt," murmelte Olsen leise vor sich hin und legte den Becher zur Seite. Seine Finger fuhren über die vergilbten Seiten einer Vernehmung aus dem Jahr 2012.

Es war ein Mittelsmann gewesen, ein kleiner Fisch, der damals in München verhaftet worden war. Der Mann hatte nur wenig gesagt – kaum genug, um ihn festzuhalten – doch eines war in Olsens Gedächtnis geblieben: Die Rune auf seiner Brust, dieselbe, die sie jetzt auf Kai Wessling gefunden hatten.

„Die Rune symbolisiert Macht," hatte der Mann in gebrochenem Deutsch gesagt, als Olsen ihn damals verhört hatte. „Sie ist ein Schlüssel zu allem. Wer sie trägt, gehört zur Familie."

Damals hatte Olsen nicht die volle Bedeutung der Worte verstanden. Die Ermittlungen waren schleppend verlaufen, der Milojevic-Clan hatte sich immer weiter zurückgezogen, bis es fast so aussah, als wäre er vollständig verschwunden.

Doch jetzt, Jahre später, wusste Olsen, dass sie nur abgewartet hatten. Wiederaufbau, neue Verbindungen, neue Territorien. Und jetzt war Hamburg ihr neuer Knotenpunkt.

Olsen holte tief Luft, als er sich in die harten Details der alten Akten vertiefte. Der Milojevic-Clan war einer der mächtigsten kriminellen Organisationen Osteuropas, bekannt für seine brutale Effizienz und seine weitreichenden Verbindungen in den internationalen Drogenhandel, den Menschenhandel und die Geldwäsche.

Sie waren nicht nur ein Clan, sie waren ein Imperium im Schatten der Zivilisation, unsichtbar für die meisten, aber allgegenwärtig für diejenigen, die wussten, wo sie suchen mussten.

Das Symbol, die Rune, war mehr als ein bloßes Zeichen der Zugehörigkeit. Es war ein Siegel der Loyalität. Wer es trug, schwor absoluten Gehorsam – an die Spitze des Clans, an Sreten Milojevic, den unantastbaren Boss, der seine Macht von einem Netz aus loyalen Anhängern ausüben ließ, die über ganz Europa verteilt waren. Es war nicht nur eine kriminelle Organisation, es war eine Bruderschaft, gebunden durch Blut und Furcht.

„Die Rune," flüsterte Olsen leise und griff nach einem der alten Verhörprotokolle. Die Worte des Mannes, den er damals verhört hatte, hallten in seinem Kopf wider: „Wer die Rune trägt, hat den Eid geschworen. Einen Eid, den man nur mit Blut bricht."

Damals hatten diese Worte für Olsen noch keinen vollen Sinn ergeben, doch jetzt konnte er die Bedeutung kaum ignorieren. Wessling trug dieses Symbol. Ein Geschäftsmann aus der Hamburger Oberschicht – jemand, der scheinbar nichts mit der brutalen Unterwelt zu tun hatte – und doch hatte er diesen Eid geschworen. Es bedeutete, dass Wessling nicht nur ein Werkzeug des Clans gewesen war, sondern dass er tief in ihren Strukturen verstrickt war. Er war ein Teil der Familie, und sein Tod war kein Zufall.

Olsen lehnte sich zurück und starrte auf das verblichene Foto eines Clanmitglieds, das in einer der Akten enthalten war. Ein Mann mit harten, kantigen Gesichtszügen, ein Hauch von Selbstgefälligkeit in seinem Blick – und direkt unterhalb der linken Brust prangte die Rune. Es war das gleiche Symbol, das auch auf Wesslings Leiche gefunden worden war.

„Milojevic," sagte Olsen zu sich selbst, während er das Bild betrachtete. „Du hast es also geschafft." Der Milojevic-Clan war in Hamburg angekommen, genau wie damals in München, und sie hatten ihre Spuren wieder hinterlassen.

Plötzlich klingelte sein Telefon und riss ihn aus den Gedanken. Es war Maren Starke, die ihn in seiner Konzentration unterbrach. „Bernd, wir haben etwas gefunden."

Olsen setzte sich auf und griff nach dem Hörer. „Was ist es, Maren?"

Ihre Stimme klang angespannt, als sie antwortete. „Jonas hat einige alte Verbindungen durchforstet. Es gibt Anzeichen dafür, dass Wessling in den letzten Monaten regelmäßig Kontakt mit Personen hatte, die wir mit dem Milojevic-Clan in

Verbindung bringen können. Besonders interessant ist, dass diese Treffen in Lagerhäusern am Hafen stattfanden. Und das Wichtigste: Ein Name taucht immer wieder auf – Sreten Milojevic."

Der Name traf Olsen wie ein Schlag in die Magengrube. Sreten Milojevic, der Boss des Clans. Ein Mann, der für viele als Phantom galt. Er war das Oberhaupt der Organisation, ein Mann, der im Schatten agierte, geschützt von einem dichten Netz aus loyalen Handlangern und korrupten Beamten.

Es gab nur wenige Fotos von ihm, und noch weniger Hinweise auf seine Aufenthaltsorte. Doch nun schien er, zumindest indirekt, in den Tod von Kai Wessling verwickelt zu sein.

„Sreten Milojevic in Hamburg," sagte Olsen, während er aufstand und zum Fenster ging. Er sah hinaus in die dunkle, regennasse Stadt, die wie ein Meer aus Lichtern und Schatten vor ihm lag. „Das bedeutet, dass der Clan hier etwas Größeres plant."

„Genau das denke ich auch," antwortete Maren, ihre Stimme scharf. „Es sieht so aus, als ob Wessling in die Geschäfte des Clans verwickelt war. Und wenn das stimmt, haben wir es hier mit einer weitreichenden Operation zu tun. Wir müssen schneller sein als sie."

Olsen nickte, obwohl sie es nicht sehen konnte. „Wir müssen mehr über diese Lagerhäuser herausfinden. Ich will wissen, was Wessling dort gemacht hat, wen er getroffen hat. Wir müssen jede Verbindung aufdecken."

„Ich werde Jonas sofort darauf ansetzen," sagte Maren. „Aber wir müssen vorsichtig sein. Der Clan spielt nicht nach den üblichen Regeln."

„Das weiß ich," antwortete Olsen ruhig. „Und deshalb dürfen wir keine Fehler machen. Wenn Sreten Milojevic wirklich hier ist, bedeutet das, dass etwas Großes bevorsteht. Etwas, das die Stadt erschüttern könnte."

Olsen legte auf und blieb noch einen Moment am Fenster stehen. Der Regen schlug hart gegen die Scheiben, als würde er ihn herausfordern, schneller zu handeln. Sreten Milojevic. Der Mann war wie ein Schatten, und doch war seine Präsenz jetzt in Hamburg spürbar.

Das Symbol, die Rune, die sie auf Wesslings Brust gefunden hatten, war nur die Spitze des Eisbergs. Der Clan hatte sich tief in die Stadt hineingefressen, und Wesslings Tod war nur der erste Vorbote einer viel größeren Gefahr.

Später in der Nacht saß Olsen immer noch an seinem Schreibtisch, umgeben von den alten Akten. Die letzten Vernehmungen mit den Mitgliedern des Milojevic-Clans hallten in seinem Kopf wider. Er konnte die Gesichter der Männer sehen, die damals nichts preisgegeben hatten. Sie waren alle loyal bis in den Tod gewesen, und auch wenn sie in den Verhören geschwiegen hatten, die Rune auf ihren Körpern hatte mehr gesagt als ihre Worte.

Die Waffenlieferungen, die Drogentransporte, die Geldwäscheoperationen – all das hatte der Milojevic-Clan in den Jahren perfektioniert. Und jetzt, nach all den Jahren, hatten sie einen neuen Knotenpunkt gefunden: Hamburg. Wessling war nur einer von vielen, die Teil ihres Plans waren. Aber warum jetzt?

Olsen fühlte die Bedrohung, die von diesem Fall ausging. Es war kein gewöhnlicher Mord, kein einfaches Verbrechen.

Es war der Anfang eines neuen Kapitels für den Milojevic-Clan. Und er war bereit, diesem Kapitel ein Ende zu setzen.

Es war nach Mitternacht, und das LKA Hamburg war fast leer. Nur vereinzelte Schritte hallten durch die langen, kahlen Flure, während das Summen der Neonlichter die einzige Begleitung in der stillen Nacht war.

Bernd Olsen saß allein in seinem Büro, vor ihm das flackernde Licht des Computerbildschirms, das die unruhige Spannung in seinen Augen widerspiegelte. Die alte Akte lag offen vor ihm, aber seine Gedanken waren bereits woanders.

Er hatte lange gezögert, diesen Schritt zu gehen. Die Entscheidung, einen alten Kontakt aus seiner Münchener Zeit zu reaktivieren, fühlte sich wie ein Griff nach einer vergifteten Klinge an – unvermeidbar, aber gefährlich. Zoran Pavic, ein Mann, der in den tiefen Schatten der organisierten Kriminalität lebte, war Olsens alter Informant.

Pavic war nicht nur eine Quelle, er war ein Spieler – jemand, der auf beiden Seiten der Moral wandelte und stets nur für sich selbst arbeitete. Er wusste zu viel über den Milojevic-Clan, aber er wusste auch, wie man diese Informationen zu seinem Vorteil nutzte.

Olsen lehnte sich im Stuhl zurück und schloss die Augen. Der Milojevic-Clan war nicht irgendwer. Ihre Macht reichte tief in die europäischen Unterwelten hinein, und Pavic hatte sich immer wie eine Spinne im Netz ihrer Verstrickungen bewegt. Doch wenn jemand Antworten hatte, dann war es er. Aber es würde nicht leicht werden. Vertrauen war ein Wort, das Pavic nicht kannte, und die Spielregeln der Unterwelt hatten sich seit Olsens Zeit in München nicht geändert: Nichts war umsonst.

Olsen griff nach dem Hörer. Eine schnelle Nachricht, und Pavic würde wissen, dass er gebraucht wurde. Es vergingen nur wenige Sekunden, bevor ein vertrautes, tiefes Summen die Leitung füllte. Olsen wartete. Keine Begrüßung, keine formalen Worte – das war bei Pavic nicht nötig.

„Bernd," ertönte eine leise, rauchige Stimme am anderen Ende. „Lange her. Ich dachte, du hättest Hamburg zum Ausruhen gewählt?"

Olsen seufzte leise. „Keine Zeit für Smalltalk, Pavic. Ich brauche Informationen." Seine Stimme war fest, doch der Gedanke, dass er wieder in Pavics Netz aus Manipulationen und Halbwahrheiten gezogen wurde, ließ ihn unruhig auf seinem Stuhl hin und her rutschen.

Pavic lachte leise. „Natürlich brauchst du das. Aber du weißt, Informationen sind nicht billig. Und du willst etwas wissen, das gefährlich ist, nicht wahr? Du willst etwas über... den Milojevic-Clan."

Olsen spürte, wie sich sein Griff um den Hörer verstärkte. Pavic war immer einen Schritt voraus – ein Mann, der mehr wusste, als gut für ihn war. „Ich brauche alles, was du über ihre Operationen in Hamburg weißt. Sie sind hier, und ich habe Grund zu glauben, dass sie für einen Mord verantwortlich sind."

Es entstand eine kurze Stille. Dann kam Pavics Stimme, leise und bedrohlich. „Die Milojevics in Hamburg. Tja, das ist keine Überraschung. Sie haben immer nach neuen Häfen gesucht. Und Hamburg... Hamburg ist perfekt für sie. Der größte Hafen Deutschlands, ein Tor zur Welt. Du weißt, was das bedeutet."

„Schmuggel," sagte Olsen knapp. „Drogen, Waffen, Menschen. Sie nutzen den Hafen als Umschlagplatz."

„Genau," bestätigte Pavic, seine Stimme glatt und geschmeidig wie ein Flüstern in der Dunkelheit. „Und du willst wissen, wie tief sie bereits drinstecken, nicht wahr? Aber sag mir, Bernd... was hast du zu bieten? Du weißt, wie das läuft. Nichts ist umsonst."

Olsen lehnte sich zurück, das Telefon fest in der Hand. Es war immer ein Spiel mit Pavic. Er wusste, dass er vorsichtig sein musste. Pavic war kein Freund, er war ein Überlebenskünstler, der auf beiden Seiten spielte und nur an sich dachte. Doch wenn es jemanden gab, der wusste, was der Milojevic-Clan in Hamburg vorhatte, dann war es er.

„Ich kann dir Schutz anbieten, Pavic. Wenn der Clan erfährt, dass du mit mir sprichst, wird es gefährlich für dich." Olsens Stimme war kalt, fast sachlich. Er wusste, dass Pavic überleben wollte, dass er jede Chance nutzen würde, um sich selbst zu retten. „Aber ich brauche Informationen, jetzt."

Ein leises Lachen hallte durch die Leitung. „Schutz? Ich habe schon viele Jahre in diesem Spiel überlebt, Bernd. Aber gut, ich gebe dir etwas, damit du mich nicht länger mit deinen Reden langweilst. Die Milojevics sind nicht nur hier, um ihre übliche Ware durch den Hafen zu schmuggeln." Er machte eine kurze Pause, als wolle er sicherstellen, dass Olsen ihm aufmerksam zuhörte. „Sie planen etwas Größeres. Etwas, das sie seit Jahren vorbereiten."

Olsen setzte sich auf, sein Herz begann schneller zu schlagen. „Was genau?"

„Der Hafen ist nur der Anfang," fuhr Pavic fort, seine Stimme kaum mehr als ein Flüstern. „Sie bauen ein Netzwerk in Hamburg auf, wie sie es damals in München getan haben. Drogen und Waffen sind nur der Deckmantel. Es geht um viel mehr. Sie wollen die Kontrolle über den ganzen Schwarzmarkt der Stadt. Sie haben Leute auf der Straße, in den Lagerhäusern, und..."

Pavic hielt kurz inne, seine Stimme wirkte plötzlich schwerer. „Sie haben Leute in der Stadtregierung. Korruption, Bernd. Tief verwurzelte Korruption."

„In der Stadtregierung?" Olsens Stirn runzelte sich. Das würde die Sache auf ein ganz anderes Level bringen. „Bist du sicher?"

„Oh, ich bin sicher," antwortete Pavic trocken. „Es geht um Geld, um Macht. Und die Milojevics wissen, wie man die richtigen Leute schmiert. Hamburg ist ihr neues Spielfeld, und du hast es gerade erst betreten."

Olsen schloss für einen Moment die Augen. Die Milojevics hatten nicht nur den Hafen unter Kontrolle, sie infiltrierten die Stadt selbst. Das bedeutete, dass jeder Versuch, sie zu stoppen, auf Widerstände stoßen würde, die tiefer reichten, als er erwartet hatte. Und es bestätigte, dass Wesslings Tod kein einfacher Mord war – es war eine gezielte Aktion in einem viel größeren Spiel.

„Was weißt du über Sreten Milojevic?" fragte Olsen leise. „Ist er in der Stadt?"

Die Stille am anderen Ende der Leitung hielt an, länger als zuvor.

Als Pavic schließlich antwortete, klang seine Stimme tiefer, ernster. „Sreten ist hier, ja. Aber er ist schwer zu fassen. Er bewegt sich nicht offen. Die Leute, die du siehst – die Handlanger, die Schmuggler – das sind nur die Soldaten. Sreten zieht die Fäden im Hintergrund. Er kommt nur raus, wenn er sicher ist, dass niemand ihn erwischt."

Olsen atmete tief durch. „Hast du einen Anhaltspunkt, wo er sich aufhält?"

„Ich weiß, dass er Verbindungen zu bestimmten Lagerhäusern am Hafen hat," sagte Pavic langsam. „Aber sei vorsichtig, Bernd. Die Milojevics sind nicht dumm. Sie wissen, dass du hinter ihnen her bist. Du wirst sie nicht so leicht finden."

„Das Risiko gehe ich ein." Olsens Stimme war hart, doch er wusste, dass Pavic recht hatte. Der Milojevic-Clan war nicht leicht zu durchdringen, und jeder Schritt würde gefährlich werden.

„Das habe ich mir gedacht," antwortete Pavic leise. „Du bist immer noch derselbe, Bernd. Aber pass auf, dass du dieses Mal nicht zu tief gehst. Die Milojevics spielen ein anderes Spiel als die kleinen Fische, mit denen du sonst zu tun hast."

Olsen legte auf, ohne ein weiteres Wort zu sagen. Er wusste, dass Pavic ihn gewarnt hatte – doch es gab keine andere Wahl. Er musste tiefergraben.

Der Milojevic-Clan hatte Hamburg bereits infiltriert, und der Tod von Wessling war nur der Anfang. Die Stadt war in Gefahr, und es war an ihm, die Fäden zu entwirren, bevor es zu spät war.

Später in der Nacht, als das Büro des LKA immer stiller wurde und die Stadt draußen im Regen ertrank, setzte sich Olsen wieder an seinen Schreibtisch.

Die Informationen von Pavic rasten durch seinen Kopf. Der Clan hatte sich tiefer in Hamburg eingenistet, als er gedacht hatte. Es war nicht nur eine kriminelle Operation – es war eine Übernahme.

Seine Finger glitten über die Tastatur, während er die neuen Hinweise in den Computer eingab. Lagerhäuser am Hafen. Es war nicht viel, aber es war ein Anfang. Wessling war dort gewesen, und Pavic hatte bestätigt, dass auch die Milojevics dort aktiv waren. Jetzt musste er diese Verbindung bestätigen.

Olsen wusste, dass dies der Anfang eines gefährlichen Spiels war. Die Milojevics waren keine gewöhnlichen Kriminellen. Sie waren organisiert, unnachgiebig und skrupellos. Und wenn er den Faden einmal aufnahm, würde es kein Zurück mehr geben. Doch es gab keinen anderen Weg.

Hamburg war in Gefahr, und er würde nicht zulassen, dass die Stadt unter die Kontrolle des Clans fiel.

Mit einem letzten Blick auf die Karte des Hafenbereichs und den Namen, die er mit roter Tinte markiert hatte, lehnte sich Olsen in seinem Stuhl zurück.

Der Kampf hatte begonnen, und er war bereit, ihn aufzunehmen.

Unter Druck im Zwielicht

Es war wieder einmal fast Mitternacht, und Bernd Olsen saß an seinem Schreibtisch im LKA Hamburg, den Blick auf eine chaotische Mischung aus Fallakten und Fotos gerichtet. Das Büro war leer, und die meisten Kollegen waren längst gegangen. Nur das schwache Brummen der Klimaanlage und das Rauschen des Regens, der gegen die Fenster prasselte, füllten die Stille. Seit Stunden saß er hier, versunken in die alten Münchener Akten, den Milojevic-Clan und die tödliche Rune, die wie ein wiederkehrendes Unheil in all seinen Gedanken schwebte.

Nach dem Hinweis von Pavic, dass der Milojevic-Clan Hamburg als neuen Knotenpunkt nutzte und sich bis in die Stadtregierung vorgearbeitet hatte, war Olsen klar geworden, dass er tiefer gehende Informationen brauchte. Er konnte nicht länger nur zuschauen. Seine Ermittlungen führten in eine Richtung, die er nicht ohne zusätzliche Hilfe weiterverfolgen konnte.

Die Namen und Gesichter, die in den Akten auftauchten, begannen ein größeres Bild zu formen, aber er benötigte aktuelle, lebendige Informationen. Jemanden, der in der Welt des Clans lebte, jemanden, der sich zwischen den gefährlichen Strukturen der organisierten Kriminalität bewegte.

Nemo war seine beste Option. Nemo, ein Mann, den Olsen seit Jahren als Informant kannte, war tief in das Netzwerk des Milojevic-Clans eingebettet. Er war kein Freund, sondern ein überlebensgroßer Opportunist. Nemo spielte mit beiden Seiten – er verkaufte Informationen an die Polizei, aber er wusste auch, wie man sich die Gunst der gefährlichsten Kriminellen sicherte. Es war ein riskanter Balanceakt, doch bisher war Nemo immer auf den Beinen geblieben. Wenn jemand etwas über die aktuellen Pläne des Clans wusste, dann er.

Olsen war sich bewusst, dass dieses Treffen gefährlich war. Nemo vertraute niemandem – und er würde auch Olsen nicht vertrauen. Aber wenn er mehr über den Clan und dessen Aktivitäten in Hamburg herausfinden wollte, musste er dieses Risiko eingehen.

Mit einem festen Entschluss griff er nach seinem Mantel, schnappte sich die Schlüssel und verließ das Büro. Auf dem Weg zum Parkplatz drückte er die Schnellwahl auf seinem Handy und ließ es einmal klingeln. Es war das vereinbarte Zeichen. Nemo würde wissen, dass es Zeit war.

Der Regen fiel in dichten Schleiern, als Olsen sein Auto parkte. Der Hafen, sonst geschäftig und laut, lag in dieser Nacht fast gespenstisch still da. Lagerhäuser reihten sich wie dunkle Schattenrisse am Wasser entlang, und die einzigen Geräusche kamen vom leisen Trommeln des Regens auf den Wellblechdächern und dem gelegentlichen Klappern von Ketten oder Metallgegenständen, die im Wind schaukelten.

Olsen war früh angekommen, wie immer. Er vertraute niemandem – schon gar nicht einem Informanten wie Nemo. Dieser Ort war kein Zufall. Das verlassene Lagerhaus am Rande des Hafens war ein beliebter Umschlagplatz für alles, was illegal war. Drogen, Waffen, gestohlene Güter, und manchmal auch Informationen. Die düsteren Gassen um die Lagerhäuser herum boten genug Deckung, um unbemerkt zu bleiben, aber auch genug Raum, um zu verschwinden, wenn es brenzlig wurde. Es war der perfekte Ort für derartige Treffen.

Der Grund für diese späte Stunde? Nemo ließ sich nicht drängen, und er tauchte nie vor Mitternacht auf. Er war ein Schatten in der Stadt – immer in Bewegung, niemals greifbar. Die Uhrzeit und der Ort bedeuteten, dass auch Nemo wusste, dass dieses Treffen wichtig war. Zu wichtig, um es in den regulären Stunden abzuwickeln.

Olsen lehnte sich in seinem Wagen zurück, während seine Augen unruhig die Umgebung absuchten. Was ihn hergetrieben hatte, war nicht nur die Drohung, die über ihm hing, sondern auch das Gefühl, dass sie kurz davor waren, etwas Großes zu entdecken.

Wesslings Tod war kein isoliertes Ereignis gewesen, sondern ein Teil eines komplexen Plans. Der Clan hatte Hamburg als neuen Umschlagplatz gewählt, und Olsen wusste, dass sie bereits einen Fuß in der Stadt hatten.

Das Gespräch mit Pavic beunruhigte ihn – der Clan hatte nicht nur illegale Waren geschmuggelt, sondern auch Einfluss auf die Politik gewonnen.

Ein paar Minuten vergingen in angespannter Stille. Dann, als hätte der Regen ihn mitgebracht, trat Nemo aus dem Schatten der Lagerhäuser hervor. Eine hagere Gestalt, in dunkle Kleidung gehüllt, mit einer tief ins Gesicht gezogenen Kapuze. Olsen blieb noch einen Moment sitzen und musterte ihn. Nemo war immer schwer zu lesen, aber heute wirkte er besonders angespannt, als wäre ihm die Gefahr selbst auf den Fersen.

Olsen stieg aus dem Wagen. Der kalte Regen prasselte auf seinen Mantel, doch er nahm das kaum wahr. Nemo blieb einige Meter entfernt stehen, die Hände tief in den Taschen vergraben. Sein scharfes, schlangenartiges Gesicht blinzelte unter der Kapuze hervor, als seine Augen die Umgebung abtasteten.

„Olsen," begann Nemo ohne jede Begrüßung. Seine Stimme war rau und schneidend. „Hast du nicht langsam genug von diesem Spiel? Ich dachte, du wärst in Hamburg, um es ruhiger angehen zu lassen."

„Kein Spiel, Nemo," antwortete Olsen trocken. „Was hast du für mich?"

Nemo lachte leise, aber es war kein echtes Lachen, eher ein kaltes, distanziertes Geräusch. „Immer noch der alte Bernd. Immer auf der Jagd. Ich habe es dir schon gesagt – der Milojevic-Clan ist kein Haufen Straßengangster. Sie haben mächtige Freunde. Und du machst dir viele Feinde, wenn du weiter in ihrer Scheiße wühlst."

Olsen trat einen Schritt näher, sein Gesicht blieb ruhig, doch in seinen Augen flammte Entschlossenheit auf. „Ich brauche Informationen, Nemo. Die Zeit für Spielchen ist vorbei."

Nemo musterte ihn für einen Moment, als ob er abwägen würde, wie weit er gehen konnte, bevor er zu viel preisgab. Schließlich sprach er leise weiter, fast verschwörerisch. „Der Clan baut hier etwas Großes auf, Olsen. Und du bist verdammt nah dran, in ein Wespennest zu stechen. Sie nutzen den Hafen, das weißt du schon. Aber was du nicht weißt, ist, dass sie einen Fuß in die Stadtregierung gesetzt haben. Die richtigen Leute, die richtigen Geschäfte. Geld wäscht Hände sauber, und diese Stadt... sie gehört ihnen schneller, als du denkst."

Olsen schnaubte verächtlich. „Ich brauche mehr als nur Gerüchte, Nemo. Namen. Orte. Wer ist involviert?"

Nemo blinzelte nervös, seine Augen wanderten kurz über Olsens Schulter, als hätte er Angst, belauscht zu werden. „Ich kann dir sagen, wo sie operieren. Aber du wirst es bereuen, dorthin zu gehen."

Er machte eine Pause und trat näher, bis sein Gesicht nur noch einen halben Meter von Olsens entfernt war. „Es gibt ein Lagerhaus im südlichen Hafenbereich. Umschlagplatz. Waffen, Drogen... und manchmal noch etwas Größeres. Wenn du wissen willst, wie tief sie in der Stadt stecken, musst du dort hin. Aber sei vorsichtig, Bernd. Sie wissen, dass du ihnen auf die Schliche kommst."

Olsen spürte, wie sich eine kalte Spannung in ihm aufbaute. „Was weißt du über Sreten Milojevic? Ist er hier?"

Bei dem Namen zuckte Nemo leicht zusammen. „Sreten Milojevic..." Er ließ den Namen in der Luft hängen, als ob er die

Schwere der Worte spüren würde. „Ja, er ist hier. Aber du wirst ihn nicht so leicht finden. Er bleibt im Schatten. Die Soldaten machen die Drecksarbeit, aber er zieht die Fäden."

Olsen nickte langsam. Es war alles, was er gebraucht hatte. Der Milojevic-Clan operierte nicht nur in Hamburg, sie hatten die Machtstrukturen infiltriert. Die Stadt war in Gefahr, und es war nur eine Frage der Zeit, bis sie einen Zug machten, den niemand mehr rückgängig machen konnte.

„Hör auf zu graben, Bernd," sagte Nemo plötzlich, seine Stimme schärfer als zuvor. „Der Clan weiß, dass du hinter ihnen her bist. Sie mögen keine Polizisten, die in ihren Geschäften wühlen. Du spielst mit deinem Leben – und dem deiner Leute."

Olsen hielt inne, die Worte hallten in ihm nach. Es war eine Warnung, aber er wusste, dass er nicht mehr zurückkonnte. „Ich weiß, was ich tue," entgegnete er ruhig.

Nemo sah ihn lange an, dann nickte er knapp und verschwand wortlos im Regen. Der Schatten hatte sich wieder aufgelöst.

Der Regen trommelte unaufhörlich gegen die Windschutzscheibe, als Bernd Olsen die stillen Straßen von Hamburg-Poppenbüttel entlangfuhr. Es war weit nach Mitternacht, und die Stadt hatte sich in eine kühle, regennasse Stille gehüllt. Die Scheinwerfer seines Wagens schnitten durch die Dunkelheit, während der Scheibenwischer gegen die Schauer kämpfte, die immer dichter wurden. Er fuhr langsamer als sonst, den Blick fest auf die vor ihm liegende Straße gerichtet.

Moorhof 10, sein Zuhause seit der Versetzung nach Hamburg, war nur noch wenige Minuten entfernt. Die Dachgeschosswohnung in dem kleinen 3-Familienhaus hatte er gewählt, um etwas Abstand von der Hektik des LKA zu haben. Die ruhige, fast dörfliche Atmosphäre von Poppenbüttel bot ihm normalerweise den Rückzugsort, den er nach langen Tagen im Dienst dringend brauchte.

Doch heute Nacht war das anders. Nach dem Treffen mit Nemo wusste Olsen, dass er ins Visier des Milojevic-Clans geraten war. Sie wussten, dass er ihnen gefährlich nahekam. Die Informationen, die er aus dem Gespräch mit dem Informanten herausgezogen hatte, hatten ihm mehr als deutlich gemacht, dass der Clan nicht nur den Hafen infiltriert hatte. Sie waren tief in die Stadt verwurzelt – und sie beobachteten ihn.

Olsen fuhr in die schmale Straße ein, die zu seiner Wohnung führte, und spürte sofort, wie sich ein Unbehagen in ihm regte. Seine Augen wanderten zu einem schwarzen BMW, der direkt vor seinem Haus stand. Die Scheiben des Autos waren dunkel getönt, und der Motor lief, leise summend. Der Wagen war ihm nicht vertraut.

Sein Magen verkrampfte sich. Das war keine Zufallsbegegnung.

Langsam stellte er den Motor seines eigenen Wagens ab und ließ das Licht aus. Er saß einen Moment regungslos im Auto, den Blick fest auf den BMW gerichtet. Sie waren gekommen. Die Drohungen, die Nemo angedeutet hatte, waren kein leeres Gerede. Der Milojevic-Clan hatte entschieden, ihm eine Nachricht zu senden.

Olsen atmete tief ein, nahm sein Handy und schickte eine kurze Nachricht an Maren Starke: *„Bin zu Hause. Etwas stimmt hier nicht. Ich melde mich."*

Dann öffnete er die Autotür. Der Regen prasselte hart auf seinen Mantel, als er ausstieg, aber er achtete kaum darauf. Jeder seiner Schritte war langsam, bedächtig. Seine Augen verließen den BMW keine Sekunde.

Als er sich dem Wagen näherte, summte die Scheibe auf der Beifahrerseite leise nach unten. Dichter Zigarettenrauch quoll heraus, und dann sah er sie: Zwei Männer. Beide hatten die kapuzenbedeckten Köpfe leicht geneigt, sodass nur ihre Augen im trüben Licht der Straßenlaterne aufblitzten.

Der Beifahrer, ein schlanker Typ mit harten Gesichtszügen, drehte den Kopf in Olsens Richtung und ließ die Zigarette lässig aus dem Fenster fallen. „Na, Kommissar. Nachtschicht?" Er grinste schief, doch seine Augen blieben kalt und funkelnd.

Olsen hielt einige Meter Abstand und musterte die beiden Männer. „Was wollt ihr?" Seine Stimme war ruhig, aber scharf. Er wusste, dass dies keine gewöhnlichen Handlanger waren. Sie waren hier, um ihm eine klare Nachricht zu überbringen.

Der Fahrer, ein bulliger Kerl mit breiten Schultern und einem gemeißelten Gesicht, schnaubte leise und beugte sich leicht vor, um Olsen besser zu sehen. „Fragen stellen, was? So sind die Bullen. Immer auf der Suche nach Antworten, auch wenn sie keine bekommen sollten." Seine Stimme war tief, rau, mit einem deutlichen Akzent, der osteuropäisch klang.

„Seid ihr hier, um mir was zu sagen?" fragte Olsen, ohne den Blick von den beiden abzuwenden.

Der Beifahrer grinste wieder und lehnte sich im Sitz zurück, seine Hände hinter dem Kopf verschränkt. „Ja, Kommissar. Wir sind hier, um dir 'nen kleinen Rat zu geben. Scheiß auf deine Ermittlungen. Du gräbst in Löchern, in die du besser nicht reinschaust. Verstehst du?"

Olsen blieb regungslos, aber seine Augen verengten sich leicht. „Wenn das eine Drohung ist, dann kommt gleich zur Sache. Ich habe keine Zeit für Spielchen."

Der Fahrer hob eine Augenbraue, und sein Grinsen wurde breiter. „Bulle, du hast nicht kapiert, was hier abgeht, oder? Das hier ist kein verdammter Film. Wir sind hier, um dir 'ne ganz klare Ansage zu machen."

Der Beifahrer beugte sich plötzlich vor, sein Blick stechend. „Lass den Milojevic-Clan in Ruhe. Du hörst jetzt auf, uns auf den Fersen zu sein, oder wir kommen das nächste Mal nicht zum Reden vorbei. Das ist die einzige Warnung, Kommissar."

Olsen machte einen Schritt näher an den Wagen, seine Augen fest auf die beiden Männer gerichtet. „Ihr glaubt, ihr könnt hier eine Show abziehen und ich verschwinde einfach? Falsch. Sagt eurem Boss, dass ich nicht so leicht aufzuhalten bin."

Der Fahrer lachte jetzt laut auf, ein tiefes, kehliges Lachen, das von der Kälte der Nacht aufgesogen wurde. „Du denkst wirklich, du bist hier der harte Typ, was? Du machst dich lächerlich, Bulle. Du bist ein Mann, der gerade dabei ist, sich das eigene Grab zu schaufeln, und merkst es nicht mal."

Der Beifahrer zog eine Waffe unter seinem Mantel hervor und ließ sie lässig in seiner Hand kreisen. „Weißt du, was das hier ist? Das ist die Garantie, dass du bald das Zeitliche segnest, wenn du nicht aufhörst. Du willst Held spielen? Mach das woanders."

Olsen hielt den Blick ruhig, aber er spürte, wie die Situation gefährlich wurde. „Ihr glaubt, ich lasse mich von zwei Typen im BMW einschüchtern?" sagte er kühl. „Ihr wisst nicht, wer ich bin. Und noch weniger wisst ihr, wie weit ich bereit bin zu gehen."

Der Fahrer beugte sich vor, seine Stimme wurde bedrohlich leise. „Oh, wir wissen genau, wer du bist, Olsen. Und wir wissen, dass du dich besser verpissen solltest, bevor wir dir zeigen, wie ernst wir es meinen. Dies hier ist keine freundliche Bitte. Nächstes Mal bist du vielleicht nicht mehr so verdammt entspannt, wenn du uns siehst."

Olsen blieb dicht am Wagen stehen, die Anspannung in der Luft war fast greifbar. „Ich werde nicht aufhören. Ich komme euch immer näher, und wenn ihr glaubt, ihr könnt mich so einfach abwimmeln, dann habt ihr euch geschnitten. Ich gehe weiter, bis der Milojevic-Clan Geschichte ist."

Der Beifahrer zuckte leicht, doch sein Grinsen blieb. „Mutig, Kommissar. Aber Mut bringt dir nichts, wenn du mit gebrochenen Knochen im Krankenhaus liegst. Wir sagen es nochmal:

Hör auf zu graben. Du hast genug gesehen. Versteh die Warnung. Das ist die letzte Chance, die du kriegst."

„Und wenn nicht?" fragte Olsen, seine Stimme war jetzt so scharf wie ein Messer.

Der Fahrer ließ die Hand auf den Schalthebel sinken und beugte sich zu Olsen. „Wenn nicht, Kommissar, wirst du verdammt schnell rausfinden, was passiert, wenn wir richtig wütend werden. Dann wirst du's bereuen, überhaupt das Wort Milojevic in den Mund genommen zu haben."

Ohne ein weiteres Wort drückte der Fahrer auf den Knopf, und das Fenster schloss sich wieder. Der BMW rollte langsam los, und die beiden Männer warfen keine weiteren Blicke auf Olsen, als sie in die regennassen Straßen von Poppenbüttel verschwanden.

Olsen stand noch einen Moment im Regen, seine Gedanken rasten. Die Drohung war klar. Der Milojevic-Clan wusste genau, was er tat, und sie hatten beschlossen, dass es Zeit war, ihn aufzuhalten. Aber sie hatten einen Fehler gemacht – sie hatten ihn herausgefordert.

Er ging zur Haustür, den nassen Mantel eng um sich gezogen. Als er das Treppenhaus hinaufstieg, spürte er eine merkwürdige Spannung in der Luft. Etwas stimmte nicht.

Oben angekommen, öffnete er die Tür zu seiner Dachgeschosswohnung. Alles wirkte normal, die vertrauten Schatten, das leise Surren des Kühlschranks. Doch dann sah er es.

Ein schwarzer Umschlag lag auf dem Couchtisch. Sein Herz setzte einen Schlag aus. Er war vorher nicht da gewesen. Langsam, beinahe mechanisch, ging er auf den Tisch zu und hob den Umschlag auf. Er öffnete ihn mit einem leisen Rascheln.

Drinnen lag nur ein Blatt Papier. Die Nachricht war kurz, prägnant – und mehr als beunruhigend:

„Dies ist die letzte Warnung."

Am nächsten Morgen hing eine bleierne Müdigkeit über Olsen, als er ins LKA Hamburg zurückkehrte. Die Begegnung mit den Handlangern des Milojevic-Clans und die düstere Warnung, die ihm in Form des schwarzen Umschlags hinterlassen worden war, hatten seine Nacht in endlose Gedankenschleifen getrieben. Schlaf hatte er kaum gefunden, und die ständige Bedrohung ließ ihn nicht los. Doch er wusste, dass er nicht nachgeben konnte.

Jede Entscheidung, die er jetzt traf, hatte enorme Konsequenzen – nicht nur für ihn, sondern auch für sein Team.

Das LKA-Gebäude war an diesem Morgen noch kühler und abweisender als sonst. Der Regen hatte nicht aufgehört, und die grauen Wolken über der Stadt schienen endlos. Olsen ging durch die breiten Flure, die Wände gesäumt von kahlen Bürotüren und glänzendem Linoleum.

Als er schließlich sein Büro erreichte, saß Maren Starke bereits an ihrem Schreibtisch. Ihr Blick war konzentriert auf die Akten vor ihr gerichtet, doch sobald er den Raum betrat, hob sie den Kopf und sah ihn an.

„Du siehst scheiße aus, Bernd." Marens Ton war wie immer direkt, ohne Umschweife. Ihr scharfer Blick nahm jedes Detail auf, von den dunklen Ringen unter seinen Augen bis zu der Anspannung, die in seinen Bewegungen lag.

„Danke," brummte Olsen, als er seine Jacke über den Stuhl warf und sich hinsetzte. „Es war eine lange Nacht."

Maren lehnte sich in ihrem Stuhl zurück und verschränkte die Arme. „Irgendwas passiert?" Ihre Stimme klang beiläufig, aber der Unterton war aufmerksam. Sie wusste, dass Olsen normalerweise nicht über solche Dinge sprach, wenn er nicht musste.

„Ich hatte Besuch," sagte Olsen ruhig, ohne sie anzusehen. „Zwei Typen vom Clan haben mich zu Hause aufgesucht. Sie wollten mir klar machen, dass ich aufhören soll."

Marens Stirn runzelte sich, und ihr Blick verfinsterte sich sofort. „Sie haben dich bedroht?"

Olsen nickte, griff nach dem Kaffeebecher auf seinem Schreibtisch und nahm einen tiefen Schluck. „Ja. Und das war keine harmlose Warnung. Sie haben mir klargemacht, dass sie es ernst meinen. Wenn wir weitermachen, eskaliert das. Das ist sicher."

Maren saß regungslos da, ihre Hände auf der Tischkante, während sie ihn musterte. „Und? Was ist dein Plan?"

Olsen stellte die Tasse ab und blickte ihr zum ersten Mal direkt in die Augen. „Wir ziehen das durch. Wir gehen tiefer. Der Milojevic-Clan hat zu viel Macht. Sie haben Hamburg im Griff, und wenn wir jetzt aufhören, dann haben sie gewonnen."

Ein kurzes Schweigen breitete sich im Raum aus, während Maren ihn ansah, ohne etwas zu sagen. Dann atmete sie tief ein, und Olsen konnte sehen, dass sie mit sich rang. „Bernd, hör zu. Ich verstehe, dass du es persönlich nimmst, aber... das wird gefährlich. Wir reden hier nicht über eine kleine Gang. Das ist eine Organisation, die in ganz Europa operiert. Wenn wir weiter graben, riskieren wir nicht nur unser Leben, sondern das Leben von anderen. Vielleicht... sollten wir einen anderen Weg finden."

Olsen fühlte, wie die Spannung in ihm zunahm. „Einen anderen Weg?" Seine Stimme war schärfer, als er es beabsichtigt hatte. „Welchen anderen Weg gibt es, Maren? Sie haben Wessling getötet, sie haben Korruption bis in die Stadtregierung gebracht, und jetzt denken sie, sie könnten uns mit ein paar Drohungen in die Knie zwingen?"

Maren hielt seinem Blick stand, ihre Augen blitzten auf. „Ich sage nicht, dass wir aufhören sollen. Aber wir müssen vorsichtiger vorgehen. Du weißt, wie diese Leute agieren. Sie sind nicht nur gefährlich – sie sind brutal. Wenn sie dich schon so offen bedrohen, bedeutet das, dass sie dich als ernsthafte Gefahr sehen. Und das heißt, sie werden dich nicht einfach in Ruhe lassen. Bernd, du riskierst nicht nur dein Leben."

„Und was schlägst du vor?" fragte Olsen und spürte, wie seine Geduld dünner wurde. „Dass wir warten, bis sie den nächsten Schritt machen? Dass wir ihnen erlauben, hier alles zu kontrollieren?"

Maren lehnte sich nach vorne, ihre Stimme wurde leiser, aber eindringlicher. „Ich schlage vor, dass wir strategischer vorgehen. Wir haben immer noch zu wenig Beweise, um sie wirklich zu Fall zu bringen. Wenn wir jetzt einen falschen Schritt machen, riskieren wir, alles zu verlieren. Ich sage nur, dass wir klüger sein müssen. Diese Typen spielen nicht nach den Regeln, Bernd."

Olsen verschränkte die Arme und sah aus dem Fenster. Er konnte spüren, wie sich die Spannung zwischen ihnen aufbaute. Sie hatte recht – der Milojevic-Clan war gefährlich, und sie mussten vorsichtig sein.

Aber jeder Moment, den sie verloren, gab dem Clan mehr Zeit, seine Macht zu festigen. Es ging nicht nur um ihn. Es ging um die Stadt, die sie schützen sollten.

„Du machst dir Sorgen, ich verstehe das," sagte er schließlich, seine Stimme wieder ruhiger. „Aber ich kann nicht einfach zusehen. Wir müssen handeln. Wenn wir jetzt zurücktreten, dann haben sie gewonnen. Und das kann ich nicht zulassen."

Maren schnaubte leise, als sie sich zurücklehnte. „Ich weiß, dass du nicht der Typ bist, der sich zurückzieht. Aber ich will nicht, dass du dich in etwas hineinreitest, das wir dann nicht mehr kontrollieren können."

Olsen öffnete den Mund, um zu antworten, als die Tür plötzlich aufging und Jonas Holst hereinkam. Der junge Ermittler sah etwas gehetzt aus, seine Augen waren wachsam, als er den Raum betrat. „Bernd, Maren – wir haben ein Problem."

Olsen sah auf. „Was ist passiert?"

Jonas schloss die Tür hinter sich und holte tief Luft, bevor er sprach. „Wir haben Berichte über verdächtige Bewegungen in einem der Lagerhäuser am Hafen. Es sieht so aus, als wäre da etwas Großes im Gange."

Olsen tauschte einen kurzen Blick mit Maren. Das war die Chance, die sie gebraucht hatten. „Wesslings Spur?" fragte Olsen knapp.

Jonas nickte schnell. „Ja, genau das. Ich habe die letzten Tage damit verbracht, seine Kontakte zu verfolgen. Und ich bin mir sicher, dass das Lagerhaus, das Nemo erwähnt hat, tatsächlich der zentrale Umschlagplatz ist. Wenn wir schnell handeln, können wir sie erwischen, bevor sie ihre Ware bewegen."

Olsen fühlte, wie die Anspannung in ihm nachließ und sich in Fokus verwandelte. „Gut. Das ist der Beweis, den wir brauchen. Wir werden es durchziehen."

Doch als er sich umdrehte, um seine Sachen zu holen, legte Maren ihm eine Hand auf den Arm. „Bernd, warte." Ihr Blick war ernst, und er konnte sehen, dass sie immer noch zögerte. „Wir müssen uns das gut überlegen. Wenn wir jetzt zuschlagen, könnten wir alles aufs Spiel setzen. Wir sollten Verstärkung holen. Das hier ist zu groß für uns alleine."

Olsen hielt inne und sah sie an. „Ich weiß, dass es riskant ist, aber wir haben keine Zeit, Maren. Wenn wir jetzt Verstärkung holen, könnten sie ihre Pläne durchziehen, bevor wir eingreifen."

„Es geht nicht nur um das Risiko für uns, Bernd," sagte Maren eindringlich. „Es geht darum, dass wir einen Fehler machen könnten, wenn wir zu schnell handeln. Der Clan hat uns schon gewarnt. Sie warten nur darauf, dass wir einen falschen Schritt machen."

„Das ist keine Entscheidung, die wir ewig hinauszögern können," antwortete Olsen scharf. „Wir haben den Hinweis, wir haben das Lagerhaus. Wenn wir jetzt zögern, verlieren wir unsere Chance."

Maren ließ seinen Arm los und verschränkte die Arme. „Ich sage dir nur, dass wir vorsichtig sein müssen. Ich bin nicht bereit, dein Leben oder das des Teams aufs Spiel zu setzen, nur weil du eine Botschaft an den Clan schicken willst."

Olsen sah ihr in die Augen und wusste, dass sie es ernst meinte. Die Spannung im Raum war greifbar, aber er wusste, dass sie beide das Gleiche wollten: den Milojevic-Clan zu Fall bringen. Der Unterschied lag darin, wie sie dorthin gelangen wollten.

„Okay," sagte er schließlich. „Wir gehen das klug an. Aber wir dürfen nicht zu lange warten. Jeder Tag, den wir verlieren, gibt ihnen mehr Zeit, ihre Spuren zu verwischen."

Maren nickte langsam, aber sie sah noch nicht überzeugt aus. „Ich bin dabei, Bernd. Aber denk daran: Wir spielen mit dem Feuer. Und wir wissen nicht, wie heiß es wirklich wird."

Falsche Fährten

Es war 4:30 Uhr, und der Regen hüllte Hamburg in eine schwere, drückende Stille. Die Straßen waren fast menschenleer, und nur das gelegentliche, gedämpfte Geräusch vorbeifahrender Lastwagen brach die Dunkelheit der frühen Morgenstunden.

Bernd Olsen stand am Rande einer verlassenen Straße im Industriegebiet von Finkenwerder, den Blick auf das Ziel gerichtet: ein altes, baufälliges Lagerhaus, das schon seit Jahren stillgelegt sein sollte. Doch für Olsen und sein Team war klar, dass es sich nicht um ein gewöhnliches Lagerhaus handelte.

Milan Kovac, ein hochrangiges Mitglied des Milojevic-Clans, hatte dieses Gebäude für seine illegalen Aktivitäten genutzt. Waffenhandel, Drogen, möglicherweise Menschenhandel – alles deutete darauf hin, dass das Lagerhaus ein zentraler Knotenpunkt war. Heute war der Tag, an dem sie endlich zuschlagen wollten.

„Jeder weiß, was zu tun ist," sagte Olsen leise zu Maren Starke und Jonas Holst, die neben ihm im Regen standen. „Kein Fehler, kein Zögern. Wir gehen rein, sichern das Gebiet und nehmen Kovac fest."

Maren, die stets konzentriert und gefasst war, nickte knapp. Ihr Gesichtsausdruck war wie immer ernst, ihre Augen wachsam und scharf. „Wir müssen schnell sein. Wenn sie Wind von uns bekommen haben, sind sie weg. Wir dürfen keine Zeit verlieren."

Jonas dagegen wirkte mehr als angespannt. Seine Hände zitterten leicht, als er seine Waffe prüfte, und Olsen bemerkte die Unsicherheit in seinen Augen. „Meinst du, sie erwarten uns?" fragte Jonas leise, als ob er sich selbst beruhigen wollte.

Olsen legte ihm eine Hand auf die Schulter und drückte leicht zu. „Es gibt keine Garantien, aber das hier ist unsere beste Chance. Konzentrier dich, bleib ruhig. Wir haben Unterstützung."

Jonas nickte zögernd, atmete tief durch und versuchte, die Nervosität abzuschütteln, die ihn fast lähmte. „Verstanden."

Das Team bereitete sich in völliger Stille auf den Zugriff vor. Die MEK-Einheit, vollständig in schwarz gekleidet, überprüfte die Ausrüstung. Helme, Schutzwesten, schwere Waffen – jeder wusste, dass sie auf Widerstand stoßen könnten.

Das Lagerhaus war bekannt für seine Sicherheit: schwere Metalltüren, verstärkte Wände und keine Fenster, die von außen zugänglich waren. Milan Kovac war kein dummer Mann, und er wusste, wie er sich vor Überraschungsangriffen schützen konnte.

Olsen stand dicht an der Einfahrt und beobachtete das Gebäude durch sein Fernglas. Nichts rührte sich. Kein Licht, keine Bewegung, nur das unheimliche Brummen der Stadt im Hintergrund. Es wirkte, als wäre das Lagerhaus verlassen, doch Olsen wusste es besser.

„Team Alpha, bereit?" Der Einsatzleiter der MEK-Einheit sprach leise ins Funkgerät. „Wir gehen rein, sobald das Signal kommt."

„Bereit," kam die Antwort. Die Männer stellten sich geduckt auf, die Waffen im Anschlag, bereit, das Gebäude zu stürmen. Es war eine Operation, die Präzision und Schnelligkeit erforderte. Kein Platz für Fehler.

„Go, go, go!" befahl der Einsatzleiter.

Die Einfahrt des Lagerhauses war breit und von hohen Mauern umgeben. Zwei der MEK-Beamten traten vor, stellten sich an die Seiten der schweren Metalltür, die als Haupteingang diente.

Mit einem dumpfen metallischen Knirschen schoben sie ein Brecheisen unter das alte Rolltor und hoben es langsam hoch. Die Geräusche des Metalls, das sich unter Druck bog, hallten durch die stillen Straßen.

Das Team bewegte sich schnell und präzise, wie ein Uhrwerk, das genau abgestimmt war. Olsen, Maren und Jonas folgten dicht hinter den Einsatzkräften, die Waffen ebenfalls bereit.

Olsen spürte das Adrenalin durch seine Adern rauschen. Der Moment der Ungewissheit, der Moment, bevor man das Unbekannte betritt, war immer der gefährlichste.

Das Tor schwang auf, und dahinter lag die schwach beleuchtete Lagerhalle, leer und still. Die Luft war kalt und schwer, und der Geruch von Rost und Öl hing in der Luft. Regale mit Kisten, dicht bepackt und mit Planen abgedeckt, säumten die Wände. In der Ferne flackerte eine alte Neonröhre, die ein unheimliches Summen von sich gab.

„Vorwärts!" Der Einsatzleiter gab das Zeichen, und die MEK-Einheit rückte weiter vor, ihre Schritte auf dem Betonboden fast lautlos. Jeder Schritt, jeder Atemzug war jetzt kalkuliert.

Olsen bewegte sich vorsichtig hinter ihnen her, die Augen suchten jede Ecke ab. „Team Alpha, sichert das Erdgeschoss. Team Bravo durchsucht den hinteren Bereich," befahl der Einsatzleiter über Funk. Die Truppen teilten sich auf, während sie das Lagerhaus systematisch durchkämmten.

Olsen, Maren und Jonas näherten sich dem hinteren Bereich, wo sie die Büros und möglichen Aufenthaltsräume des Clans vermuteten. Olsen wusste, dass dies der gefährlichste Teil der Operation war – die engsten Räume, die unübersichtlichen Ecken, wo sich jemand verstecken könnte. Das war der Ort, an dem der Clan seine Drecksarbeit verrichten würde.

Als sie eine weitere Metalltür erreichten, kniete Olsen sich hin und lauschte. Kein Geräusch.

Er zog vorsichtig seine Waffe und nickte Maren zu, die sich ebenfalls in Position brachte. Sie schoben die Tür langsam auf.

Dahinter lag ein langer, dunkler Flur, der zu mehreren kleineren Räumen führte. Es roch nach Zigarettenrauch und kaltem Kaffee. Überall lagen Papierfetzen, leere Flaschen und Müll auf dem Boden. Es sah aus, als hätten sie in Eile alles stehen und liegen gelassen.

Der Verdacht, dass sie möglicherweise gewarnt worden waren, stieg in Olsen auf. Sie waren ihnen einen Schritt voraus.

„Sichert die Räume," befahl Olsen knapp.

Maren und Jonas öffneten die Türen, jede Sekunde bereit, auf Widerstand zu treffen, doch die Räume waren leer. Das Licht, das durch die Neonröhren an der Decke flackerte, ließ den Ort noch trostloser wirken. Ein paar alte Schreibtische, zerschlissene Stühle, Papierstapel, die achtlos herumlagen. Es war, als wäre das Lagerhaus plötzlich und hastig verlassen worden.

„Sie sind weg," murmelte Maren, als sie durch die Papiere auf einem der Schreibtische blätterte. „Es sieht aus, als hätten sie sich auf einen schnellen Abgang vorbereitet."

Olsen fühlte die Frustration in sich aufsteigen. „Verdammt," fluchte er leise, als er eine der Schubladen aufriss und durchsuchte. „Sie wussten, dass wir kommen."

Jonas trat nervös von einem Fuß auf den anderen, während er den Raum nach weiteren Hinweisen absuchte. „Meinst du, sie haben jemanden im LKA? Einen Informanten?" fragte er und blickte zu Olsen.

„Möglich ist alles," antwortete Olsen ruhig, obwohl er innerlich kochte. „Wir wissen nicht, wie tief ihre Verbindungen gehen." Er sah sich um, sein Blick wanderte zu den Kisten, die an den Wänden gestapelt waren. Alles wirkte zu sauber, zu perfekt. „Sie haben nichts zurückgelassen. Sie wussten genau, wie sie aufräumen müssen."

Über Funk meldete sich der MEK-Leiter. „Keine verdächtigen Gegenstände oder Personen gefunden. Das Lagerhaus ist leer."

Olsen fluchte innerlich. Es war nicht das erste Mal, dass sie einem der großen Fische des Clans auf die Spur gekommen waren, nur um am Ende mit leeren Händen dazustehen. Kovac hatte seine Spuren verwischt – wie immer.

„Wir versuchen Kovac zu finden," sagte Olsen schließlich und wandte sich an Maren. „Er ist hier irgendwo, und wenn er nichts sagt, haben wir immer noch die Chance, ihn wegen anderer Vergehen festzuhalten. Vielleicht finden wir durch ihn etwas."

„Wenn er überhaupt redet," murmelte Maren, als sie aus dem Raum traten.

Das Lagerhaus wirkte still und verlassen, doch Olsen spürte, dass sich die Dinge noch nicht ganz geklärt hatten. Während die MEK-Einheit die vorderen Räume sicherte und das Gebäude weiterhin durchsuchte, wurde es immer deutlicher, dass Kovac und seine Männer sie erwartet hatten.

Die Spuren einer hastigen Flucht waren überall sichtbar: aufgerissene Kisten, leere Verpackungen, umgestoßene Stühle.

Doch Kovac selbst war noch nicht gefunden worden, und Olsen hatte das Gefühl, dass der Clan-Boss sich irgendwo versteckt hielt. Sie waren zu nah dran, um jetzt aufzugeben.

„Es fehlt was," murmelte Olsen, während er in das Funkgerät sprach. „Kovac muss hier sein." Er konnte nicht akzeptieren, dass sie ohne eine einzige Festnahme aus dieser Razzia herausgingen. Maren Starke kam in diesem Moment aus einem der hinteren Büros, ihre Stirn in tiefe Falten gelegt.

„Wir haben nichts im Hauptbereich gefunden, aber die Spur wird hier hinten wärmer," sagte sie und deutete auf eine schmale Tür, die fast übersehen worden wäre.

Sie führte in den Keller des Lagerhauses – ein Bereich, der bisher noch nicht durchsucht worden war.

„Gehen wir runter," befahl Olsen knapp und folgte ihr, während Jonas nervös hinter ihnen blieb. Die schmale Treppe, die nach unten führte, war alt und knarrte bedrohlich unter ihren Schritten. Der Geruch von Feuchtigkeit und Schimmel stieg ihnen entgegen, je weiter sie hinabstiegen.

„Achtung, er könnte bewaffnet sein," warnte Olsen und zog seine Waffe. Die anderen taten es ihm gleich, als sie unten angekommen waren.

Der Keller war ein labyrinthartiger Raum, schlecht beleuchtet und voller alter Maschinen und Kisten. Es war der perfekte Ort, um sich zu verstecken. Olsen warf einen schnellen Blick auf Maren, die das gleiche dachte wie er: Kovac musste hier sein.

„Team Bravo, sichert den Bereich," sagte der Einsatzleiter über Funk. Die Beamten verteilten sich strategisch, während sie durch die schmalen Gänge zwischen den Maschinen schlichen.

Plötzlich hörte Olsen ein leises Geräusch – fast wie ein Atmen, das aus einer dunklen Ecke des Raums kam. Er hob die Hand, und alle blieben wie angewurzelt stehen.

„Da ist jemand," flüsterte Jonas, der ebenfalls das Geräusch gehört hatte.

Olsen ging langsam vor, seine Waffe auf die Richtung des Geräuschs gerichtet. „Kovac! Hier ist die Polizei. Komm raus, langsam, Hände über den Kopf!"

Ein langer Moment der Stille folgte, bevor sie das leise Geräusch von Schritten hörten, die sich vorsichtig bewegten. Aus dem Schatten tauchte eine Gestalt auf – Milan Kovac, sein Gesicht dunkel und ausdruckslos, seine Hände langsam über den Kopf erhoben.

Er trug eine einfache Lederjacke und wirkte, als hätte er sich bereits mit dem Gedanken abgefunden, gefasst zu werden.

„Runter auf den Boden! Hände hinter den Kopf!" befahl Olsen scharf. Kovac gehorchte widerstandslos und ließ sich auf die Knie sinken, bevor er mit dem Gesicht nach unten auf den feuchten Boden legte. Zwei Beamte stürmten vor, legten ihm Handschellen an und zogen ihn auf die Füße.

„War das wirklich nötig?" fragte Kovac mit einem kalten Grinsen, als sie ihn aus dem Keller zerrten. „Ich hätte doch auch einfach rauskommen können."

Olsen antwortete nicht, sondern warf ihm nur einen harten Blick zu. Kovac war der Schlüssel zu all dem – und das wusste er. Sie hatten ihn endlich, aber die wirkliche Arbeit begann erst jetzt.

Später, im Verhörraum des LKA Hamburg, saß Milan Kovac auf dem kargen Metallstuhl, seine Handgelenke noch immer mit Handschellen gefesselt.

Das kalte Licht der Deckenlampe warf tiefe Schatten auf sein markantes Gesicht, und die Augen des Clan-Mitglieds funkelten vor Arroganz.

Er schien sich nicht im Geringsten von der Situation beeindruckt zu zeigen. Seine Ruhe und Selbstsicherheit wirkten fast provokativ.

„Kaffee?" fragte Olsen, der ihm gegenüber am Tisch saß, während er die Fallakte von Kovac vor sich aufschlug.

Kovac schüttelte nur leicht den Kopf. „Ich habe schon schlechtere Tage erlebt."

„Das ist gut," sagte Olsen und beugte sich vor, die Akte demonstrativ zuklappend. „Denn was jetzt kommt, könnte dein Leben etwas komplizierter machen."

„Ach ja?" Kovac ließ sich zurücksinken und musterte Olsen wie ein Raubtier, das den Jäger beobachtet. „Womit wollt ihr mir denn drohen? Ihr habt nichts, was mich belastet."

Olsen spürte, wie sich eine leichte Anspannung in seinem Nacken aufbaute, doch er ließ sich nichts anmerken. Kovac war ein harter Brocken – er würde nicht einfach reden. Aber sie hatten Zeit. Es war ein Katz-und-Maus-Spiel, und Olsen wusste, dass er die Geduld hatte, Kovac mürbe zu machen.

„Milan, wir wissen beide, dass das hier mehr als nur eine Durchsuchung war. Wir sind an dem Punkt angelangt, wo wir uns nicht mehr mit Kleinigkeiten zufriedengeben. Wir wissen, dass du Teil eines größeren Netzwerks bist. Wir wissen, was der Milojevic-Clan in Hamburg vorhat."

Kovac schnaubte leise und sah aus dem Augenwinkel zu Maren, die hinter Olsen stand, die Arme verschränkt und beobachtend. „Ihr wisst gar nichts. Ihr glaubt nur, dass ihr klüger seid als wir. Aber wir sehen alles, und wir wissen, wann ihr kommt."

Olsen lehnte sich zurück und lächelte kalt. „Dann weißt du sicher auch, dass du nicht mehr so viele Optionen hast. Wir haben dein Lager durchsucht. Vielleicht haben wir nicht alles gefunden, aber wir haben genug Hinweise. Es ist nur eine Frage der Zeit, bis wir alles aus dir rausholen, was wir brauchen."

„Ich sage euch gar nichts," entgegnete Kovac mit einem eisigen Lächeln. „Ihr könnt mich hier festhalten, so lange ihr wollt. Aber ohne Beweise könnt ihr mich nicht lange behalten. Ich werde bald wieder draußen sein."

Olsen ließ sich nicht aus der Ruhe bringen. „Mag sein. Aber du wirst dann einen Fehler machen. Leute wie du bleiben nicht lange sauber. Wir wissen das. Du weißt das."

Kovac zuckte nur mit den Schultern, sein Grinsen unverändert. „Schön, dass du so viel Vertrauen in deine Arbeit hast.

Aber ich weiß, wie das hier läuft. Also, wenn ihr nichts Konkretes habt, spare dir deinen Atem."

Olsen stand auf, ging um den Tisch herum und blieb dicht vor Kovac stehen. „Was bedeutet das Tattoo auf deiner Brust?"

Kovac blickte zu ihm hoch, seine Augen blitzten kurz auf. Es war das erste Mal, dass sich ein Ausdruck in seinem Gesicht veränderte. „Was für ein Tattoo?" fragte er leise, doch seine Stimme hatte an Schärfe verloren.

„Das Tattoo, Milan. Die Rune, die wie ein Schlüssel aussieht. Wir haben es gesehen. Es taucht immer wieder auf – bei deinen Leuten, bei anderen im Clan. Also, was bedeutet es?"

Kovac ließ sich Zeit, bevor er antwortete. Seine Augen verengten sich leicht, und für einen kurzen Moment schien er nachzudenken. Schließlich zuckte er mit den Schultern. „Es ist nur ein Symbol. Ein altes Zeichen. Hat keine Bedeutung."

„Bullshit." Marens Stimme kam scharf aus dem Hintergrund. Sie trat nach vorne, ihre Augen brennend vor Wut. „Wir wissen, dass es wichtig ist. Du hast es nicht nur aus Spaß tätowiert. Also, was ist es? Ein Erkennungszeichen? Ein Code?"

Kovac lächelte leicht und sah zu Boden, bevor er wieder zu Olsen aufschaute. „Ein Schlüssel," sagte er leise, seine Stimme kaum mehr als ein Flüstern. „Es ist ein Schlüssel."

Olsen blinzelte kurz, überrascht von der unerwarteten Antwort. „Wozu? Wofür ist der Schlüssel?"

Kovac lehnte sich in seinem Stuhl zurück, das Lächeln zurück auf seinen Lippen. „Das müsst ihr selbst herausfinden. Aber glaubt mir, ihr seid verdammt weit davon entfernt, das Ganze zu verstehen."

Die Uhr im Büro von Bernd Olsen tickte leise, doch für ihn klang es in diesem Moment lauter als alles andere. Es war später Abend, und das Licht im LKA Hamburg war bereits gedimmt, während der Regen draußen unaufhörlich gegen die Fenster prasselte.

Olsen starrte auf das Telefon auf seinem Schreibtisch, seine Gedanken wirbelten durcheinander. Die letzten Stunden hatten sich zu einem undurchdringlichen Nebel aus Stress und Anspannung verdichtet.

Das Verhör von Milan Kovac war zu Ende, aber die Ruhe, die danach folgte, war trügerisch. Kovac hatte es angedeutet – der Clan wusste genau, wie sie Olsen unter Druck setzen konnten. Es war keine direkte Drohung gewesen, aber sie hatten ihm eine klare Botschaft hinterlassen: Sie wussten mehr über ihn, als ihm lieb war.

Ein leises Klopfen an der Tür riss Olsen aus seinen Gedanken. Maren Starke trat ein, ihr Blick auf ihn gerichtet. Sie hielt eine Akte in der Hand, doch ihr Gesichtsausdruck verriet, dass es nicht um eine gewöhnliche Besprechung ging.

„Alles okay?" fragte sie und setzte sich ihm gegenüber an den Tisch.

Olsen nickte nur langsam und griff nach seiner Kaffeetasse, die längst kalt geworden war. „Es ist nichts."

Maren beobachtete ihn für einen Moment schweigend. Sie kannte ihn lange genug, um zu wissen, wann etwas nicht stimmte. „Es ist wegen Kovac, oder?"

„Er hat nichts gesagt, was uns weiterbringt," antwortete Olsen, doch er wusste, dass es nicht nur das war. Kovac hatte mehr getan, als nur zu schweigen. Er hatte ein gefährliches Spiel gespielt.

Maren lehnte sich leicht vor, ihre Augen wachsam. „Bernd, du weißt, dass du mit mir reden kannst. Was hat er wirklich gesagt?"

Olsen atmete tief durch und setzte die Kaffeetasse ab. „Er hat angedeutet, dass sie mehr wissen. Über mich. Über... Dinge, die mir wichtig sind."

Seine Stimme war leiser geworden, und für einen Moment fühlte er die Last der vergangenen Jahre auf seinen Schultern stärker denn je.

„Was meinst du damit?" fragte Maren vorsichtig, doch sie ahnte bereits, wohin das führen könnte.

„Meine Tochter," sagte Olsen schließlich, seine Stimme rau. „Eva. Sie lebt mit ihrer Familie in Duisburg."

Maren hob überrascht die Augenbrauen. Olsen sprach selten über seine Familie, und sie wusste, dass seine Ehe schon lange zerbrochen war. Seine Tochter war eine der wenigen Verbindungen, die er noch zur alten Zeit hatte – zu einem Leben vor den ganzen Jahren bei der Polizei, als er noch in München für das LKA gearbeitet hatte.

„Duisburg ist weit weg," sagte Maren, die versuchte, beruhigend zu klingen. „Was hat das mit Kovac zu tun?"

Olsen stand auf und ging zum Fenster. „Es waren nur ein paar Worte. Andeutungen. Aber sie waren genug." Er blickte in die regennasse Nacht hinaus. „Kovac sagte mir, dass ich aufpassen sollte, wen ich in Gefahr bringe. ‚Familie' war das Wort, das er benutzt hat. Und es war nicht einfach nur ein Schachzug. Es war eine Warnung."

Ein kalter Schauer lief ihm über den Rücken. Der Milojevic-Clan war bekannt dafür, dass sie ihre Feinde nicht nur direkt angriffen, sondern auch deren Angehörige ins Visier nahmen. Es war eine ihrer Methoden, um Druck auszuüben. Sie nahmen nicht nur die Schwächen ihrer Gegner ins Visier, sondern auch die Menschen, die ihnen nahestanden.

Maren stand auf und trat näher an ihn heran. „Bernd, hör zu. Wir haben keine Beweise, dass der Clan deine Familie im

Visier hat. Vielleicht wollte Kovac dich einfach nur aus dem Konzept bringen."

Olsen drehte sich zu ihr um, seine Augen dunkel vor Sorge. „Vielleicht. Aber du weißt, was sie tun. Sie nehmen keine Rücksicht. Eva und ihre Familie sind in Duisburg – aber das heißt nicht, dass sie sicher sind. Diese Leute haben Verbindungen, Maren. Überall. Ich kann sie nicht einfach ignorieren."

„Hast du sie kontaktiert?" fragte Maren, und sie konnte sehen, dass diese Frage ihn schwer traf.

„Nein." Olsen schüttelte den Kopf und ließ die Schultern sinken. „Ich will nicht, dass sie in Panik gerät. Ich habe schon genug Abstand zu ihr. Ich kann nicht einfach anrufen und sagen, dass sie in Gefahr ist, ohne zu wissen, ob es wirklich so ist."

Es gab eine Zeit, in der Olsen und seine Tochter ein gutes Verhältnis hatten, doch mit den Jahren und der zunehmenden Belastung durch seinen Job war die Distanz zwischen ihnen gewachsen.

Eva hatte geheiratet, zwei kleine Kinder bekommen und sich in Duisburg eine eigene Welt aufgebaut – eine, die Olsen immer weniger betreten hatte. Der Gedanke, dass der Milojevic-Clan sie ins Visier nehmen könnte, brachte ihn fast um.

Maren legte ihm eine Hand auf die Schulter. „Bernd, du musst jetzt klug handeln. Das ist es, worauf sie spekulieren. Sie wollen, dass du unter Druck gerätst, dass du Fehler machst."

Olsen nickte langsam, doch der Zweifel nagte weiter an ihm. „Was, wenn sie recht haben? Was, wenn ich nicht aufpasse und ihnen die Möglichkeit gebe, zuzuschlagen?"

Die Vorstellung, dass der Clan seine Tochter und ihre Familie bedrohen könnte, ließ seine Gedanken nicht los. Eva wusste nichts von seinem jetzigen Leben. Sie lebte weit entfernt, hatte keine Ahnung von den Feinden, die er sich in den letzten

Jahren gemacht hatte. Und genau das machte sie zu einem leichten Ziel.

„Ich werde jemanden nach Duisburg schicken," sagte Maren schließlich bestimmt. „Jemanden, der sie im Auge behält. Diskret. Wir können sicherstellen, dass sie beschützt wird, ohne dass sie es merkt."

Olsen atmete tief durch, unsicher, ob das genug war. Doch er wusste, dass er die Situation nicht selbst kontrollieren konnte. „Danke," sagte er schließlich, seine Stimme leise. „Ich weiß nicht, ob das reicht, aber... es ist ein Anfang."

Maren nickte und trat zurück. „Bernd, du musst darauf vertrauen, dass wir das hier durchziehen können. Der Clan spielt mit dir, weil sie wissen, dass du nah dran bist. Das bedeutet, dass sie uns fürchten. Aber du darfst ihnen nicht die Kontrolle über dich geben."

Olsen wusste, dass sie recht hatte. Er konnte sich keine Fehler leisten, aber der persönliche Druck, der auf ihm lastete, machte es ihm schwer, klar zu denken.

Der Milojevic-Clan war nicht wie die Kriminellen, mit denen er früher zu tun gehabt hatte. Sie gingen tiefer, sie spielten mit den Ängsten ihrer Feinde – und sie hatten ihm gezeigt, dass sie wussten, wo seine Schwachstellen lagen.

Er nahm wieder Platz am Schreibtisch, sein Blick auf die leeren Wände gerichtet. Das Geräusch des Regens war jetzt alles, was den Raum erfüllte.

Eva, ihre beiden Kinder, ihr Mann – sie lebten weit entfernt von seinem Leben als Polizist. Und doch war es genau dieses Leben, das sie nun möglicherweise in Gefahr brachte.

„Ich werde nicht zulassen, dass ihnen etwas passiert," murmelte Olsen leise, als ob er es sich selbst versprechen wollte.

Maren sah ihn an, ihre Augen voller Verständnis. „Und das wirst du auch nicht. Wir regeln das."

Doch als sie das Büro verließ und die Tür hinter sich schloss, wusste Olsen, dass die Angst um seine Familie nicht so leicht verschwinden würde.

Der Milojevic-Clan hatte ihm eine klare Botschaft geschickt. Sie würden nicht nur auf ihn abzielen – sie würden jeden bedrohen, den er liebte.

Das Netzwerk

Am Morgen war es ungewöhnlich still im LKA Hamburg, und das beunruhigte Bernd Olsen mehr, als er sich eingestehen wollte.

Nach der frustrierenden Razzia und dem ergebnislosen Verhör von Milan Kovac war etwas in ihm in Bewegung geraten – ein Gefühl, dass sie nicht nur vom Clan verfolgt wurden, sondern dass die Gefahr viel näher lag, als er bisher gedacht hatte. Es war eine beunruhigende Vorahnung.

Olsen saß in seinem Büro, den Blick auf die Akten gerichtet, die sich in den letzten Tagen auf seinem Schreibtisch ange-sammelt hatten. Der Fall Milojevic war wie ein Fluch: Je mehr er sich darin vergrub, desto dichter wurde das Netz aus Ver-bindungen, Lügen und Unsichtbarem. Es war mehr als nur ein Kampf gegen einen kriminellen Clan – es war ein Kampf gegen etwas Unsichtbares, das immer einen Schritt voraus war.

Seine Gedanken wurden durch ein sanftes Klopfen an der Tür unterbrochen. Maren Starke steckte den Kopf durch den Spalt, ihr Gesicht war kühl wie immer, aber etwas in ihren Augen war anders. „Bernd, wir müssen reden."

Olsen nickte knapp. „Komm rein. Was gibt's?"

Maren trat ein und schloss die Tür hinter sich, dann setzte sie sich ihm gegenüber an den Schreibtisch. Sie zögerte einen Mo-ment, bevor sie sprach. „Wir haben ein Problem."

Olsen hob eine Augenbraue. „Welches von vielen meinst du?"

Maren ließ sich nicht von seinem sarkastischen Ton ablenken. „Es geht um die Razzia. Ich habe einige Berichte durchgesehen und etwas gefunden, das uns beunruhigen sollte."

Sie schob ihm einen Stapel Papiere über den Tisch. „Die Infor-mationen, die wir hatten – die genauen Daten, der Zeitpunkt, das Lagerhaus. Es sieht so aus, als wären sie durchgesickert, bevor wir zugreifen konnten."

Olsen griff nach den Papieren, seine Stirn in tiefe Falten gelegt. „Durchgesickert? Was soll das heißen?"

Maren atmete einmal tief durch, bevor sie weitersprach. „Ich habe den Informationsfluss der letzten Tage überprüft und dabei einige Unregelmäßigkeiten entdeckt. Es sieht so aus, als hätten bestimmte Informationen über unsere Razzia das LKA unrechtmäßig verlassen."

Olsen starrte auf die Papiere vor sich, sein Herzschlag beschleunigte sich. „Bist du sicher?" Seine Stimme war jetzt leiser, gefährlicher.

„Ja," sagte Maren knapp. „Sie wurden gewarnt. Kovac wusste, dass wir kommen. Aber das Seltsame ist, dass die Information nicht von außen kam. Jemand von uns hat das weitergegeben."

Ein Moment der Stille breitete sich im Raum aus, schwer und unangenehm. Olsen wusste, was das bedeutete.

„Verdammte Scheiße." Er ließ die Akten auf den Tisch fallen, als wäre das Papier plötzlich schwerer geworden. „Wir haben ein Leck."

Maren nickte, ihr Gesicht angespannt. „Und nicht irgendeins. Es ist intern, Bernd. Jemand hier im LKA Hamburg spielt uns aus. Es geht nicht nur um die Razzia – ich habe in den letzten Wochen mehrere ähnliche Vorfälle festgestellt."

Sie zögerte einen Moment, bevor sie weitersprach. „Es sieht so aus, als hätte der Milojevic-Clan Verbindungen hierher. Verbindungen, die bis in unsere Reihen reichen."

Olsen stand abrupt auf, seine Hände fest auf den Schreibtisch gestützt, als ob er sich daran festhalten müsste. „Das kann nicht wahr sein. Wie tief geht das? Wer ist involviert?"

„Das wissen wir noch nicht," antwortete Maren und stand ebenfalls auf. „Aber es gibt eine Spur. Und die führt uns direkt zu jemandem, dem wir eigentlich vertrauen sollten."

Olsen kniff die Augen zusammen, sein Kopf war ein einziges Durcheinander. „Wer?"

Maren sah ihn fest an, dann nannte sie den Namen. „Rolf Hansen."

Olsen erstarrte. „Hansen? Rolf Hansen?" Der Name traf ihn wie ein Schlag in den Magen. Rolf Hansen gehörte zu den dienstältesten Ermittlern beim LKA. Ein Kollege, den Olsen seit Jahren kannte. Schon in seiner Zeit in München hatte er im Rahmen der Amtshilfe mit ihm unzählige Fälle bearbeitet. Ein Mann, dem er vertraute.

„Das ergibt keinen Sinn," sagte Olsen, sein Ton schärfer als beabsichtigt. „Hansen ist sauber. Ich kenne ihn. Er würde niemals..."

Maren hob eine Hand, um ihn zu unterbrechen. „Bernd, ich weiß, dass das schwer zu glauben ist. Aber die Hinweise deuten darauf hin, dass er in den letzten Monaten an Informationen gekommen ist, die er nicht hätte haben dürfen. Wir haben Berichte, dass er sich mit Personen getroffen hat, die Verbindungen zum Clan haben."

„Du willst mir erzählen, dass Rolf Hansen mit dem Milojevic-Clan zusammenarbeitet?" Olsens Stimme war jetzt beinahe ungläubig.

„Ich sage, dass er Kontakt zu den falschen Leuten hatte," korrigierte Maren vorsichtig. „Aber wir müssen das untersuchen. Und wir müssen es diskret tun. Wenn das herauskommt, bevor wir sicher sind, könnten wir alles verlieren."

Olsen ging langsam um den Schreibtisch herum und blieb mit dem Rücken zu Maren stehen, während er auf die verregnete Skyline Hamburgs hinaussah.

„Rolf..." flüsterte er, als würde er sich selbst überzeugen wollen, dass das alles ein Irrtum war. „Das kann nicht sein. Wir haben jahrelang zusammengearbeitet."

Maren trat näher und legte ihm eine Hand auf die Schulter. „Ich verstehe, wie schwer das für dich ist, Bernd. Aber wenn es stimmt, müssen wir handeln. Wir können es uns nicht leisten, jemanden im Team zu haben, der uns in den Rücken fällt. Nicht jetzt."

„Wie gehen wir vor?" fragte Olsen schließlich, seine Stimme leiser, aber fester.

„Ich habe bereits eine interne Untersuchung eingeleitet," antwortete Maren. „Diskret. Nur eine Handvoll Leute wissen davon. Aber wir müssen vorsichtig sein. Wenn Hansen tatsächlich mit dem Clan zusammenarbeitet, könnten unsere nächsten Schritte darüber entscheiden, wie weit der Schaden reicht."

Olsen schloss die Augen für einen Moment und atmete tief durch. „Ich werde mit ihm sprechen," sagte er schließlich. „Aber wir müssen das absolut leise angehen. Wenn er auch nur ahnt, dass wir Verdacht schöpfen, könnte er verschwinden – oder noch schlimmer, den Clan vorwarnen."

Maren nickte. „Ich stimme dir zu. Aber sei vorsichtig, Bernd. Wenn Hansen tatsächlich auf der falschen Seite steht, könnte das gefährlich werden."

Olsen drehte sich zu ihr um, seine Augen fest entschlossen. „Ich werde vorsichtig sein. Aber ich muss es wissen. Wir können es uns nicht leisten, einen Maulwurf in unseren Reihen zu haben."

Maren trat einen Schritt zurück und ließ ihn für einen Moment allein. Die Schwere der Erkenntnis, dass jemand, dem er seit Jahren vertraute, in die Machenschaften des Milojevic-Clans verwickelt sein könnte, lastete auf ihm wie ein schwerer Stein.

Korruption war in seinem Job keine Seltenheit, aber dass sie so nahekam – das war etwas, worauf er nicht vorbereitet war.

Später an diesem Tag stand Olsen vor der Tür von Rolf Hansens Büro. Der Flur war leer, die Luft kalt und still. Es war, als hätte die Zeit in diesem Moment angehalten, während Olsen einmal tief durchatmete und dann die Klinke der Tür herunterdrückte.

Hansen saß an seinem Schreibtisch, die Füße hochgelegt, während er in einer Akte blätterte. Als die Tür aufging, hob er den Kopf und grinste breit. „Bernd! Was verschafft mir die Ehre?"

Olsen zwang sich zu einem Lächeln, doch innerlich brodelte es in ihm. „Ich wollte kurz mit dir sprechen. Was Persönliches."

Hansen setzte sich auf und stellte seine Füße auf den Boden, seine Augen wachsam, aber entspannt. „Klar, kein Problem. Was gibt's?"

Olsen setzte sich ihm gegenüber und lehnte sich leicht nach vorne, als ob er sich in ein vertrauliches Gespräch beugen würde. „Es gibt da Gerüchte. Weißt du irgendwas über undichte Stellen im Team?"

Hansen schüttelte den Kopf, sein Gesicht plötzlich ernst. „Undichte Stellen? Wer hat das gesagt?"

„Nur Gerüchte, nichts Konkretes." Olsen sah ihn lange an, suchte nach einem Hinweis in Hansens Augen, einer Bewegung, die ihn verraten könnte. Doch Hansen blieb ruhig und selbstsicher.

„Keine Ahnung, Bernd. Ich wüsste nicht, was da läuft." Er zuckte mit den Schultern und griff nach seiner Kaffeetasse. „Aber wenn du willst, kann ich mich mal umhören."

Olsen spürte, wie sich etwas in ihm zusammenzog. „Ja," sagte er langsam. „Mach das."

Doch während er Hansens Büro verließ, war das Gefühl des Verrats wie ein Schatten, der sich immer tiefer in ihn hineinfraß. War Hansen wirklich unschuldig? Oder war er derjenige, der ihre Schritte an den Clan verraten hatte?

Es war ein paar Tage her, seit Bernd Olsen das letzte Mal mit Nemo gesprochen hatte, doch die Erinnerung an ihr letztes Treffen in den dunklen Straßen des Hamburger Hafens war noch frisch. Nemo hatte ihm bereits geholfen, wichtige Teile des Puzzles zusammenzusetzen, doch jetzt brauchte Olsen mehr. Viel mehr.

Der Fall hatte sich verschärft, und mit der Entdeckung, dass Wessling nicht nur irgendein kleines Mitglied des Milojevic-Clans gewesen war, sondern eine zentrale Figur, wusste Olsen, dass er tiefer in die Strukturen des Clans eindringen musste.

Nemo war der Einzige, der ihm diese Einblicke geben konnte – ein Insider, der sich in der kriminellen Welt der Clans bewegte, ohne selbst zu tief darin verstrickt zu sein.

Es war Zeit für ein zweites Treffen.

Der Treffpunkt war diesmal ein heruntergekommener Parkplatz am Rande der Stadt, weit weg von den neugierigen Augen und Ohren des Hafens. Es war später Abend, und die kalte Herbstluft ließ den Atem von Olsen sichtbar werden, während er im Auto saß und die verregnete Scheibe im Blick hatte. Der Wind pfiff durch die leeren Straßen, und das metallische Klappern einer losen Reklametafel in der Ferne war das einzige Geräusch in der Stille.

Olsen trommelte nervös mit den Fingern auf das Lenkrad, während er auf Nemo wartete. Er hasste es, sich so abhängig von einem Informanten zu fühlen, doch Nemo war bisher zuverlässig gewesen.

Und jetzt, mit den neuen Entwicklungen im Fall, hatte er keine andere Wahl.

Nach einigen Minuten bemerkte er eine dunkle Gestalt, die aus den Schatten auftauchte. Nemo war da. Er bewegte sich wie ein Geist durch den Regen und ließ sich leise auf den Beifahrersitz sinken.

Die Luft im Auto füllte sich sofort mit dem Geruch von nassem Leder und Zigarettenrauch, und Nemo zog die Kapuze seiner abgenutzten Jacke zurück, wobei seine blassen, wachen Augen sichtbar wurden.

„Kommissar," begrüßte er Olsen mit einem kurzen Nicken, ohne eine Zigarette zu zünden. „Ich dachte schon, du wärst fertig mit mir. Was gibt's?"

Olsen sah Nemo an, seine Augen schmal vor Anspannung. „Du hast mir geholfen, eine Menge herauszufinden, Nemo. Aber es reicht nicht."

Er hielt einen Moment inne, ließ die Stille schwer auf die Worte folgen. „Es reicht bei weitem nicht. Ich brauche mehr Informationen über den Milojevic-Clan. Ich brauche die Struktur, ihre Verbindungen – vor allem aber will ich wissen, wo und wie Wessling da reinpasst."

Nemo lehnte sich in seinem Sitz zurück, verschränkte die Arme vor der Brust und musterte Olsen eine Weile schweigend, als würde er abwägen, wie weit er gehen konnte. Dann sprach er langsam. „Wessling, ja? Also ist das der Name, der dir jetzt schlaflose Nächte bereitet."

„Ich weiß, dass er wichtig war," erwiderte Olsen sofort. „Aber du hast nur die Oberfläche angekratzt, als wir das letzte Mal gesprochen haben. Jetzt will ich die ganze Geschichte."

Nemo grinste leicht, doch es war kein freundliches Lächeln. „Bernd, du bist tief drin, oder? Du hast keine Ahnung, wie tief das Kaninchenloch wirklich geht. Aber gut. Du willst mehr wissen. OK, ich erzähl dir, was ich weiß."

Er machte eine kurze Pause, während der Regen draußen stärker gegen die Scheiben prasselte.

„Der Milojevic-Clan ist nicht nur irgendeine Bande von Drogenschmugglern," begann Nemo. „Die meisten Leute denken, es geht bei denen nur um ein paar Millionen Euro aus dem Drogenhandel, ein paar korrupte Polizisten und eine Handvoll Handlanger, die den Dreck erledigen. Aber das ist Quatsch."

Olsen lehnte sich vor, seine Augen fest auf Nemo gerichtet. „Erklär mir, wie groß das alles wirklich ist."

Nemo nahm einen tiefen Atemzug und fuhr fort. „Der Clan hat Verbindungen, die über Hamburg, Deutschland oder gar Zentraleuropa hinausgehen. Die Milojevics haben in fast jedem Land ihre Finger im Spiel. Sie kontrollieren den Drogenhandel in Südosteuropa, sind in den Menschenhandel verwickelt und haben überall Geldwäsche-Basen – in Paris, Amsterdam, Rom, Madrid. Sogar in Stockholm und London haben sie Typen sitzen, die ihre Arbeit erledigen."

Olsen schüttelte den Kopf, während er die Worte aufnahm. „Das ist wirklich größer, als ich dachte."

„Das ist es immer," sagte Nemo trocken. „Aber du musst verstehen, dass es ihnen nicht nur um Geld geht. Es geht um Macht. Jeder, der in der kriminellen Welt etwas zu sagen hat, arbeitet entweder mit ihnen oder wird erledigt. Sie haben Politiker, Geschäftsleute, selbst verdammte Banker in der Tasche. Und die Polizei? Tja, es gibt überall ein paar Typen, die ihre Hand aufhalten."

„Also auch hier in Hamburg," sagte Olsen, mehr als Feststellung denn als Frage.

Nemo nickte. „Genau. Und das ist erst der Anfang."

Olsen spürte, wie die Schlinge sich enger zog. „Und Wessling?"

Nemo stieß die Luft durch die Zähne aus, als wäre der Name allein schon eine Belastung. „Wessling war kein Niemand, Bernd. Der Typ hatte Zugang zu den oberen Rängen des Clans. Das Tattoo, was du auf seiner Brust gesehen hast – das ist kein billiges Erkennungszeichen. Das ist ein Symbol, das nur die tragen, die im inneren Zirkel sind. Leute, die wichtige Positionen innehaben. Wessling war nicht nur irgendein Drogenschmuggler oder Laufbursche. Er hatte Macht. Viel Macht."

„Wozu ist das Tattoo ein Schlüssel?" fragte Olsen, seine Stimme scharf vor Neugier.

Nemo zuckte mit den Schultern, als wäre es das Offensichtlichste der Welt. „Das Tattoo symbolisiert, dass der Träger Zugang zu Ressourcen und Informationen hat, die für den Clan entscheidend sind. Leute wie Wessling sind diejenigen, die die Fäden ziehen, ohne dass du es merkst. Sie bewegen Geld, Drogen, Waffen – alles. Sie kennen die Kanäle, die Verstecke, die Leute, die sie schmieren müssen."

Olsen spürte, wie ihm das Blut in den Ohren rauschte. „Und warum ist er tot?"

Nemo hob die Hände und ließ sie dann wieder sinken, als wollte er sagen, dass das die große Frage war. „Das ist der Teil, den ich nicht genau weiß. Aber ich sage dir eins: Wenn der Milojevic-Clan jemanden wie Wessling ausschaltet, dann nicht, weil er ein kleines Problem gemacht hat. Da steckt mehr dahinter. Entweder er hat jemanden verraten, oder er wurde selbst zum Ziel."

Olsen starrte hinaus in den Regen. „Er war also Teil des inneren Zirkels, und jetzt ist er tot. Das bedeutet, dass sich etwas geändert hat. Irgendwas ist in Bewegung."

Nemo nickte zustimmend. „Genau. Und das ist das Problem, Bernd. Wenn sich im Clan etwas bewegt, dann bewegt sich der ganze verdammte Untergrund. Du bist vielleicht näher dran, als du denkst, aber du bist auch in einer gefährlichen Position.

Sie haben dich im Auge, und sie wissen, dass du schnüffelst. Wesslings Tod könnte der Schlüssel sein, um das alles zu entwirren, oder er könnte das letzte Puzzlestück sein, das sie brauchen, um dich auszuschalten."

Olsen runzelte die Stirn. „Was willst du damit sagen?"

Nemo sah ihm fest in die Augen. „Ich sage, dass du vorsichtig sein musst. Der Milojevic-Clan spielt nicht nach den Regeln. Sie haben keine Skrupel, Leute auszuschalten, die ihnen gefährlich werden. Und im Moment bist du gefährlich, Bernd. Sehr gefährlich."

Olsen ließ diese Worte einen Moment lang auf sich wirken. Er wusste, dass Nemo recht hatte. Der Clan war größer, mächtiger und gefährlicher, als er es sich vorgestellt hatte. Und jetzt steckte er tiefer drin, als ihm lieb war.

„Ich muss wissen, wer Wessling umgebracht hat," sagte Olsen schließlich, seine Stimme fest. „Und warum."

Nemo zuckte mit den Schultern. „Das musst du selbst herausfinden. Ich kann dir nur sagen, dass es mit Machtverschiebungen im Clan zu tun hat. Irgendjemand wollte ihn tot sehen. Und dieser Jemand hat gute Gründe."

Olsen nickte langsam, seine Gedanken wirbelten, während er das Gewicht der neuen Informationen auf sich wirken ließ. „Danke, Nemo. Du hast mir sehr geholfen."

Nemo grinste leicht. „Du weißt, wo du mich findest, wenn du noch mehr brauchst." Mit diesen Worten öffnete er die Wagentür und verschwand im Regen, als wäre er nie da gewesen.

Olsen blieb einen Moment im Auto sitzen, bevor er den Motor startete. Das Netzwerk des Milojevic-Clans war größer und gefährlicher, als er je gedacht hatte. Und jetzt wusste er, dass Wesslings Tod nicht nur ein Mord war – es war ein Schachzug in einem viel größeren Spiel.

Die Nacht hatte sich über die Stadt gelegt, und der Regen fiel in einem konstanten, dumpfen Rhythmus, der die Straßen in graue Schleier tauchte.

Bernd Olsen saß an seinem Schreibtisch im LKA Hamburg, die Gedanken wie ein dichtes Gewirr in seinem Kopf. Der Druck, der auf ihm lastete, schien von allen Seiten zuzunehmen – die Korruption im eigenen Team, das europaweite Netzwerk des Milojevic-Clans und die wachsende Bedrohung durch den Clan.

Aber es war etwas anderes, etwas Persönlicheres, das ihm in diesem Moment am meisten zusetzte: seine Familie.

Die Erkenntnis, dass die Gefahr nicht nur ihn, sondern auch seine Tochter Eva, ihren Mann Stefan und die beiden Kinder direkt betraf, ließ ihn innerlich beben. Der Milojevic-Clan hatte in den letzten Tagen gezeigt, dass sie keine Skrupel hatten, jeden Schwachpunkt zu nutzen, um ihre Feinde zu manipulieren. Und jetzt hatten sie den ultimativen Schwachpunkt gefunden: Olsens Familie.

Er fuhr sich müde mit der Hand über das Gesicht, als sein Handy plötzlich vibrierte. Ein kurzer Blick auf das Display ließ ihn sofort aufhorchen: Unbekannte Nummer. Olsens Herz begann schneller zu schlagen. In seiner Welt bedeutete eine unbekannte Nummer selten etwas Gutes. Er atmete tief ein, bevor er den Anruf entgegennahm.

„Olsen," meldete er sich mit ruhiger, aber gespannter Stimme.

Stille.

Für einen Moment kam nichts zurück. Nur das leise Knistern der Leitung und das dumpfe Hintergrundrauschen ließen ihn wissen, dass jemand am anderen Ende der Leitung war. „Wer ist da?" fragte Olsen, seine Stimme wurde schärfer, als das Schweigen am anderen Ende der Leitung sich wie ein fauler Knoten in seinem Magen festsetzte.

Dann kam sie, die Stimme, die ihm augenblicklich die Kehle zuschnürte. „Du glaubst, du kannst uns aufhalten, Bernd?" Die Stimme war tief, verzerrt und triefte vor zynischer Bedrohung. „Du hast etwas gefunden, das dir nicht gehört. Und dafür wirst du bezahlen."

Olsen blieb still, jede Nervenfaser in seinem Körper angespannt. „Wer ist da?"

Ein leises Lachen erklang, so kalt, dass es die Luft im Raum zu ersticken schien. „Es ist nicht wichtig, wer ich bin. Wichtiger ist, was du auf dem Spiel setzt, Bernd. Du solltest wissen, dass das hier kein Spiel ist. Du stößt an Dinge, die du nicht verstehst. Du willst doch nicht, dass ... sagen wir, jemand in deiner Familie dafür leiden muss, oder?"

Olsens Herz setzte einen Schlag aus, und eine Welle aus Angst und Wut schwappte über ihn. „Wovon redest du?" Seine Stimme klang jetzt fast wütend, obwohl er versuchte, die Fassung zu wahren.

Die Stimme am anderen Ende wurde leiser, aber die Worte hallten in seinem Kopf wider wie ein Hammerschlag. „Deine Tochter, Bernd. Eva. In Duisburg, mit ihrem Mann und ihren beiden kleinen Kindern. Ein nettes Leben, oder? So ruhig, so sicher."

Ein kurzes, böses Lachen folgte. „Es wäre doch schade, wenn dieses schöne Leben plötzlich aus den Fugen gerät. Wenn... etwas Schreckliches passiert."

Olsen sprang von seinem Stuhl auf, sein Atem war plötzlich schwer, seine Hände zitterten leicht. „Wenn du meiner Familie etwas antust..."

Die Stimme unterbrach ihn kalt. „Du wirst gar nichts tun, Bernd. Das liegt alles in deiner Hand. Lass die Finger von unserem Geschäft. Hör auf, in Dingen zu graben, die dich nichts angehen, und deine Familie bleibt sicher. Aber wenn du weitermachst..." Die Stimme hielt einen Moment inne, dann kam die Drohung, die Olsen das Blut in den Adern gefrieren ließ. „...dann wirst du nicht nur um dein eigenes Leben kämpfen, sondern auch um das deiner Tochter. Deines Schwiegersohns. Deiner kleinen Enkelkinder. Überleg es dir gut, Bernd."

Dann war die Verbindung unterbrochen.

Olsen blieb regungslos stehen, das Handy in der Hand, seine Gedanken wirbelten wie in einem tosenden Sturm. Sie wussten es. Der Milojevic-Clan wusste alles über Eva, über Stefan und die Kinder. Sie hatten ihm gerade klar gemacht, dass sie bereit waren, die Drohung wahrzumachen. Und jetzt wusste er, dass er handeln musste – sofort.

Die Uhr zeigte 2:30 Uhr an, als Olsen in seinem Wagen durch die regenverhangenen Straßen Hamburgs raste. Die Gedanken in seinem Kopf überschlugen sich, aber nur ein Gedanke war klar und laut: Er musste seine Familie in Sicherheit bringen.

Der Milojevic-Clan hatte ihm gezeigt, dass sie ihn dort treffen würden, wo es am meisten wehtat – und er konnte nicht zulassen, dass sie das taten.

Er zog sein Handy heraus und wählte die Nummer seiner Tochter. Es dauerte einige bange Sekunden, bevor Eva endlich abnahm. Ihre Stimme klang verschlafen und besorgt. „Papa? Was ist los? Es ist mitten in der Nacht."

Olsen atmete tief durch, versuchte, seine Stimme so ruhig wie möglich zu halten, obwohl er innerlich brodelte. „Eva, bitte hör mir jetzt ganz genau zu. Ihr müsst Duisburg verlassen. Jetzt."

„Was?" Evas Stimme klang erschrocken und verwirrt. „Papa, was redest du da? Was ist passiert?"

Olsen schloss kurz die Augen, bevor er antwortete. „Eva, ich kann es dir jetzt nicht genau erklären. Es hat mit einem Fall zu tun, an dem ich arbeite. Es gibt... Menschen, die von euch wissen. Du, Stefan, die Kinder – ihr seid nicht sicher. Ich kann nicht riskieren, dass euch etwas passiert."

Ein paar Sekunden lang war Stille am anderen Ende der Leitung, dann kam Evas Stimme, leiser jetzt, aber klar. „Papa, das klingt verrückt. Ist das... wie ernst ist das?"

Olsen kämpfte, um die Fassung zu bewahren. „Sehr ernst, Eva. Sie haben gedroht, und sie meinen es ernst. Du musst mir vertrauen. Packt das Nötigste und verlasst das Haus. Ich werde dafür sorgen, dass ihr an einen sicheren Ort gebracht werdet."

„Und wohin sollen wir gehen?" fragte Eva, ihre Stimme war jetzt fester, auch wenn Olsen den leichten Zitterschlag darin hören konnte.

Olsen dachte schnell nach. „Ich werde ein Team vom LKA Düsseldorf schicken. Sie holen euch in ungefähr 40 Minuten ab und bringen euch in Sicherheit. Bitte, Eva, hör mir zu. Macht das sofort. Wartet nicht."

Er hörte, wie Eva sich bewegte, vermutlich aus dem Bett aufstand. „Okay. Ich werde Stefan wecken und die Kinder fertig machen. Aber... Papa, das hier macht mir Angst."

Olsen schloss die Augen. „Ich weiß. Aber ich werde nicht zulassen, dass euch etwas passiert. Vertraue mir."

Eva atmete tief ein. „Ich vertraue dir, Papa." Dann legte sie auf.

Die folgenden Minuten vergingen wie im Nebel. Olsen war wieder ins LKA Hamburg zurückgekehrt und hatte alles in Bewegung gesetzt, um Eva, Stefan und die Kinder aus Duisburg zu holen. Ein diskretes Team wurde aus Düsseldorf losgeschickt, um sicherzustellen, dass niemand Verdacht schöpfte, während die Familie aus dem Haus gebracht wurde. Es durfte keine Fehler geben.

Nach etwa einer Stunde piepste sein Telefon kurz auf, als er die Bestätigung erhielt: Eva und ihre Familie waren sicher abgeholt worden. Ein kurzer Moment der Erleichterung durchfuhr ihn, doch er wusste, dass die Bedrohung nicht verschwunden war.

Der Milojevic-Clan hatte die Karten auf den Tisch gelegt, und gezeigt, dass sie bereit waren, alles zu zerstören, was ihm wichtig war, wenn er nicht aufhörte.

Olsen lehnte sich in seinem Stuhl zurück, seine Augen brannten vor Müdigkeit, aber der Schlaf blieb fern. Es war vorbei mit den subtilen Drohungen.

Der Milojevic-Clan hatte ihn in die Ecke gedrängt, und sie dachten, sie könnten ihn kontrollieren. Doch was sie nicht wussten, war, dass sie ihm nur mehr Entschlossenheit gegeben hatten.

„Jetzt ist es persönlich," dachte Olsen. „Ihr habt die falsche Familie ins Visier genommen."

Er nahm einen tiefen Atemzug und griff nach der nächsten Akte. Der Milojevic-Clan hatte ihm die wichtigste Karte zugespielt, die sie hatten.

Jetzt war es an ihm, zurückzuschlagen – und er würde nicht ruhen, bis er sie zu Fall gebracht hatte.

Eine Spur

Der dumpfe Klang von Regentropfen, die gegen das Fenster des LKA Hamburg prasselten, bot die einzige Ablenkung, während Jonas Holst tief in seine Recherche vertieft war. Es war bereits spät geworden, die meisten Kollegen waren nach Hause gegangen, doch Jonas blieb zurück, wie schon so oft in den letzten Tagen.

Die ganze Zeit über hatten ihn die Kugeln aus der Autopsie von Kai Wessling nicht losgelassen. Sie stammten aus einer seltenen Waffe – der russischen TT-33 Tokarev, einer Pistole, die seit Jahrzehnten nicht mehr produziert wurde.

Jonas hatte sich in die Details der Ballistik vergraben und wusste, dass es eine Spur geben musste. Die Tokarev war auf dem Schwarzmarkt erhältlich, aber selbst dort sehr selten. Eine solche Waffe tauchte nicht zufällig in einem Mordfall auf, und Jonas wusste, dass sie Teil eines größeren Bildes war. Es war nicht die Art von Pistole, die Kleinkriminelle bei sich trugen – sie gehörte zu einem tief verwurzelten Netzwerk.

Der Milojevic-Clan hatte viele Verbindungen, und wenn er die Herkunft der Waffe zurückverfolgen konnte, würde er vielleicht herausfinden, wie tief diese Verbindungen wirklich reichten.

Die Computerbildschirme vor ihm leuchteten matt auf, während Jonas sich durch verschiedene Datenbanken klickte. Waffenhandel, Schmuggel, Ballistik-Berichte – er durchsuchte alles, was er finden konnte. Berichte von Interpol, Europol, und selbst kleinere Hinweise aus den Kriminalarchiven der letzten Jahre.

Er gab die Waffenbezeichnung der Tokarev TT-33 ein und ließ das System nach Berichten suchen, in denen ähnliche Waffen bei Straftaten verwendet worden waren. Die Liste, die vor ihm auftauchte, war überschaubar – diese Waffe war selten, das bestätigte seine Theorie.

Doch dann fiel ihm etwas auf. Ein Fall aus Düsseldorf, vor zwei Jahren. Eine Leiche, erschossen mit einer TT-33.

Und noch ein Fall aus Krakau, Polen – ebenfalls eine TT-33 im Spiel. Beide Opfer hatten Verbindungen zum Drogenhandel.

Jonas setzte sich aufrecht hin. „Das ist keine Zufallswaffe," murmelte er leise vor sich hin. Die Tokarev war selten, und dass sie jetzt in mehreren Fällen mit dem Drogenhandel in Verbindung gebracht wurde, ließ ihn aufhorchen.

Er zog die Akten beider Fälle auf den Bildschirm. Düsseldorf, 2021: Ein Drogenschmuggler, niedergeschossen in einem verlassenen Lagerhaus. Die Kugeln stammten eindeutig aus einer TT-33, doch die Waffe selbst war nie gefunden worden. Krakau, 2020: Ein Dealer, der offenbar zu viel über eine größere Operation gewusst hatte, erschossen in seinem Auto. Wieder war eine Tokarev im Spiel, wieder keine Waffe am Tatort.

Jonas lehnte sich zurück und dachte nach. Diese Waffe war keiner Einzeltat zuzuordnen. Sie hatte eine Geschichte. Mehrere Morde, die sich über verschiedene Länder erstreckten, alle im Zusammenhang mit dem Drogenhandel. Doch die Fälle waren nie richtig miteinander verbunden worden – bis jetzt.

Olsen kam kurz nach Mitternacht ins Büro. Er sah müde aus, doch als er Jonas' angestrengtes Gesicht und den aufleuchtenden Computerbildschirm bemerkte, wusste er sofort, dass etwas Wichtiges im Raum lag. „Jonas?" fragte er, während er sich näherte.

Jonas schüttelte den Kopf, seine Augen noch immer auf den Bildschirm gerichtet. „Bernd, ich glaube, wir haben hier etwas."

Olsen setzte sich auf den Stuhl neben ihm. „Was hast du gefunden?"

Jonas zeigte auf den Bildschirm, wo die Fälle von Düsseldorf und Krakau nebeneinanderstanden. „Die Kugeln, die Wessling getötet haben – sie stammen aus einer Tokarev TT-33. Du erinnerst dich?"

Olsen nickte. „Ja, eine seltene Waffe. Seit den 1950ern nicht mehr hergestellt, auf dem Schwarzmarkt aber noch zu finden."

„Richtig," fuhr Jonas fort. „Aber ich habe etwas anderes gefunden. Das ist nicht das erste Mal, dass diese Waffe verwendet wurde. Es gibt mindestens zwei weitere Mordfälle in Europa, bei denen eine Tokarev benutzt wurde – in Düsseldorf und Krakau. Beide Opfer waren in den Drogenhandel verstrickt. Es sieht so aus, als wäre die Waffe Teil einer Serie von Morden, die direkt mit dem Drogenhandel und möglicherweise mit dem Milojevic-Clan in Verbindung stehen."

Olsen rieb sich die Stirn. „Verdammt. Also ist diese Waffe nicht nur eine Seltenheit, sie ist auch eine Art Markenzeichen für diese Art von Morden?"

„Es scheint so," bestätigte Jonas. „Die Waffe selbst ist schwer zu finden, aber diejenigen, die sie haben, scheinen sie immer wieder für eine ganz bestimmte Aufgabe zu benutzen – um Leute loszuwerden, die dem Clan gefährlich werden könnten. Es könnte ein Weg sein, Spuren zu verwischen. Wenn die Waffe selten ist, kann man weniger leicht ihre Spur verfolgen."

Olsen starrte nachdenklich auf die Berichte. „Wenn wir also die Spur dieser Waffe weiterverfolgen, könnten wir herausfinden, wer sie in Umlauf bringt und wie sie in den Händen des Milojevic-Clans gelandet ist."

Jonas nickte langsam. „Genau das ist mein Gedanke. Die Tokarev ist nicht nur irgendeine Mordwaffe – sie ist Teil eines größeren Netzwerks. Es könnte sein, dass diese Waffe durch bestimmte Kanäle geschmuggelt wird, und wenn wir die Verbindung aufdecken, kommen wir den Leuten näher, die für diese Morde verantwortlich sind."

„Der Drogenhandel und der Waffenhandel sind oft miteinander verflochten," sagte Olsen, während er sich über den Schreibtisch beugte und die Berichte noch einmal durchging. „Wenn diese Waffe bereits in Düsseldorf und Krakau benutzt wurde, dann gibt es vielleicht eine Verbindung, die wir bisher übersehen haben."

Jonas tippte weiter auf der Tastatur, während er die Schmuggelrouten durch Europa untersuchte, die für den Handel mit Waffen und Drogen genutzt wurden.

Die Osteuropäische Schiene, von der immer wieder berichtet wurde, war bekannt dafür, dass sie sowohl illegale Waffen als auch Drogen in den Westen schleuste. Die Tokarev TT-33 war eine dieser Waffen – in Russland und den ehemaligen Sowjetrepubliken weit verbreitet, aber nur selten in Westeuropa zu finden.

Er zog weitere Akten auf den Bildschirm, verglich alte Berichte über Waffenfunde und Schmuggelrouten. Dann fand er einen entscheidenden Hinweis: Ein Bericht aus dem Jahr 2019, in dem eine Schmuggelroute aus der Ukraine nach Polen beschrieben wurde, bei der mehrere Waffen sichergestellt worden waren – darunter auch eine TT-33 Tokarev. Die Verbindung war da.

„Hier," sagte Jonas und deutete auf den Bildschirm. „Diese Waffen kommen über Osteuropa nach Westeuropa. Und es sieht so aus, als wäre der Milojevic-Clan direkt in den Handel verwickelt."

Olsen lehnte sich zurück und sah nachdenklich auf die Daten. „Das bedeutet, dass der Clan nicht nur den Drogenhandel kontrolliert, sondern auch den Waffenhandel. Sie verwenden die Waffen gezielt für ihre Morde, um Spuren zu verwischen und Menschen aus dem Weg zu räumen, die ihnen gefährlich werden."

„Und Wessling war einer dieser Menschen," fügte Jonas hinzu. „Er wurde wahrscheinlich ermordet, weil er zu viel wusste oder weil er den Clan bedrohte. Diese Waffe ist der Schlüssel, um herauszufinden, wer hinter diesen Morden steckt und wie sie miteinander verbunden sind."

Die Erkenntnisse, die Jonas gesammelt hatte, gaben dem Team des LKA Hamburg eine neue Richtung. Die Waffe war nicht nur ein Instrument, sie war ein entscheidendes Puzzleteil, das ihnen half, die Verbindungen zwischen den Morden und dem Drogenhandel zu verstehen.

Olsen wusste, dass sie jetzt den Milojevic-Clan mit einem ganz neuen Ansatz verfolgen mussten. Die Spur der Tokarev würde sie tiefer in die Machenschaften des Clans führen – und vielleicht zu den Drahtziehern hinter Wesslings Tod.

Jonas blieb noch lange wach, während der Regen weiter gegen die Fenster prasselte. Die Spur zur Tokarev TT-33 war der Schlüssel zu etwas Großem, etwas, das über Hamburg hinausging. Er konnte es spüren.

Es war einer dieser Tage, an denen Maren Starke das Gefühl hatte, die Antworten lagen direkt vor ihr – sie musste sie nur noch zusammenfügen. Die Hinweise auf einen Verräter im Team waren mittlerweile zu zahlreich, um ignoriert zu werden.

Olsen hatte es bereits angesprochen, und sein Verdacht war auf Rolf Hansen gefallen. Ein Name, der sie erschütterte, denn Hansen war ein erfahrener Ermittler, der seit Jahren an Olsens Seite gearbeitet und sich als vertrauenswürdiger Kollege erwiesen hatte.

Doch in den letzten Wochen hatte sich etwas verändert. Immer wieder war der Milojevic-Clan ihrer Arbeit einen Schritt voraus, als würden sie jede Bewegung der Polizei vorhersehen. Es gab keinen anderen Weg, als zu akzeptieren, dass die Lecks intern waren – und Hansen, so schwer es Maren auch fiel, schien immer wieder im Mittelpunkt dieser Vermutungen zu stehen.

Maren saß in ihrem Büro und starrte auf den Bericht, den sie zum dritten Mal durchlas. Die Gedanken über Hansen gingen ihr nicht aus dem Kopf. „Wie konnte jemand wie er, der so lange auf der richtigen Seite stand, auf einmal überlaufen?" fragte sie sich.

Sie wusste, dass sie mehr brauchte als nur ein Bauchgefühl. Beweise. Nur so konnte sie sicher sein, dass Hansen tatsächlich der Maulwurf war. Sie hatte die Zugriffsprotokolle der letzten Wochen überprüft, in denen es zu verdächtigen Aktivitäten gekommen war, kurz bevor die Polizei wichtige Operationen gegen den Milojevic-Clan durchführte. Es gab Muster, die deutlich machten, dass jemand absichtlich Informationen weitergegeben hatte – doch wer es war, blieb vage.

Ein Klopfen an der Tür unterbrach Marens Gedanken. Jonas Holst trat ein, mit einem nachdenklichen Ausdruck auf dem Gesicht. „Maren, hast du einen Moment?" fragte er, als er sich auf den Stuhl gegenüber ihrem Schreibtisch setzte.

„Was gibt's, Jonas?" Maren sah auf, während sie den Bericht zur Seite legte.

Jonas zögerte kurz, bevor er sprach. „Ich habe die Berichte über die Razzia letztens noch einmal durchgesehen. Die, bei der wir Hansen eigentlich in Aktion sehen sollten, aber irgendwie lief alles schief. Es gab einige merkwürdige Unstimmigkeiten."

Maren spürte, wie sich ihre Muskeln anspannten. „Was für Unstimmigkeiten?"

„Hansen hat sich kurz vor der Razzia abgemeldet," erklärte Jonas langsam. „Er hatte angeblich einen dringenden privaten Termin und ist deswegen nicht mit uns zum Einsatz gefahren. Aber..."

Er machte eine Pause, als er nach den richtigen Worten suchte. „Es sieht so aus, als hätte er sich unmittelbar vor dem

Einsatz mit jemandem getroffen, der Verbindungen zum Milojevic-Clan hat. Ich kann es nicht exakt bestätigen, aber es gibt Berichte über Sichtungen in der Nähe eines bekannten Treffpunkts des Clans."

Maren spürte, wie sich ein Kloß in ihrem Magen bildete. „Das ist mehr als nur eine Unstimmigkeit, Jonas. Das könnte der Beweis sein, den wir brauchen."

„Glaubst du, Hansen ist wirklich derjenige?" fragte Jonas vorsichtig. „Ich meine, er war so lange bei uns. Wie konnte er auf die schiefe Bahn geraten?"

Maren seufzte schwer und lehnte sich in ihrem Stuhl zurück.

„Ich weiß es nicht, Jonas. Aber wir haben nicht das Privileg, blindes Vertrauen zu schenken, wenn die Beweise gegen jemanden sprechen. Ich will es nicht glauben, aber es sieht immer mehr danach aus, als ob Hansen in etwas verstrickt ist."

Maren ließ Jonas mit dieser beunruhigenden Erkenntnis gehen und vertiefte sich weiter in die Zugriffsprotokolle. Es musste mehr Hinweise geben, die Hansen mit den Lecks in Verbindung brachten.

Sie begann, tief in den Daten zu wühlen, jede Aktion zu analysieren, die in den Wochen vor den wichtigsten Einsätzen stattgefunden hatte. Es war mühsam und forderte ihre ganze Konzentration.

Stundenlang verglich sie die Protokolle, durchforstete interne Mails, Überwachungsaufnahmen und interne Berichte. Schließlich fiel ihr etwas ins Auge: Ein Zugriff auf eine vertrauliche Datei, die unmittelbar vor einer fehlgeschlagenen Operation in Zusammenhang mit dem Clan aufgerufen worden war. Die Zugriffs-ID, die den Download getätigt hatte, war verschleiert – jemand hatte sich große Mühe gegeben, seine Spuren zu verwischen.

Doch dann entdeckte sie einen Fehler im Code, eine kleine Unregelmäßigkeit, die nicht ins Bild passte. „Das ist es," flüsterte Maren, als sie den Code weiter entwirrte. „Das ist die Verbindung, die wir brauchen."

Nach einer weiteren Stunde intensiver Arbeit war sie sich sicher. Der Zugriff kam von einem Computer, der Hansen zugeordnet war. Es war fast perfekt verborgen, aber nicht perfekt genug.

Maren lehnte sich in ihrem Stuhl zurück, während sie ihre Gedanken ordnete. Es konnte nur Hansen sein. Doch tief in ihr nagte immer noch ein Zweifel – konnte es wirklich so einfach sein? Hatte sie den richtigen Mann?

Am nächsten Tag trat sie vorsichtig an Olsen heran, der sich gerade durch einen Stapel von Berichten arbeitete. Sein Gesichtsausdruck war grimmig, als er zu ihr aufsah.

„Bernd, wir müssen noch einmal über Hansen reden," sagte Maren und setzte sich ihm gegenüber. Sie zögerte einen Moment, bevor sie ihm die Daten überreichte.

Olsen warf einen kurzen Blick auf die Unterlagen und las dann konzentriert weiter, sein Gesichtsausdruck wurde zunehmend härter. „Das sieht nicht gut aus, Maren," sagte er schließlich. „Wenn das stimmt, dann ist Hansen..."

Maren nickte. „Es passt alles zusammen. Er hatte Zugang zu den Informationen, er war in der Nähe der Treffpunkte des Clans, und die Zugriffe auf die vertraulichen Daten wurden von einem Computer getätigt, der ihm zugeordnet ist. Aber..."

Olsen sah sie aufmerksam an. „Aber was?"

„Es gibt noch eine Sache, die mich stutzig macht," fuhr Maren fort. „Hansen ist ein erfahrener Ermittler, jemand, der weiß, wie man seine Spuren verwischt. Warum war der Fehler im Code so leicht zu finden? Es wirkt fast so, als wäre dies absichtlich geschehen."

Olsen starrte einen Moment auf den Tisch, bevor er aufstand und im Büro auf und ab ging. „Das heißt, es könnte eine Falle sein. Jemand will, dass wir Hansen verdächtigen."

Maren nickte. „Es sieht fast so aus. Vielleicht ist Hansen tatsächlich unschuldig, aber jemand benutzt ihn als Ablenkung, um die Aufmerksamkeit von sich selbst wegzulenken. Das würde erklären, warum alles so sauber scheint – bis auf diesen einen Fehler."

Olsen blieb stehen und sah sie an. „Dann müssen wir vorsichtig sein. Wenn wir die falsche Person beschuldigen, könnte der wahre Verräter uns entkommen. Wir dürfen uns nicht auf Hansen allein versteifen, bis wir absolute Gewissheit haben."

Maren und Olsen entschieden, dass sie Hansen nicht sofort konfrontieren würden. Stattdessen würden sie ihn im Auge behalten und weiter nach Beweisen suchen. Aber die Zeit drängte jetzt, und der Milojevic-Clan war gefährlicher denn je. Jeder Tag, an dem der wahre Verräter unentdeckt blieb, brachte den Clan näher an die Polizei heran – und die Gefahr, dass alles zusammenbrach, wuchs stetig.

Bernd Olsen starrte auf die Notizen vor ihm. Der Fall um den Milojevic-Clan spitzte sich immer weiter zu, doch sie traten in Hamburg auf der Stelle. Immer wieder stießen Olsen und sein Team auf alte Spuren, die ins Leere führten oder plötzlich verschwanden. Doch eine davon, eine Spur, die zurück in seine Münchener Zeit führte, hatte ihn aufhorchen lassen: Ivan Ivanovic.

Ivanovic war vor Jahren ein Mittelsmann des Clans gewesen, der für die Strukturen in München arbeitete.

Damals war er zwar tief im kriminellen Netzwerk verwurzelt, doch niemand hatte ihm eine bedeutende Rolle zugeschrieben. Bis zu dem Moment, als er spurlos verschwand. Neue Hinweise deuteten darauf hin, dass Ivanovic möglicherweise mehr gewusst hatte, als damals vermutet wurde – Informationen, die für die aktuelle Struktur des Clans in Hamburg von entscheidender Bedeutung sein könnten.

Ein alter Kollege, Jürgen Keller, war damals ebenfalls an den Ermittlungen beteiligt. Er hatte die Fäden im Hintergrund gezogen und könnte der Schlüssel sein, um herauszufinden, was Ivanovic wirklich wusste.

Deshalb musste Olsen nach München zurückkehren. Keller hatte sich nach seiner Pensionierung zurückgezogen, aber Olsen hoffte, dass er noch Informationen hatte, die ihnen im Kampf gegen den Clan helfen könnten.

Der Zug bewegte sich in gleichmäßigem Rhythmus gen Süden. Olsen saß am Fenster, während der Regen unaufhörlich gegen die Scheiben prasselte. Es waren erst zwei Monate vergangen, seit er sich nach Hamburg versetzen ließ, aber nun war er schon wieder auf dem Weg zurück nach München, zurück in eine Stadt, die ihm so lange als Heimat gedient hatte.

München war nicht einfach irgendein Ort für ihn. Es war die Stadt, in der er jahrzehntelang gegen das organisierte Verbrechen gekämpft hatte, und der Milojevic-Clan war einer seiner Hauptgegner gewesen. Viele Nächte hatte er in stickigen Verhörzimmern verbracht, die Fäden des Clans zu entwirren versucht, doch sie schienen immer einen Schritt voraus zu sein. Jetzt holte ihn die Vergangenheit wieder ein, und er wusste, dass die Antworten, die er suchte, tief in seinen früheren Ermittlungen verwurzelt waren.

Die Erkenntnis, dass eine alte Spur, die nach München führte, der Schlüssel zur Aufdeckung des Hamburger Netzwerks des Clans sein könnte, ließ Olsen keine Ruhe.

Ivan Ivanovic, der damals als kleiner Mittelsmann des Clans gegolten hatte, war plötzlich zu einer Schlüsselfigur geworden.

Informationen, die er damals besaß, könnten das heutige Netzwerk erklären. Und Olsen wusste, dass er sich an Jürgen

Keller wenden musste – ein ehemaliger Kollege, der sich nach seiner Pensionierung zurückgezogen hatte.

Als der Zug schließlich im Münchner Hauptbahnhof einfuhr, atmete Olsen tief durch. Die vertrauten Lichter und Geräusche der Stadt empfingen ihn, doch sie schienen irgendwie kälter als zuvor. Er nahm sich ein Taxi und fuhr durch die Straßen, die er nur zu gut kannte. Es war eigentlich kaum Zeit vergangen, seit er die Stadt verlassen hatte, aber jetzt wirkte alles anders. Die Stadt war von Erinnerungen überladen, Erinnerungen an unzählige Fälle, unzählige Nächte.

Das Taxi hielt schließlich vor einem alten Wohnhaus im Glockenbachviertel, wo Keller nach seiner Pensionierung lebte. Keller war eine Legende in den Münchner Ermittlerkreisen gewesen, ein scharfsinniger Kopf, der die Verbrecher mit seiner Präzision und Geduld zur Strecke brachte. Doch nach Jahrzehnten im Dienst hatte er sich in den Ruhestand zurückgezogen, ausgelaugt vom ständigen Kampf gegen das organisierte Verbrechen.

Olsen stieg aus und klingelte. Er hörte die Schritte auf der anderen Seite der Tür, und als Keller öffnete, sah er den gleichen, scharfen Blick, den er von früher kannte. Doch es lag Müdigkeit in Kellers Augen – der Kampf gegen den Milojevic-Clan und die anderen Verbrecher hatte seinen Tribut gefordert.

„Bernd," sagte Keller knapp und öffnete die Tür. „Komm rein."

Kellers Wohnung war einfach eingerichtet, überall stapelten sich Bücher und alte Polizeiberichte. Olsen setzte sich auf das abgenutzte Ledersofa, während Keller ihm eine Zigarette anbot, die er dankend ablehnte.

„Es ist lange her, Jürgen," begann Olsen und zündete sich stattdessen einen seiner eigenen Zigarillos an. „Aber ich brauche deine Hilfe. Es geht um den Milojevic-Clan."

Keller nahm einen tiefen Zug von seiner Zigarette und lehnte sich in seinem Sessel zurück.

„Der Milojevic-Clan," sagte er langsam und ließ den Rauch aus den Mundwinkeln entweichen. „Ich dachte, ich hätte mit diesem Mist abgeschlossen, als ich in Rente ging. Aber ich schätze, es überrascht mich nicht, dass du wieder dahinterher bist."

„Sie haben sich ausgebreitet," erklärte Olsen ernst. „Nicht nur in München, sondern in ganz Europa. Der Drogenhandel, der Menschenhandel – sie kontrollieren alles. Ich habe Hinweise, dass einer ihrer alten Mittelsmänner, Ivan Ivanovic, eine entscheidende Rolle spielt. Ich brauche alles, was du noch über ihn weißt."

Kellers Augen verengten sich leicht. „Ivan Ivanovic... der Name kommt mir bekannt vor. Aber das ist lange her." Er stand auf und ging zu einem Regal, in dem alte Ordner sauber aufgereiht waren. „Ich habe einige meiner alten Akten behalten. Weißt du, ich konnte das alles nicht einfach hinter mir lassen."

Ivan Ivanovic war damals nur ein kleiner Spieler gewesen. Er bewegte sich geschickt zwischen den Welten, überlebte in der kriminellen Unterwelt, indem er für verschiedene Seiten arbeitete. Doch dann, fast über Nacht, war er verschwunden. Die damaligen Ermittlungen hatten ergeben, dass er vermutlich vom Milojevic-Clan ausgeschaltet wurde, weil er zu viel wusste.

„Hier," sagte Keller schließlich und reichte Olsen eine dicke Akte. „Ivan Ivanovic war ein schlauer Fuchs. Damals haben wir ihn beobachtet, weil er in die Schmuggelgeschäfte des Clans verstrickt war. Doch wir bekamen ihn nie richtig zu fassen. Und dann, als wir dachten, wir hätten genug Beweise, verschwand er. Niemand hat ihn je wieder gesehen."

Olsen blätterte durch die Akte, seine Augen blieben an alten Notizen hängen. „Ich habe Berichte in Hamburg gefunden, die darauf hindeuten, dass Ivanovic mehr gewusst haben könnte, als wir dachten. Es scheint, als wäre er damals schon ein wichtiger Mittelsmann gewesen, jemand, der tiefere Verbindungen hatte."

Keller nickte langsam. „Das ergibt Sinn. Ivanovic hatte Kontakte in ganz Europa – von München über Prag bis nach Amsterdam. Er war tief in den Drogenhandel involviert, aber ich denke, er spielte beide Seiten gegeneinander aus. Vielleicht war das sein Fehler."

„Du glaubst, der Clan hat ihn deshalb umgebracht?" fragte Olsen, obwohl er die Antwort schon kannte.

„Wahrscheinlich," sagte Keller ruhig. „Das war damals ihre Vorgehensweise. Leute, die zu viel wussten oder nicht mehr nützlich waren, verschwanden. Aber es gibt immer die Möglichkeit, dass er noch irgendwo Kontakte hat, die wir übersehen haben."

Die nächsten Stunden verbrachten Olsen und Keller damit, die alten Akten durchzugehen und nach Hinweisen zu suchen.

Olsen sah in Ivanovic mehr als nur einen Mittelsmann – er sah ihn als einen Schlüssel. Ein Schlüssel, der das Netzwerk des Milojevic-Clans und seine heutigen Strukturen erklären könnte.

Die Spur, die vor Jahren in München begann, führte nun nach Hamburg und vielleicht noch weiter. Und wenn Ivanovic wirklich so tief drin war, wie es jetzt schien, dann hatte er Informationen, die den gesamten Clan ins Wanken bringen könnten.

Als es spät wurde, stand Olsen auf und nahm die Akten an sich. „Danke, Jürgen. Ich weiß, es ist nicht einfach, wieder in diese Welt zurückzukehren."

Keller zündete sich eine weitere Zigarette an. „Pass auf dich auf, Bernd. Diese Leute lassen niemanden los, der ihnen gefährlich wird. Ich hoffe, du weißt, worauf du dich einlässt."

Olsen nickte. „Das weiß ich. Aber diesmal werde ich sie kriegen."

Er trat hinaus in die kühle Münchener Nacht. Die Vergangenheit hatte ihn zurückgeholt, doch diesmal ging es um mehr.

Der Milojevic-Clan war nicht mehr nur ein altes Gespenst, sondern eine reale Bedrohung, und Olsen wusste, dass es kein Zurück mehr gab.

München - Hamburg

Nachdem Olsen am späten Abend das Treffen mit Jürgen Keller beendet hatte, fühlte er die Erschöpfung in seinen Knochen. Die Informationen, die er von seinem ehemaligen Kollegen erhalten hatte, lasteten schwer auf ihm, und obwohl er wusste, dass er damit wichtige Fortschritte gemacht hatte, nagte ein Gefühl der Unruhe an ihm. Der Milojevic-Clan war gefährlicher, als er zunächst gedacht hatte.

Er nahm sich ein Taxi zu einem kleinen Hotel im Glockenbachviertel, wo er für die Nacht eingecheckt hatte. Das Hotel war einfach, aber sauber.

Es war spät, und als Olsen sein Zimmer betrat, warf er einen kurzen Blick auf die Uhr: 23:30 Uhr. Zu spät, um noch weiter zu arbeiten, aber zu früh, um den Gedanken Ruhe zu gönnen.

Er ließ sich aufs Bett fallen, starrte an die Decke und dachte über die Ereignisse des Tages nach. Keller hatte ihm den entscheidenden Hinweis auf Ivan Ivanovic gegeben, doch jetzt musste er weiter graben, tiefer in die Strukturen des Clans eindringen, um herauszufinden, was dieser Mann wirklich gewusst hatte. Seine Gedanken kreisten immer wieder um den Namen, während er mit schwerem Kopf in den Schlaf fiel.

Die Nacht war unruhig. Olsen drehte sich mehrmals im Bett, geplagt von Träumen, in denen Gesichter aus seiner Vergangenheit und die undurchdringlichen Machenschaften des Milojevic-Clans miteinander verschwammen. Er sah Ivan Ivanovic, sah die verschlungenen Fäden des Verbrechens, die sich quer durch Europa zogen.

Jedes Mal, wenn er die Augen schloss, tauchte ein neues Gesicht auf – Keller, Ivanovic, und die eiskalten, maskierten Männer des Clans, die ihn beobachteten. Es war, als würde sein

Verstand versuchen, das Puzzle zu lösen, während er schlief, doch er fand keinen klaren Ausgang.

Als der Morgen schließlich dämmerte und die ersten Sonnenstrahlen durch die schweren Vorhänge drangen, wachte Olsen mit einem tiefen Seufzer auf. Der Schlaf hatte ihm wenig Erholung gebracht, doch die Zeit drängte. Es gab keine andere Wahl, als weiterzumachen.

Er duschte schnell, zog sich an und verließ das Hotel, noch bevor die Stadt richtig erwacht war. München fühlte sich anders an diesem Morgen, wie eine Stadt, die ihn willkommen hieß, aber gleichzeitig abweisend blieb. Er konnte den leisen Druck spüren, der sich aufbaute, während er durch die Straßen lief – der Druck, die richtigen Verbindungen zu finden, bevor es zu spät war.

Olsen holte sich einen Kaffee in einem kleinen Straßencafé und setzte sich für einen Moment hin, um seine Gedanken zu ordnen. Die Gespräche mit Keller hatten ihm eine Richtung gegeben, doch jetzt brauchte er jemanden, der ihm mehr über die gegenwärtigen Verhältnisse in München erzählen konnte. Und es gab nur einen Mann, der dafür in Frage kam: Sebastian Wolff.

Er hatte Wolff seit Jahren nicht mehr gesehen. Der ehemalige Kollege war einer der wenigen Menschen, denen Olsen in München immer voll vertraut hatte. Wolff hatte sich ebenfalls vor einigen Jahren aus dem Polizeidienst zurückgezogen, ausgebrannt vom ständigen Kampf gegen die organisierte Kriminalität. Doch auch nach seinem Rückzug hatte er seine Verbindungen in der Stadt behalten und war immer jemand, der wusste, was unter der Oberfläche brodelte.

Olsen entschied, Wolff zu kontaktieren, und verabredete sich mit ihm für den Vormittag. Sie würden sich in einem kleinen Café in der Nähe der Isar treffen, weit weg von neugierigen Augen und Ohren.

Das Café war eines dieser ruhigen, unscheinbaren Lokale, das in einem engen Seitenweg lag, fast unsichtbar für den üblichen Trubel der Stadt. Es war der perfekte Ort, um ungestört zu reden, und als Olsen ankam, wartete Sebastian Wolff bereits auf ihn. Wolff saß am Fenster, mit einer Kaffeetasse in der Hand, und starrte nachdenklich auf die vorbeigehenden Passanten.

Olsen setzte sich ihm gegenüber und lächelte leicht. „Lange her, Sebastian," sagte er, während er sich zurücklehnte und die alte Freundschaft spürte, die sie verband.

Wolff hob den Kopf, lächelte schief und nahm einen weiteren Schluck Kaffee. „Ja, Bernd. Es ist lange her. Aber wenn du wieder hier bist, dann hat das sicher einen verdammt guten Grund."

Olsen nickte und bestellte sich selbst einen Kaffee. „Es geht um den Milojevic-Clan. Sie sind wieder aktiv – oder besser gesagt, sie waren nie wirklich weg. Ich verfolge eine Spur in Hamburg, aber sie führt zurück nach München."

Wolff schnaubte leise. „Die Milojevics... Die waren schon immer ein hartes Stück Arbeit. Aber ich dachte, du wärst endlich raus aus dem ganzen Mist."

„Dachte ich auch," gab Olsen zu. „Aber es scheint, als ob das hier nie wirklich endet."

Wolff lehnte sich zurück und betrachtete Olsen. „Also, was genau brauchst du von mir?"

Olsen legte die Karten auf den Tisch. „Es geht um Ivan Ivanovic. Du erinnerst dich an ihn?"

Wolff runzelte die Stirn und blies den Rauch seiner Zigarette in die Luft. „Ja, ich erinnere mich. Ivanovic war damals in der unteren Riege, aber er hatte seine Finger überall drin. Hat versucht, sein eigenes Spiel zu spielen, aber ich dachte, er wäre längst erledigt worden."

Olsen nickte. „Das dachte ich auch. Aber es gibt neue Hinweise, dass Ivanovic eine viel größere Rolle gespielt hat, als wir
damals dachten. Er war tief in den Clan verstrickt, und die
Verbindungen, die er hatte, sind noch immer aktiv. Ich muss
herausfinden, wer heute noch in München über ihn Bescheid
weiß."

Wolff zog eine weitere Zigarette aus der Tasche, zündete sie an
und nahm einen tiefen Zug. „Du weißt, dass die meisten Leute
von damals entweder tot oder verschwunden sind. Aber es gibt
da einen Mann, der vielleicht noch mehr weiß – Arpad Markovic. Er war immer der Drahtzieher im Hintergrund. Wenn jemand weiß, was Ivanovic wusste, dann er."

Arpad Markovic – der Name ließ Olsen aufhorchen. Markovic
war damals nie direkt ins Visier der Polizei geraten, aber er war
bekannt dafür, die Fäden zu ziehen. Er hatte Kontakte in ganz
Europa und war tief in die Strukturen des Balkan-Drogenhan-
dels involviert.

„Wo finde ich ihn?" fragte Olsen und sah Wolff direkt an.

Wolff zuckte mit den Schultern. „Er hält sich angeblich in einem alten Industriegebiet in Freimann auf. Der Mann ist wie
ein Geist – taucht ab, wenn du zu nah kommst. Aber wenn du
Glück hast, findest du ihn."

Olsen nickte und beendete seinen Kaffee. „Danke, Sebastian.
Ich schulde dir was."

Wolff schnaubte. „Das ist nicht nötig. Aber pass auf dich auf,
Bernd. Der Milojevic-Clan ist gefährlicher als je zuvor. Sie lassen keine losen Enden zu."

Freimann, ein verlassenes Industriegebiet am Stadtrand von
München, war der perfekte Ort für jemanden wie Arpad Markovic, um unterzutauchen. Olsen warf einen Blick auf die heruntergekommenen Gebäude, die vom Zahn der Zeit gezeichnet

waren, und näherte sich dem Gebäude, das ihm Wolff beschrieben hatte.

Es war still, fast unheimlich, und der Geruch von Rost und Öl lag schwer in der Luft.

Olsen klopfte an die Metalltür und wartete. Die Stille wurde nur vom leisen Rascheln des Windes durchbrochen, und dann, nach einem Moment, öffnete sich die Tür einen Spalt. Markovic, ein großer Mann mit grauem Haar, blickte misstrauisch durch den Spalt.

„Was willst du?" knurrte er.

Olsen sah ihm fest in die Augen. „Ich will über Ivan Ivanovic sprechen."

Markovics Gesicht verhärtete sich, aber er öffnete die Tür einen Spalt weiter. „Komm rein."

Die Halle war spärlich eingerichtet, nur ein paar Kisten und alte Möbel, die wie provisorische Ablagen wirkten. Markovic setzte sich auf eine der Kisten und sah Olsen aufmerksam an.

„Ivanovic ist tot," sagte er knapp. „Was willst du von mir?"

„Er wusste mehr, als du zugeben willst," entgegnete Olsen ruhig. „Und du warst damals Teil dieses Netzwerks. Du weißt, dass die Verbindungen, die er hatte, immer noch aktiv sind."

Markovic zögerte, dann knurrte er leise. „Ivanovic war ein Idiot. Er hat versucht, beide Seiten gegeneinander auszuspielen. Aber ja, er wusste zu viel. Deshalb ist er tot." Er sah Olsen kalt an. „Der Milojevic-Clan ist ein Tumor. Du kannst ihn nicht aufhalten."

Olsen spürte das Gewicht dieser Worte. „Vielleicht nicht. Aber ich kann ihn schwächen."

Markovic gab Olsen mehr Informationen, als er erwartet hatte. Die Verbindungen des Clans reichten tief in die Strukturen

Europas. Ivanovic war nur einer von vielen gewesen, doch sein Wissen über die inneren Kreise des Clans könnte entscheidend sein.

Olsen verließ die verlassene Fabrikhalle, während der Wind über das Gelände fegte. Er wusste jetzt, dass Ivan Ivanovic tatsächlich der Schlüssel war, doch er wusste auch, dass die Gefahr größer war, als er bisher angenommen hatte. Der Milojevic-Clan war nicht nur in München, sondern in ganz Europa tief verwurzelt. Es würde mehr brauchen, um dieses Netzwerk zu zerschlagen.

Der Himmel über München war grau, als Olsen das kleine Café am Gärtnerplatz betrat, wo er einen letzten Termin in der Stadt wahrnehmen wollte. Seine Gedanken kreisten immer noch um das, was er von Arpad Markovic erfahren hatte.

Die Hinweise auf Ivan Ivanovic und das tief verzweigte Netzwerk des Milojevic-Clans hatten ihm eine klare Richtung gegeben, doch es gab noch ein weiteres Rätsel, das gelöst werden musste: das Tattoo, das sie auf der Brust von Kai Wessling gefunden hatten.

Das Symbol – eine Rune in der Form eines Schlüssels – hatte Olsen seit dem Tag, an dem sie die Leiche gefunden hatten, nicht mehr losgelassen. Es war kein gewöhnliches Tattoo. Er hatte sofort gespürt, dass etwas an diesem Zeichen mehr bedeutete, als man auf den ersten Blick vermuten konnte.

Und jetzt, nach den Gesprächen mit Keller und Markovic, wusste er, dass dieses Symbol mit den balkanischen Wurzeln des Clans zu tun haben musste.

Olsen hatte sich mit einem Professor der Ludwig-Maximilians-Universität verabredet – Dr. Aleksandar Stojanovic, ein Experte für osteuropäische Geschichte und Symbolik. Stojanovic war bekannt dafür, tief in die Welt der alten balkanischen Kultur und ihrer Verbindungen zur heutigen Zeit eingetaucht zu sein.

Olsen hoffte, dass er mehr über das mysteriöse Symbol erfahren würde, welches die Brust von Wessling geziert hatte.

Als er das Café betrat, entdeckte er den Professor an einem der Tische. Stojanovic war ein kleiner, etwas schüchtern wirkender Mann mit Brille und dichten grauen Haaren. Er nickte Olsen zu, als dieser sich setzte.

„Herr Kommissar Olsen, schön, Sie kennenzulernen," sagte Stojanovic mit einem leichten Akzent und einem freundlichen Lächeln. „Ich hoffe, ich kann Ihnen bei Ihren Ermittlungen behilflich sein."

Olsen bestellte sich einen Kaffee und zog das Foto des Tattoos aus seiner Tasche. „Das hoffe ich auch, Herr Professor. Ich habe ein Symbol, das auf der Brust eines Opfers gefunden wurde. Ich vermute, dass es mit einem Clan aus dem Balkan zu tun hat, aber ich brauche mehr Informationen über seine Bedeutung."

Er schob das Bild über den Tisch. Stojanovic nahm es in die Hand und betrachtete es eine Weile. Seine Augen verengten sich leicht, und Olsen konnte sehen, dass er das Symbol erkannte.

„Interessant," sagte Stojanovic langsam und legte das Foto ab. „Sehr interessant. Dieses Symbol ist in der Tat von großer Bedeutung, aber es ist nicht modern. Es ist alt – sehr alt. Es stammt aus einer Zeit, lange bevor es Clans oder organisierte Kriminalität im modernen Sinne gab. Dieses Symbol hat seine Wurzeln im alten Balkan."

Olsen beugte sich vor, seine Neugier geweckt. „Was genau bedeutet es?"

Stojanovic setzte seine Brille ab und begann zu erklären.

„Das, was Sie hier sehen, ist eine Variation eines alten Runenzeichens, welches in der Region des Balkans seit Jahrhunderten existiert. Es wurde oft als Schlüssel oder Tor dargestellt. Es diente als Symbol für Macht und Übergang – die Fähigkeit, Zugang zu verborgenen Wissensbereichen oder Machtstrukturen zu gewähren. In gewisser Weise repräsentierte es auch den Zugang zur Unterwelt, sowohl im spirituellen als auch im wörtlichen Sinne."

Olsen runzelte die Stirn. „Und wie passt das in die heutige Zeit? Wie kommt ein solches Symbol in die Welt der organisierten Kriminalität?"

Der Professor nickte und fuhr fort. „Das ist das Interessante. Viele der heutigen kriminellen Organisationen auf dem Balkan sehen sich selbst als Erben einer alten Tradition. Sie verehren die Stärke und Macht ihrer Vorfahren, die oft in Clans oder Stämmen organisiert waren, und adaptieren Symbole und Rituale aus jener Zeit.

Dieses spezielle Symbol – der Schlüssel – wurde von einigen dieser kriminellen Organisationen übernommen, um ihre Kontrolle über verborgene Netzwerke zu symbolisieren. Es bedeutet, dass der Träger des Zeichens einen besonderen Zugang hat – Zugang zu Wissen, Macht und Ressourcen innerhalb des Clans."

Olsen dachte nach. „Also könnte dieses Tattoo auf Wesslings Brust bedeuten, dass er eine Schlüsselposition innerhalb des Milojevic-Clans innehatte? Dass er Zugang zu bestimmten Bereichen des Netzwerks hatte, die andere nicht hatten?"

Stojanovic nickte erneut. „Genau. Es ist sehr wahrscheinlich, dass dieses Zeichen ihm eine besondere Rolle innerhalb des Clans verlieh. Und es bedeutet auch, dass er mehr wusste, als er hätte wissen dürfen. Das könnte auch der Grund sein, warum er getötet wurde."

Olsen rieb sich das Kinn und versuchte, die Puzzleteile zusammenzusetzen. „Das würde Sinn ergeben. Wessling war kein gewöhnliches Opfer. Er hatte Verbindungen zum Milojevic-Clan, aber ich konnte nie herausfinden, warum er so wichtig war.

Wenn er jedoch in Besitz von Informationen oder Zugang zu etwas war, das der Clan schützen wollte, könnte das erklären, warum er ermordet wurde."

Stojanovic lehnte sich zurück und sah Olsen nachdenklich an. „Es gibt noch etwas anderes, das Sie wissen sollten. Dieses Symbol – der Schlüssel – war nicht nur ein Zeichen der Macht. Es war auch ein Symbol der Loyalität. Wer dieses Zeichen trug, wurde nicht leichtfertig ausgewählt. Es bedeutete, dass die Person, die es trug, als vollkommen loyal zum Clan angesehen wurde. Sie war Teil eines inneren Zirkels, dem nur wenige angehören."

Olsen nickte langsam. „Das würde bedeuten, dass Wessling tief in den Clan verstrickt war. Wenn er diese Art von Vertrauen genoss, war er sicherlich nicht nur ein Handlanger. Er war jemand, der Zugang zu den wichtigsten Informationen hatte. Aber was hat ihn letztendlich zu einem Ziel gemacht?"

Der Professor zuckte mit den Schultern. „Das ist schwer zu sagen. Es könnte sein, dass er dieses Vertrauen missbraucht hat. Oder vielleicht hat er einfach zu viel gewusst. In diesen Kreisen bedeutet Wissen Macht, aber auch Gefahr. Wenn jemand zu viel weiß, kann er zu einer Bedrohung werden – und Bedrohungen werden in solchen Kreisen nicht toleriert."

Olsen spürte, wie sich die letzten Puzzleteile langsam zusammensetzten. Das Tattoo auf Wesslings Brust war mehr als nur eine dekorative Zeichnung. Es war ein Symbol, das seine Bedeutung über Jahrhunderte hinweg bewahrt hatte – ein Symbol der Macht, des Zugangs und der Loyalität.

Wessling hatte eine Schlüsselrolle im Milojevic-Clan gespielt, und als er möglicherweise begann, diese Rolle zu gefährden, hatte man beschlossen, ihn zu beseitigen.

„Danke, Professor," sagte Olsen und erhob sich. „Das hat mir sehr geholfen."

Stojanovic lächelte freundlich und nickte. „Gern geschehen, Herr Kommissar. Wenn Sie noch weitere Fragen haben, stehe ich Ihnen zur Verfügung."

Olsen verließ das Café mit einem klareren Bild von dem, was mit Kai Wessling geschehen war. Doch je mehr er erfuhr, desto gefährlicher wurde die Lage. Der Milojevic-Clan würde nicht zögern, wieder zuzuschlagen, wenn er ihnen zu nah kam.

Aber jetzt wusste Olsen, dass es nicht nur um Drogen oder Macht ging. Es ging um Kontrolle – und um das Geheimnis, das Wessling mit ins Grab genommen hatte.

Die Reise zurück nach Hamburg begann in den frühen Morgenstunden. Olsen stieg in den Zug, der sich bald durch die neblige Landschaft Bayerns Richtung Norden bewegte.

Während der Zug sanft über die Schienen glitt, war er allein mit seinen Gedanken – und den beunruhigenden Informationen, die er in München gesammelt hatte.

Die Gespräche mit Jürgen Keller, Sebastian Wolff und Arpad Markovic hatten ihm ein klareres Bild von den tiefen Verstrickungen des Milojevic-Clans vermittelt. Vor allem die Bedeutung des Tattoos, das auf Kai Wesslings Brust gefunden worden war, machte deutlich, dass Wessling nicht einfach ein zufälliges Opfer gewesen war.

Wessling hatte eine Schlüsselposition im Clan eingenommen, und sein Tod war eine präzise Entscheidung des Clans gewesen – vermutlich, weil er zu viel wusste.

Während der Zug an den Städten vorbeirauschte, ließ Olsen die Gespräche in seinem Kopf noch einmal Revue passieren. Ivan Ivanovic, Markovic, das alte Symbol des Schlüssels – alles schien miteinander verbunden zu sein, und doch war da immer noch eine Lücke. Es war, als hätte er die Umrisse des Puzzles vor sich, doch das entscheidende Stück fehlte noch.

Er dachte daran, wie gefährlich der Milojevic-Clan wirklich war. Ivanovic war verschwunden, und Markovic hatte ihm deutlich zu verstehen gegeben, dass Wesslings Tod kein Zufall war. Doch was war das Motiv? Wollte Wessling den Clan verraten? Oder war er von vornherein dazu auserkoren gewesen, geopfert zu werden?

Olsen zog seine Notizen hervor und blätterte noch einmal durch die Informationen, die er gesammelt hatte.

Der Schlüssel – das Symbol, das Wessling auf der Brust trug – wies darauf hin, dass er Zugang zu etwas hatte, das nur wenigen im Clan bekannt war. Doch was war es? Waren es Informationen über den Drogenhandel? Oder ging es um etwas Tieferes, um die Kontrolle über das weit verzweigte Netzwerk, das der Clan aufgebaut hatte?

Der Zug verließ gerade Hannover, als Olsens Handy vibrierte. Er zog es aus seiner Tasche und sah auf das Display: Maren Starke. Ein ungutes Gefühl breitete sich in seiner Magengrube aus. Maren rief nicht einfach ohne Grund an, vor allem nicht, wenn er auf dem Rückweg war.

Er nahm den Anruf entgegen. „Maren? Was gibt's?" fragte er sofort, sein Tonfall sachlich, aber besorgt.

„Bernd, wir haben ein Problem," begann Maren ohne Umschweife. „Es gibt eine neue Drohung – gegen Nemo."

Olsen erstarrte für einen Moment. Nemo, der Informant, den sie bereits in Hamburg mehrfach kontaktiert hatten und der für den Clan arbeitete, war einer ihrer wichtigsten Zeugen.

Nemo hatte ihnen wertvolle Informationen über die Strukturen des Milojevic-Clans gegeben, insbesondere über die Drogenrouten und Geldströme, die durch Hamburg liefen. Ohne ihn hätten sie in ihren Ermittlungen oft im Dunkeln getappt.

Doch nun hatte der Clan offenbar herausgefunden, dass Nemo Informationen weitergab – und das bedeutete, dass sein Leben in Gefahr war.

„Was ist passiert?" fragte Olsen, während der Zug weiter durch die Landschaft schoss.

„Wir haben heute Morgen einen verschlüsselten Hinweis erhalten," erklärte Maren schnell. „Ein Insider hat uns gewarnt, dass der Clan weiß, dass Nemo mit uns kooperiert. Es gibt Grund zu der Annahme, dass sie bereits planen, ihn auszuschalten. Wir müssen ihn sofort in Sicherheit bringen."

Olsen fühlte, wie sich sein Kiefer anspannte. „Wo ist er jetzt?"

„Er ist im Moment untergetaucht," antwortete Maren. „Aber er bleibt nicht lange an einem Ort. Er vertraut uns nicht genug, um uns wissen zu lassen, wo er ist, und wir haben keinen direkten Zugang zu ihm. Jonas versucht, über unsere Kontakte in der Szene herauszufinden, wo er sich versteckt hält, aber es ist ein Wettlauf gegen die Zeit."

Olsen dachte einen Moment nach. „Wir müssen ihn finden, bevor es der Clan tut. Nemo ist zu wichtig. Wenn er stirbt, verlieren wir nicht nur einen Zeugen, sondern auch einen direkten Zugang zum inneren Kreis des Clans."

Die letzten Stunden der Fahrt vergingen in angespannter Stille. Olsen konnte den bevorstehenden Sturm spüren. Nemo war eine der wenigen Verbindungen, die sie zum inneren Zirkel des Milojevic-Clans hatten, und wenn er starb, würde der Clan noch tiefer im Schatten verschwinden. Außerdem hatte Nemo ihm selbst einmal gesagt, dass er mehr wusste – Informationen, die den Clan ins Wanken bringen könnten, wenn sie ans Licht kämen. Informationen, die den Clan dazu brachten, alles zu tun, um ihn zum Schweigen zu bringen.

Als der Zug schließlich in den Hamburger Hauptbahnhof einfuhr, stieg Olsen mit einem klaren Ziel aus.

Er rief sich ein Taxi und ließ sich direkt ins LKA bringen. Während der Fahrt durch die belebten Straßen von Hamburg dachte er über die nächsten Schritte nach.

Sie mussten Nemo finden. Aber es würde nicht leicht sein, einen Mann aufzuspüren, der sein ganzes Leben im Verborgenen gelebt hatte und den die Angst vor dem Clan beherrschte.

Im LKA angekommen, ging Olsen direkt ins Büro, wo Maren Starke und Jonas Holst bereits auf ihn warteten.

Maren sah ernst aus, als sie sich über den Tisch beugte und einige Notizen durchging.

„Irgendwelche neuen Informationen?" fragte Olsen, während er sich setzte.

Maren schüttelte den Kopf. „Wir haben einige Gerüchte gehört, dass Nemo zuletzt in einem alten Versteck in Billstedt war, aber das war vor zwei Tagen. Seitdem gibt es keine Spur mehr von ihm."

Jonas, der am anderen Ende des Raums stand, fügte hinzu: „Wir haben versucht, über unsere Kontakte in der Szene herauszufinden, wo er sich als nächstes aufhalten könnte. Aber er wechselt ständig seine Verstecke. Ich habe jemanden in der Nähe des Industriehafenviertels, der vielleicht mehr weiß, aber es wird Zeit brauchen."

Olsen atmete tief durch. „Wir haben nicht viel Zeit. Wenn der Clan weiß, dass er mit uns zusammenarbeitet, werden sie ihn nicht lange leben lassen."

Olsen und sein Team mussten jetzt einen Wettlauf gegen die Zeit beginnen.

Nemo, der Informant, der so tief in die Strukturen des Clans eingebunden war, dass er sich ständig zwischen Loyalität und Verrat bewegte, war in akuter Gefahr.

Seine Aussagen hatten ihnen bereits entscheidende Hinweise auf die Drogenrouten und Geldwäscheoperationen des Clans geliefert, aber jetzt schien es, als hätte der Clan seine Spur aufgenommen.

Olsen wusste, dass Nemo der Schlüssel sein könnte, um das Milojevic-Netzwerk endgültig zu zerschlagen.

Doch um ihn zu retten, mussten sie ihn finden, bevor es der Clan tat.

Die zweite Razzia

Die Straßen von Billbrook lagen still und verlassen, als der Konvoi der Polizei-Sondereinheiten durch das Industriegelände rollte. Die Gebäude waren heruntergekommen, rostige Container standen verstreut herum, und nur das entfernte Geräusch von Wasser, das gegen die Kaimauer plätscherte, war zu hören. Es war ein idealer Ort für den Milojevic-Clan, um eine große Drogenlieferung zu verstecken – ein Lagerhaus, abseits neugieriger Blicke, und doch mitten im Herzen des industriellen Zentrums von Hamburg.

Bernd Olsen saß in einem der gepanzerten Einsatzfahrzeuge und starrte auf das Lagerhaus, das in der Dunkelheit vor ihnen lag. Der Wind brachte den modrigen Geruch von altem Metall und feuchtem Beton mit sich. Diesmal würden sie zuschlagen – keine Fehler, keine Missverständnisse. Die Informationen waren solide, und der Clan hatte eine große Menge Kokain in diesem Versteck eingelagert. Ein solcher Fund könnte das Netzwerk des Clans schwer treffen.

„Bereit zum Zugriff?" knisterte die Stimme von Maren Starke durch das Funkgerät.

„Bereit," antwortete Olsen, seine Stimme fest und kontrolliert.

Es gab keine Zeit für Zweifel. Die erste Razzia war fehlgeschlagen, aber diesmal mussten sie Erfolg haben. Der Clan plante, die Stadt mit Drogen zu fluten. Sie mussten also jetzt zuschlagen, bevor es so weit kam.

Die ersten SEK-Teams nahmen ihre Positionen vor dem Lagerhaus ein, ihre Waffen fest in den Händen. Olsen, Jonas Holst und der Rest der Einheit folgten ihnen in einem geübten, lautlosen Manöver. Das Lagerhaus, verfallen und fast gespenstisch in der Dunkelheit, stand still, nur die leicht geöffneten Tore verrieten, dass sich jemand darin aufhielt.

„Zugriff in drei, zwei, eins..." Die Türen wurden mit einem kräftigen Stoß aufgerissen, und die Polizei stürmte in das Gebäude.

„Polizei! Hände hoch!" schrie einer der Beamten, doch die Antwort kam schneller als erwartet – Schüsse hallten durch die Halle, und sofort begann das Chaos. Die Männer des Milojevic-Clans hatten ihre Waffen gezogen und feuerten wild auf die Beamten.

„Deckung!" rief Olsen und warf sich hinter einen Stapel alter Metallkisten. Das Feuergefecht tobte heftig, Kugeln zischten durch die Luft, prallten an Stahl und Beton ab, während die Beamten das Feuer erwiderten. Die Halle war groß und dunkel, der Lärm der Schüsse hallte von den Wänden wider und verwandelte den Raum in ein Schlachtfeld.

Olsen sah, wie Jonas sich neben ihm duckte, während die Männer des Clans versuchten, ihre Position zu halten. „Sie sind gut vorbereitet," flüsterte Jonas, während er um eine Ecke lugte und eine Salve abgab.

„Wir müssen sie in die Enge treiben," erwiderte Olsen, seine Stimme ruhig, obwohl die Anspannung spürbar war.

Der Schusswechsel hielt an, während die SEK-Beamten vorsichtig, aber bestimmt vorrückten. Zwei der Angreifer versuchten, sich in die dunkleren Ecken des Lagers zurückzuziehen, doch ein gezielter Schuss von Maren Starke stoppte einen der Männer, der zu Boden sank, eine blutige Spur auf dem Boden hinterlassend. Der andere Mann ließ seine Waffe fallen und hob die Hände, während die Polizisten ihn überwältigten.

Ein weiterer Mann des Clans eröffnete das Feuer auf die Beamten, doch bevor er seine Deckung verlassen konnte, traf ihn eine Kugel in die Schulter, und er ging schreiend zu Boden. Die letzten beiden Angreifer zögerten, bevor sie ihre Waffen zu Boden warfen und aufgaben.

„Sicher!" ertönte es aus den Funkgeräten, als die letzten Schüsse verklangen.

Die SEK-Einheiten sicherten das Gelände, während die festgenommenen Männer zu Boden gedrückt und gefesselt wurden. Der Widerstand war hart gewesen, aber die Polizei hatte die Oberhand behalten.

Olsen trat aus seiner Deckung hervor und näherte sich dem hinteren Teil der Halle, wo einige große Kisten aufgestapelt waren. Seine Taschenlampe schnitt durch die Dunkelheit, und der Lichtstrahl fiel auf die ersten Päckchen, die sorgfältig verpackt und in Plastik eingeschweißt waren.

„Maren, komm her," rief er über seine Schulter, während er die Kisten genauer untersuchte. „Das ist es."

Maren Starke kam herüber und betrachtete die Päckchen, die wie kleine Backsteine in Plastikfolie wirkten. „Das ist eine Menge..." murmelte sie und zog eine Augenbraue hoch.

„Kokain," bestätigte Jonas, der neben ihnen stand und eines der Päckchen vorsichtig öffnete. Der feine weiße Staub, der zum Vorschein kam, ließ keinen Zweifel aufkommen. Sie hatten den Clan getroffen – und zwar hart.

Doch bevor sie genaue Angaben zur Menge machen konnten, ließ Olsen zwei SEK-Beamte eine mobile Waage aus einem der Einsatzfahrzeuge holen. Die Kisten mussten zuerst gewogen werden, um herauszufinden, wie groß der Fund wirklich war.

Die Waage wurde aufgestellt, und das erste Päckchen wurde gewogen. 500 Gramm, dann ein weiteres. Es war eine systematische Arbeit, aber schon bald zeichnete sich das volle Ausmaß des Fundes ab.

„Das ist gewaltig," sagte Jonas und schüttelte den Kopf, während er zusah, wie die Kisten immer weiter leergeräumt und auf die Waage gelegt wurden.

Als die letzte Kiste gewogen war, trat einer der Techniker zu Olsen und Maren und bestätigte mit ernster Miene: „Fast eine Tonne."

Olsen atmete tief durch. Eine Tonne Kokain – das bedeutete, dass der Milojevic-Clan eine riesige Operation geplant hatte, eine Menge, die nicht nur Hamburg hätte versorgen können. Ein derartiger Fund würde den Markt empfindlich stören und den Clan erheblich schwächen. Doch der Gedanke, dass sie gewarnt worden sein könnten, blieb in seinem Kopf.

„Das ist der größte Schlag gegen den Clan," sagte Maren, doch in Olsens Magen drehte sich alles zusammen.

„Sie wussten, dass wir kommen," murmelte er, mehr zu sich selbst als zu Maren. Er konnte das Gefühl nicht abschütteln, dass der Clan bereit gewesen war. Der Schusswechsel war zu heftig gewesen, zu gut organisiert. Jemand hatte sie gewarnt.

Maren sah ihn mit fragendem Blick an. „Denkst du, es gibt ein Leck?"

Olsen nickte langsam. „Es ist mehr als ein Verdacht. Irgendjemand in unserem Umfeld spielt falsch." Seine Gedanken wanderten zu Nemo, dem Informanten, der ihnen bisher so wertvolle Informationen geliefert hatte.

Doch wenn der Clan wusste, dass sie kommen würden, konnte es nur zwei Möglichkeiten geben: Entweder hatten sie eine andere Quelle – oder Nemo war nicht so vertrauenswürdig, wie sie dachten.

Die Männer des Clans wurden abgeführt, während das Gelände weiter untersucht wurde. Die beschlagnahmten Drogen waren eine gewaltige Beute, aber für Olsen fühlte sich der Sieg unvollständig an.

Die Fragen in seinem Kopf ließen ihm keine Ruhe.

War es wirklich Nemo, der sie verraten hatte?

Falls ja, würde der nächste Schlag des Clans noch härter und gezielter ausfallen – aber sie konnten nicht wissen, wann er kommt. Nemo saß allein in einer heruntergekommenen Wohnung im Hamburger Stadtteil Wilhelmsburg, den Kopf in den Händen vergraben, während die Dunkelheit der Nacht schwer auf ihm lastete.

Das Zimmer, in dem er sich versteckt hielt, war karg und spärlich möbliert – ein klappriger Tisch, ein Stuhl und eine Matratze in der Ecke. Der Geruch von abgestandenem Zigarettenrauch hing in der Luft. Er hatte das Gefühl, dass die Wände näherkamen, als ob sie ihn zerquetschen wollten.

„Scheiße," flüsterte Nemo leise zu sich selbst. Sein Herz pochte laut in seiner Brust, und seine Hände zitterten, als er nach seiner Zigarette griff. Er nahm einen tiefen Zug und blies den Rauch langsam aus. Die Ruhe war bedrückend, fast unwirklich. Er wusste, dass er nicht sicher war. Nicht mehr.

Seit Monaten hatte er für die Polizei gearbeitet, heimlich Informationen über den Milojevic-Clan weitergegeben, um sich selbst aus der Schusslinie zu bringen. Er hatte gehofft, dass die Polizei ihn irgendwann schützen würde – dass er vielleicht sogar aus der Sache rauskommen könnte.

Aber jetzt, nach der zweiten Razzia, wurde ihm klar, dass es keinen Ausweg gab. Der Clan wusste Bescheid.

Es war nur eine Frage der Zeit, bis sie ihn fanden. Er war ein toter Mann.

Das Klingeln seines Handys riss ihn aus den düsteren Gedanken. Sein Herz setzte einen Schlag aus, und für einen Moment zögerte er, bevor er den Anruf entgegennahm.

„Ja?" fragte er mit heiserer Stimme.

„Nemo, hier ist Bernd," kam Olsens Stimme über die Leitung, fest und kontrolliert. „Wo bist du?"

„Scheiß drauf, wo ich bin," zischte Nemo zurück, während er nervös auf und ab ging. „Bernd, ich muss raus. Verstehst du das? Ich muss verdammt nochmal raus aus der ganzen Scheiße. Die wissen es! Sie wissen es, verdammt!"

„Beruhig dich, Nemo," sagte Olsen ruhig, aber seine Stimme hatte einen strengen Unterton. „Was weiß der Clan? Was hast du gehört?"

Nemo hielt inne, den Schweiß auf der Stirn wischend. Seine Stimme war brüchig. „Bernd, du verstehst es nicht. Sie wissen, dass ich für euch arbeite. Ich spüre es. Überall lauern sie. Jeder Schritt, den ich mache... Es ist, als wären sie mir ständig auf den Fersen."

Er verstummte, blickte paranoid aus dem Fenster, als hätte er Angst, dass jeden Moment jemand auftauchen könnte. Die Straßen draußen waren menschenleer, doch er konnte den ständigen Druck auf sich spüren – die unsichtbare Hand des Clans, die immer näherkam.

„Hör zu," begann Olsen nach einer Weile, seine Stimme ruhig und eindringlich. „Du bist zu tief drin, um jetzt auszusteigen. Wir brauchen dich. Der Clan hat sich über Jahre hinweg aufgebaut, und du bist unser Schlüssel, um das Netzwerk endgültig zu zerschlagen."

„Zerschlagen?" Nemo lachte bitter auf, aber es war ein verzweifeltes Lachen, nicht aus Freude, sondern aus Angst. „Zerschlagen? Du glaubst wirklich, dass du sie zur Strecke bringen kannst? Du hast keine Ahnung, wie tief diese Scheiße geht, Bernd! Diese Leute... Sie lassen dich nicht einfach gehen! Ich weiß, wie sie arbeiten. Ich habe sie von innen gesehen!"

Olsen schwieg einen Moment. Er wusste, dass Nemo in Panik war, und er konnte seine Angst verstehen.

Der Milojevic-Clan war gefährlich und skrupellos, und jeder, der sich gegen sie stellte, war in Gefahr.

Doch Nemo hatte ihnen geholfen, große Fortschritte zu machen. Sie hatten Informationen erhalten, die sonst unerreichbar gewesen wären. Doch jetzt stand er an einem Punkt, an dem er alles hinschmeißen wollte.

„Nemo," sagte Olsen schließlich mit ruhiger, aber bestimmter Stimme. „Ich verstehe deine Angst. Aber wenn du jetzt aussteigst, bist du erledigt. Der Clan wird dich finden, egal wo du bist. Das Einzige, was dich schützt, sind wir. Nur wir."

Am anderen Ende der Leitung atmete Nemo schwer. Die Angst war ihm anzuhören, und sie drang in jedes Wort, das er sprach. „Du sagst, ihr könnt mich schützen... Aber wie lange noch? Wie lange dauert es, bis sie mich finden? Ich habe zu viel gesagt. Sie haben Verbindungen überall. Leute im Hafen, in den Bars, in den Spelunken. Sie beobachten jeden Schritt."

„Wir haben dich bisher geschützt, und das werden wir weiter tun," antwortete Olsen ruhig. „Wir haben dir ein sicheres Versteck gegeben. Aber du musst stark bleiben. Wenn du jetzt aufgibst, spielst du ihnen in die Hände. Der Milojevic-Clan wird dich töten, und sie werden sicherstellen, dass du nie wieder gefunden wirst."

Nemo zögerte. Die Worte hatten Gewicht, doch seine Angst überwältigte jede Vernunft. „Bernd... Ich kann nicht mehr. Es ist, als ob ich überall ihre Schatten sehe. Wenn sie mich finden, bin ich tot."

Olsen merkte, dass er Nemo verlieren konnte. Das war gefährlich. Wenn Nemo ausstieg, würden sie nicht nur eine wertvolle Quelle verlieren, sondern der Clan könnte ihn möglicherweise in die Finger bekommen. Und dann würden sie herausfinden, was er alles weitergegeben hatte. Die Konsequenzen wären fatal.

„Nemo, hör mir zu," sagte Olsen mit festem Nachdruck. „Es gibt keinen Ausstieg. Nicht für dich und nicht für uns. Der einzige Weg, wie du überleben kannst, ist, dass du uns weiterhilfst. Wir sind kurz davor, den Clan zu treffen, und du bist der Schlüssel. Wenn du uns verlässt, hast du keine Chance."

Nemo war still. Olsen konnte das schwere Atmen auf der anderen Seite der Leitung hören, das nervöse Zischen, als Nemo tief durch die Nase ein- und durch den Mund ausatmete. Die Angst und die Panik waren deutlich zu spüren, als ob sie sich durch das Telefon selbst zu Olsen hinüberzogen.

„Es gibt keinen Ausstieg..." wiederholte Nemo leise und schloss die Augen. „Scheiße, Bernd... Ich will das nicht mehr. Ich habe diese ständige Angst satt."

„Ich weiß," antwortete Olsen leise, aber seine Stimme blieb fest. „Aber wenn du jetzt aufgibst, ist das dein Todesurteil. Wir können dich schützen, aber du musst uns weiter Informationen liefern. Ohne dich haben wir keine Chance, den Milojevic-Clan zu zerschlagen. Denk daran, was auf dem Spiel steht."

Es herrschte eine lange Stille. Olsen spürte, dass Nemo mit sich rang, dass er in einem inneren Kampf steckte – zwischen der Angst, die ihn überwältigte, und dem Wissen, dass er ohne die Polizei verloren war. Schließlich brach Nemo die Stille.

„Bernd... was, wenn sie mich finden? Was, wenn sie herausfinden, wo ich bin?"

Olsen zögerte nicht. „Dann sorgen wir dafür, dass sie dich nicht finden. Ich werde dafür sorgen, dass du geschützt wirst, aber du musst uns vertrauen. Wir sind nah dran, und du bist unser größter Trumpf. Ohne dich ist das alles wertlos."

Nemo atmete noch einmal tief ein. Die Worte Olsens klangen vernünftig, aber die Angst nagte weiter an ihm. „In Ordnung," sagte er schließlich, seine Stimme kaum mehr als ein Flüstern. „Aber wenn du mich hängen lässt, Bernd... dann bist du nicht besser als sie."

Olsen schloss die Augen für einen Moment. „Das werde ich nicht, Nemo. Vertraue mir. Du wirst es durchstehen."

Als das Gespräch endete, blieb Nemo allein in der kleinen, düsteren Wohnung zurück. Die Stille um ihn herum war erdrückend, und die Schatten, die sich an den Wänden bewegten, schienen ihn zu verhöhnen. Er wusste, dass er tief in einem Netz gefangen war – einem Netz, aus dem es keinen Ausweg gab. Er hatte die Entscheidung getroffen, weiterzumachen, aber er wusste, dass der Milojevic-Clan überall lauern könnte.

Er war ein Mann, der zu viel wusste. Und in einer Welt wie dieser bedeutete das nur eines: Gefahr.

Olsen saß allein in seinem Büro im LKA Hamburg. Der Raum war still, die einzige Bewegung kam vom Flackern der Neonbeleuchtung, die in regelmäßigen Abständen summte. Er starrte auf das Telefon auf seinem Schreibtisch, als ob es jeden Moment wieder klingeln könnte. Das Gespräch mit Nemo hatte ihn nachdenklich gestimmt – oder vielmehr beunruhigt. Etwas stimmte nicht.

Er lehnte sich zurück, den Blick auf die Notizen geheftet, die er sich während ihrer letzten Gespräche gemacht hatte. Nemo hatte immer wieder beteuert, dass er Informationen liefern konnte, die sie sonst nirgendwo bekämen. Und in gewisser Weise stimmte das: Dank ihm hatten sie den größten Kokainfund in der Geschichte Hamburgs gemacht. Doch trotzdem blieb das Gefühl, dass irgendetwas schiefgelaufen war.

Olsen dachte an die Razzia zurück. Der Widerstand im Lagerhaus, die gut bewaffneten Männer – sie hatten gewusst, dass die Polizei kommen würde. Alles deutete darauf hin, dass sie gewarnt worden waren. Aber von wem?

Sein Blick fiel auf das Foto von Nemo, das auf seinem Schreibtisch lag – ein altes Bild, das während eines Verhörs aufgenommen worden war, bevor Nemo begann, mit der Polizei zusammenzuarbeiten. Ein schmächtiger Mann, den die Jahre auf der Flucht vor dem Clan gebrochen hatten. Ein Mann voller Angst, aber auch jemand, der überlebenswichtiges Wissen besaß.

„Wie viel weißt du wirklich, Nemo?" murmelte Olsen leise vor sich hin, während er das Bild betrachtete. War er wirklich der einzige Informant, der ihnen half? Oder spielte Nemo ein doppeltes Spiel? Vielleicht tat er nur so, als ob er Informationen lieferte, während er den Clan insgeheim über ihre Pläne informierte.

Der Gedanke ließ ihn nicht los. Nemo hatte Angst, ja. Aber vielleicht war es auch die Angst, die ihn zu einer gefährlichen Entscheidung getrieben hatte. Der Milojevic-Clan war nicht bekannt dafür, Verräter am Leben zu lassen. Vielleicht hatte der Clan Nemo unter Druck gesetzt. Vielleicht war er gezwungen worden, sowohl der Polizei als auch dem Clan zu dienen, um sein eigenes Leben zu retten.

„Das passt nicht zusammen," flüsterte Olsen und fuhr sich durch die Haare. Die Fakten waren klar: Die Männer im Lagerhaus waren vorbereitet, sie hatten genug Feuerkraft, um es mit einem ganzen Team des SEK aufzunehmen. Das deutete darauf hin, dass jemand sie gewarnt haben musste. Aber wer außer Nemo hätte diese Informationen weitergeben können?

Er erinnerte sich an Nemos Worte am Telefon: „Sie wissen es, Bernd... Sie wissen, dass ich für euch arbeite."

War das eine Schutzbehauptung? War es die Verzweiflung eines Mannes, der sich versuchte, aus der Schlinge zu ziehen, während er sie selbst immer weiter zuzog? Olsen spürte das Gewicht dieser Frage in seiner Brust.

Wenn Nemo tatsächlich ein Verräter war, dann stand ihr gesamtes Ermittlungsteam in größerer Gefahr, als sie bisher vermutet hatten.

Olsen griff zum Telefon und wählte Marens Nummer. Es dauerte nur wenige Sekunden, bis sie abnahm. „Was gibt's, Bernd?" fragte sie knapp.

„Maren, wir müssen reden," begann er. „Ich habe das Gefühl, dass wir nicht die ganze Wahrheit über Nemo kennen."

Es entstand eine kurze Stille am anderen Ende der Leitung, bevor Maren leise antwortete. „Du denkst, er spielt ein doppeltes Spiel?"

Olsen zögerte. „Ich weiß es nicht. Aber irgendetwas passt nicht zusammen. Der Clan war auf unsere Razzia vorbereitet, als hätte ihnen jemand einen Tipp gegeben. Und Nemo... seine Angst, sein Zögern – ich glaube, er steckt tiefer drin, als er uns sagt."

„Das habe ich auch gedacht," gab Maren zu, ihre Stimme nun ebenfalls von Misstrauen durchzogen. „Seine Aussagen sind immer etwas verschwommen. Manchmal gibt er uns wertvolle Informationen, aber immer in letzter Minute, nie früher. Es ist fast so, als würde er uns hinhalten."

Olsen starrte aus dem Fenster seines Büros, während er Marens Worte überdachte. „Was, wenn er unter Druck steht?" fragte er schließlich. „Der Milojevic-Clan könnte ihm gedroht haben. Vielleicht hat er keine Wahl, als sowohl uns als auch dem Clan zu dienen. Er könnte versuchen, beide Seiten zu besänftigen, um zu überleben."

Das Gespräch mit Maren ließ Olsen tiefer in die Gedankenspirale sinken. Es war diese ungreifbare Unsicherheit, die alles durchdrang.

Nemo hatte zweifellos wertvolle Informationen geliefert, doch die Frage blieb: Wie zuverlässig waren sie wirklich?

Es war schon merkwürdig gewesen, wie Nemo immer wieder im letzten Moment mit entscheidenden Hinweisen auftauchte. Als wäre es zu einem Spiel geworden – ein Risikospiel, bei dem

Nemo selbst der größte Einsatz war. Doch was, wenn das Spiel von Anfang an manipuliert war?

Olsen griff nach seinem Notizbuch und begann, einige der Ereignisse durchzugehen, die mit Nemo in Verbindung standen. Erste Razzia, keine Ergebnisse. Zweite Razzia, ein Treffer, aber das Lager war auf den Einsatz vorbereitet. Beide Male waren es Nemos Informationen gewesen, die sie an den Ort geführt hatten.

Doch es war, als ob Nemo sie nur mit dem notwendigen Minimum versorgte, um sich weiterhin nützlich zu machen – und gleichzeitig dafür sorgte, dass der Clan nicht zu hart getroffen wurde.

„Maren, wir müssen Nemo genauer im Auge behalten," sagte Olsen entschlossen. „Es gibt zu viele Unstimmigkeiten. Wir können es uns nicht leisten, ihm blind zu vertrauen."

Maren seufzte leise am anderen Ende. „Ich weiß. Wir haben keine Wahl. Aber was schlägst du vor? Sollen wir ihn direkt damit konfrontieren? Vielleicht bricht er ein, wenn wir ihm unsere Verdächtigungen präsentieren."

Olsen dachte einen Moment nach. „Nein, noch nicht. Wenn er tatsächlich auf beiden Seiten spielt, müssen wir ihn weiter in der Nähe halten. Aber ich werde ihn beobachten. Wenn er einen Fehler macht, müssen wir bereit sein, schnell zu reagieren."

„Okay," sagte Maren, ihre Stimme fest. „Ich werde auch die Augen offenhalten. Lass uns hoffen, dass wir uns irren."

„Ich hoffe es auch," erwiderte Olsen und legte auf.

Als Olsen das Telefon zur Seite legte, fühlte er sich rastlos. Er vertraute seinem Instinkt, und dieser schrie förmlich, dass Nemo etwas verheimlichte. War er ein Verräter? Oder war er nur ein verzweifelter Mann, der versuchte, sein eigenes Leben zu retten? Die Frage quälte Olsen, während er in die tiefer werdende Dunkelheit des Abends starrte.

Er dachte an die bevorstehenden Schritte.

Wenn Nemo tatsächlich ein falsches Spiel spielte, wie weit würde er gehen, um sich selbst zu retten?

Und wie viele Informationen hatte der Milojevic-Clan bereits?

Es gab keine einfachen Antworten, nur gefährliche Ungewissheiten.

Eines war jedoch sicher: Nemo war der Schlüssel zu allem. Aber ob er sie durch das Labyrinth der Verbrechen führte – oder sie direkt in die Hände ihrer Feinde trieb – das würde sich bald zeigen.

Eskalation

Der späte Nachmittag legte sich wie eine zähe Schicht über das LKA Hamburg. Die Büros waren stiller als sonst, die angespannte Atmosphäre nach der erfolgreichen Razzia lag schwer in der Luft. Es war ein wichtiger Sieg gegen den Milojevic-Clan gewesen, doch niemand konnte sich auf diesen Lorbeeren ausruhen.

Jeder im Team wusste, dass es nur eine Frage der Zeit war, bis der nächste Gegenschlag des Clans kommen würde. Und inmitten all dieser Unruhe saß Jonas Holst vor einem Bildschirm, sein Gesicht in die Dunkelheit des Raumes getaucht, nur von der flackernden Helligkeit des Monitors erleuchtet.

Kai Wesslings Laptop stand seit Tagen im Mittelpunkt der Ermittlungen. Olsen hatte darauf gehofft, dass der Laptop etwas Entscheidendes enthüllen würde, doch bislang war nichts von Wert gefunden worden – bis jetzt.

„Verdammt, was haben wir hier?" murmelte Jonas leise, als er sich über die Tastatur beugte. Die verschlüsselte Datei, die er entdeckt hatte, war sorgfältig verborgen gewesen, versteckt hinter Schichten von Codes und Passwörtern, die nur jemand mit technischen Fähigkeiten wie Jonas knacken konnte. Es war ein Zufall, dass er sie überhaupt gefunden hatte.

„Hey, Bernd!" rief er plötzlich, seine Stimme vibrierend vor Aufregung. „Komm mal her! Ich glaube, ich habe was!"

Olsen, der ein paar Schreibtische weiter stand und Notizen durchging, hob den Kopf. Seine Augen verengten sich, als er zu Jonas hinüberblickte, und ohne zu zögern ging er zu ihm hinüber.

„Was hast du?" fragte er, als er sich über Jonas' Schulter beugte und auf den Laptop starrte.

Jonas tippte schnell auf der Tastatur, während er sprach. „Ich habe diese Datei auf Wesslings Laptop entdeckt – sie war gut versteckt und verdammt schwer zu knacken. Aber jetzt habe ich sie." Er drehte den Bildschirm ein wenig, sodass Olsen die Inhalte sehen konnte.

Olsen lehnte sich näher heran, seine Augen fixierten die Zahlen und Zeichen, die über den Bildschirm flimmerten. „Was ist das?" fragte er, doch er spürte bereits, dass sie etwas Großes gefunden hatten.

„Eine verschlüsselte Liste," antwortete Jonas, seine Stimme ruhig, aber voller Spannung. „Ich glaube, es ist eine Liste von Clanmitgliedern. Hochrangigen Clanmitgliedern."

Olsen spürte, wie sich sein Herzschlag beschleunigte. „Eine Liste? Er sah Jonas an. „Bist du sicher?"

„Noch nicht hundertprozentig," erwiderte Jonas, während er weiter auf der Tastatur tippte. „Aber schau dir das an. Diese Namen hier... Sie tauchen in alten Berichten auf, in Verbindung mit dem Milojevic-Clan. Sie gehören zu den höheren Ebenen. Wessling muss Zugang zu diesen Informationen gehabt haben – das könnte erklären, warum er ermordet wurde."

Olsen lehnte sich zurück und starrte auf den Bildschirm. „Das ist unser Durchbruch," murmelte er, während seine Gedanken zu rotieren begannen. Wenn Wessling tatsächlich eine verschlüsselte Liste mit den Namen hochrangiger Clanmitglieder hatte, dann war das der Schlüssel, den sie brauchten, um das Netzwerk des Clans endgültig zu zerschlagen.

Aber es war auch gefährlich – sehr gefährlich. Diese Namen bedeuteten Macht, und jeder, der sie kannte, war in Lebensgefahr.

„Verdammter Mist, Bernd," sagte Jonas und lehnte sich zurück. „Wenn diese Liste echt ist, dann müssen wir sofort handeln. Wir haben hier Namen von Leuten, die normalerweise unsichtbar bleiben – die Bosse, die Drahtzieher. Wessling hat diese Namen gesammelt, vielleicht als eine Art Versicherung. Aber wenn das hier rauskommt..."

Jonas ließ den Satz in der Luft hängen, doch die Bedeutung war klar. Wenn der Clan herausfand, dass diese Liste existierte, würden sie alles tun, um sie zurückzubekommen. Und jeder, der etwas darüber wusste, war in Gefahr.

Wessling war bereits tot – ermordet, weil er zu viel wusste. Würde dasselbe Schicksal auch auf Olsen, Jonas und den Rest des Teams warten?

Olsen rieb sich nachdenklich das Kinn. „Wir dürfen keinen Fehler machen," sagte er schließlich, seine Stimme ruhig, aber fest. „Wenn diese Liste das ist, was wir denken, dann sitzen wir auf einem Pulverfass. Wir müssen sie schützen. Und wir müssen sie nutzen."

„Was schlägst du vor?" fragte Jonas und schloss die Datei mit einem schnellen Klick.

Olsen stand auf, seine Gedanken rasten. „Wir müssen sicherstellen, dass niemand, absolut niemand außerhalb dieses Raumes von dieser Liste erfährt. Nicht bevor wir sicher sind, dass wir die richtigen Schritte einleiten können."

Er wandte sich zu Jonas. „Und wir brauchen Beweise. Wir können nicht einfach darauf vertrauen, dass das hier echt ist. Wir müssen wissen, was und wer hinter diesen Namen steckt, bevor wir einen Schritt wagen."

Jonas nickte, sein Gesicht ernst. „Ich werde weiter graben. Vielleicht finde ich mehr Hinweise in den anderen Dateien. Es muss noch mehr geben. Wessling war ein verdammter Mitwisser, der wusste, wie man sich absichert."

Olsen nickte langsam. „Gut. Mach weiter, aber sei vorsichtig. Wenn der Clan herausfindet, dass wir diese Liste haben..."

„...dann haben wir ein ernsthaftes Problem," beendete Jonas den Satz für ihn.

Während Olsen zurück an seinen Schreibtisch ging, setzte sich in seinem Kopf eine Erkenntnis fest. Wessling war tiefer im Clan verwurzelt gewesen, als sie ursprünglich gedacht hatten. Nicht nur ein kleiner Mitläufer – er hatte mächtige Verbindungen gehabt. Und jetzt, mit dieser verschlüsselten Datei, hatte er ihnen das Erbe dieser Verbindungen hinterlassen. Doch dieses Erbe war tödlich.

Der Fund der Liste bedeutete, dass sie den inneren Kreis des Milojevic-Clans erreicht hatten. Doch der Clan würde nicht zögern, jeden zu eliminieren, der versuchte, dieses Geheimnis zu lüften.

Während Jonas weiter an der Datei arbeitete, fiel ein Name besonders ins Auge – ein Name, den sie schon lange im Auge hatten, aber nie beweisen konnten, dass er wirklich in die Aktivitäten des Clans verwickelt war. Miroslav Milojevic, der vermeintliche Kopf des Clans, tauchte auf der Liste auf.

„Das ist er," murmelte Olsen, als er über die Liste sah. „Der Mann, der das ganze Netzwerk lenkt."

Doch die Namen, die darunter standen, waren ebenso beunruhigend. Politiker, Geschäftsleute, hohe Beamte – Menschen, die in Hamburg und anderen europäischen Städten über enormen Einfluss verfügten. Der Clan war viel größer und gefährlicher, als sie vermutet hatten.

Olsen stand auf und trat ans Fenster seines Büros. Der Regen klatschte gegen das Glas, während die Lichter der Stadt langsam in der Dunkelheit verblassten.

Sie hatten etwas Großes in der Hand, aber es fühlte sich nicht wie ein Sieg an. Vielmehr wie ein Spiel, das gerade erst begonnen hatte – ein Spiel, in dem die Einsätze immer tödlicher wurden.

Mit dieser Liste hatten sie vielleicht eine mächtige Waffe, aber sie mussten sie auch klug einsetzen, sonst würden sie selbst die Opfer dieser Information werden.

Das Licht im Besprechungsraum des LKA Hamburg flackerte leicht, als Olsen und sein Team um den großen Konferenztisch saßen. Auf dem Tisch lagen Akte über Akte, der Fund der Liste hochrangiger Clanmitglieder hatte alles verändert.

Es schien ein Wendepunkt in ihren Ermittlungen zu sein, doch das Gefühl eines nahenden Desasters ließ sich nicht abschütteln.

Olsen spürte es in jeder Faser seines Körpers. Seit Tagen hatte er das Gefühl, dass etwas nicht stimmte. Seit der zweiten Razzia, als die Männer des Milojevic-Clans so gut vorbereitet gewesen waren, schien jeder Schritt gefährlicher, jeder Hinweis fragiler.

Die Razzia war zwar erfolgreich gewesen, doch der Widerstand und die vorzeitige Kenntnis des Clans deuteten auf einen Verrat hin. Und jetzt, da sie die verschlüsselte Liste der Clanmitglieder in Händen hielten, war die Gefahr größer als je zuvor.

„Maren, was haben wir bisher?" fragte Olsen, als er durch die neuesten Berichte blätterte. Sein Tonfall war ruhig, doch es lag eine unterschwellige Anspannung in seiner Stimme.

Maren Starke, seine rechte Hand, lehnte sich nach vorne und schob ihm einige Dokumente zu.

„Die Liste ist authentisch. Wir haben drei der Namen bereits identifizieren können. Einer davon ist ein ehemaliger Politiker, der andere ein hochrangiger Geschäftsmann aus Hamburg, der in den letzten Jahren mehrmals in Skandale verwickelt war."

Sie zögerte. „Der dritte Name... ist jemand vom Zoll. Das bedeutet, dass der Clan direkten Zugang zu den Häfen und den Drogenrouten hat."

Olsen nickte nachdenklich. „Das ist das Muster, das wir vermutet haben." Doch etwas nagte an ihm. „Wie konnten sie so gut vorbereitet sein?"

Das Gespräch verstummte für einen Moment, als Jonas Holst zur Tür hereinkam. „Ich habe noch etwas gefunden," sagte er und setzte sich, seinen Laptop auf den Tisch stellend. „Es gibt Hinweise darauf, dass die Liste nicht vollständig ist. Wessling hatte Verbindungen zu einem Netzwerk, das tiefer reicht, als wir dachten."

Olsen musterte Jonas, während er die Informationen aufnahm. Jonas war einer der besten Ermittler, die er je gehabt hatte – jung, klug, mit einem unermüdlichen Antrieb, die Dinge ans Licht zu bringen. Doch in den letzten Tagen hatte auch Jonas etwas verändert gewirkt. Er wirkte unruhiger, abwesender. Es war nichts Offensichtliches, aber Olsen bemerkte jede kleine Veränderung. Vielleicht lag es an der Anspannung, die auf dem ganzen Team lastete.

„Bernd?" Marens Stimme riss ihn aus den Gedanken. Sie sah ihn an, ihre Augen fest auf sein Gesicht gerichtet. „Was ist los? Du wirkst abgelenkt."

Olsen schüttelte den Kopf. „Nichts. Ich denke nur nach." Er blickte wieder auf den Laptop, wo Jonas gerade die letzten Namen durchging, die sie auf der verschlüsselten Liste gefunden hatten.

Aber etwas ließ ihn nicht los. Der Clan hatte Informationen gehabt, die sie nicht hätten haben dürfen. Und das bedeutete nur eins: Jemand hatte sie verraten. Jemand aus ihrem Team.

Später, als die Nacht über Hamburg hereinzog und das LKA-Gebäude allmählich leerer wurde, saß Olsen allein in seinem Büro und ließ die Ereignisse der letzten Tage Revue passieren. Er griff nach einem Blatt Papier und begann, die wenigen Punkte aufzuschreiben, die ihm in den Sinn kamen.

1. Die Razzia: Der Clan wusste, dass sie kommen würden.

2. Nemo: War er der Verräter? Oder spielte jemand anderes ein doppeltes Spiel?

3. Das Team: Wer hatte Zugang zu den Informationen über die Razzia?

Er wusste, dass die meisten Spuren zu Nemo führten, doch jetzt, wo die Liste der Clanmitglieder in ihren Händen war, hatte er das Gefühl, dass die Gefahr nicht nur von außen kam. Sie war im Inneren.

Olsen lehnte sich in seinem Stuhl zurück und starrte aus dem Fenster, als sein Handy vibrierte. Er nahm es in die Hand und sah auf das Display. Eine Nachricht von Maren.

„Komm in den Konferenzraum. Wir müssen reden."

Olsen spürte sofort, dass etwas nicht stimmte. Er stand auf, schnappte sich seine Jacke und ging schnellen Schrittes durch die leeren Flure des LKA, die nur von den gedämpften Leuchtröhren erhellt wurden.

Als er den Konferenzraum betrat, saß Maren bereits am Tisch, Jonas war ebenfalls da. Doch ihre Blicke waren anders als sonst – dunkler, ernst.

„Was ist los?" fragte Olsen, als er sich setzte.

Maren zögerte, bevor sie sprach. „Wir haben ein Problem. Es gibt Hinweise, dass jemand aus dem Team Informationen weitergegeben hat."

Olsen spürte, wie sein Herz für einen Moment aussetzte. „Was für Hinweise?" Seine Stimme war leise, aber sie trug eine gefährliche Schärfe in sich.

Maren sah ihn fest an. „Ein Maulwurf. Jemand hat Details über die Razzia an den Clan weitergegeben. Sie wussten nicht nur, dass wir kommen würden – sie hatten genaue Informationen über unsere Zeitpläne und unsere Vorgehensweise."

Olsen starrte sie einen Moment lang an, bevor er sprach. „Hast du Beweise?"

Maren nickte langsam. „Wir haben einige verdächtige Aktivitäten in den Kommunikationslogs gefunden. Es sieht so aus, als hätte jemand versucht, unseren Zeitplan über einen anonymen Account weiterzuleiten." Sie drehte den Laptop um und zeigte Olsen die Protokolle. „Der Account wurde mehrmals über VPNs verschleiert, aber die IT konnte erfolgreich eine Rückverfolgung starten."

Olsen beugte sich vor, sein Blick auf den Bildschirm fixiert. „Und was haben sie gefunden?"

„Es sieht so aus, als ob der Account von innerhalb des LKA genutzt wurde," sagte Jonas, der sich leicht im Stuhl zurücklehnte, während Maren weitersprach. „Es gibt nur eine Handvoll Leute, die Zugriff auf diese Informationen hatten."

Olsen blickte auf die Liste der Mitarbeiter, die Zugriff auf den Zeitplan der Razzia und die sensiblen Details hatten. Es war eine kurze Liste – zu kurz, als dass ein Verräter unbemerkt hätte bleiben können.

„Wir haben drei Verdächtige," fuhr Maren fort, ihre Stimme ruhig, aber angespannt. „Alle drei hatten Zugriff auf die Daten. Wir wissen nicht, wer es ist, aber einer von ihnen hat uns verraten."

Olsen lehnte sich zurück, sein Blick wanderte von Jonas zu Maren. Das Team war klein, sie alle kannten sich gut – oder zumindest dachten sie das. Doch jetzt, da der Verdacht aufkam, konnte niemand mehr vertrauen. Jeder könnte der Verräter sein.

„Wer sind die Verdächtigen?" fragte Olsen, seine Stimme kalt und kalkulierend.

Maren sah ihn an, ihre Augen schmal. „Jonas, Rolf Hansen, und... ich."

Die Stille, die sich nach diesen Worten ausbreitete, war lähmend. Jonas' Blick verhärtete sich, während Rolf Hansen sich nervös auf seinem Stuhl wandte.

„Das ist lächerlich," sagte Jonas schließlich, seine Stimme schneidend. „Ich habe nichts damit zu tun, Bernd. Du kennst mich."

Olsen sah Jonas lange an. Kannte er ihn wirklich? Oder hatte er sich in den letzten Wochen verändert? Es war schwer zu sagen. Der Druck der Ermittlungen, die Nähe zum Milojevic-Clan – all das konnte Menschen zu Entscheidungen treiben, die sie sonst nie treffen würden.

„Wir werden das herausfinden," sagte Olsen schließlich, seine Stimme ruhig, aber fest. „Aber bis wir wissen, wer der Verräter ist, vertraue ich niemandem. Nicht einmal mir selbst."

Er stand auf und wandte sich zur Tür. „Maren, Jonas, sichert die Kommunikationswege. Ich will wissen, wer diesen anonymen Account benutzt hat. Und bis dahin – niemand spricht darüber."

Die Dunkelheit hatte sich vollständig über Hamburg gelegt, als Olsen das LKA verließ. Die kühle Nachtluft traf ihn wie eine Wand, doch sie konnte die wachsende Spannung in seinem Inneren nicht kühlen. Es gab einen Verräter. Und dieser Verräter saß irgendwo im Team, beobachtete sie, spielte ein doppeltes Spiel.

Olsen wusste, dass die nächsten Schritte entscheidend sein würden. Jeder Fehler konnte sie in die Hände des Milojevic-Clans treiben. Die Nacht war still, aber die Dunkelheit, die sich über die Stadt gelegt hatte, schien schwerer als sonst.

Ein weiteres Treffen mit Nemo wurde telefonisch organisiert.

In den schmalen Gassen der HafenCity herrschte eine fast unnatürliche Ruhe, als ob etwas in der Luft lag. Olsen konnte das Unheil förmlich spüren, während er durch die verlassenen Straßen ging. Die Stadt war in Bewegung, auch wenn sie nach außen hin still schien. Der Milojevic-Clan war aktiv, daran bestand kein Zweifel.

Im LKA hatte die Entdeckung der Clan-Liste alles verändert. Sie waren so nah dran wie nie zuvor, den Kopf der Organisation zu identifizieren, aber die Gefahr wuchs mit jeder Stunde. Sie hatten Namen, Verbindungen, korrupte Beamte und skrupellose Geschäftsmänner – doch der wahre Drahtzieher blieb im Schatten. Und der Clan würde alles tun, um seine Identität zu schützen.

Olsen saß angespannt im Auto, das durch die nächtlichen Straßen glitt. Neben ihm saßen Maren Starke und Jonas Holst, die in sich gekehrt waren, jeder in seine eigenen Gedanken vertieft. Sie waren auf dem Weg zu einem abgelegenen Treffpunkt – eine Spur, die sie von einem Kontakt aus der Unterwelt bekommen hatten, der behauptete, er könnte ihnen mehr über den Clanführer erzählen.

„Das könnte eine Falle sein," sagte Jonas plötzlich und durchbrach die Stille. Seine Finger trommelten nervös auf dem Armaturenbrett. „Was, wenn sie uns da reinlocken, um uns auszulöschen?"

Olsen nickte knapp, ohne Jonas anzusehen. „Das Risiko besteht," antwortete er kühl. „Aber wir haben keine andere Wahl. Wenn dieser Hinweis stimmt, dann sind wir näher dran, den Kopf der Schlange abzuschlagen, als je zuvor."

Maren, die auf dem Rücksitz saß, blickte durch das Fenster auf die vorbeiziehenden Gebäude. „Wir müssen wachsam sein. Der Clan weiß, dass wir ihnen auf den Fersen sind. Sie werden nicht tatenlos zusehen, wie wir ihnen näherkommen."

Der Wagen hielt schließlich in einer einsamen Seitenstraße. Der Treffpunkt war ein verlassenes Lagerhaus, das direkt am Hafen lag. Die rostigen Türen knarrten im Wind, und die heruntergekommenen Mauern wirkten wie Überreste einer längst vergangenen Zeit. Olsen stieg aus, der Geruch von salzigem Wasser und Öl lag in der Luft. Es war ein gefährlicher Ort, aber das war es, was diesen Treffpunkt so glaubwürdig machte. Ein Clanboss würde sich in einem solchen Umfeld sicher fühlen.

„Bereit?" fragte Olsen und sah Maren und Jonas an.

„Bereit," antworteten beide gleichzeitig, ihre Stimmen von der Kälte der Nacht getränkt.

Sie traten langsam an die Eingangstür des Lagers heran, die im Schein der wenigen Straßenlampen gespenstisch wirkte. Olsen hielt kurz inne, seine Hand auf der Waffe, bevor er die Tür aufdrückte. Das Innere des Lagers war leer, bis auf einige alte Kisten und Container, die wie Schatten in der Dunkelheit standen.

„Irgendwas stimmt hier nicht," flüsterte Jonas und sah sich um. „Es ist zu ruhig."

Olsen nickte. Die Stille war unheimlich. Doch sie hatten einen Plan: Nemo sollte bald eintreffen, um sie zu diesem Kontakt zu führen. Sie wussten, dass Nemo immer noch ein zweischneidiges Schwert war, aber sie brauchten ihn – zumindest bis sie sich sicher waren, ob sie ihm trauen konnten.

Die Minuten vergingen quälend langsam, und der Raum fühlte sich mit jeder Sekunde bedrohlicher an. Dann ertönte ein Geräusch. Schritte hallten von den Wänden wider, als die massive Metalltür im hinteren Teil des Lagers aufgestoßen wurde. Olsen drehte sich blitzschnell um, seine Hand fest auf dem Griff seiner Waffe. Die Schritte wurden lauter, bis sich eine Gestalt aus dem Dunkel schälte.

Nemo.

Sein Gesicht war blass, und er wirkte noch nervöser als sonst. Er hielt sich die Hände um den Körper, als ob er versuchte, die Kälte abzuwehren, obwohl die Temperatur in der Halle nicht so tief war. „Bernd, ich bin hier," flüsterte er und trat näher.

„Wo ist er?" fragte Olsen knapp. Er wollte keine Zeit verlieren, das Risiko war zu groß.

„Er ist unterwegs," antwortete Nemo schnell, seine Stimme zitternd. „Er wird gleich hier sein."

Olsen spürte, wie sich die Anspannung in seinem Körper weiter steigerte. Etwas stimmte nicht. Es war zu viel Stille, zu viel Unsicherheit in Nemos Stimme. Seine Instinkte schrien, dass sie in eine Falle laufen könnten, aber sie waren schon zu tief drin, um jetzt noch zurückzukehren.

Plötzlich hörten sie das Surren eines Motors. Olsen blickte zur Seite und sah die Silhouetten mehrerer schwarzer SUVs, die von der anderen Seite des Lagers auf sie zukamen. Seine Hand zuckte zum Funkgerät. „Das ist eine Falle! Wir müssen raus hier!"

Doch bevor sie reagieren konnten, öffneten sich die Türen der SUVs, und mehrere schwer bewaffnete Männer sprangen heraus. Die Männer des Milojevic-Clans waren dort, bereit für einen offenen Angriff. Schüsse hallten durch das Lagerhaus, als die ersten Kugeln durch die Wände und Container pfiffen.

„Runter!" schrie Olsen und warf sich hinter eine der Kisten, während die Kugeln um ihn herum einschlugen. Die Luft war erfüllt von Schüssen und dem Echo der Explosionen, als die Männer des Clans vorrückten. Sie waren gut ausgerüstet und schossen, ohne zu zögern, während Olsen und sein Team verzweifelt versuchten, Deckung zu finden.

„Verdammt!" schrie Jonas und erwiderte das Feuer, während Maren sich hinter einem Container in Deckung hielt und ebenfalls schoss. „Es sind zu viele!"

Olsen riskierte einen schnellen Blick um die Ecke und sah, wie die Männer des Clans vorrückten. Es war klar, dass dies mehr als nur ein einfacher Hinterhalt war. Sie wollten sie aus dem Weg räumen – für immer.

Doch es gab keine andere Wahl. Olsen schoss zurück, zielte präzise und traf einen der Angreifer, der schwer stürzte und am Boden liegen blieb. Doch die anderen drängten weiter vor, als ob sie nichts zu verlieren hätten.

Inmitten des Feuergefechts stürzte Nemo plötzlich hinter einen der Container und zog Olsen zu sich. „Bernd!" rief er, seine Augen weit vor Angst. „Es ist der Kopf des Clans! Er ist hier!"

Olsen drehte sich blitzschnell um und sah zu den SUVs hinüber, wo gerade ein Mann ausstieg, umgeben von bewaffneten Leibwächtern. Er war groß, mit einem kahl rasierten Kopf und dunklen Augen, die kalt und berechnend wirkten. Miroslav Milojevic. Der Kopf des Clans. Der Mann, der das Netzwerk aus dem Verborgenen herausgeführt hatte.

Olsen atmete tief durch. Dies war die Gelegenheit, die er gesucht hatte – der Mann hinter allem stand jetzt vor ihm. Doch der Preis, ihn zu erreichen, war hoch. Die Kugeln flogen weiter durch die Luft, die Gefahr wuchs mit jedem Moment.

„Wir müssen ihn fassen," flüsterte Olsen zu sich selbst. „Egal, was es kostet."

Der Maulwurf

Die Straßen in Hamburg schienen an diesem Abend seltsam ruhig. Die Lichter der Stadt spiegelten sich im nassen Asphalt, und die kalte Herbstluft schnitt durch die leeren Gassen. Es war eine dieser Nächte, in denen die Dunkelheit schwerer schien – als würde sie etwas Verhängnisvolles ankündigen.

Olsen saß in seinem Büro und starrte auf das Telefon. Es war still. Zu still. Seit dem schiefgelaufenen Treffen im Lagerhaus hatte er nichts mehr von Nemo gehört. Normalerweise hätte Nemo längst versucht, sich bei ihm zu melden, zumindest um sich in Sicherheit zu bringen. Doch jetzt war Funkstille.

„Wo bist du, Nemo?" murmelte Olsen leise vor sich hin, seine Stirn in Falten gelegt.

Er stand auf, ging zum Fenster und blickte auf die Stadt hinaus. Es fühlte sich an, als ob etwas schrecklich schiefgelaufen war, als ob die Gefahr, die sie alle gespürt hatten, nun ihre Form angenommen hatte. Und dann klingelte sein Telefon – ein Anruf, der alles verändern sollte.

„Olsen?" meldete sich Marens Stimme am anderen Ende, ruhig, aber fest.

„Was gibt's?" fragte Olsen und spürte, wie sich ein Knoten in seinem Magen bildete.

„Es geht um Nemo. Er ist tot."

Diese Worte ließen alles um ihn herum stillstehen. „Was?" Er griff fester nach dem Hörer, seine Gedanken wirbelten. „Wann? Wie?"

„Er wurde vor etwa einer Stunde gefunden," fuhr Maren fort. „In einer der verlassenen Lagerhallen im Hafenviertel. Schussverletzungen, mehrere. Es sieht nach einer Hinrichtung aus. Der Clan hat ihn erwischt."

Olsen fühlte, wie das Blut in seinen Ohren rauschte. Nemo tot? Er hatte es befürchtet, doch die endgültige Gewissheit traf ihn wie ein Schlag. Nemo hatte Angst gehabt – zu Recht, wie sich nun herausstellte. Und jetzt war er tot, bevor er ihnen den letzten entscheidenden Hinweis geben konnte.

Olsen verließ sein Büro und fuhr sofort zum Tatort. Das Hafenviertel war genauso trostlos, wie er es in Erinnerung hatte. Die alten Lagerhäuser standen wie stumme Zeugen der Verbrechen des Clans da, und inmitten dieser Kulisse fand er Maren, die auf ihn wartete. Die Polizei hatte den Bereich bereits abgesperrt, und die Flutlichter erhellten die regennassen Straßen.

„Zeig mir, wo er ist," sagte Olsen knapp, als er sich seiner Kollegin näherte.

Maren führte ihn in eine der dunklen Hallen, wo das Surren der elektrischen Lampen die Szenerie mit kaltem Licht überzog. Dort, zwischen Kisten und Containern, lag Nemo. Sein Körper war schlaff, leblos, die Augen weit aufgerissen. Es sah aus, als hätte er im Moment seines Todes die pure Angst verspürt. Mehrere Schusswunden zeichneten seine Brust, und das Blut hatte sich zu einer dunklen Lache unter ihm gesammelt.

„Es war eine Hinrichtung," sagte Maren leise und deutete auf die Einschusslöcher. „Sie haben ihn kaltblütig erledigt."

Olsen kniete sich neben den leblosen Körper und betrachtete die Szene. Es war mehr als nur ein einfacher Mord – es war eine Botschaft. Der Milojevic-Clan hatte klar gemacht, dass sie jeden beseitigen würden, der ihnen zu nahekam. Und Nemo war für sie eine Gefahr geworden.

„Wollten sie eine Nachricht hinterlassen?" fragte er, während er den Tatort untersuchte.

„Keine direkte," antwortete Maren. „Aber die Art und Weise, wie er getötet wurde... Das war eine klare Warnung an uns."

Olsen spürte, wie sich der Frust in ihm aufbaute. Nemo hatte so viel gewusst – er war kurz davor gewesen, ihnen den letzten entscheidenden Hinweis zu liefern. Doch jetzt war er tot, und mit ihm waren möglicherweise die wichtigsten Informationen verloren gegangen. Warum hatte er sich nicht früher gemeldet? Warum hatte er nicht besser auf sich aufgepasst?

Als die Spurensicherung eintraf, entfernte sich Olsen ein Stück und ließ die kühle Nachtluft durch seine Lungen strömen. Dieser Mord war kein Zufall, das war ihm klar. Nemo hatte den Clan verraten, und sie hatten ihn gefunden, bevor er ihnen zu viel preisgeben konnte.

Doch was hatte Nemo noch gewusst? Hatte er bereits Informationen an den Clan weitergegeben? Oder war er aus reiner Angst geflohen, in der Hoffnung, den Preis für seinen Verrat nicht zahlen zu müssen?

„Was machen wir jetzt?" fragte Maren und trat zu ihm. Ihre Stimme war ruhig, doch in ihren Augen lag die gleiche Unruhe, die auch Olsen quälte.

„Wir müssen weitermachen," sagte Olsen entschlossen, doch seine Stimme trug eine Spur von Bitterkeit. „Nemo hatte etwas Wichtiges für uns. Aber er ist tot, und wir werden herausfinden müssen, was er wusste – auf andere Weise."

Der Tod von Nemo brachte die Ermittlungen an einen gefährlichen Punkt. Olsen wusste, dass der Clan sie nun näher beobachtete als je zuvor. Nemo hatte ihnen geholfen, aber gleichzeitig war er eine tickende Zeitbombe gewesen. Jetzt, da er tot war, war ein wichtiger Faden in den Ermittlungen abgeschnitten.

Doch sie hatten noch die verschlüsselte Datei. Es war ein Anfang, aber ohne Nemo würden sie den letzten entscheidenden Hinweis nicht mehr bekommen. Vielleicht hatte Nemo noch mehr Informationen an anderen, nur ihm bekannten Orten hinterlassen. Doch um diese zu finden, mussten sie jetzt tiefer nachforschen. Olsen blickte auf den leblosen Körper, bevor die Spurensicherung ihn abtransportierte. „Wer immer das getan hat, wusste genau, wo er war."

„Denkst du, er wurde verraten?" fragte Maren leise.

Olsen dachte nach, sein Blick schweifte über das Lagerhaus. „Vielleicht. Oder er war einfach zur falschen Zeit am falschen Ort. Aber ich glaube, dass der Clan ihn schon länger im Visier hatte. Sie haben nur gewartet, bis er nützlich genug war – und dann haben sie ihn entsorgt."

Es war ein kaltes Spiel, das der Milojevic-Clan spielte, und jeder, der sich auf sie einließ, musste damit rechnen, am Ende verbrannt zu werden. Nemo war das jüngste Opfer, aber Olsen wusste, dass er nicht das letzte sein würde.

Während Olsen und Maren das Lagerhaus verließen, blieb die Frage, was Nemo noch hätte sagen können. Die Ermittlungen gingen weiter, aber die Gefahr wuchs, und die Zeit lief ihnen davon.

„Wir müssen einen Weg finden, den Faden wieder aufzunehmen," sagte Olsen, während sie zum Auto zurückgingen. „Nemo ist tot, aber die Spur ist noch nicht kalt. Wir haben immer noch die Liste – und wir müssen jetzt schneller handeln, bevor der Clan noch mehr Leute ausschaltet."

Maren nickte. „Du denkst, sie planen etwas Größeres?"

Olsen antwortete nicht sofort. Er wusste es – das war nur der Anfang. „Ja," sagte er schließlich leise. „Und wenn wir sie nicht bald stoppen, wird es noch mehr Tote geben."

Der Verhörraum im LKA war kalt und still, die Neonröhren summten leise, als Olsen am Tisch saß, die Hände vor sich verschränkt. Der Raum war bewusst spärlich eingerichtet – ein Tisch, zwei Stühle, eine unscheinbare Kamera in der Ecke. Rolf Hansen saß ihm gegenüber. Doch heute war er nicht der Ermittler. Heute war er der Verdächtige.

Die Vernehmung hatte gerade erst begonnen, aber die Atmosphäre war bereits elektrisiert. Hansen wirkte müde, seine Schultern sanken, und der Schweiß auf seiner Stirn verriet, dass der Druck auf ihm lastete.

Olsen saß ihm gegenüber und ließ den Moment wirken, um die Stille zu brechen – es war eine Taktik, die er über die Jahre perfektioniert hatte. Warten, bis der Druck unerträglich wurde.

„Rolf," begann Olsen schließlich, seine Stimme ruhig und doch schneidend. „Wir wissen, dass du für den Milojevic-Clan gearbeitet hast. Die Frage ist nicht mehr ob, sondern wie tief du darin steckst."

Hansen hob den Kopf, seine Augen flackerten nervös. „Ich... ich weiß nicht, wovon du sprichst." Seine Stimme war brüchig, doch der Versuch, Unschuld zu heucheln, war vergeblich. Olsen ließ sich nicht beirren.

„Rolf," sagte Olsen mit Nachdruck und beugte sich leicht vor. „Wir haben deine Kommunikationsprotokolle. Wir wissen, dass du Informationen über die Razzia weitergegeben hast. Du hast den Clan gewarnt. Du hast Polizisten in Gefahr gebracht."

Hansen schluckte schwer. Sein Blick wanderte über den Tisch, als würde er nach einem Ausweg suchen, aber es gab keinen. Er war gefangen, und das wusste er.

„Es war nur eine... eine dumme Entscheidung," stammelte Hansen schließlich. „Ich... ich hatte keine Wahl."

Olsen ließ ihn zappeln, wartete einen Moment, bevor er weitersprach. „Keine Wahl? Rolf, du bist ein Polizist. Du hast geschworen, dieses Land zu schützen. Und jetzt sitzt du hier, weil du für einen Drogenclan gearbeitet hast. Willst du mir wirklich erzählen, dass du keine Wahl hattest?"

Hansen rieb sich über das Gesicht, seine Hände zitterten. „Es war nicht so einfach," flüsterte er schließlich, seine Stimme kaum mehr als ein heiseres Flüstern. „Die haben mich unter

Druck gesetzt. Sie haben meine Familie bedroht. Ich hatte keine Wahl, Bernd... ich konnte nichts tun."

„Du konntest nichts tun?" wiederholte Olsen, seine Stimme nun härter. „Du konntest dich nicht an uns wenden? An deine Kollegen? Stattdessen hast du uns verraten. Den Clan gewarnt. Menschen in Gefahr gebracht."

Die Spannung im Raum wuchs, während Hansen tiefer in die Ecke gedrängt wurde. Olsen konnte die Furcht in den Augen des Mannes sehen, aber er war noch nicht bereit, aufzugeben. Noch nicht.

„Es war nie meine Absicht, irgendjemanden zu verraten," versuchte Hansen zu rechtfertigen. „Aber sie... sie hatten mich in der Hand. Sie kontrollieren alles, Bernd. Du verstehst nicht, wie weit ihre Verbindungen reichen."

„Oh, ich verstehe sehr gut," sagte Olsen leise, aber schneidend. „Was du nicht verstehst, Rolf, ist, dass du uns alles sagen musst. Jetzt."

Hansen zögerte. Olsen sah, wie sich der Druck auf den Mann auswirkte – die Schuld, die Angst, die Verzweiflung. Aber etwas hielt ihn noch zurück, und Olsen wusste, dass er weiter in den wunden Punkt bohren musste, um die ganze Wahrheit herauszubekommen.

Er beugte sich näher zu Hansen, seine Augen kalt und unerbittlich. „Wenn du uns nicht alles sagst, bist du ein toter Mann, Rolf. Du wirst nicht nur hier drinnen verrotten, sondern auch draußen. Glaubst du, der Milojevic-Clan lässt dich in Ruhe? Sobald sie wissen, dass du in unseren Händen bist, bist du für sie wertlos. Sie werden dich genauso ausradieren, wie sie es mit anderen getan haben."

Hansen starrte ihn an, seine Lippen bebten. „Ich..." Er brach ab, schüttelte den Kopf. „Es war nie so gedacht. Ich... ich dachte, ich könnte damit durchkommen. Ich dachte, wenn ich ihnen nur kleine Informationen gebe..."

„Kleine Informationen?" unterbrach Olsen scharf. „Du hast ihnen geholfen, einen unserer Einsätze zu sabotieren. Du hast Menschenleben riskiert. Das ist keine kleine Information, Rolf."

Hansen atmete schwer, sein Blick senkte sich. Olsen sah, dass der Widerstand langsam brach. Er war erschüttert, doch noch nicht ganz bereit, alles preiszugeben. Olsen musste den letzten Schub geben.

„Du arbeitest nicht allein," sagte Olsen, seine Stimme ruhig, aber voller Entschlossenheit. „Das hier ist größer als du. Größer als wir alle. Der Milojevic-Clan zieht seit Jahren die Fäden, und du bist nur ein Teil des Netzwerks. Also sag mir, wie tief das Ganze wirklich geht."

Hansen riss den Kopf hoch, seine Augen weiteten sich. Es war, als hätte Olsen direkt in seine Gedanken geblickt. „Ich... ich war nie der Einzige," stammelte er, die Fassungslosigkeit in seiner Stimme verräterisch.

Olsen setzte sich zurück, seine Augen fest auf Hansen gerichtet. „Erzähl mir davon."

Hansen rieb sich nervös die Hände, als ob er die Last seiner eigenen Schuld loswerden wollte. „Ich war nur ein kleines Rädchen," begann er, seine Stimme zittrig. „Es gibt andere. Viel größere Leute. Leute, die viel mächtiger sind als ich. Ich hatte nie die Kontrolle. Sie haben mich benutzt."

Olsen sagte nichts, ließ ihn reden.

„Der Clan hat Verbindungen überall – im Zoll, bei der Polizei, sogar in der Politik. Ich habe nur kleine Informationen weitergegeben, aber sie haben viel größere Pläne. Ich weiß nicht, wer sie alle sind, aber ich habe einige Namen aufgeschnappt. Leute, die alles kontrollieren." Hansen sah verzweifelt aus, als ob er endlich das Ausmaß seiner Verstrickung begriff. „Ich war nie mehr als ein Befehlsempfänger. Sie haben alles kontrolliert."

Olsen warf einen schnellen Blick zu Maren, die hinter dem Einwegspiegel stand und das Verhör überwachte. Die beiden tauschten einen stummen Blick – es war das, was sie befürchtet hatten. Hansen war nur ein kleiner Teil eines viel größeren Netzwerks. Der Milojevic-Clan hatte seine Fühler überall ausgestreckt.

„Wer sind die anderen?" fragte Olsen, seine Stimme ruhig, aber drängend.

Hansen zögerte, seine Hände verkrampften sich auf dem Tisch. „Ich kenne die meisten Namen nicht... aber ich habe einen Namen gehört. Immer wieder." Er lehnte sich näher zu Olsen. „Miroslav Milojevic. Er ist der Kopf von allem. Aber er ist nicht der Einzige. Es gibt eine Organisation, die dahintersteckt. Größer als der Clan."

Olsen atmete tief durch. „Eine Organisation? Wie groß?"

„International," flüsterte Hansen, als hätte er Angst, die Worte laut auszusprechen. „Sie haben Verbindungen in ganz Europa. Es geht nicht nur um Drogen. Es geht um Waffen, Menschenhandel, alles. Ich weiß nicht, wie groß das Ganze ist, aber ich weiß, dass wir nur die Spitze des Eisbergs sehen."

Der Raum schien sich zu drehen, während die Worte auf Olsen einwirkten. Ein Netzwerk, das viel größer war als der Milojevic-Clan allein. Es war genau das, was sie gefürchtet hatten – und doch schlimmer, als sie sich vorstellen konnten.

Olsen stand auf, der Druck in seinem Kopf wuchs. „Du wirst für deine Taten bezahlen, Rolf," sagte er schließlich. „Aber wenn du uns hilfst, dieses Netzwerk zu zerschlagen, wirst du vielleicht nicht den Rest deines Lebens in einer Zelle verbringen."

Hansen sah ihn an, seine Augen leer vor Erschöpfung und Schuld. „Ich will nur raus... raus aus diesem Albtraum."

Olsen nickte, bevor er sich umdrehte und den Raum verließ. Draußen, im Flur, wartete Maren auf ihn.

„Und?" fragte sie leise.

„Es ist größer, als wir dachten," antwortete Olsen. „Viel größer."

Die Lichter im LKA flackerten in den frühen Morgenstunden, als Olsen vor einem großen, unübersichtlichen Schaltplan stand. Er hatte die Informationen zusammengetragen, die sie in den letzten Tagen erhalten hatten, und der Zusammenhang begann sich langsam abzuzeichnen – wie ein Puzzleteil, das endlich seinen Platz fand.

Wessling, der ermordete Kontaktmann, war nicht einfach ein kleiner Fisch im Milojevic-Clan gewesen. Er hatte mehr gewusst. Und sein Tod hing an einer gefährlichen Spur: einer illegalen Waffenlieferung.

„Bernd, sieh dir das an." Die Stimme von Jonas Holst kam von der Seite, als er auf eine Reihe von Dokumenten deutete, die er gerade durchgearbeitet hatte. „Das ist nicht nur irgendein Waffendeal. Es ist eine der größten illegalen Waffenlieferungen, die Hamburg jemals gesehen hat."

Olsen trat näher an den Tisch, auf dem Jonas mehrere Waffenbestellungen und Frachtlisten ausgebreitet hatte. Es waren detaillierte Berichte über eine Lieferung, die bald im Hafen von Hamburg eintreffen sollte – Waffen im Wert von Millionen. Maschinengewehre, Panzerabwehrraketen, Sprengstoff. Aber das war nicht das Erschreckende. Es war der Absender.

„Das hier," sagte Jonas und deutete auf den unteren Rand eines Dokuments, „führt direkt zu einem Lagerhaus, das Wessling vor seinem Tod mehrmals besucht hat."

Olsen hob eine Augenbraue, sein Blick scharf. „Du meinst, er war in diese Waffenlieferung verwickelt?"

Jonas nickte. „Nicht nur verwickelt, Bernd. Er war einer der Drahtzieher. Wessling hat diese Lieferungen koordiniert, mit einem direkten Draht zum Milojevic-Clan. Es ist ein Wunder, dass er nicht schon früher getötet wurde."

Olsen spürte, wie das Adrenalin in seinen Adern zu pochen begann. „Deshalb haben sie ihn ausgeschaltet." Es machte alles Sinn. Wessling hatte den Clan zu lange von innen heraus betrogen, und jetzt, kurz vor einer der größten Waffenlieferungen, die der Clan je organisiert hatte, war er ein Risiko geworden. Sie mussten ihn aus dem Weg räumen, bevor er alles verriet.

„Was genau ist das Ziel dieser Lieferung?" fragte Maren Starke, die sich den beiden näherte und das Dokument studierte.

Jonas scrollte durch weitere Daten auf seinem Laptop und erklärte: „Es scheint, als plane der Milojevic-Clan eine großangelegte Operation. Diese Waffenlieferung ist der Schlüssel dazu. Sie wollen nicht nur ihre Macht in Hamburg festigen, sondern auch über Grenzen hinaus operieren. Wenn diese Waffen verteilt werden, könnte das ganze europäische Netzwerk des Clans davon profitieren."

Olsen runzelte die Stirn. „Das bedeutet, dass sie mehr wollen als nur Kontrolle über die Drogengeschäfte. Sie bereiten sich auf etwas Größeres vor." Er schob die Dokumente zur Seite und konzentrierte sich auf die Frachtlisten. „Und wir stehen kurz davor, es herauszufinden."

„Wann soll die Lieferung ankommen?" fragte Olsen, seine Gedanken rasten.

Jonas überprüfte die Uhrzeit auf dem Bildschirm und nickte ernst. „In weniger als 48 Stunden. Sie wird im Hafen eintreffen, in einem Lagerhaus, das unter falschem Namen registriert wurde. Und wenn wir nicht rechtzeitig dort sind, werden diese

Waffen an verschiedene Gruppen in Europa verteilt – Terrorzellen, Verbrecherkartelle... der Clan baut sich ein Militärnetzwerk auf."

Maren verschränkte die Arme, während sie tief durchatmete. „Das bestätigt, dass der Mord an Wessling nur die Spitze des Eisbergs war. Er wusste zu viel über diese Lieferung und die Operation, die dahintersteckt. Und er hatte wahrscheinlich vor, uns alles zu verraten."

Olsen sah sie an, seine Augen voller Entschlossenheit. „Er hat es nicht mehr rechtzeitig geschafft. Aber das heißt nicht, dass wir die Spur verloren haben." Er drehte sich um und griff nach seinem Telefon. „Wir müssen sofort handeln."

Während Olsen telefonierte und die Einsatzkräfte mobilisierte, bereitete sich das Team auf einen Zugriff vor.

Die Operation, die der Milojevic-Clan geplant hatte, war gigantisch – und wenn sie diese Waffenlieferung nicht stoppten, könnte es zu einem Blutbad in Hamburg und ganz Europa kommen. Sie hatten keine Zeit zu verlieren.

„Wir müssen direkt zum Hafen," sagte Olsen, nachdem er die Verbindung zur Einsatzleitung beendet hatte. „Die Lieferung kommt mit einem Frachtschiff an. Wir haben weniger als zwei Tage, um den Standort zu sichern."

„Und wenn der Clan davon Wind bekommt?" fragte Jonas, seine Stirn in Sorgenfalten gelegt.

„Dann müssen wir schneller sein als sie," antwortete Olsen knapp. „Das hier wird keine einfache Razzia. Sie werden gut bewaffnet und bereit sein. Aber wir haben keine andere Wahl."

Die nächsten Stunden waren hektisch. Olsen koordinierte die Einsatzteams, plante die Operation im Hamburger Hafen bis ins kleinste Detail. Sie mussten den Clan überraschen, bevor er die Chance hatte, die Waffen zu verteilen. Während die SEK-Teams zusammenkamen und die Ausrüstung überprüften, konnte Olsen den Knoten in seinem Magen nicht abschütteln. Sie waren nah dran, aber es fühlte sich an, als stünde ein Schatten über allem. Der Milojevic-Clan würde sich nicht kampflos ergeben.

Es war kurz nach Mitternacht, als der Einsatz begann. Schwer bewaffnete Polizisten stiegen in gepanzerte Einsatzfahrzeuge, bereit für den Sturm auf das Lagerhaus im Hafen. Die Dunkelheit bot ihnen Deckung, doch jeder wusste, dass dies ein gefährlicher Moment war.

„Wir müssen einen sauberen Zugriff hinbekommen," sagte Olsen leise zu Maren, als sie in einem der Fahrzeuge saßen. „Kein Fehler. Kein Risiko."

Maren nickte, ihre Hand auf der Waffe. „Wir haben alles vorbereitet. Wenn sie da drin sind, werden wir sie kriegen."

Olsen sah aus dem Fenster, das Hafengelände wirkte im Schatten der Nacht bedrohlich. Er spürte, dass dies mehr als nur eine Razzia war. Dies war ein Kampf um die Zukunft Hamburgs – und vielleicht sogar Europas.

Als sie das Lagerhaus erreichten, gingen die SEK-Teams in Position. Olsen schritt an der Spitze, seine Waffe fest im Griff. Die ersten Einheiten durchbrachen die Tore und stürmten das Gelände. Das Knacken der Türen und die schnellen Bewegungen der Polizisten ließen die Nacht in Bewegung geraten.

Doch das, was sie im Inneren fanden, ließ Olsens Herz für einen Moment stillstehen.

Kisten über Kisten, sorgfältig gestapelt. Waffen, die darauf warteten, verteilt zu werden. Und inmitten dieser Kisten standen die Männer des Milojevic-Clans, schwer bewaffnet und bereit für den Kampf.

Der erste Schuss fiel, und das Chaos brach aus. Kugeln flogen durch die Luft, als die Männer des Clans das Feuer eröffneten. Olsen warf sich hinter eine Kiste und erwiderte das Feuer, während die SEK-Einheiten vorrückten. Es war ein erbitterter Kampf, und die Luft war erfüllt vom Knallen der Waffen und den Schreien der Angreifer.

„Verdammter Mist!" rief Jonas, der sich neben Olsen in Deckung warf. „Das hier ist eine verfluchte Festung!"

„Wir müssen durchhalten!" schrie Olsen zurück, seine Augen auf das Ziel gerichtet. „Sie dürfen diese Waffen nicht rausschaffen!"

Die SEK-Einheiten kämpften sich vor, Schuss um Schuss. Olsen sah, wie die ersten Männer des Clans getroffen zu Boden gingen, doch die Gegner waren gut vorbereitet und hatten sich in den Ecken des Lagerhauses verschanzt. Es war ein gefährlicher Tanz zwischen Leben und Tod.

Schließlich, nach Minuten des erbitterten Feuergefechts, verstummten die Schüsse. Die letzten Männer des Clans wurden zu Boden gedrückt und gefesselt. Die Waffenlieferung war gesichert.

Doch die Frage blieb: Was hatte der Clan damit wirklich vor?

Neue Spuren

Die Morgenröte hatte gerade den Himmel über Hamburg erhellt, als Olsen durch das Büro des LKA Hamburg schritt, den Kaffee in der Hand, aber die Gedanken weit weg.

Die Nacht war kurz gewesen – zu kurz. Der Zugriff im Hafen, die gestoppte Waffenlieferung, das Feuergefecht mit den Männern des Milojevic-Clans – alles lag noch wie ein düsterer Nebel auf ihm. Doch jetzt ging es weiter, die Jagd hatte erst begonnen.

Am Morgen war ein dicker Stapel neuer Berichte auf seinem Schreibtisch gelandet, die über die Beschlagnahmung der Waffenlieferung verfasst worden waren. Olsen hatte gehofft, dass dieser Fund ihnen den finalen Durchbruch bringen würde, aber er spürte, dass es nur ein weiteres Kapitel in einem viel größeren, unheimlicheren Buch war.

„Es hört nicht auf," murmelte er vor sich hin und ließ sich in seinen Stuhl fallen, während er die ersten Dokumente durchblätterte. Da klopfte es an seiner Bürotür. Maren trat ein, ein Stapel Akten unter dem Arm.

„Bernd, wir haben was Neues," sagte sie, ohne Umschweife. Ihr Blick war ernst, und sie warf die Akten auf seinen Tisch.

„Noch mehr Waffen?" fragte Olsen, ohne den Kopf zu heben.

„Nicht nur Waffen," sagte Maren, ihre Stimme mit einem warnenden Unterton. „Es geht viel weiter. Der Milojevic-Clan ist tief in den internationalen Waffenhandel verwickelt. Wir sprechen hier von Verbindungen nach Osteuropa, dem Nahen Osten und sogar Afrika."

Olsen hob endlich den Kopf. „Was?" Seine Augen verengten sich, und er griff nach den Akten, um sich die Details anzusehen.

„Schau dir das hier an," sagte Maren und deutete auf die ersten Seiten. „Wir haben Überprüfungen durchgeführt. Die Route der gestoppten Waffenlieferung ist nur ein Teil eines noch viel größeren Netzwerks. Die Waffen, die wir sichergestellt haben, sollten über mehrere Zwischenstationen in den Nahen Osten gelangen."

Olsen blätterte hastig durch die Seiten. „Und wer steckt dahinter?"

Maren seufzte leise. „Das ist das Problem. Der Milojevic-Clan ist nur ein Mittelsmann. Die Waffen kommen aus verschiedenen Quellen, aber der Großteil stammt aus ehemaligen Kriegsgebieten im Balkan und Osteuropa. Und sie arbeiten mit anderen Syndikaten zusammen – nicht nur in Europa, sondern weltweit."

Olsen setzte den Becher Kaffee ab und fixierte Maren mit scharfem Blick. „Du willst mir sagen, dass dieser Clan nicht nur Hamburg kontrolliert, sondern Verbindungen zu einem internationalen Netzwerk des Waffenhandels hat?"

Maren nickte langsam. „Es scheint so. Wir reden hier nicht mehr nur über Drogen. Der Milojevic-Clan ist viel größer und gefährlicher, als wir dachten. Und die Waffenlieferung, die wir gestoppt haben, war nur ein Teil ihrer Operation. Sie haben noch viel mehr im Spiel."

Die Luft im Raum schien sich zu verdichten. Olsen hatte es geahnt, aber jetzt, wo die Beweise vor ihm lagen, traf ihn die Wahrheit wie ein Faustschlag. „Was genau wissen wir über dieses Netzwerk?" fragte er, als er das nächste Dokument aufschlug.

„Nicht genug," sagte Maren knapp. „Aber wir haben Hinweise darauf, dass der Clan Verbindungen zu einem internationalen Waffenhändlerring hat. Es geht hier nicht nur um den Verkauf von Drogen, sondern um den Handel mit schwerem Gerät: Maschinengewehren, Raketenwerfern, Explosivstoffen. Und sie nutzen ihre Drogenschmuggelrouten, um die Waffen zu transportieren."

Olsen kniff die Augen zusammen. „Und Wessling war in all das verwickelt?"

Maren nickte. „Es sieht so aus, als hätte er nicht nur als Drogenkurier gearbeitet, sondern auch als Vermittler für Waffendeals. Wir haben Beweise, dass er an mehreren Waffenlieferungen beteiligt war. Er hat geholfen, Deals zwischen dem Milojevic-Clan und anderen internationalen Verbrechern zu organisieren. Er war tief in diesem Geschäft drin."

„Verdammt," fluchte Olsen leise, als er sich zurücklehnte. „Deshalb haben sie ihn getötet."

Maren nickte erneut. „Genau. Wessling war ein Risiko. Er wusste zu viel, und der Clan musste ihn loswerden, bevor er mit allem an die Polizei gehen konnte."

Olsen stand auf und begann, im Raum auf und ab zu gehen. In seinem Kopf entstand ein Wirbelsturm aus Gedanken. „Wenn das alles stimmt, dann stehen wir vor einer viel größeren Operation, als wir jemals erwartet haben. Es geht hier nicht mehr nur um die Herrschaft über den Drogenmarkt. Der Milojevic-Clan will eine militärische Macht aufbauen, die über Europa hinausreicht. Das könnte alles destabilisieren."

„Und das Schlimmste ist," fügte Maren hinzu, „dass sie immer noch im Verborgenen arbeiten. Es gibt sicher mehr Lieferungen, die auf dem Weg sind. Das, was wir gestoppt haben, war nur ein Bruchteil."

„Was ist mit den Verbindungen zu den anderen Verbrechersyndikaten?" fragte Olsen und hielt inne, seine Augen fixiert auf die Wand, als ob er versuchte, das gesamte Netz in seinem Kopf zu visualisieren.

„Wir haben erste Hinweise auf Verbindungen zu einem Kartell in Mexiko und eine Gruppe in Libyen," sagte Maren ernst. „Es scheint, als ob sie immer die gleichen Schmuggelrouten nutzen, um Waffen und Drogen in beide Richtungen zu transportieren. Und es gibt Anzeichen, dass sie auch mit terroristischen Zellen zusammenarbeiten."

Olsen schüttelte den Kopf, seine Stirn legte sich in Falten. „Das bedeutet, dass wir es hier mit einem globalen Netzwerk zu tun haben. Wir können das nicht alleine lösen. Wir brauchen Hilfe."

Maren sah ihn an, ihre Augen voller Entschlossenheit. „Bernd, wir müssen uns an Europol wenden. Die haben Informationen, die wir brauchen. Wenn der Milojevic-Clan international agiert, dann haben sie ihn sicher schon im Visier."

Olsen nickte langsam. „Ja, du hast recht." Er griff nach seinem Telefon und begann, die Nummer eines alten Kollegen bei Europol zu wählen. „Wir müssen jede Verbindung nutzen, die wir haben."

Während das Freizeichen ertönte, legte sich eine bedrückende Stille über das Büro. Maren sah zu Olsen, und für einen Moment schien die gesamte Tragweite der Ermittlungen auf ihnen zu lasten. Der Milojevic-Clan war gefährlicher als je zuvor – und sie mussten ihn aufhalten, bevor es zu spät war.

Doch bevor die Leitung durchgestellt wurde, stürmte Jonas ins Büro, seine Augen weit vor Aufregung. „Bernd, ich habe gerade eine neue Info!" rief er außer Atem und hielt ein Dokument in die Höhe.

Olsen legte das Telefon auf und ging zu Jonas. „Was hast du gefunden?"

Jonas reichte ihm das Papier und sprach schnell. „Es gibt eine neue Waffenlieferung, die für den nächsten Monat geplant ist. Diesmal geht es um Panzerabwehrwaffen und Militärausrüstung. Die Route führt von der Ukraine über den Balkan nach

Hamburg. Wenn wir das nicht stoppen, wird das eine Katastrophe."

Olsen starrte auf das Dokument, seine Finger zitterten leicht. „Panzerabwehrwaffen?" murmelte er und spürte, wie sein Magen sich zusammenzog.

„Und es wird noch schlimmer," fügte Jonas hinzu, seine Stimme zitterte leicht. „Wir haben Hinweise, dass diese Lieferung an eine Gruppe geht, die für Söldneroperationen in Krisenregionen verantwortlich ist. Das ist mehr als nur ein Deal. Das ist der Beginn eines internationalen Militärkonflikts. Der Milojevic-Clan ist dabei, sich militärisch aufzustellen – und wir stehen direkt in ihrem Fadenkreuz."

Olsen atmete tief durch, seine Gedanken rasten. „Wir müssen sofort handeln. Wir dürfen keine Zeit verlieren."

„Aber Bernd," sagte Maren mit einer ernsten Miene, „wenn wir diese Spur weiterverfolgen, bedeutet das, dass wir gegen eine ganze internationale Operation vorgehen müssen. Das ist nicht nur Hamburg. Das ist global."

Olsen nickte, seine Augen funkelten vor Entschlossenheit. „Dann holen wir uns die Hilfe, die wir brauchen. Wir werden diese Lieferungen stoppen – egal wie, egal was es kostet."

Die Spannung im Raum war greifbar, und das Team wusste, dass sie an einem Wendepunkt angelangt waren.

Der Milojevic-Clan war nicht mehr nur eine Bedrohung für Hamburg. Sie standen an der Schwelle zu einem globalen Konflikt, und der Preis für einen Fehler wäre verheerend.

Olsen saß an seinem Schreibtisch, seine Gedanken vernebelt von den neuen Erkenntnissen. Die Spur zu den internationalen Waffenlieferungen hatte alles verändert. Doch was ihn am meisten beschäftigte, war das Gefühl, dass der Boden unter seinen Füßen immer dünner wurde.

Der Milojevic-Clan war nicht nur ein kriminelles Netzwerk, das in Drogen- und Waffenhandel verwickelt war. Sie hatten Verbindungen in die höchsten Ebenen der Politik und Wirtschaft, und das bedeutete, dass Olsens Ermittlungen nicht mehr nur von der Straße, sondern von höheren Ebenen bedroht wurden.

Olsen legte den Stift auf seinen Schreibtisch und starrte in die Ferne, als die Tür zu seinem Büro ohne Ankündigung aufgestoßen wurde. Maren trat ein, gefolgt von Jonas Holst. Beide hatten eine gespannte Miene aufgesetzt.

„Bernd, du musst das sehen," sagte Maren, als sie ihm eine Akte auf den Tisch legte. „Es kommt von ganz oben."

Olsen hob eine Augenbraue und nahm die Akte. Der Briefkopf zeigte das Senatsbüro der Stadt Hamburg. Ein Memorandum war darin enthalten, unterschrieben vom Polizeipräsidenten.

„Was zur Hölle ist das?" murmelte Olsen, als er begann, den Text zu lesen. Die Worte schienen sich in seinem Kopf festzusetzen, während er Zeile für Zeile durchging. Es war eine offizielle Anordnung, die ihn dazu aufforderte, die Ermittlungen in bestimmten Bereichen des Falls zurückzunehmen.

„Das ist kein Witz, Bernd," sagte Jonas, als er sich an den Rand des Tisches lehnte. „Sie wollen, dass wir den Druck auf den Clan mindern. Die Direktive kommt aus den höchsten politischen Kreisen."

Olsen legte das Papier auf den Tisch und sah Maren und Jonas an. „Sie versuchen, uns zu stoppen." Seine Stimme war ruhig, aber darunter lag ein brodelnder Zorn.

„Genau das," sagte Maren ernst. „Der Milojevic-Clan hat Verbindungen in die Wirtschaft und die Politik. Sie haben genug Einfluss, um den Druck auf uns zu erhöhen. Das hier ist ihre Art, uns zu zeigen, dass sie nicht nur in den Straßen von Hamburg die Kontrolle haben."

Olsen stand auf und begann im Raum auf und ab zu gehen. „Das heißt, sie versuchen uns politisch auszuschalten, bevor wir ihnen zu nahekommen."

„Es wird schlimmer," fuhr Jonas fort, seine Stimme düster. „Ich habe gehört, dass einige der Senatoren im Hintergrund Deals mit dem Clan gemacht haben. Sie wollen keinen großen Skandal riskieren, vor allem nicht, wenn die Wahlen anstehen."

Olsen blieb abrupt stehen und sah ihn an. „Du sagst mir, dass unsere Politiker mit einem der größten Verbrecherkartelle in Europa Geschäfte machen?" Seine Stimme war kaum mehr als ein Flüstern, doch die Wut war unüberhörbar.

„Es ist eine Vermutung, aber es passt zusammen," sagte Jonas. „Es geht nicht nur um den Milojevic-Clan. Es geht um das, was dahintersteckt. Ein Netzwerk, das sich tief in die Strukturen der Stadt eingräbt. Und sie werden alles tun, um ihren Einfluss zu schützen – selbst wenn das bedeutet, dass sie uns stoppen."

Olsen warf einen Blick auf die Uhr. Es war noch früh, doch die Anspannung in seinem Kopf wog tonnenschwer. „Wir haben keine Zeit für politische Spielchen," sagte er schließlich, seine Stimme fest. „Wenn wir den Clan nicht stoppen, bevor die nächste Lieferung durchgeht, werden wir eine Katastrophe erleben, die weit über Hamburg hinausgeht."

„Sie sehen das anders," sagte Maren leise. „Für sie sind wir das Problem. Wir sind diejenigen, die den Deckel aufreißen, und sie haben Angst, dass das alles ans Licht kommt. Und das könnte den gesamten politischen Apparat erschüttern."

Es klopfte an der Tür, und bevor Olsen antworten konnte, trat Oberstaatsanwalt Dr. Kai Lehmberg ein, ein hochrangiger Justizbeamter, der in politischen Kreisen gut vernetzt war. Lehmberg war ein großer, imposanter Mann, der immer das Gefühl vermittelte, alles unter Kontrolle zu haben. Doch jetzt wirkte er unruhig.

„Olsen," begann er, ohne sich zu setzen. „Wir müssen reden."

Olsen lehnte sich zurück und verschränkte die Arme. „Ich höre."

Lehmberg zögerte einen Moment, als ob er die richtigen Worte suchte. „Der Fall Milojevic... wir müssen vorsichtig vorgehen. Es gibt Druck – von ganz oben. Der Senat ist besorgt, dass diese Ermittlungen mehr Schaden anrichten könnten, als sie nutzen."

Olsen starrte ihn an, sein Gesicht ausdruckslos, doch innerlich brodelte die Wut. „Schaden? Was meinen sie?"

Lehmberg seufzte und fuhr sich mit der Hand durchs Haar. „Sie wissen, wie das läuft. Der Milojevic-Clan ist gefährlich, aber er hat Verbindungen. Wirtschaftliche Verbindungen, politische Verbindungen. Wenn wir hier einen großen Skandal auslösen, könnte das den Ruf der Stadt und ihrer führenden Köpfe irreparabel beschädigen."

Olsen konnte nicht glauben, was er hörte. „Und was schlagen sie vor, Lehmberg? Sollen wir einfach aufhören, weil ein paar einflussreiche Politiker Angst um ihren Ruf haben?"

„Es geht um das Wohl der Stadt," erwiderte Lehmberg kühl. „Sie können sich nicht vorstellen, welche Konsequenzen das haben könnte. Wenn diese Verbindungen ans Licht kommen, könnten wir wirtschaftliche Einbrüche erleben. Wichtige Investoren würden sich zurückziehen, und das könnte Hamburgs Ruf schaden."

„Hamburgs Ruf?" Olsens Stimme war jetzt schneidend. „Was ist mit den Menschenleben, die auf dem Spiel stehen? Was ist mit der Tatsache, dass der Milojevic-Clan internationale Waffen- und Drogengeschäfte betreibt? Wir reden hier nicht nur von Rufschäden. Wir reden von einem Verbrechersyndikat, das die Sicherheit dieser Stadt und vielleicht sogar ganz Europas gefährdet!"

Lehmberg blickte ihn lange an, bevor er leise sagte: „Das weiß ich. Aber es gibt Kräfte, die größer sind als wir alle. Kräfte, die sie nicht einfach ignorieren kannst."

Olsen kniff die Augen zusammen. „Und was, wenn ich genau das tue? Was, wenn ich mich weigere, diesen Ermittlungen Einhalt zu gebieten?"

Die Stille im Raum war erdrückend, bevor Lehmberg schließlich mit scharfer Stimme antwortete: „Dann werden sie ihre Karriere riskieren, Olsen. Und die ihrer Kollegen."

Olsen spürte, wie sein Puls raste, doch er hielt sich zurück. „Das hier ist größer als Karriere. Es geht um Gerechtigkeit. Um die Wahrheit."

„Die Wahrheit hat in der Politik oft ihren Preis," sagte Lehmberg kalt. „Und sie sollten sich überlegen, ob sie bereit sind, diesen Preis zu zahlen. Denn wenn sie weitermachen, werden sie nicht nur den Clan gegen sich haben. Sie werden auch mächtige Leute aufbringen, die sie vernichten können."

Olsen schwieg einen Moment, ließ die Worte wirken. Er wusste, dass Lehmberg recht hatte. Doch er wusste auch, dass er nicht aufhören konnte. Der Milojevic-Clan hatte schon zu viel angerichtet.

Schließlich stand er auf und trat näher an Lehmberg heran. „Sagen Sie den Leuten da oben, dass ich nicht aufhören werde. Wenn sie mich stoppen wollen, müssen sie mich aus dem Weg räumen. Denn ich werde diesen Clan zur Strecke bringen – egal, wie viele Steine man mir in den Weg legt."

Lehmberg starrte ihn an, seine Augen schmal. „Sie sind ein Narr, Olsen. Aber ich werde ihre Botschaft weiterleiten."

Mit diesen Worten verließ er den Raum, die Tür schloss sich leise hinter ihm.

„Bernd," begann Maren nach einer Weile, als die Stille sich in den Raum gelegt hatte. „Was machen wir jetzt?"

Olsen atmete tief durch und ließ sich in seinen Stuhl sinken. „Wir machen weiter. Sie wollen uns stoppen, aber wir werden kämpfen."

„Und wenn sie uns tatsächlich stoppen?" fragte Jonas leise.

Olsen sah ihn an, seine Augen funkelten entschlossen. „Dann gehen wir bis zum Äußersten."

Das Büro des LKA Hamburg lag in grauem Halbdunkel, als der Abend hereinbrach. Die Ermittlungen hatten eine gefährliche neue Dimension erreicht, und Olsen fühlte mehr und mehr, dass der Boden unter ihm weggezogen wurde. Er hatte den Milojevic-Clan so gut wie in der Hand, doch mit jeder neuen Spur, die er verfolgte, kam eine weitere erschütternde Wahrheit ans Licht. Der Druck von oben, die politische Manipulation und jetzt auch noch die internationalen Verstrickungen in den Waffenhandel machten die Sache immer komplexer.

Olsen saß in seinem Büro, die Finger trommelten nervös auf dem Tisch, als er schließlich entschied, einen alten Freund zu kontaktieren – jemanden, der ihm helfen konnte, die internationalen Fäden zu entwirren: Johan de Vries, ein erfahrener Ermittler bei Europol, der sich seit Jahren mit organisierten Verbrechersyndikaten beschäftigte.

„Johan, hier ist Bernd," begann Olsen, als die Leitung durchgestellt wurde. Das vertraute Brummen der Stimme des Niederländers brachte ein kurzes Gefühl der Erleichterung.

„Bernd? Lange nicht gehört," erwiderte Johan de Vries, seine Stimme heiser und von einem Lachen unterlegt. „Was führt dich zu mir? Ich nehme an, es geht nicht nur um ein freundliches Wiedersehen?"

Olsen lehnte sich in seinem Stuhl zurück, ein erschöpftes Lächeln auf seinen Lippen, aber die Anspannung in seiner Stimme blieb. „Leider nicht. Ich habe hier einen Fall, der mir den Schlaf raubt. Der Milojevic-Clan. Wir haben Hinweise, dass sie tief in den internationalen Waffenhandel verwickelt sind. Und ich brauche deine Hilfe."

Die Leitung blieb für einen Moment still, bevor Johan seufzte. „Milojevic? Ja, das ist ein Name, den ich schon lange kenne." Seine Stimme war jetzt nüchterner. „Er ist einer der größten Player in Europa. Organisierter Drogenhandel, Menschenhandel, Waffen. Du nennst es, er macht es. Aber er ist auch verdammt gut darin, unter dem Radar zu bleiben. Wir jagen ihn seit Jahren – ohne Erfolg."

„Seit Jahren?" fragte Olsen, während er ein paar Notizen machte. „Erzähl mir mehr. Was genau wisst ihr über ihn?"

„Das Problem mit Milojevic," begann Johan und klang plötzlich ernst, „ist, dass er nie direkt mit den großen Deals in Verbindung gebracht wird. Er hat Leute, die die Drecksarbeit für ihn erledigen. Seine Strukturen sind extrem gut organisiert, und er hat Verbindungen, die weit über Europa hinausgehen. Wir haben immer wieder versucht, ihn festzunageln, aber es fehlt uns der Beweis, der ihn direkt in die großen Verbrechen verwickelt."

Olsen rieb sich die Stirn. „Wir haben ihn hier in Hamburg auf dem Radar. Sein Clan hat eine riesige Waffenlieferung organisiert, und wir haben sie gerade noch stoppen können. Aber ich habe das Gefühl, dass wir nur an der Oberfläche kratzen."

„Das tust du auch," bestätigte Johan. „Milojevic ist wie ein Schatten. Sein Clan operiert international – Russland, die Ukraine, der Balkan. Aber er hat auch Verbindungen nach Südamerika und in den Nahen Osten. Sein Netzwerk ist riesig, und wir haben Hinweise darauf, dass er mit terroristischen Gruppen und Milizen zusammenarbeitet. Es ist so, als ob er ein eigenes, globales Netzwerk der organisierten Kriminalität aufgebaut hätte."

Olsen hielt inne. Die Worte von Johan klangen wie eine Bestätigung all seiner schlimmsten Befürchtungen. „Verdammt," murmelte er leise. „Was ich hier habe, reicht bei weitem nicht aus, um ihn festzunageln. Wir wissen, dass er hinter all dem steckt, aber er ist wie ein Phantom. Niemand kann ihn direkt mit irgendwas in Verbindung bringen."

„Das ist genau das Problem," stimmte Johan zu. „Wir haben die gleiche Situation. Immer wenn wir glauben, dass wir ihn haben, ist er weg. Wir haben Informanten gehabt, aber die sind entweder verschwunden oder tot. Er hat sich eine undurchdringliche Mauer aus Loyalität und Angst aufgebaut."

Olsen ließ das Telefon ein wenig sinken und sah auf die Dossiers auf seinem Schreibtisch. Die Namen, die Verbindungen, die Operationen – alles war da, doch Milojevic selbst schien immer ein Schritt voraus zu sein.

„Glaubst du, dass wir ihn jemals kriegen?" fragte er, seine Stimme schwer von der Last der gescheiterten Versuche.

„Ich weiß es nicht," antwortete Johan ehrlich. „Wir haben uns jahrelang auf ihn konzentriert, aber er ist zu gut darin, seine Spuren zu verwischen. Die einzige Möglichkeit, die wir haben, ist, das Netz um ihn herum enger zu ziehen. Wenn wir die Leute um ihn herum festnageln können, wird er irgendwann keinen Ausweg mehr haben. Aber du musst vorsichtig sein. Der Mann hat Verbindungen, die bis in die höchsten Ebenen reichen. Nicht nur in der Politik, sondern auch in der Wirtschaft."

Olsen starrte auf die offizielle Anweisung, die ihm aufgetragen hatte, die Ermittlungen zurückzufahren. Das Puzzle fügte sich immer mehr zusammen. „Du meinst, er hat Leute auf seiner Seite, die politisch mächtig genug sind, um die Ermittlungen zu blockieren?"

Johan lachte bitter. „Bernd, das ist keine Vermutung. Das ist eine Tatsache. Milojevic ist nicht nur ein Gangster. Er ist ein Drahtzieher. Wenn er merkt, dass du ihm zu nahekommst, werden plötzlich Leute auftauchen, die dich davon abhalten. Wir haben das schon unzählige Male gesehen. Immer wenn wir kurz davor waren, ihn zu schnappen, wurden politische und wirtschaftliche Kräfte mobilisiert, um uns zu stoppen."

Olsen atmete tief durch. „Das passiert hier gerade. Ich bekomme Druck von oben. Sie wollen, dass ich mich zurückhalte. Dass ich diese Ermittlungen runterfahre. Aber ich kann das nicht. Nicht jetzt, wo wir so nah dran sind."

Johan schwieg einen Moment. „Ich verstehe, Bernd. Aber wenn du weitermachst, riskierst du nicht nur deinen Job. Du riskierst alles."

Olsen nickte, obwohl er wusste, dass Johan ihn nicht sehen konnte. „Das ist mir bewusst. Aber wenn ich aufhöre, wird dieser Mann weiterhin unantastbar bleiben. Und ich kann nicht zulassen, dass er sich noch tiefer in das System eingräbt."

„Pass nur auf dich auf," sagte Johan warnend. „Dieser Mann hat nicht nur kriminelle Verbindungen. Er hat auch genügend Leute, die bereit sind, für ihn zu töten, wenn es nötig ist. Du stehst jetzt im Fadenkreuz, Bernd. Sie werden dich ins Visier nehmen."

Olsen lehnte sich in seinem Stuhl zurück, während er das Gewicht dieser Worte in sich aufnahm. Er wusste, dass Johan recht hatte. Der Milojevic-Clan war kein gewöhnliches Verbrecherkartell. Es war ein Netzwerk, das international operierte und in den höchsten Kreisen geschützt wurde. Die Frage war: Wie weit würde Olsen gehen, um diesen Mann zu Fall zu bringen?

„Danke, Johan," sagte er schließlich, seine Stimme ruhig. „Ich weiß, dass es gefährlich ist. Aber ich habe keine andere Wahl.

Ich werde weiter nachforschen, und ich werde ihn finden – egal, was es kostet."

„Dann wünsche ich dir viel Glück, mein Freund," sagte Johan ernst. „Du wirst es brauchen. Und wenn du wieder irgendwelche Informationen brauchst, melde dich. Wir stehen dir zur Seite, so gut wir können."

Olsen beendete das Gespräch, starrte eine Weile auf den leeren Bildschirm seines Telefons und dachte über alles nach, was er gerade gehört hatte.

Milojevic war nicht nur ein mächtiger Krimineller. Er war ein unfassbar gut vernetzter, skrupelloser Organisator, der es geschafft hatte, jahrelang dem Zugriff der Strafverfolgungsbehörden zu entkommen. Und jetzt stand Olsen kurz davor, in seinen innersten Kreis einzudringen.

Doch er wusste auch, dass jeder Schritt, den er jetzt tat, ihn näher an den Rand des Abgrunds brachte. Europol konnte helfen, aber sie hatten Milojevic jahrelang vergeblich gejagt. Der Feind, dem Olsen gegenüberstand, war größer und gefährlicher als alles, womit er es je zu tun gehabt hatte.

Mit einem schweren Seufzen stand Olsen auf, sah aus dem Fenster auf die graue, regennasse Stadt und sammelte seine Gedanken.

Es gab keinen Weg zurück. Der Milojevic-Clan hatte seine Fäden überall.

Gefährliches Treffen

Der Raum im LKA Hamburg war erfüllt von einer unheimlichen Stille. Die Wände schienen den Druck der letzten Tage widerzuspiegeln, als Olsen am Kopf des großen Besprechungstisches stand und auf die Gesichter seines Teams sah.

Jeder von ihnen wusste, dass die bevorstehende Operation alles verändern würde. Es war die letzte Chance, den Milojevic-Clan zu Fall zu bringen, und das Scheitern war keine Option.

„Wir haben keine Zeit mehr," begann Olsen, seine Stimme ruhig, aber mit der Härte eines Mannes, der bereit war, alles zu riskieren. „Milojevic plant etwas Großes, und wenn wir ihn jetzt nicht erwischen, sind wir ihn für immer los."

Maren Starke und Jonas Holst saßen mit angespannten Gesichtern am Tisch, während sie die Einsatzpläne studierten. Olsen wusste, dass sie erschöpft waren – die letzten Wochen hatten sie bis an ihre Grenzen getrieben. Doch das spielte keine Rolle. Der Milojevic-Clan musste gestoppt werden, und sie waren die Letzten, die zwischen dem Clan und dem völligen Chaos standen.

„Bernd," begann Jonas, der auf die Karte vor sich deutete, „wir haben alle möglichen Zugänge überprüft. Das Lagerhaus, in dem wir den Zugriff planen, ist stark gesichert. Es gibt mindestens vier Fluchtwege, und der Clan wird schwer bewaffnet sein. Wir dürfen keine Fehler machen."

Olsen nickte, sein Blick kühl und berechnend. „Deshalb wird das keine normale Operation. Wir gehen rein mit allem, was wir haben. SEK, Unterstützung von Europol, jede Einheit, die wir mobilisieren können."

„Aber das Risiko ist hoch," warf Maren ein, ihre Stirn in Falten gelegt. „Wenn Milojevic auch nur einen Funken davon mitbekommt, dass wir kommen, wird er verschwinden. Und das für immer."

Olsen verschränkte die Arme, sein Blick wanderte durch den Raum. „Wir haben keinen Spielraum mehr. Die Waffenlieferungen und die Verstrickungen in die Politik – das ist umfangreicher, als wir uns je vorgestellt haben. Der Clan hat Verbindungen, die weit über Hamburg hinausgehen. Wenn wir Milojevic nicht bald festnehmen, wird er ein ganzes Netzwerk in Bewegung setzen."

„Was ist mit dem Druck von oben?" fragte Jonas vorsichtig, während er sich nach vorne lehnte. „Die Politiker, die versuchen, die Ermittlungen zu blockieren – wie sehr behindern sie uns?"

Olsen spürte das Gewicht dieser Frage. „Sie werden nicht mehr in der Lage sein, uns aufzuhalten. Diese Operation ist offiziell abgesegnet. Wenn wir Milojevic schnappen, wird die Wahrheit über seine Verbindungen ans Licht kommen – und dann werden wir sehen, wer ihn wirklich unterstützt."

Die Luft im Raum wurde schwerer. Jeder wusste, dass dies ein Make-or-Break-Moment war. Sie kämpften nicht nur gegen den Clan, sondern auch gegen die unsichtbaren Mächte, die Milojevic schützten. Und dennoch gab es keinen Zweifel daran, dass dies ihre letzte Chance war.

Olsen atmete tief ein, bevor er fortfuhr. „Hier ist der Plan. Wir starten den Zugriff bei Nacht. Wir müssen ihre Sicherheitsvorkehrungen umgehen und sie überraschen, bevor sie reagieren können."

Er deutete auf die Karten, die auf dem Tisch ausgebreitet lagen. „Das Lagerhaus hat mehrere Zugänge, aber wir konzentrieren uns auf den Hauptzugang. Dort wird der Großteil der Waffen gelagert, und wir wissen, dass Milojevic regelmäßig vor Ort ist, um persönlich die Lieferungen zu überwachen. Das ist unsere Chance, ihn zu erwischen."

Die Stille im Raum war erdrückend, als Maren und Jonas den Plan studierten. Jeder wusste, was auf dem Spiel stand. Ein Fehler, und Milojevic war weg.

„Wie sieht es mit der Unterstützung von Europol aus?" fragte Maren schließlich, die den Plan mit einem kritischen Blick musterte.

Olsen nickte, als er sich setzte. „Ich habe mit Johan bei Europol gesprochen. Sie werden uns eine spezialisierte Einheit zur Verfügung stellen. Sie haben ebenfalls ein großes Interesse daran, Milojevic endlich zu schnappen. Aber wir dürfen uns nicht darauf verlassen, dass sie den Job für uns erledigen. Wir müssen das selbst in die Hand nehmen."

„Und was, wenn Milojevic nicht auftaucht?" fragte Jonas, seine Stimme leise, aber voll innerer Anspannung. „Was, wenn er Wind davon bekommt und abtaucht, bevor wir zuschlagen?"

Olsen blickte Jonas direkt an, seine Augen fest und entschlossen. „Er wird da sein. Er hat keine Ahnung, dass wir so nah dran sind. Und selbst wenn er es ahnt, wird er nicht die Zeit haben, zu fliehen. Wir haben alle Routen abgedeckt."

Doch tief in ihm wuchs die Sorge, dass sie vielleicht zu spät kommen könnten. Milojevic war gefährlich, und er hatte in der Vergangenheit immer wieder bewiesen, dass er in letzter Sekunde verschwinden konnte, wenn der Druck zu groß wurde. Aber diesmal würde es anders laufen. Olsen würde nicht zulassen, dass Milojevic entkam.

„Bernd," unterbrach Maren die angespannte Stille. „Es gibt ein weiteres Problem. Der Clan hat Leute überall. Was, wenn sie von innen heraus gewarnt werden?"

Olsen knirschte mit den Zähnen. „Wir wissen, dass es undichte Stellen gibt. Aber ich habe dafür gesorgt, dass nur ein enger Kreis von Vertrauenspersonen in die Details dieser Operation eingeweiht ist. Wenn wir jemanden haben, der

Informationen nach außen trägt, dann wird er keine Zeit haben, den Clan zu warnen."

Maren nickte, aber die Sorge war in ihren Augen deutlich sichtbar. „Und wenn wir den Maulwurf noch nicht entdeckt haben?"

Olsen legte eine Hand auf ihren Arm und sah ihr tief in die Augen. „Wir sind auf alles vorbereitet. Ich weiß, es ist riskant. Aber das ist unsere einzige Chance."

Die Uhr tickte unaufhörlich weiter, und die Zeit für Diskussionen lief aus. Das Team war in höchster Alarmbereitschaft, als Olsen den letzten Schliff am Plan vornahm. Jeder wusste, dass dies mehr als nur eine Razzia war. Dies war ein letzter Versuch, den Kopf der Schlange zu packen und den Clan zu zerschlagen, bevor er erneut abtauchen konnte.

„Es gibt keine zweite Chance," sagte Olsen leise, als die Teammitglieder nach und nach den Raum verließen, um sich vorzubereiten. „Wenn wir Milojevic nicht jetzt fassen, werden wir ihn nie wieder kriegen."

Als der Raum leer war und nur noch Olsen und Maren zurückblieben, atmete er tief ein und stützte sich auf den Tisch. „Bist du bereit?" fragte er, seine Stimme leise, aber fest.

Maren sah ihn an, ihre Augen klar und entschlossen. „Bernd, das bin ich schon seit dem Tag, an dem wir diese Ermittlungen begonnen haben."

Olsen nickte. „Dann bringen wir es zu Ende."

Die Nacht war ungewöhnlich ruhig, als Olsen und Maren durch die engen Straßen des Hafenviertels fuhren. Der dichte Nebel kroch über das Kopfsteinpflaster, und das entfernte Hupen von Frachtschiffen war das einzige Geräusch, das durch die Nacht hallte. Der Ort, an dem sie sich mit Davor Radovic, einem hochrangigen Mitglied des Milojevic-Clans, treffen sollten, lag im Schatten einer stillgelegten Fabrik am Rande der Stadt. Ein Treffpunkt, der Olsen sofort skeptisch machte.

„Das hier fühlt sich falsch an," sagte Maren, die auf dem Beifahrersitz saß und den Blick wachsam über die verfallenen Lagerhäuser gleiten ließ. „Radovic ist einer der engsten Männer von Milojevic. Warum sollte er plötzlich auspacken wollen?"

Olsen nickte. „Er könnte Angst haben, dass wir ihm zu nahekommen. Vielleicht will er Milojevic opfern, um selbst rauszukommen." Doch in seiner Stimme lag ein Unterton, der nicht zu überhören war. Es war der Zweifel – der Gedanke, dass sie in eine Falle tappen könnten.

Der Wagen rollte langsam auf das Gelände der Fabrikhalle. Das Gebäude war verlassen, die Fenster zerbrochen, und das rostige Metalltor knarrte leise im Wind. Es gab keine Bewegungen, keine Geräusche außer dem Dröhnen des Motors, den Olsen abstellte, bevor er ausstieg.

„Bist du sicher, dass das eine gute Idee ist?" fragte Maren, während sie ihre Hand an die Innenseite ihrer Jacke legte, wo ihre Waffe griffbereit war.

„Ich bin sicher, dass wir Radovic brauchen," antwortete Olsen knapp und zog seine Waffe hervor. „Aber wir gehen auf Nummer sicher. Du bleibst draußen und deckst den Eingang. Ich gehe rein."

Maren nickte, ihre Augen blieben wachsam auf die Dunkelheit gerichtet, als Olsen sich langsam der Fabrikhalle näherte.

Die schwere Metalltür der Fabrik öffnete sich mit einem tiefen, rostigen Knarren. Olsen trat hinein und ließ seinen Blick durch den großen, leeren Raum schweifen. Es roch nach Öl und verrottendem Holz, und irgendwo in der Ferne tropfte Wasser von den Rissen im Dach. Die spärlichen Lichter, die durch die zerbrochenen Fenster schimmerten, warfen unheimliche Schatten über den Boden.

„Radovic!" rief Olsen, seine Stimme hallte in der verlassenen Halle wider.

Für einen Moment blieb es still. Dann hörte er Schritte. Aus den dunklen Schatten am anderen Ende der Halle tauchte Davor Radovic auf. Der hochgewachsene Mann mit den scharfen Gesichtszügen und den stechenden Augen trat langsam näher, die Hände locker an den Seiten. Doch Olsen wusste sofort, dass dieser Mann niemals unbewaffnet war.

„Du hast Mut, hier allein zu erscheinen, Olsen," sagte Radovic mit einem grimmigen Lächeln. „Aber Mut hat schon viele Männer zu Fall gebracht."

Olsen blieb ruhig, die Finger fest um den Griff seiner Waffe. „Ich bin hier, um Antworten zu bekommen, Radovic. Du hast gesagt, du hast etwas, das mich interessiert."

Radovic grinste nur. „Vielleicht habe ich das. Aber vielleicht... bist du derjenige, der eine Lektion lernen muss."

Olsen spürte, wie sich die Luft veränderte. Es war die Art von Stille, die einem Sturm vorausgeht. Sein Instinkt schrie ihm zu, dass dies kein normales Treffen war. „Was läuft hier?" fragte er scharf, doch er wusste die Antwort bereits.

Im selben Moment hörte er es – das leise Klicken von Waffen, das aus den Schatten hinter Radovic kam. Vier schwer bewaffnete Männer traten aus den Ecken der Halle hervor, ihre Waffen auf Olsen gerichtet. Es war eine Falle.

„Du solltest wirklich vorsichtiger sein, Olsen," sagte Radovic, während er einen Schritt zurücktrat. „Du bist in meinem Revier, und das wirst du nicht lebend verlassen."

Olsen reagierte instinktiv. „Maren!" schrie er, als er sich zur Seite warf und hinter einer rostigen Metallkiste in Deckung ging. Im selben Moment eröffnete einer der Männer das Feuer. Kugeln prallten von den Metallträgern und Kisten ab, Funken sprühten in der Dunkelheit.

Maren, die draußen auf das erste Zeichen von Ärger gewartet hatte, hörte die Schüsse und stürmte sofort in die Halle, ihre Waffe gezogen. „Bernd!" rief sie, als sie ebenfalls das Feuer auf die Angreifer eröffnete.

Die Halle verwandelte sich in ein Chaos aus Mündungsfeuer und splitterndem Metall. Die Angreifer bewegten sich schnell, schossen präzise, aber Olsen und Maren hielten dagegen. „Wir müssen hier raus!" rief Maren, während sie sich hinter eine alte Säule warf.

Olsen erwiderte das Feuer, während er versuchte, die Situation unter Kontrolle zu bekommen. „Sie wollen uns hier drin festnageln!" schrie er zurück und sah nach einem Ausweg. Sie hatten es mit gut ausgebildeten Gegnern zu tun, die jede ihrer Bewegungen voraussahnten.

Plötzlich hörte Olsen ein lautes Krachen – eine der alten Metallkisten neben ihm explodierte in einer Wolke aus Splittern, als eine Granate in ihrer Nähe detonierte. Die Druckwelle schleuderte ihn zu Boden, und für einen Moment war alles still.

Er blinzelte, seine Ohren klingelten, und für einen kurzen Augenblick war die Welt nur ein verschwommenes Durcheinander aus Dunkelheit und Licht. Doch dann spürte er, wie jemand ihn packte. Maren, die ihn hochzog. „Bernd! Wir müssen hier raus!" schrie sie, ihre Augen weit vor Panik.

Olsen schüttelte den Kopf, versuchte, die Benommenheit abzuschütteln. „Los!" Sie rannten zur Tür, während hinter ihnen immer noch die Schüsse fielen. Die Dunkelheit draußen war ihre einzige Rettung, und sie warfen sich in die Nacht, gerade als eine weitere Explosion hinter ihnen die Halle erschütterte.

Jonas saß in einem unauffälligen Wagen ein paar Blocks entfernt und sah nervös auf die Uhr. Als er die Explosion hörte, riss er den Kopf hoch. Dann sah er Olsen und Maren, die aus der Dunkelheit zu ihm stürmten und in den Wagen sprangen.

„Fahr!" schrie Olsen, als er die Tür zuschlug.

Der Wagen setzte sich quietschend in Bewegung, raste durch die engen Gassen des Hafenviertels, während sie versuchten, so viel Abstand wie möglich zwischen sich und die Falle zu bringen. Die Lichter der Stadt wurden zu einem verschwommenen Schein in der Ferne, als sie die Sicherheit der leeren Straßen suchten.

Im Wagen war es still, bis auf das schwere Atmen von Olsen und Maren. „Verdammt," murmelte Olsen leise, seine Hände zitterten noch vor dem Schock des Hinterhalts. „Das war knapp."

„Sie wollten uns kalt machen," sagte Maren, ihre Stimme hart. „Radovic hat uns reingelegt. Wir hätten da nie hingehen sollen."

Olsen nickte langsam. „Aber er hat einen Fehler gemacht. Er hat versucht, uns loszuwerden – das bedeutet, dass wir näher an Milojevic dran sind, als er dachte."

Der Wagen raste durch die nächtlichen Straßen von Hamburg, die Lichter der Stadt flogen wie verschwommene Schatten an den Fenstern vorbei. Jonas saß am Steuer, die Hände fest um das Lenkrad geklammert, während er sich durch die engen Gassen manövrierte. Neben ihm saß Olsen, die Atmung schwer, den Blick starr auf die Straße gerichtet. Auf der Rückbank presste Maren ihre Hände gegen die Tür, als der Wagen in eine scharfe Kurve bog.

„Das war verdammt knapp," murmelte Jonas und sah kurz in den Rückspiegel, als ob er erwartete, dass die Männer des Milojevic-Clans sie verfolgten. „Sind wir sicher, dass uns niemand folgt?"

„Bis jetzt scheint es ruhig zu sein," antwortete Maren, doch ihre Stimme war angespannt, und auch sie konnte das Adrenalin in ihrem Körper spüren.

Olsen saß still da, doch sein Blick war anders – fokussiert, als ob er in Gedanken etwas verarbeitete. Mit zittrigen Händen griff er in die Innentasche seiner Jacke und zog etwas hervor. Ein Umschlag. Er hatte ihn in der Fabrikhalle entdeckt, kurz bevor die Kugeln um ihn herumgeflogen waren. Ohne zu wissen, was genau er in den Händen hielt, hatte er ihn in letzter Sekunde mitgenommen.

„Was hast du da, Bernd?" fragte Maren, als sie den Umschlag bemerkte, den Olsen in seinen Händen drehte. Auch Jonas warf einen neugierigen Blick in den Rückspiegel.

Olsen öffnete den Umschlag vorsichtig, und ein Bündel Dokumente fiel auf seinen Schoß. Er hob die Papiere und begann, sie im schummrigen Licht der Straßenlaternen, die durch das Fenster fielen, zu lesen. Sein Blick veränderte sich schlagartig, als er die ersten Zeilen überflog. Die Namen und Zahlen auf den Seiten fesselten seine Aufmerksamkeit.

„Verdammt," flüsterte Olsen und richtete sich auf, als er tiefer in die Dokumente eintauchte. „Das hier... das ist der Schlüssel."

„Was steht drin?" fragte Jonas, als er den Wagen auf eine weniger belebte Straße lenkte. Er warf nervöse Blicke in den Rückspiegel, doch seine Augen kehrten immer wieder zu Olsen zurück.

Olsen holte tief Luft, bevor er antwortete. „Das sind Beweise. Dokumente, die zeigen, dass der Milojevic-Clan weit größere Verbindungen hat." Er hielt inne und starrte auf einen der Namen, der ihm ins Auge sprang.

„Lehmberg," sagte er leise, mehr zu sich selbst als zu den anderen.

„Lehmberg? Der Oberstaatsanwalt?" fragte Maren und lehnte sich vor. „Meinst du... er ist Teil des Netzwerks?"

Olsen nickte langsam. „Er steckt tief drin. Es sind nicht nur Verbindungen, Maren, es sind klare finanzielle Transaktionen. Lehmberg und andere prominente Politiker und Wirtschaftsführer haben Millionen in Offshore Konten investiert – Konten, die zur Geldwäsche für den Milojevic-Clan benutzt werden."

Die Stille im Wagen wurde von der wachsenden Spannung durchbrochen. Jonas bog in eine Seitenstraße ein, um sich vom Verkehr zu entfernen und zu vermeiden, dass sie beobachtet wurden. „Das erklärt, warum Lehmberg uns gewarnt hat, den Druck rauszunehmen," sagte Jonas nachdenklich. „Er wusste, dass wir ihm zu nahekommen."

Olsen las weiter, seine Augen flogen über die Dokumente. „Hier sind noch mehr Namen," sagte er, die Nervosität in seiner Stimme war spürbar. „Wirtschaftsführer, Politiker – die mächtigsten Leute dieser Stadt. Es sind allesamt Beweise dafür, dass sie den Clan finanziert und gedeckt haben."

Maren kniff die Augen zusammen. „Das bedeutet, dass wir nicht nur den Clan gegen uns haben. Wir kämpfen gegen ein Netzwerk aus korrupten Politikern und Geschäftsleuten, die alles tun werden, um ihre Verstrickungen zu vertuschen."

Olsen hielt inne, bevor er das nächste Dokument las. „Und das ist nicht alles," sagte er. „Sie haben das Geld nicht nur gewaschen. Diese Politiker und Geschäftsleute haben direkt von den Geschäften des Milojevic-Clans profitiert. Drogenhandel, Waffenhandel, Menschenhandel – sie sind alle mit drin. Und jetzt haben wir es schwarz auf weiß."

Jonas fuhr langsam durch eine abgelegene Gasse und hielt den Wagen schließlich an. „Bernd, wenn das stimmt, was du da sagst, dann hat das alles hier ein unfassbares Ausmaß. Das hier ist keine lokale Angelegenheit mehr."

„Nein," stimmte Olsen zu. „Das ist ein internationales Netzwerk. Und diese Dokumente sind der Beweis dafür. Aber das macht die Sache auch extrem gefährlich für uns."

Maren runzelte die Stirn. „Sie werden uns jagen, wenn sie herausfinden, dass wir diese Beweise haben."

Olsen nickte, seine Augen waren kühl und konzentriert. „Genau deshalb müssen wir diese Dokumente sichern. Niemand kann wissen, dass wir sie haben, bis wir bereit sind, zuzuschlagen. Wenn wir zu früh vorgehen, wird uns die gesamte Macht dieses Netzwerks überrollen."

Die Spannung im Wagen stieg, als sie realisierten, was sie in der Hand hielten. Die Dokumente in Olsens Händen waren nicht nur der Beweis für die Verstrickung des Milojevic-Clans in die kriminellen Geschäfte. Sie waren auch der Schlüssel, um die korrupten Politiker und Wirtschaftsgrößen zu Fall zu bringen, die diesen Clan finanzierten und schützten.

„Also, was machen wir jetzt?" fragte Jonas, der den Motor abschaltete und sich zu den anderen umdrehte.

Olsen starrte aus dem Fenster, als ob er die Entscheidung abwog. Er wusste, dass dies der Punkt ohne Wiederkehr war. Mit diesen Dokumenten in der Hand hatten sie den mächtigsten Menschen in der Stadt den Krieg erklärt. Aber ohne sie hatten sie keine Chance, den Milojevic-Clan und seine Unterstützer zu stürzen.

„Wir gehen zu niemandem im LKA," sagte Olsen schließlich. „Nicht solange wir nicht wissen, wem wir trauen können. Lehmberg ist nicht der Einzige. Wenn diese Dokumente ans Licht kommen, wird die Hölle losbrechen."

Maren atmete tief durch und nickte. „Was ist mit Europol? Vielleicht können sie uns helfen, die Informationen zu sichern und das Netz zu zerschlagen."

„Das könnte unser nächster Schritt sein," sagte Olsen, aber seine Stimme war vorsichtig. „Doch bevor wir zu Europol gehen, müssen wir sicherstellen, dass wir nicht auf halbem Weg gestoppt werden. Es gibt immer noch zu viele offene Fragen.

Wir müssen wissen, wie tief diese Verstrickungen gehen und wer alles darin involviert ist. Und dann schlagen wir zu – mit allem, was wir haben."

Die Straßen von Hamburg lagen ruhig und still vor ihnen, doch in Olsens Kopf tobte ein Sturm. Die Dokumente in seinen Händen hatten die Macht, alles zu verändern. Sie waren der Schlüssel, um den Milojevic-Clan und seine Unterstützer zu Fall zu bringen, aber gleichzeitig waren sie auch ein tödliches Spiel, das sie alle das Leben kosten konnte.

Olsen lehnte sich zurück und schloss kurz die Augen. „Das hier ist unsere letzte Chance, Maren. Wenn wir das richtig angehen, können wir diesen Clan ein für alle Mal zerschlagen."

Maren nickte, aber in ihren Augen lag Besorgnis. „Und wenn wir es falsch machen?"

Olsen öffnete die Augen wieder, seine Stimme fest und entschlossen. „Dann wird niemand mehr von uns übrigbleiben, der es wieder richtig machen könnte."

Das Finale rückt näher

Das Neonlicht der Schreibtischlampe warf scharfe, grüne Schatten auf die Wand des kleinen Büros im LKA Hamburg, während Bernd Olsen über die Papiere gebeugt saß. Der Raum war still, nur das leise Summen der Elektronik und das Kratzen des Stiftes, mit dem er seine Notizen machte, unterbrachen die Ruhe. Vor ihm lag die Zusammenfassung eines Tipps, der vor wenigen Stunden eingegangen war. Ein Hinweis, der möglicherweise alles verändern konnte.

Olsen zog eine tiefe Falte auf der Stirn, während er den Bericht noch einmal las. Es war ein Hinweis, den sie nicht ignorieren konnten – Milojevic plante eine gigantische Lieferung von Drogen und Waffen.

Aber das war nicht das Entscheidende. Was diesen Tipp zu einem Wendepunkt machte, war die Information, dass Milojevic persönlich anwesend sein würde, um die Lieferung zu beaufsichtigen. Olsen spürte, wie sein Herz einen Schlag aussetzte.

Es war ihre Chance. Die vielleicht einzige Chance, Milojevic zu fassen und für immer festzusetzen.

Das Knarren der Tür ließ ihn den Kopf heben. Maren Starke trat ein, ihre Bewegungen schnell, entschlossen. Sie hatte ebenfalls die Anspannung gespürt, die im Raum lag, als sie sich vor ihm an den Tisch setzte. Ihre Augen funkelten ernst, ihre Stirn war in konzentrierte Falten gelegt.

„Bernd, ich habe mit Jonas gesprochen. Der V-Mann, der uns diese Info zugespielt hat, ist zuverlässig. Das hier ist der große Wurf, auf den wir gewartet haben," sagte sie, während sie ihm die Ausdrucke der Nachrichtenschlüssel überreichte.

Olsen nickte langsam, seine Augen fixierten die Details, die vor ihm auf den Papieren standen. „Eine Lieferung dieser Größe... das ist mehr als nur ein gewöhnlicher Schmuggel. Es ist der

Kern seines Netzwerks. Er würde nie so ein Risiko eingehen, wenn es nicht um alles ginge."

„Genau das denke ich auch," erwiderte Maren und lehnte sich in den Stuhl zurück. „Milojevic wird da sein. Wenn wir ihn jetzt festnehmen, bricht sein gesamtes Imperium zusammen."

Der Raum schien irgendwie für einen Moment stillzustehen, während Olsen die Situation durchdachte. Seit Monaten waren sie dem Milojevic-Clan dicht auf den Fersen, doch jedes Mal war ihnen der Kopf des Netzwerks entwischt. Er war ein Meister der Täuschung, ein Mann, der es geschafft hatte, seine Spur zu verwischen, wann immer die Behörden zu nahekamen. Doch diesmal würde es anders sein.

„Wir müssen alles mobilisieren," sagte Olsen schließlich und sah Maren direkt an. „Das SEK, Europol, die Hafenbehörde – ich will, dass jede Einheit bereitsteht. Wir dürfen keine Lücken lassen."

Maren nickte sofort. „Ich werde es in die Wege leiten."

Sie erhob sich, ihre Entschlossenheit spiegelte sich in jeder ihrer Bewegungen wider, als sie zur Tür eilte.

„Und Maren..." fügte Olsen hinzu, als sie den Raum fast verlassen hatte. „Diesmal darf er uns nicht entkommen."

„Das wird er nicht," sagte sie ruhig, bevor sie die Tür hinter sich schloss.

Die Stille kehrte zurück, doch in Olsens Kopf herrschte ein wilder Sturm aus Gedanken und Möglichkeiten. Er stand auf und ging zum Fenster. Die Nacht lag schwer über der Stadt, der Hafen war in der Ferne nur als dunkle Silhouette zu erkennen. Es war dieser Ort, an dem sich alles entscheiden würde.

Der Hafen war das Zentrum von Milojevics kriminellen Operationen. Hier wurde der Großteil der Drogen und Waffen geschmuggelt, die den Milojevic-Clan zu einem der mächtigsten Syndikate in Europa gemacht hatten.

Er erinnerte sich daran, wie sie in den letzten Wochen immer wieder auf kleine Hinweise gestoßen waren, dass Milojevic eine große Lieferung vorbereitete, doch nie war klar gewesen, wann und wo. Doch nun, mit diesen Informationen, stand der Plan – der entscheidende Zugriff rückte näher. Und diesmal hatten sie einen Vorteil: Milojevic würde selbst vor Ort sein.

Es klopfte erneut an der Tür, und diesmal trat Jonas ein. Der junge Ermittler, der gerade seinen Abschluss in den größten Kriminalfällen seiner Karriere fand, hatte die Augen eines Mannes, der ebenso entschlossen wie nervös war. Er setzte sich ohne zu fragen und legte die Hände auf den Tisch.

„Bernd, wir haben alle Teams informiert und eingewiesen. Das SEK ist bereit, wir haben auch eine Spezialeinheit, unterstützt von Europol, an Bord. Alles ist vorbereitet."

Olsen nickte, während Jonas sprach. Seine Gedanken drehten sich um die Risiken dieser Operation. „Das wird keine leichte Sache," begann er, seine Stimme ruhig, aber angespannt. „Milojevic wird nicht alleine sein. Er wird seine besten Leute um sich haben, und sie werden schwer bewaffnet sein. Wir müssen davon ausgehen, dass sie Widerstand leisten."

Jonas lehnte sich nach vorne. „Wir haben alle Fluchtwege gesichert. Die Lagerhäuser am Hafen sind groß, aber unser Team wird jede mögliche Route blockieren. Milojevic hat keine Chance zu entkommen."

Olsen nickte, doch tief in ihm brodelte ein Gefühl des Unbehagens. Milojevic war ein Mann, der nie ohne Plan handelte. Wenn er wirklich vor Ort war, dann hatte er eine Absicherung, die sie noch nicht kannten. „Haltet alle Augen offen. Wir müssen bereit sein, auf alles zu reagieren."

„Was denkst du, Bernd? Glaubst du, er hat uns durchschaut?" fragte Jonas, seine Stimme leiser, als wäre er selbst unsicher, ob sie wirklich bereit waren.

Bernd Olsen blickte Jonas direkt an. „Das ist schwer zu sagen. Milojevic ist gefährlich, weil er unberechenbar ist. Aber wir haben den Vorteil der Überraschung. Wenn alles nach Plan läuft, schnappen wir ihn." Er hielt inne, ließ die Worte in der Luft hängen. „Doch wir dürfen keinen Fehler machen. Wenn er auch nur den Hauch einer Ahnung hat, dass wir kommen, wird er alles tun, um zu verschwinden."

Jonas nickte und erhob sich. „Ich gehe zurück zu den Vorbereitungen. Wir melden uns, sobald alle Teams in Position sind."

Als Jonas den Raum verließ, blieb Olsen erneut allein zurück. Die Spannung schien greifbar, als er seine Gedanken ordnete. Dieser Einsatz war alles oder nichts. Es war nicht nur eine Razzia – es war der letzte Schritt, um einen der gefährlichsten Kriminellen Europas festzunehmen. Wenn sie scheiterten, würde Milojevic wahrscheinlich nie wieder in ihre Reichweite geraten.

Die Stunden zogen sich quälend in die Länge, während die Vorbereitungen für den Zugriff unvermindert voranschritten. Olsen konnte nicht stillsitzen, er bewegte sich rastlos durch das Büro, immer wieder die Lagepläne des Hafens und die Einsatzstrategien überprüfend.

Schließlich kehrte Maren zurück. „Die Einheiten sind in Stellung," berichtete sie. „Wir haben Sichtkontakt mit dem Gelände. Die Container, die für den Transport der Drogen und Waffen verwendet werden sollen, sind bereits in der Verladung. Es sieht so aus, als ob sie kurz vor dem Abtransport stehen."

Olsen strich sich durch das Haar, während er die Nachricht aufnahm. „Ist Milojevic schon aufgetaucht?"

Maren schüttelte den Kopf. „Noch nicht. Aber wenn unser Informant recht hat, wird er bald kommen. Sie können diese Lieferung nicht ohne ihn abwickeln."

Olsen atmete tief durch und sah auf die Uhr. Es war fast Mitternacht. Der Hafen lag in einer tiefen Dunkelheit, durchbrochen von den vereinzelten Lichtern der Frachtkräne und der Schiffe, die im Wasser trieben. Er wusste, dass es nicht mehr lange dauern würde.

„Gut. Wir warten, bis er sich zeigt. Kein überstürzter Zugriff, bevor wir sicher sind, dass er wirklich da ist."

Maren nickte, aber ihre Augen spiegelten die Anspannung wider, die alle im Team spürten. „Es wird klappen, Bernd. Diesmal kriegen wir ihn."

Olsen blickte hinaus auf die verlassene Stadt. Die Stille der Nacht fühlte sich wie die Ruhe vor dem Sturm an. „Ja," sagte er leise. „Diesmal muss es klappen."

Der Hafen von Hamburg lag ruhig und umgeben von dichter Dunkelheit, aber im Inneren des LKA-Gebäudes war von Ruhe nichts zu spüren. Olsen saß in seinem Büro und studierte die letzten taktischen Pläne für den bevorstehenden Zugriff. Doch obgleich seine Gedanken eigentlich beim bevorstehenden Einsatz gegen den Milojevic-Clan sein sollten, hatte sich etwas anderes in seinen Kopf geschlichen: Ein nagendes Gefühl, dass der Feind noch nicht all seine Karten ausgespielt hatte.

Da klingelte plötzlich sein Handy. Die Nummer war nicht gespeichert, aber Olsen wusste sofort, wer es war, noch bevor er abnahm. Ein eisiges Gefühl legte sich auf seine Brust, als er das Telefon an sein Ohr hob.

„Olsen," sagte er knapp.

Es folgte ein Moment der Stille, bevor eine vertraute, bedrohliche Stimme durch die Leitung drang. „Bernd, alter Freund. Ich hoffe, du arbeitest nicht zu hart." Der Klang von Milojevics Stimme ließ Olsen die Luft anhalten.

„Milojevic," sagte Olsen ruhig, obwohl sein Herzschlag beschleunigte. „Ich hätte es wissen müssen."

„Du kommst näher, Bernd, das muss ich dir lassen," fuhr Milojevic fort, seine Stimme war glatt und kalt. „Du bist ein hartnäckiger Verfolger. Aber du weißt, wie das Spiel läuft. Jede Aktion hat ihre Konsequenzen."

Olsen kniff die Augen zusammen, seine Finger um den Hörer verkrampft. „Was willst du?" fragte er knapp.

Ein leises Lachen kam aus der Leitung. „Das habe ich dir doch schon gesagt. Du musst verstehen, Bernd, dass dies nicht nur ein Krieg zwischen uns ist. Es geht um die Menschen, die wir lieben. Um Eva... und ihre Kinder."

Der Name seiner Tochter brachte das Blut in Olsens Adern zum Kochen. „Lass sie aus dem Spiel, Milojevic. Sie hat nichts damit zu tun."

„Ah, aber du weißt genau, dass das nicht stimmt. Jeder, den du liebst, ist Teil dieses Spiels. Und du hast sie weit weggeschickt, in ein sicheres Versteck. Aber weißt du, was interessant ist? Kein Ort ist wirklich sicher."

Olsen fühlte, wie sein Herz sich in seiner Brust zusammenzog. Milojevic hatte bereits vorher Drohungen gegen seine Tochter ausgesprochen, und Olsen hatte alles in Bewegung gesetzt, um sie zu schützen.

Ein Team war nach Duisburg geschickt worden, um Eva und ihre Familie in Sicherheit zu bringen. Doch nun spürte er, dass Milojevic näher war, als er es für möglich gehalten hatte.

„Was willst du, Milojevic?" fragte Olsen wieder, seine Stimme ruhig, doch sein Kopf war in einem Sturm aus Angst und Zorn gefangen.

„Ich möchte, dass du meine Lieferung in Ruhe lässt. Keine Polizei, kein SEK, keine Razzia. Du tust das, und Eva bleibt in Sicherheit. Ein einfacher Handel."

Olsen biss die Zähne zusammen. „Und was passiert, wenn ich mich weigere?"

Milojevic schwieg einen Moment, bevor er mit bedrohlicher Ruhe antwortete. „Dann wird jemand einen netten Besuch bei deiner Tochter abstatten. Und ich verspreche dir, es wird kein harmloser Besuch sein. Es gibt viele Möglichkeiten, einen Menschen zum Schweigen zu bringen."

Olsen spürte, wie sich die Luft um ihn herum veränderte. Dies war keine vage Drohung mehr – Milojevic hatte den Einsatz erhöht. „Du wirst es bereuen, wenn du meiner Familie etwas antust," knurrte er leise. „Das schwöre ich dir."

Milojevic lachte wieder leise. „Ich gebe dir 24 Stunden, Bernd. Danach wird es nicht mehr meine Entscheidung sein. Du weißt, was du zu tun hast."

Ein Klicken, dann war die Leitung tot.

Olsen blieb reglos sitzen, der Hörer immer noch in seiner Hand. Die Bedrohung war real – Milojevic meinte es ernst. Und das Schlimmste daran war, dass er wusste, wie er Olsen treffen konnte: durch Eva.

„Verdammt," flüsterte Olsen leise, als er das Telefon ablegte und sofort eine andere Nummer wählte. Maren hob fast sofort ab.

„Maren, ich brauche dich sofort in meinem Büro," sagte Olsen, und bevor sie antworten konnte, legte er auf.

Keine fünf Minuten später stürmte Maren herein. „Was ist passiert?" fragte sie, als sie seinen angespannten Gesichtsausdruck sah.

Olsen lehnte sich auf seinen Schreibtisch und verschränkte die Arme. „Milojevic hat sich gemeldet. Er droht, Eva ermorden zu lassen, wenn wir die Razzia im Hafen nicht abblasen."

Maren hielt kurz inne, ihr Gesichtsausdruck wechselte von Überraschung zu entschlossener Härte. „Bernd... wie real ist die Bedrohung? Glaubst du, er hat wirklich die Mittel, das durchzuziehen?"

Olsen nickte langsam. „Er weiß, wo sie ist. Er kennt ihren Standort, und er hat keine Skrupel, diesen Schritt zu gehen. Ich habe keine Wahl. Wir müssen sie erneut in Sicherheit bringen, und diesmal besser."

Maren runzelte die Stirn. „Wir haben bereits ein Team in Duisburg. Die Leute sind gut, aber wenn Milojevic jemanden geschickt hat, wird das vielleicht nicht genug sein."

Olsen starrte auf den Boden, während seine Gedanken rasten. Er wusste, dass Milojevic in solchen Dingen keine halben Sachen machte. „Wir müssen Eva evakuieren. Sie darf nicht dortbleiben, auch wenn es schon sicher erscheint. Milojevic hat den langen Arm. Schick ein größeres Team – ich will, dass sie und die Kinder sofort in ein sicheres Haus gebracht werden. Keiner darf wissen, wo."

Maren nickte. „Ich kümmere mich darum. Wir haben Optionen, die noch nicht auf dem Radar sind. Es gibt Orte, an denen sie untertauchen kann, bis wir Milojevic haben."

Olsen atmete tief durch und schloss für einen Moment die Augen. „Ich will nicht, dass sie ständig fliehen muss, aber ich kann mir nichts anderes leisten." Er schlug mit der Faust leicht auf den Schreibtisch. „Dieser Verbrecher wird sie nicht in Ruhe lassen, solange ich ihm dicht auf den Fersen bin."

Maren trat näher. „Das verstehe ich, Bernd. Aber wir werden das durchstehen. Eva ist stark, und du bist nah dran, diesen Albtraum zu beenden."

Olsen sah sie an, seine Augen waren schwer von Sorgen, aber auch fest entschlossen. „Sorge dafür, dass sie geschützt ist, Maren. Egal, was passiert."

Maren verließ den Raum, um die Evakuierung zu organisieren. Olsen blieb allein zurück, mit nichts als seinen Gedanken und dem leisen Summen der Nacht im Hintergrund. Er ging ans Fenster und starrte in die Dunkelheit hinaus. Die Stadt lag ruhig da, doch in den Schatten lauerte das Chaos.

Milojevic hatte ihn genau dort getroffen, wo er am verwundbarsten war: bei seiner Tochter. Eva hatte nichts mit seiner Arbeit zu tun, und doch war sie nun der Schlüssel in einem brutalen Spiel, das Olsen so schnell wie möglich beenden musste.

Er wusste, dass die nächsten 24 Stunden entscheidend sein würden. Er konnte es sich nicht leisten, Milojevics Drohungen zu ignorieren – aber er würde auch nicht zulassen, dass dieser Mann ihn erpresste. Die bevorstehende Razzia im Hafen war der Wendepunkt. Und egal, was Milojevic versuchte, Olsen würde nicht aufgeben.

Der bevorstehende Zugriff war nicht mehr weit. Im Inneren des LKA-Hauptquartiers herrschte eine fieberhafte Geschäftigkeit. Olsen und sein Team hatten sich tief in die Vorbereitungen für das, was als ihr größter Coup gegen den Milojevic-Clan geplant war, gestürzt. Alle Schritte mussten perfekt aufeinander abgestimmt sein – eine fehlerlose Operation, die einen der gefährlichsten Kriminellen Europas endlich zur Strecke bringen sollte.

Olsen stand vor einer riesigen Karte des Hamburger Hafens, die auf einer digitalen Tafel an die Wand projiziert wurde. Um ihn herum war sein Team versammelt: Maren Starke, Jonas Holst, die SEK-Kommandanten und mehrere Spezialisten von Europol. Alle Blicke waren auf ihn gerichtet, als er die letzten Details für die bevorstehende Razzia erklärte.

„Also, wie sieht es aus?" fragte Olsen, während er mit dem Finger auf die Verladungshallen am Hafen deutete, die als primärer Zielort der Operation identifiziert worden waren. „Sind alle Einheiten in Position?"

„Ja, Bernd," antwortete Jonas schnell und professionell. „Das SEK ist bereit. Alle Zugänge sind abgeriegelt, und die Container, die für die Drogen- und Waffenlieferungen genutzt werden, sind markiert. Unsere Überwachungsdrohnen sind startklar."

Olsen nickte, während er die Informationen aufnahm. „Gute Arbeit. Die Überwachung muss kontinuierlich laufen, bis Milojevic vor Ort ist. Ich will, dass wir jede Bewegung sehen."

Die Strategie war einfach, aber präzise: Sie würden warten, bis Milojevic auftauchte, um die Kontrolle über die Lieferung persönlich zu übernehmen. Erst dann würde das SEK zugreifen – ein Überraschungsmoment, der dafür sorgen sollte, dass der Clan-Boss und seine engsten Vertrauten keine Fluchtmöglichkeit mehr hatten.

Maren trat einen Schritt vor und blickte auf die Tafel, ihre Augen konzentriert. „Was ist mit den Fluchtrouten? Milojevic hat sich in der Vergangenheit immer Fluchtwege offengehalten. Gibt es etwas, das wir übersehen haben?"

Olsen dachte nach, dann deutete er auf den Bereich am südlichen Ende des Hafens. „Die Abwasserkanäle hier. Es ist möglich, dass sie als alternative Fluchtroute genutzt werden. Wenn ich Milojevic wäre, würde ich genau dort einen Rückzugsweg vorbereiten."

„Wir schicken eine Einheit runter," sagte Jonas sofort. „Sie werden die Kanäle sichern. Niemand kommt dort durch, ohne dass wir es merken."

Olsen nickte. „Gut. Wir dürfen keine Lücken lassen."

„Was ist mit den anderen Clanmitgliedern?" fragte einer der SEK-Kommandanten, als er einen kritischen Blick auf die

Karte warf. „Milojevic wird nicht alleine dort sein. Seine Leute werden bewaffnet und bereit sein, Widerstand zu leisten."

Olsen starrte für einen Moment auf die Markierungen der vermuteten Clan-Verstecke in der Nähe des Hafens. „Die meisten seiner Männer werden sich auf den Umschlagplatz konzentrieren. Wir müssen die sekundären Ziele gleichzeitig angreifen, während Milojevic vor Ort ist. Sobald der Zugriff beginnt, gibt es keinen Raum für Fehler."

Es herrschte Stille im Raum, während alle Anwesenden das Gewicht dieser Worte spürten. Dies war kein gewöhnlicher Einsatz. Es ging nicht nur darum, eine Drogenlieferung abzufangen oder ein paar Handlanger zu verhaften – es ging darum, das Herz eines internationalen Verbrechersyndikats zu treffen und den Kopf des Netzwerks zur Strecke zu bringen.

Maren trat näher an Olsen heran, ihre Augen fest auf ihn gerichtet. „Bist du dir sicher, dass er dort sein wird?" fragte sie leise, fast so, als würde sie hoffen, dass er es bestätigen könnte.

Olsen sah sie an und nickte langsam. „Er wird dort sein. Milojevic ist ein Kontrollfreak. Er wird diese Lieferung nicht aus den Augen lassen, und genau das wird sein Fehler sein. Er denkt, er sei uns einen Schritt voraus, doch diesmal haben wir den Vorteil der Überraschung auf unserer Seite."

Es war wie eine Wette, das wusste er. Doch alle Informationen, die sie hatten, deuteten darauf hin, dass dies die größte Waffen- und Drogenlieferung des Milojevic-Clans war. Milojevic würde sich nicht mit einem Stellvertreter zufriedengeben – er würde die Geschäfte persönlich überwachen, um sicherzustellen, dass alles reibungslos lief.

Die Stunden vor dem Einsatz vergingen langsam, fast quälend. Olsen hatte sich in sein Büro zurückgezogen, um die letzten taktischen Pläne zu durchdenken, als es plötzlich an der Tür klopfte. Jonas trat ein, seine Miene ernst, aber fest entschlossen.

„Alles ist bereit, Bernd," sagte er. „Die Einheiten sind in Position, und wir haben die Drohnen im Einsatz. Wir warten nur noch auf Milojevic."

Olsen nickte und erhob sich aus seinem Stuhl. „Gut. Sobald wir ihn im Visier haben, geben wir das Signal für den Zugriff. Ich will keine voreiligen Schritte. Kein Zugriff, bevor wir ihn nicht sicher haben."

Jonas hielt für einen Moment inne und sah seinen Mentor an. „Und was ist mit deiner Tochter? Ich weiß, dass Milojevic sie als Druckmittel benutzt."

Olsen atmete tief durch und verschränkte die Arme. „Sie ist in Sicherheit. Maren hat alles in Bewegung gesetzt, um sie zu schützen. Aber das darf uns nicht ablenken. Milojevic hat diese Drohung nicht zum Spaß ausgesprochen – er weiß, dass wir Druck spüren. Aber wir dürfen uns nicht erpressen lassen."

Jonas nickte langsam. „Wir machen das für sie. Für deine Familie und für all die Menschen, die Milojevic ins Visier genommen hat."

Olsen legte ihm die Hand auf die Schulter. „Danke, Jonas. Du bist ein guter Ermittler. Ich vertraue dir."

Mit diesen Worten verließ Olsen das Büro und trat hinaus in den Operationsraum, wo das Team bereitstand. Die Bildschirme zeigten Echtzeitaufnahmen der Überwachungsdrohnen, die über den Hafen schwebten. Jede Bewegung, jeder Schatten wurde registriert und analysiert. Es war nur noch eine Frage der Zeit.

Maren kam zu ihm, ihre Augen ruhig, aber voller Entschlossenheit. „Es wird bald losgehen, Bernd. Das SEK meldet erste Bewegungen im südlichen Teil des Hafens."

Olsen blickte auf die Monitore, sein Herzschlag beschleunigte sich. Dies war der Moment, auf den sie alle hingearbeitet hatten. Der Moment, in dem sie Milojevic endlich stellen konnten. „Bleib wachsam," sagte er. „Es wird gefährlich werden, sobald der Zugriff beginnt. Wir dürfen ihn nicht entkommen lassen."

Die Minuten vergingen, und die Spannung im Raum stieg ins Unermessliche. Jeder im Team wusste, was auf dem Spiel stand. Die Operation musste perfekt laufen – ein einziger Fehler, und Milojevic würde für immer verschwinden.

Endlich, nach scheinbar endlosen Stunden des Wartens, blinkte eine Meldung auf dem Bildschirm auf. Einer der Drohnen-Operatoren meldete sich: „Wir haben Bewegung! Eine Kolonne Fahrzeuge nähert sich dem Zielpunkt."

Olsen spürte, wie sich seine Muskeln anspannten. „Das muss er sein."

Maren trat neben ihn, ihre Augen auf den Bildschirm fixiert. „Bist du bereit, Bernd?"

Olsen nickte, sein Blick unverwandt auf die Bilder gerichtet. „Bereit, wenn du es bist. Milojevic kommt uns nicht noch einmal davon."

Der Moment war gekommen. Der finale Schlag gegen den Milojevic-Clan war nur noch eine Frage von Minuten. Alle Vorbereitungen, all die Monate harter Arbeit führten zu diesem Augenblick.

Showdown?

Die kalte Nacht am Hamburger Hafen war erfüllt von der leisen Anspannung, die in der Luft lag. Der Wind trug den salzigen Geruch des Meeres über das Hafengelände, während in der Ferne das metallische Kreischen der Kräne und das dumpfe Hämmern der Verladearbeiten zu hören waren. Doch tief im Schatten der Containerstapel und Lagerhallen wartete etwas viel Dunkleres.

Bernd Olsen stand mit zusammengepressten Lippen im Überwachungswagen, das Funkgerät in der Hand, und beobachtete die Monitore. Die Drohnenaufnahmen, welche die Lagerhäuser und das umliegende Gelände erfassten, zeigten die hektischen Bewegungen der Clanmitglieder, die auf den Beginn der Lieferung hindeuteten.

Dies war ihre Chance. Nach monatelangen Ermittlungen, Überwachungen und Rückschlägen hatte das Team nun alles auf eine Karte gesetzt. Miroslav Milojevic, der Mann, der für den Drogen- und Waffenhandel verantwortlich war, der quer durch Europa lief, würde heute Nacht vor Ort sein. Es war die größte Lieferung, die der Clan jemals durchgeführt hatte, und Milojevic selbst würde sie beaufsichtigen.

„Alle Einheiten in Position?" fragte Olsen ins Funkgerät.

„Bestätigt," kam die Antwort von Maren Starke. Ihre Stimme war ruhig, doch die Anspannung war spürbar. „Wir sind bereit. Warten auf dein Zeichen."

Olsen nickte stumm, obwohl ihn niemand sehen konnte. Die Nacht war zum Bersten geladen mit Spannung, und er wusste, dass dies ihr einziger Schuss war. Jeder wusste, dass Milojevic sie schon zu oft an der Nase herumgeführt hatte. Dieses Mal durfte es keinen Fehler geben.

Auf den Bildschirmen vor ihm sah Olsen die Clanmitglieder, die die Container öffneten und mit der Verladung der Ware begannen. Die Schatten, die über das Gelände huschten, bewegten sich mit geübter Präzision, als ob sie genau wüssten, dass dies eine ihrer wichtigsten Operationen war.

Dann, plötzlich, tauchte auf den Monitoren ein schwarzer SUV auf. Der Wagen rollte langsam über den verlassenen Asphalt, seine Scheinwerfer waren ausgeschaltet, und er hielt am Rande eines der großen Lagerhäuser. Die Tür öffnete sich, und zwei große Gestalten stiegen aus. Sie sicherten die Umgebung, blickten sich wachsam um. Einer von ihnen hielt eine Pistole in der Hand, der andere sprach in ein Funkgerät.

„Das muss er sein," flüsterte Jonas Holst, der neben Olsen stand.

„Warte," murmelte Olsen. „Wir müssen sicher sein."

Es vergingen quälende Sekunden, doch dann stieg eine weitere, imposante Gestalt aus dem SUV. Miroslav Milojevic selbst. Er bewegte sich ruhig, fast majestätisch, als ob er über die Szenerie herrschen würde. Sein massiver Körper war in einen dunklen Mantel gehüllt, und die Art, wie er durch den Schatten ging, ließ keinen Zweifel daran, dass er sich vollkommen sicher fühlte.

„Das ist er," bestätigte Olsen mit einem harten Blick. „Los, Zugriff!"

Mit einem Mal brach die Hölle los.

Das SEK stürzte aus allen Ecken des Hafengeländes, Blendgranaten explodierten, und der schrille Befehl hallte durch die Nacht: „Polizei! Hände hoch!" Die Clanmitglieder reagierten sofort – Waffen wurden gezogen, und innerhalb von Sekunden schoss eine Salve von Kugeln in Richtung der Einsatzkräfte. Das SEK-Team erwiderte das Feuer, und der Hafen verwandelte sich in ein Schlachtfeld.

Olsen und Maren warfen sich hinter einen Stapel von Containern, als Kugeln um sie herum einschlugen. „Verdammt, sie haben uns erwartet," murmelte Olsen, während er sich duckte und seine Pistole in die Hand nahm. Der Lärm des Feuergefechts war ohrenbetäubend. Kugeln prallten an den Metallwänden der Container ab, und die Clanmitglieder schossen wild um sich, während sie versuchten, Deckung zu finden.

Das SEK rückte systematisch vor, die Einsatzkräfte arbeiteten präzise, um die bewaffneten Gegner zu neutralisieren. Es war ein gnadenloser Kampf. Schreie hallten durch die Gassen des Hafens, und das Knistern von Funksprüchen vermischte sich mit den ohrenbetäubenden Schüssen.

Olsen warf einen Blick über die Kante des Containers, seine Augen suchten nach Milojevic. „Wo ist er?" rief er zu Maren, doch sie schüttelte nur den Kopf.

Plötzlich ertönte ein Knall – eine Explosion riss eine der Lagerhallen in Stücke. Eine Feuerwalze schoss in die Nacht, erhellte den Himmel und warf den Hafen in ein flammendes Licht. Das gesamte Gebiet bebte unter der Detonation, und für einen Moment herrschte völliges Chaos.

„Was zur Hölle war das?" schrie Jonas, der sich neben Olsen in Deckung geworfen hatte.

„Eine verdammte Ablenkung," rief Olsen zurück, während er aufsprang und durch die Flammen blickte. „Er nutzt das, um zu fliehen!"

Und tatsächlich – als sich der Rauch der Explosion etwas lichtete, sah Olsen, wie ein schwarzer Geländewagen mit quietschenden Reifen durch eine Seitengasse schoss. Der Wagen raste mit Höchstgeschwindigkeit über das Hafengelände, die Rücklichter im Nebel der Nacht kaum zu erkennen.

„Milojevic entkommt!" brüllte Olsen ins Funkgerät, während er losrannte. „Schließt die Ausgänge! Niemand darf hier raus!"

Doch es war zu spät. Der Wagen verschwand in der Dunkelheit, und die Möglichkeit, den Clanboss zu fassen, schien in den Schatten des Hafens zu verschwinden.

Zurück im Zentrum des Gefechts hatte das SEK die Lage unter Kontrolle gebracht. Die meisten Clanmitglieder lagen gefesselt am Boden, einige schwer verwundet, andere tot. Der Geruch von verbranntem Metall und Schießpulver hing schwer in der Luft, während die Einsatzkräfte das Gelände sicherten. Doch es war klar – der Hauptpreis, Miroslav Milojevic, war ihnen entwischt.

Olsen stand atemlos inmitten des Chaos, seine Augen fixierten die Gefangenen, doch sein Geist war bei dem Mann, der entkommen war. „Verdammt," murmelte er wütend. „Er war direkt vor uns."

Maren trat neben ihn, ebenfalls außer Atem. „Was jetzt?" fragte sie, doch in ihrer Stimme lag nicht nur Frustration, sondern auch die Erkenntnis, dass sie eine wichtige Gelegenheit verpasst hatten.

Olsen schüttelte den Kopf und trat zu einem der festgenommenen Clan-Mitglieder, der schwer verletzt am Boden lag. Er packte ihn am Kragen und zog ihn hoch. „Wo ist er hin?" fragte er, seine Stimme war kalt und schneidend. Der Mann spuckte Blut auf den Boden und lachte schwach.

„Zu spät, Kommissar," keuchte er. „Er ist weg... und du wirst ihn nie kriegen."

Olsen ließ ihn los und trat zurück. Doch als er sich umdrehte, fiel sein Blick auf etwas, das aus der Tasche eines anderen festgenommenen Clan-Mitglieds ragte – Papierfetzen. Mit einem schnellen Griff zog er die Dokumente heraus, und seine Augen weiteten sich, als er sie durchsah.

Es waren Listen. Namen, Orte, Konten. Die schiere Länge der Liste ließ Olsens Magen sich zusammenziehen.

Der Milojevic-Clan war nicht nur eine kriminelle Bande – es war ein globales Netzwerk, das sich durch ganz Europa zog, viel größer und gefährlicher, als Olsen jemals gedacht hatte.

„Maren... schau her," sagte er mit gedämpfter Stimme, während er ihr die Papiere zeigte.

Maren warf einen schnellen Blick auf die Dokumente, und ihr Gesicht erstarrte. „Es ist eine Hydra," murmelte sie. „Wir dachten, wir hätten einen Kopf abgeschlagen, aber für jeden Kopf, den wir entfernen, wachsen zwei neue nach."

Olsen nickte langsam, sein Blick auf die Nacht gerichtet. „Wir haben heute viele von ihnen gefasst, aber Milojevic..." Er ließ den Satz unvollendet. Die Bedrohung war nicht gebannt.

„Der Mann," fuhr Olsen fort, seine Stimme schwer von Zorn und Entschlossenheit, „ist immer noch da draußen. Und er wird nicht aufhören. Nicht, solange er atmet."

Maren trat einen Schritt zurück und starrte in die Dunkelheit, die den Hafen umgab. Der Lärm der Sirenen und das leise Stöhnen der verwundeten Clan-Mitglieder füllten die Luft, doch in Olsens Kopf war nur ein Gedanke: Milojevic hatte sie wieder überlistet. Trotz all der Festnahmen, der erfolgreichen Operation, war der Kopf der Schlange entkommen. Und schlimmer noch, die Dokumente in seinen Händen zeigten, dass Milojevic nur die Spitze eines riesigen, weitverzweigten Netzwerks war.

„Wir haben etwas erreicht," sagte Maren leise, als ob sie versuchte, die Situation ins Positive zu wenden. „Wir haben viele seiner Leute, und diese Liste... sie wird uns helfen, sein Netzwerk zu zerschlagen."

Olsen atmete tief ein, doch der Druck in seiner Brust ließ nicht nach. „Das wird ein Kampf sein, der noch lange nicht vorbei ist. Was wir heute entdeckt haben, zeigt nur, wie tief dieser Sumpf reicht. Drogen, Waffen, Menschenhandel – das alles ist nur die Oberfläche."

Er hielt inne, sah Maren an und sprach weiter: „Milojevic hat uns heute Nacht gezeigt, dass er bereit ist, alles zu opfern, um sein Imperium zu schützen. Und er wird wieder zuschlagen. Härter, gefährlicher, und diesmal wird er keine halben Sachen machen."

Maren nickte, ihre Augen schmal. „Er weiß jetzt, dass wir ihm nah auf den Fersen sind. Er wird wilder und unberechenbarer werden."

Olsen blickte erneut auf die Liste, die in seinen Händen lag. Die Namen darauf fühlten sich an wie Schlangen, die sich um seinen Verstand wickelten, jede einzelne eine weitere Bedrohung, die im Verborgenen lauerte. Er wusste, dass die Festnahmen von heute Nacht ein Erfolg waren, aber sie hatten nur an der Oberfläche gekratzt.

Die Hydra, die der Milojevic-Clan war, hatte viele Köpfe – und jeder Kopf repräsentierte eine neue Gefahr.

„Wir haben noch viel Arbeit vor uns," sagte Olsen schließlich und schob die Liste in seine Tasche. „Der Krieg ist noch lange nicht vorbei."

Das Team begann, die restlichen Clan-Mitglieder abzuführen. Die Sirenen der abfahrenden Polizeiwagen verstärkten das Gefühl, dass der Zugriff zwar ein Erfolg war, aber der Sieg nicht vollkommen. Milojevic war nicht nur ein einfacher Verbrecher – er war das Zentrum eines Netzwerks, das tief in die europäische Unterwelt verzweigt war.

Olsen stand einen Moment lang still und ließ die Ereignisse der Nacht an sich vorbeiziehen. Die Detonation, der Schusswechsel, die Festnahmen – es war ein blutiger Kampf gewesen. Doch trotz all ihrer Bemühungen war der Feind entkommen.

Milojevic war irgendwo dort draußen, vielleicht schon dabei, die nächsten Schritte zu planen.

„Bernd," sagte Maren, ihre Stimme ruhiger jetzt, als die Hektik des Gefechts nachließ. „Wir werden ihn kriegen. Vielleicht nicht heute, aber wir werden ihn kriegen."

Olsen nickte, doch in seinen Gedanken formten sich schon die nächsten Schritte. „Das werden wir," sagte er schließlich. „Aber wir müssen schneller sein. Cleverer. Er hat immer einen Fluchtplan, und das war heute Nacht nicht anders. Wir dürfen ihm nicht noch einmal die Chance geben, zu entkommen."

Mit diesen Worten machte sich Olsen auf den Weg zurück zum Einsatzwagen. Die Nacht war noch nicht vorbei, und der Kampf gegen den Milojevic-Clan war gerade erst in eine neue Phase eingetreten. Die Hydra hatte mehr Köpfe, als sie dachten – aber Olsen würde nicht ruhen, bis der letzte gefallen war.

Die hektischen Geräusche des Hafens waren längst verstummt. Was übrig blieb, war eine bedrückende Stille, die nur durch die Polizeisirenen und das gelegentliche Murmeln der Einsatzkräfte unterbrochen wurde.

Der Boden des Hafens war übersät mit Schutt, Patronenhülsen und den Überresten des Feuergefechts. Der Rauch der Explosion, die den Zugang zur Lagerhalle in Trümmern hinterlassen hatte, hing noch schwer in der Luft.

Olsen stand abseits der Szenerie, während das SEK-Team sicherte, was sie konnten. Der Showdown war vorbei. Doch der Nachgeschmack, der in seinem Mund blieb, war bitter.

Der große Coup, auf den er und sein Team so lange hingearbeitet hatten, hatte einen entscheidenden Fehler: Milojevic war entkommen. Und das bedeutete, dass die Gefahr weit davon entfernt war, gebannt zu sein.

„Bernd," Maren trat neben ihn, ihre Stimme leise und ernst. „Die Festnahmen laufen gut. Wir haben die meisten von ihnen erwischt."

Olsen nickte, doch seine Augen blieben auf die dunklen Gassen gerichtet, in denen der schwarze SUV verschwunden war. „Es ist nicht genug," murmelte er. „Wir haben die Soldaten, aber der General ist uns entwischt. Und das bedeutet, dass er neu mobilisieren wird."

Maren warf ihm einen besorgten Blick zu, während sie ihren Mantel enger um sich zog. Der Wind hatte aufgefrischt, die Kälte der Nacht drang durch ihre Kleidung und schien ihre Gedanken noch schwerer zu machen. „Wir haben einen großen Schlag gegen sein Netzwerk geführt, Bernd. Viele seiner Leute sind festgenommen, und wir haben Dokumente, die uns helfen werden, ihn weiter zu jagen." Sie wollte ihn beruhigen, doch beide wussten, dass der wahre Sieg noch in weiter Ferne lag.

Olsen schloss für einen Moment die Augen und atmete tief durch. „Ja, wir haben sie erwischt," sagte er schließlich. „Aber was wir heute Nacht getan haben, ist nur ein kleiner Schritt. Milojevic hat genug Macht und Verbindungen, um seine Operationen aus dem Untergrund fortzusetzen. Solange er frei ist, bleibt die Gefahr bestehen."

Er ging ein paar Schritte weiter, seine Stiefel klangen dumpf auf dem Beton. Jonas trat ebenfalls hinzu, sein Gesicht war von dem Einsatz gezeichnet. Der junge Ermittler wirkte erschöpft, aber auch frustriert.

„Ich verstehe nicht, wie er uns wieder entkommen konnte," sagte Jonas und fuhr sich durch das zerzauste Haar. „Wir hatten alles geplant. Jede Fluchtroute war abgedeckt, aber er hat es trotzdem geschafft."

Olsen drehte sich zu ihm um, seine Augen voller Zorn und Bitterkeit. „Er ist ein Meister der Flucht, Jonas. Das war nicht das erste Mal, dass er uns entwischte, und es wird nicht das letzte Mal sein, wenn wir nicht schneller und besser werden."

Seine Stimme war hart, doch sie trug auch die Last der vergangenen Jahre, in denen er immer wieder gegen den Milojevic-

Clan gekämpft hatte – ein Kampf, der ihn beinahe ausgebrannt zurückgelassen hatte.

Maren versuchte, die Stimmung zu heben. „Wir haben trotzdem einen großen Erfolg erzielt. Es wird dauern, bis er sich von diesem Schlag erholt."

Olsen nickte langsam. „Ja, aber du weißt, wie dieser Mann arbeitet. Er wird die Zeit, die wir ihm gegeben haben, nutzen, um sich noch tiefer einzugraben. Wir haben ihm einen Teil seiner Leute genommen, aber das sind alles Bauern. Die Schachfiguren, die leicht zu ersetzen sind. Solange der König lebt, ist das Spiel nicht vorbei."

Er warf einen letzten Blick auf die Szenerie, die wie ein Kriegsschauplatz aussah. „Milojevic wird nicht aufhören. Er wird neue Leute rekrutieren, neue Wege finden, seine Drogen und Waffen zu verschieben. Und das Schlimmste ist: Wir wissen nicht, wo er jetzt ist."

Die Wucht dieser Erkenntnis traf Olsen hart. Sie hatten alles auf diesen Einsatz gesetzt, monatelang geplant, um den Milojevic-Clan endlich zu zerschlagen. Doch nun, wo der Rauch sich legte und die Sirenen in der Ferne heulten, wurde klar, dass Milojevic sich in den Untergrund abgesetzt hatte.

Und genau dort war er am gefährlichsten. Niemand wusste, wo er sich versteckt hielt, oder wann er wieder zuschlagen würde.

„Er wird Bereiche neu aufbauen," sagte Olsen leise, fast zu sich selbst. „Das tut er immer. Solange wir ihn nicht haben, wird er immer wiederkommen. Es wird nie aufhören."

Jonas trat näher, seine Augen ernst. „Was tun wir jetzt? Warten, bis er wieder auftaucht?"

Olsen sah ihm direkt in die Augen. „Nein. Wir warten nicht. Wir gehen ihm nach. Er wird sich im Untergrund verstecken, aber wir haben jetzt etwas, das wir vorher nicht hatten: diese Liste."

Er zog die Papiere aus seiner Jackentasche und hielt sie hoch. „Das ist unsere Spur. Jeder Name, der hier steht, ist ein möglicher Hinweis darauf, wo Milojevic ist."

Maren nickte entschlossen. „Das heißt, wir haben Arbeit vor uns. Wir müssen die Verbindungen auf dieser Liste durchleuchten. Jedes einzelne Glied in seiner Kette ist eine potenzielle Schwachstelle."

Olsen steckte die Liste zurück in seine Jacke und atmete tief durch. „Das wird eine Jagd, die sich hinziehen wird. Wir müssen uns darauf einstellen, dass er uns in eine Falle locken wird, wenn er merkt, dass wir ihn zu nah bedrängen. Aber diesmal lassen wir nicht locker."

Es herrschte einen Moment lang Stille, bevor Maren mit fester Stimme sagte: „Wir kriegen ihn. Irgendwann kriegen wir ihn."

Olsen nickte. „Ja, das werden wir. Doch bis dahin ist die Gefahr nicht gebannt. Und es wird immer schlimmer werden, je tiefer wir in dieses Netz eindringen."

Der Wind nahm wieder zu, und die dunklen Schatten des Hafens zogen sich weiter über das Gelände. Die Festnahmen waren ein großer Erfolg, doch der Kopf der Organisation war noch immer in Freiheit. Milojevic war ein Meister der Versteckspiele, und im Untergrund war er praktisch unsichtbar. Solange sie ihn nicht fingen, war Hamburg – und ganz Europa – weiterhin in Gefahr.

„Wir sind noch nicht fertig," murmelte Olsen. „Wir haben den Clan geschwächt, aber er wird zurückschlagen. Härter. Brutaler."

Maren nickte langsam. „Und wenn er das tut, werden wir bereit sein."

Der Hafen war wieder ruhig, doch in Olsens Gedanken tobte immer noch ein Sturm. Die Operation, die sie über mehrere Wochen akribisch vorbereitet hatten, war zwar nicht gescheitert, aber sie hatte ihm eines schmerzhaft klargemacht: Der Milojevic-Clan war nicht zu unterschätzen. Jeder festgenommene Kriminelle, jede Menge beschlagnahmter Drogen und Waffen waren nur winzige Siege in einem viel größeren Kampf. Der wahre Krieg war noch lange nicht vorbei.

Olsen stand vor der großen Lagerhalle, deren zertrümmerte Überreste noch immer rauchten. Die Explosion, die Milojevics Flucht ermöglicht hatte, war ein weiterer Beweis für seine Planungssicherheit. Nichts war zufällig. Es war, als hätte er jeden Schritt vorausgesehen und eine Hydra hinterlassen, die weiterwuchs, während die Polizei verzweifelt versuchte, ihr einen Kopf nach dem anderen abzuschlagen.

Maren trat leise zu ihm und blickte über das Hafengelände, das sich in eine Schlachtzone verwandelt hatte. „Wir haben heute gewonnen, aber es fühlt sich nicht so an, oder?" Ihre Stimme war fest, aber die Enttäuschung war spürbar. „Zu viele Fragen bleiben offen."

Olsen nickte, ohne den Blick von den Überresten der zerstörten Halle zu lösen. „Wir haben das Gefühl, dass wir Fortschritte machen, doch je tiefer wir graben, desto mehr entdecken wir, wie weit sich dieses Netzwerk erstreckt." Er zog die Liste der Clanmitglieder aus seiner Tasche und ließ sie in seinen Händen rascheln. „Es ist seltsam aber eigentlich doch klar, Maren. Für jeden Verhafteten stehen zwei neue bereit. Und wir wissen nicht einmal, wer die Drahtzieher hinter diesen Namen sind."

Die Dokumente, die sie während des Zugriffs gefunden hatten, waren voller Namen, Telefonnummern, Konten, Orte, die sich über ganz Europa erstreckten. Doch diese Daten waren nur ein kleiner Einblick in die riesigen Strukturen, die unter der Oberfläche verborgen lagen. Olsen konnte förmlich spüren, wie Milojevics Netzwerk an neuen Plänen arbeitete, um sich nach dem Verlust der Männer neu aufzustellen.

Der Clan würde nicht einfach zerbrechen, nur weil einige Handlanger ausgeschaltet wurden. Stattdessen würde er sich im Verborgenen neuformieren, während sie im Dunkeln tappten.

„Wir haben nur an der Oberfläche gekratzt," murmelte Olsen, mehr zu sich selbst als zu Maren. „Für jede Zelle, die wir zerschlagen, wachsen irgendwo neue Verbindungen. Wir kämpfen gegen eine Organisation, die so tief verwurzelt ist, dass wir kaum erkennen können, wo der nächste Angriff herkommt."

Maren trat näher, ihre Augen ernst, als sie die Liste durchlas. „Und was ist mit den Namen auf dieser Liste? Könnte das nicht der Schlüssel sein, um die nächste Ebene zu erreichen?"

Olsen schüttelte langsam den Kopf. „Es sind nur Namen, ohne Gesichter oder Hintergründe. Einige dieser Leute sind vielleicht schon längst untergetaucht, andere könnten nur kleine Fische im großen Spiel sein. Aber auch wenn wir jeden Einzelnen festnehmen, wird Milojevic neue Leute finden. Sein Netzwerk ist größer, als wir jemals angenommen haben."

Die Frustration stieg in Olsen auf. Sie hatten so viel erreicht, doch am Ende war der Kern der Organisation immer noch intakt. „Der Clan funktioniert wie ein lebendes Wesen," fuhr er fort, seine Augen verengt vor Anspannung. „Egal, was wir tun, er passt sich an, verändert seine Struktur. Milojevic mag der Kopf sein, aber die Tentakel reichen überall hin."

Jonas trat zu ihnen, seine Schultern hingen herab vor Erschöpfung. „Bernd, was machen wir jetzt? Die Liste durchgehen? Verhöre?" Er klang wie jemand, der Antworten suchte, aber Olsen wusste, dass es keine einfachen Antworten gab.

„Ja, Jonas," sagte Olsen, die Müdigkeit in seiner Stimme war unverkennbar. „Wir werden die Liste durchgehen. Aber wir müssen damit rechnen, dass es Monate dauern könnte, bis wir alle Informationen zusammengetragen haben. Und selbst dann..."

Er hielt inne und seufzte. „Selbst dann wissen wir nicht, ob wir wirklich näher an Milojevic dran sind."

Es war ein schmerzhafter Gedanke, doch die Realität war oft grausamer als jeder Plan. Olsen wusste, dass es nur eine Frage der Zeit war, bis Milojevic wieder auftauchte – vielleicht an einem anderen Ort, mit neuen Verbündeten und neuen Methoden.

„Wir haben einen Sieg errungen," sagte Olsen schließlich, während er die Liste in seine Jacke steckte. „Aber es ist kein vollständiger Sieg. Solange Milojevic frei ist, bleibt die Bedrohung bestehen. Und solange er im Untergrund agiert, kann er weitermachen, was er seit Jahren tut: sein Netzwerk stärken, neue Leute rekrutieren, neue Strukturen aufbauen."

Maren sah ihn an, ihre Stirn in Falten gelegt. „Also was ist der nächste Schritt?"

„Wir machen weiter," antwortete Olsen mit entschlossener Stimme. „Wir gehen jedem Namen auf dieser Liste nach. Wir fangen an, die Verbindungen zu entwirren, bis wir den Kern erreicht haben. Es gibt keine Alternative. Milojevic muss fallen, bevor er noch mehr zerstört."

Solange Milojevic im Verborgenen blieb, war jede Operation, die sie durchführten, nur ein Schlag gegen eine einzelne Facette des Netzwerks. Der wahre Feind blieb verborgen, geschützt durch Schichten aus Mittelsmännern und Strohleuten, die bereit waren, sich für ihn zu opfern.

Olsen wusste, dass der Weg, der vor ihm lag, noch lange und gefährlich war. „Das war nur der Anfang," sagte er leise, während er seinen Blick erneut über das zerstörte Hafengelände schweifen ließ. „Wir haben heute einen Schritt gemacht, aber Milojevic ist immer noch draußen. Wir haben es mit etwas zu tun, das größer ist, als wir jemals gedacht haben. Der Kampf ist noch lange nicht vorbei."

Maren nickte. „Es fühlt sich manchmal so an, als würden wir gegen einen Schatten kämpfen. Aber wir müssen diesen Schatten jagen, egal wie lange es dauert."

Olsen drehte sich zu ihr um, die Müdigkeit in seinen Augen wurde von einer glühenden Entschlossenheit überdeckt.

„Wir werden diesen Schatten fangen. Und wenn wir das tun, werden wir dafür sorgen, dass er nie wieder ins Licht tritt."

Die Nacht war nun stiller geworden, doch die offenen Fragen und ungelösten Geheimnisse schwebten weiterhin wie eine schwere Last über dem Team.

Der Krieg würde weitergehen – in den dunklen Gassen der Städte, den Schatten der Unterwelt und in den Seelen derjenigen, die ihn führen mussten.

Osteuropa

Der Morgennebel hing schwer über dem Hamburger Hafen, als
Bernd Olsen in den Flur des LKA Hamburg trat. Der Regen
hatte die Straßen nass gemacht, und die Stadt wirkte in diesem Licht noch trostloser als sonst. Es war die Art von
grauem, endlosem Wetter, das die Menschen müde und zermürbt zurückließ.

Für Olsen war es ein Spiegelbild seiner eigenen Stimmung. Der
Sieg, den sie bei der Razzia errungen hatten, fühlte sich unvollständig an. Sie hatten viele der Clanmitglieder gefasst, aber
Jovan Milojevic, der Mann, der hinter allem stand, war ihnen
wieder einmal entwischt.

Maren Starke saß bereits an ihrem Schreibtisch, als Olsen das
Büro betrat. Der Duft von kaltem Kaffee erfüllte den Raum,
während die Stille durch das gelegentliche Klicken der Tastatu-
ren seiner Kollegen unterbrochen wurde. Olsen ging zu seinem
Schreibtisch, ließ sich auf den Stuhl fallen und starrte für einen Moment auf die Papiere vor sich, doch seine Gedanken
waren bei Milojevic.

„Wo steckst du, du verdammter Bastard?", dachte er, während
die Ereignisse der letzten Tage in seinem Kopf wirbelten.

Es war nur eine Frage der Zeit, bis Milojevic wieder zuschlug,
aber das Schlimmste daran war, dass er im Schatten agierte.
Er konnte überall sein. Das Telefon auf Olsens Schreibtisch
summte plötzlich und riss ihn aus seinen Gedanken.

„Olsen," meldete er sich.

„Bernd, komm rüber," ertönte Marens Stimme am anderen
Ende der Leitung. „Es gibt Neuigkeiten von Europol. Du solltest das sehen."

Ein plötzlicher Stich der Anspannung durchzuckte Olsen, als er aufstand und in Marens Büro trat. Sie hatte eine verschlüsselte Nachricht auf dem Bildschirm geöffnet, und ihr Gesichtsausdruck sagte alles. Dies war wichtig.

„Was gibt es Neues?" fragte Olsen, als er sich zu ihr beugte und auf den Monitor starrte.

„Eine Meldung von Europol aus Den Haag," antwortete Maren knapp und drückte auf Play.

Die Stimme aus dem Lautsprecher war ruhig, fast nüchtern.

„Bernd, wir haben eine bestätigte Spur. Quellen berichten, dass Milojevic Hamburg verlassen hat. Er hat sich in sein Netzwerk in Osteuropa abgesetzt. Unsere Kontakte in Serbien und Montenegro haben bestätigt, dass er vermutlich in Belgrad oder in den Bergen von Montenegro untergetaucht ist. Er hat dort mächtige Verbündete."

Ein leises Zischen entwich Olsens Lippen. „Verdammt." Das war zwar keine Überraschung, aber es machte die Sache nun komplizierter.

Serbien und Montenegro waren für Männer wie Milojevic absolut sichere Häfen – Orte, an denen das Gesetz oft nur eine vage Vorstellung war. Er hatte sich in den Schutz von Verbündeten geflüchtet, die tief in der Politik und Wirtschaft verwurzelt waren. Diese Länder boten ihm den perfekten Unterschlupf, fernab von den europäischen Strafverfolgungsbehörden, die ihn in Hamburg fast erwischt hätten.

„Hier wird es interessant," sagte Maren und scrollte durch den Rest der Nachricht. „Milojevic ist nicht nur ein Krimineller, er hat Verbindungen zu hochrangigen Politikern und einflussreichen Geschäftsleuten in beiden Ländern. Einige Berichte deuten darauf hin, dass er sogar Unterstützung vom serbischen Geheimdienst erhalten könnte."

Olsen lehnte sich gegen den Schreibtisch, die Arme verschränkt, während er diese Informationen auf sich wirken ließ. „Das bedeutet, er wird dort geschützt," murmelte er.

„Das macht alles schwieriger. Wenn er Verbindungen in die Regierung hat, werden wir in einem Minenfeld aus Korruption und verschleierten Allianzen operieren müssen."

„Genau," bestätigte Maren. „Wir werden keine Hilfe von den lokalen Behörden erwarten können. Sie könnten uns eher behindern als unterstützen. Einige von ihnen profitieren wahrscheinlich direkt von Milojevics Aktivitäten."

Olsen ging im Raum auf und ab, seine Gedanken rasten. Der Milojevic-Clan war schon immer ein schwer fassbares Ziel gewesen, aber das hier – Milojevic, der sich in den Bergen von Montenegro versteckte, geschützt von einem Netzwerk aus Politikern, Geheimdiensten und Kriminellen – das war ein anderes Level.

„Es wird nicht reichen, ihn einfach zu jagen," dachte Olsen. „Wir müssen ihn aus seinem Versteck herauslocken."

Er blieb vor Maren stehen und sagte laut: „Wir müssen selbst nach Serbien und Montenegro. Wenn wir uns auf Informationen von außen verlassen, wird er immer einen Schritt voraus sein. Wir müssen ihn direkt verfolgen, in seinem eigenen Revier."

Maren sah ihn an, als würde sie seine Worte abwägen.

„Das wird riskant, Bernd. Du weißt, dass es dort drüben anders läuft als hier. Die Gesetze... naja, sie sind flexibel. Die Leute, die ihn schützen, werden nicht zögern, uns Steine in den Weg zu legen – oder schlimmer."

Olsen nickte. „Ich weiß, Maren. Aber wir haben keine andere Wahl. Wenn er sich dort festsetzt, wird er von einem kriminellen Netzwerk geschützt, das wir hier nicht einmal ansatzweise durchdringen können. Wir müssen ihn jagen, bevor er sich neu organisiert."

Maren schwieg eine Weile, dann seufzte sie. „Du hast recht. Aber wir müssen vorbereitet sein. Wir brauchen Verbündete vor Ort, Leute, die uns helfen können, ohne dass die serbischen oder montenegrinischen Behörden uns sabotieren."

Olsen nickte erneut, während er die Europakarte auf seinem Laptop öffnete und den Finger über die osteuropäischen Länder gleiten ließ. „Wir werden Kontakte bei Europol nutzen müssen, um uns Zugang zu verschaffen. Und vielleicht gibt es dort noch jemanden, den wir ansprechen können."

„Wen meinst du?" fragte Maren neugierig.

Olsen hielt inne und überlegte kurz. „Es gibt da jemanden... einen alten Kontakt, den ich während meiner Zeit bei Europol kennengelernt habe. Ein ehemaliger Polizist aus Belgrad. Damals war er ein aufrechter Mann, aber er hat sich aus dem System zurückgezogen, als es zu korrupt wurde. Vielleicht kann er uns helfen."

Maren runzelte die Stirn. „Meinst du wirklich, er wird uns helfen? Wenn er sich aus dem System zurückgezogen hat, könnte er das aus gutem Grund getan haben."

Olsen zuckte mit den Schultern. „Vielleicht. Aber wir brauchen alle Hilfe, die wir kriegen können. Er kennt das Land, die Leute und die Strukturen. Wenn irgendjemand uns in Serbien unterstützen kann, dann er."

Es war ein schmaler Grat, auf dem sie sich bewegen mussten. Olsen wusste, dass Milojevic tief in die Machtstrukturen von Serbien und Montenegro verwoben war. Die Drogen- und Waffenrouten, die durch diese Länder verliefen, waren der Lebensnerv seiner Organisation.

Der Schutz, den er von Politikern und einflussreichen Persönlichkeiten erhielt, machte ihn nahezu unangreifbar.

Und die Tatsache, dass er jetzt direkt unter dem Schutz dieser Leute operierte, bedeutete, dass sie sehr vorsichtig vorgehen mussten.

Doch Olsen war nicht bereit, aufzugeben. „Wenn Milojevic denkt, er kann sich in Serbien und Montenegro verstecken, dann irrt er sich. Wir werden ihn jagen, egal wo er hingeht."

Er drehte sich zu Maren um, seine Augen funkelten vor Entschlossenheit. „Mach dich bereit. Wir fliegen nach Belgrad. Wir werden nicht warten, bis er den nächsten Schritt macht. Wir müssen ihm zuvorkommen."

Maren nickte langsam, ihre Augen voll von der Last des bevorstehenden Kampfes. „Ich werde alles vorbereiten. Es wird nicht leicht, aber wenn jemand Milojevic dort erwischen kann, dann wir."

Olsen warf einen letzten Blick auf die Karte. Belgrad. Montenegro. Orte, die für ihre brutalen kriminellen Netzwerke bekannt waren. Doch für ihn waren sie jetzt mehr als nur Punkte auf der Karte. Sie waren der nächste Schauplatz in der Jagd auf Milojevic. Und er war bereit, alles zu riskieren, um diesen Mann zu fassen.

Die Anspannung lag schwer in der Luft, als Olsen, Maren und Jonas ihre letzten Vorbereitungen für den Flug nach Belgrad trafen. Es war früh am Morgen, der Hamburger Himmel grau, als sie im Besprechungsraum des LKA noch einmal die Dokumente durchgingen, die ihnen von Europol zur Verfügung gestellt worden waren. Jovan Milojevic war nach Osteuropa geflohen, und sie würden ihn dorthin verfolgen müssen, egal wie gefährlich es war.

„Das ist eine komplett andere Welt da drüben," sagte Jonas leise und blätterte durch die Unterlagen, in denen die Verstrickungen des Milojevic-Clans in Serbien und Montenegro dokumentiert waren. „Wir werden dort auf Korruption und Widerstand stoßen."

Olsen nickte langsam, während er die Europakarte auf dem Bildschirm betrachtete. „Das ist mir klar. Aber es gibt keine andere Wahl. Wir müssen hin. Wenn wir Milojevic hier nicht fassen konnten, dann werden wir ihn dort erwischen – in seinem eigenen Netz."

Wenige Stunden später saßen sie am Hamburger Flughafen, die ernste Stimmung ließ keinen Raum für Smalltalk. Der Flug war eine nüchterne Angelegenheit. Während das Flugzeug sanft durch die Wolken aufstieg, blickte Olsen aus dem Fenster und dachte an die bevorstehenden Herausforderungen. Belgrad war keine einfache Stadt für jemanden wie ihn – ein Polizist, der versuchte, sich in einem Netz aus Kriminalität, Korruption und Politik zu bewegen.

Es war eine Stadt, die sich an vielen Orten ihrer düsteren Vergangenheit nicht entledigt hatte, eine Stadt, die in den Schatten lebte und die Geheimnisse ihrer dunklen Seite gut hütete.

Maren saß neben ihm und tippte auf ihrem Laptop, während Jonas mit verschränkten Armen nachdenklich aus dem Fenster starrte. Keiner sprach. Es war, als würde jeder für sich verarbeiten, was sie erwartete.

Die Landung in Belgrad verlief reibungslos. Der Flughafen war von der typischen Hektik eines internationalen Drehkreuzes erfüllt, doch Olsen konnte die unterschwellige Spannung spüren. Dies war kein Territorium, in dem sie sich sicher bewegen konnten. Als sie durch die Passkontrolle gingen, spürte er die Blicke der Beamten auf sich ruhen – ein instinktives Gefühl, dass sie bereits beobachtet wurden.

Draußen am Flughafen wartete ein unscheinbares Taxi auf sie, und sie fuhren durch die geschäftigen Straßen der Hauptstadt. Belgrad war eine Stadt, die in Bewegung war, doch Olsen spürte, dass sich unter der Oberfläche etwas ganz anderes abspielte. Die Gebäude wirkten verwittert, und die Menschen auf den Straßen hatten einen Ausdruck, der sowohl von Härte als auch von Resignation geprägt war.

Hier war die kriminelle Unterwelt allgegenwärtig, auch wenn sie sich hinter Fassaden und politischen Allianzen verbarg.

Nach einer kurzen Fahrt erreichten sie ihr Hotel im Zentrum der Stadt. Die Sonne begann gerade unterzugehen, als Olsen durch die breiten Fenster auf die belebten Straßen blickte. Dies war das Herz von Milojevics Operationsgebiet.

Tief in den Schatten dieser Stadt operierte der Clan ungestört, beschützt durch eine politische Elite, die kein Interesse daran hatte, ihre Macht und ihre Gewinne zu gefährden.

Am nächsten Morgen trafen sie sich im kleinen Konferenzraum des Hotels, um ihre nächsten Schritte zu planen. Maren Starke betrat den Raum mit einem Stapel Dokumente in der Hand und einem nachdenklichen Gesichtsausdruck.

„Ich habe mit den serbischen Behörden gesprochen," begann sie, während sie die Unterlagen auf den Tisch legte. „Aber..."

Olsen hob eine Augenbraue. „Lass mich raten – sie machen Schwierigkeiten?"

Maren nickte und ließ sich auf den Stuhl fallen. „Mehr als nur Schwierigkeiten. Es ist, als ob wir gegen eine unsichtbare Wand rennen. Sie geben vor, kooperieren zu wollen, aber jedes Mal, wenn wir konkrete Unterstützung anfordern, werden wir abgewiesen. Angeblich fehlt es an Ressourcen, oder die Informationen seien nicht verfügbar."

Olsen presste die Lippen zusammen und spürte, wie die Anspannung in ihm wuchs. „Korruption," sagte er leise. „Milojevic hat seine Finger tief im serbischen Machtapparat. Die Beamten, mit denen wir hier sprechen, könnten genauso gut auf seiner Gehaltsliste stehen."

Maren seufzte und blätterte durch ihre Notizen. „Das Gefühl habe ich auch. Es scheint, als ob niemand daran interessiert ist, ihn wirklich zu fassen. Sie geben uns gerade genug, damit es so aussieht, als würden sie helfen, aber in Wirklichkeit wird jeder unserer Schritte behindert."

Olsen nahm eine Tasse Kaffee in die Hand und ging zum Fenster, während er die Szene überdachte. „Das wird hier viel komplizierter, als wir dachten. Milojevic hat Freunde in den höchsten Ebenen, und diese Freunde haben kein Interesse daran, dass wir ihnen zu nahekommen."

„Wenn wir so weitermachen, werden wir ihn nie fassen," meldete sich Jonas Holst, der in der Ecke des Raumes stand. „Es ist wie eine Mauer, die sich jedes Mal aufbaut, sobald wir versuchen, etwas Konkretes zu unternehmen."

Olsen nickte, sein Gesicht angespannt. „Wir brauchen die Unterstützung der Behörden hier. Aber solange Milojevic Verbindungen zur Politik und Wirtschaft hat, werden wir nichts von ihnen bekommen. Er wird beschützt – und das macht ihn noch gefährlicher."

Maren legte die Dokumente beiseite und sah ihn direkt an. „Du hast recht, Bernd. Es geht hier nicht nur um einen Kriminellen, sondern um ein ganzes Netzwerk. Politiker, Geschäftsleute, vielleicht sogar hochrangige Beamte – sie alle profitieren von Milojevics Operationen. Kein Wunder, dass sie uns blockieren."

Olsen dachte eine Weile nach, während er die Karte auf dem Tisch betrachtete, auf der die vermuteten Standorte von Milojevics Operationszentren markiert waren.

Serbien war kein Land, in dem man einfach agieren konnte. Das System war genauso tief in die Unterwelt verstrickt wie die kriminellen Organisationen, die es eigentlich bekämpfen sollte.

„Das bedeutet," begann Olsen langsam, „dass wir nicht auf die offizielle Zusammenarbeit zählen können. Wir müssen alternative Wege finden, um an Informationen zu kommen."

Jonas schüttelte den Kopf. „Wenn wir keinen Zugang zu den Daten und Ressourcen der lokalen Polizei haben, wie wollen wir dann vorankommen? Wir sitzen hier im Dunkeln, und Milojevic weiß das."

„Es gibt immer Wege," sagte Olsen fest. „Vielleicht keine offiziellen, aber Wege. Wenn die Polizei uns nicht hilft, dann müssen wir uns auf andere Informationsquellen verlassen."

Maren sah ihn neugierig an. „Was hast du im Sinn?"

Olsen trat von der Karte weg und stellte die Kaffeetasse auf den Tisch. „Wir brauchen jemanden, der das System von innen kennt, aber nicht mehr Teil davon ist. Einen ehemaligen Polizisten, einen Ermittler, der genug gesehen hat, um zu wissen, wie das Spiel hier läuft, aber auch bereit ist, uns zu helfen."

Maren dachte nach. „Du hast doch von einem alten Kontakt in Belgrad gesprochen. Der Mann, der sich aus dem System zurückgezogen hat?"

Olsen nickte. „Ja, ich kenne jemanden. Er war früher bei der Kriminalpolizei hier in Belgrad, aber als die Korruption überhandnahm, hat er sich zurückgezogen. Ich bin mir nicht sicher, ob er uns helfen wird, aber er ist einer der wenigen, denen ich hier vertraue."

Jonas sah skeptisch aus. „Und was, wenn er nicht will? Was, wenn er sich weigert, uns in diese Sache hineinzuziehen?"

Olsen zuckte mit den Schultern. „Dann suchen wir weiter. Aber wir müssen es versuchen. Wenn wir hier Erfolg haben wollen, brauchen wir Leute, die uns Zugang zu den Strukturen geben, die uns blockieren."

Maren stand auf und ging zum Fenster, während sie auf die Straßen unter ihnen hinabsah. „Es wird nicht einfach, Bernd. Du weißt, was auf dem Spiel steht. Milojevic hat mächtige Freunde, und wenn wir ihnen zu nahekommen, könnten wir in echte Schwierigkeiten geraten."

Olsen sah sie an, seine Augen hart und entschlossen. „Das ist mir klar. Aber wir haben keine Wahl. Milojevic ist nicht nur ein Krimineller – er ist das Zentrum eines Netzwerks, das weit über Serbien hinausreicht. Wenn wir ihn nicht aufhalten, wird er weiterwachsen, bis er unantastbar ist."

Die Stimmung im Raum war ernst. Jeder von ihnen wusste, dass sie vor einer der schwierigsten Phasen ihrer Ermittlungen standen. Die Gefahr war real, und sie bewegten sich auf gefährlichem Terrain. Doch es gab keine andere Wahl. Milojevic musste gestoppt werden, egal wie viele Hürden sie überwinden mussten.

Olsen nahm seine Jacke und nickte den anderen zu. „Wir gehen zu meinem Kontakt. Wenn irgendjemand uns weiterhelfen kann, dann er. Seid auf alles vorbereitet. Wir betreten jetzt den Untergrund."

Die Luft im Konferenzraum des kleinen Hotels war stickig, die Atmosphäre geladen. Olsen, Maren Starke und Jonas Holst saßen um den ovalen Tisch, auf dem sich Akten und Laptops stapelten.

Es war der dritte Tag in Belgrad, und die Stimmung im Team hatte sich deutlich verändert. Was als entschlossene Jagd begonnen hatte, war nun zu einem zähen Kampf gegen unsichtbare Mauern geworden.

Der Milojevic-Clan war immer einen Schritt voraus, und obwohl sie hart arbeiteten, schien es, als würden sie nie wirklich Fortschritte machen.

Olsen konnte die Spannung in der Luft spüren. Es lag etwas Ungesagtes zwischen ihnen, etwas, das sich mit jedem gescheiterten Versuch, an Informationen zu kommen, mehr und mehr verdichtete.

„Das bringt alles nichts!" Marens Stimme durchbrach die Stille des Raums, und ihre Frustration war unverkennbar.

Sie warf einen Stapel Akten auf den Tisch und stand auf, ihre Hände in die Hüften gestemmt.

„Seit Tagen laufen wir hier im Kreis. Wir kommen nicht voran. Diese Leute lügen uns ins Gesicht, geben uns falsche Fährten, und wir wissen nicht einmal, wie weit Milojevic uns bereits an der Nase herumführt."

Olsen beobachtete sie schweigend, während sie im Raum auf und ab ging. Ihre sonstige Ruhe und Besonnenheit zeigte langsam erste Risse. Maren, die seit Jahren seine verlässlichste und stärkste Kollegin war, stand kurz vor dem Punkt, an dem sie aufgeben wollte. Die Frustration, immer nur auf Hindernisse zu stoßen, hatte ihr doch zugesetzt.

„Maren, ich weiß, es ist schwer," begann Olsen, aber sie unterbrach ihn.

„Schwer? Es ist mehr als schwer, Bernd!" Ihre Stimme war lauter geworden, und ihre Augen funkelten. „Wir kämpfen, wie du weißt, gegen eine Hydra! Für jeden Schritt, den wir nach vorne machen, stoßen wir auf zwei neue Hindernisse. Jeder hier scheint entweder korrupt zu sein oder so viel Angst zu haben, dass sie uns nichts sagen wollen. Wie sollen wir jemals an Milojevic rankommen, wenn uns selbst die Polizei nicht helfen will?"

Olsen konnte ihren Zorn nachvollziehen, aber er wusste, dass er sie beruhigen musste. „Wir wussten, dass es nicht einfach werden würde," sagte er ruhig. „Milojevic hat hier ein starkes Netzwerk, aber wir haben bereits einiges herausgefunden. Wir müssen geduldig bleiben und die richtigen Schritte machen."

„Geduldig?" Maren schüttelte ungläubig den Kopf. „Wie lange sollen wir noch warten? Bis Milojevic seine nächsten Schritte plant und wieder ungestraft davonkommt? Wir haben in Hamburg schon zu lange gewartet, und jetzt sitzen wir hier, ohne dass wir irgendetwas in der Hand haben. Es ist, als ob wir gegen eine Wand rennen!"

Die Frustration, die Maren fühlte, schwelte nicht nur in ihr. Jonas hatte sich bislang aus dem Gespräch herausgehalten, doch Olsen konnte sehen, dass auch er überlegte, wann er seine Meinung äußern sollte. Jonas war der analytische Kopf im Team, und er hatte eine andere Sicht auf die Dinge.

„Vielleicht ist es nicht die Geduld, die uns fehlt," meldete sich Jonas plötzlich zu Wort. Er hatte die Arme verschränkt und sprach leise, aber mit Nachdruck. „Vielleicht ist es die Art, wie wir vorgehen. Wir verlassen uns hier auf Kontakte und alte Methoden. Was wir wirklich brauchen, ist eine systematischere Spurensuche. Wir müssen Milojevic auf digitaler Ebene verfolgen, nicht nur physisch."

Maren drehte sich zu ihm um, ihre Augen schmal. „Digitale Spurensuche?" fragte sie und klang, als ob sie nicht glauben konnte, dass Jonas das ernst meinte. „Du meinst also, wir sollen in einer Stadt wie Belgrad, wo die Hälfte der Informationen verschleiert oder verfälscht wird, auf digitale Hinweise warten?"

„Ja," entgegnete Jonas und setzte sich aufrecht hin. „Milojevic hat ein Netzwerk, das über Ländergrenzen hinausreicht. Es gibt immer eine Spur, die sich digital verfolgen lässt – zum Beispiel Banktransaktionen, Kommunikation, Bewegungsprofile. Vielleicht werden wir hier auf der Straße von Menschen blockiert, aber Maschinen lügen nicht. Wir können den Mann durch seine digitalen Fußspuren finden."

Maren schnaubte leise und ließ sich auf ihren Stuhl fallen. „Das klingt nach einem netten Plan, aber wir jagen hier einen Mann, der in einer Welt lebt, in der Leute verschwinden und Behörden bestochen werden. Es ist, als ob du ein unsichtbares Netz suchst, Jonas. Das wird nicht funktionieren."

Olsen lehnte sich zurück und beobachtete das Gespräch zwischen seinen beiden Ermittlern. Es war klar, dass die Belastung des Falls sie beide auf ihre eigene Weise an den Rand ihrer Geduld brachte.

Maren war die pragmatische Ermittlerin, die wusste, wie wichtig es war, Kontakte zu knüpfen und sich auf Menschen zu verlassen, um Informationen zu bekommen. Jonas hingegen war ein Mann der modernen Methoden. Er glaubte an die Macht der Technologie und daran, dass man in der heutigen Welt kaum etwas verstecken konnte, ohne digitale Spuren zu hinterlassen.

„Es gibt keinen perfekten Weg," sagte Olsen schließlich und stellte seine Kaffeetasse auf den Tisch. „Maren, ich verstehe deine Frustration. Wir stoßen hier auf eine Mauer aus Korruption und Lügen, und das zermürbt. Aber Jonas hat auch recht. Wir müssen alle Möglichkeiten ausschöpfen. Der digitale Weg könnte uns die Lücke im System zeigen, die wir brauchen, um Milojevic zu erwischen."

Maren atmete tief durch, als ob sie ihre Nerven sammeln wollte. „Also wie gehen wir vor? Wir verlassen uns nur auf diese digitalen Spuren? Was, wenn das nicht funktioniert? Was, wenn Milojevic schlau genug ist, diese Spuren zu verwischen?"

Jonas schüttelte den Kopf. „Kein Netzwerk ist perfekt, Maren. Wenn wir tief genug graben, finden wir etwas. Wir müssen nur hartnäckig bleiben. Es gibt keine unfehlbaren Systeme."

Die Frustration war immer noch in Marens Augen zu sehen, aber Olsen konnte spüren, dass sie Jonas' Argumente überdachte. Es gab keinen Raum für Starrheit in diesem Fall. Sie mussten flexibel sein, alle Möglichkeiten nutzen, selbst wenn sie sich auf verschiedenen Wegen annäherten.

„Bernd," sagte Maren nach einer Weile und sah ihm direkt in die Augen, „ich verstehe, dass wir jede Option prüfen müssen, aber ich habe das Gefühl, dass wir hier die Kontrolle verlieren. Dieser Fall hat uns in die Enge getrieben, und ich weiß nicht, ob wir ihn noch unter Kontrolle haben."

Olsen sah sie an, und für einen Moment herrschte Stille im Raum. Er wusste, dass dies ein Wendepunkt war. Marens Zweifel spiegelten die allgemeine Stimmung im Team wider – die Erschöpfung, die Frustration darüber, immer nur zu reagieren und nie die Initiative zu ergreifen.

Aber er wusste auch, dass dies der Moment war, in dem er seine Rolle als Führungskraft ausüben musste. Wenn das Team auseinanderfiel, dann war der ganze Fall verloren.

„Maren, Jonas," begann Olsen ruhig, aber fest, „dieser Fall hat uns alle an unsere Grenzen gebracht. Das ist klar. Aber wir müssen weitergehen. Wir sind hier, weil niemand sonst Milojevic zur Strecke bringen kann. Er hat sich in einem Netz aus Lügen, Macht und Geld verstrickt, das ihn schützt. Aber dieses Netz hat Schwachstellen, und wir müssen sie finden. Wenn das bedeutet, dass wir den digitalen Weg einschlagen müssen, dann tun wir das. Wenn es bedeutet, dass wir weiter mit den Leuten auf der Straße sprechen müssen, dann tun wir auch das."

Er sah beide nacheinander an, seine Augen entschlossen. „Wir arbeiten als Team. Wir kombinieren alle unsere Stärken und geben nicht auf. Das ist der einzige Weg, wie wir diesen Mann fassen können."

Maren nickte langsam, ihre Augen ernst. „Ja... du hast recht, Bernd. Es ist nur schwer, nicht das Gefühl zu haben, dass wir jeden Tag gegen einen unsichtbaren Feind kämpfen."

„Das tun wir," sagte Olsen leise. „Aber wenn wir zusammenarbeiten, dann wird dieser Feind sichtbar. Und wenn das passiert, erwischen wir ihn."

Jonas lehnte sich nach vorne und legte die Hände auf den Tisch. „Ich werde an der digitalen Spurensuche arbeiten. Ich bin sicher, dass wir dort etwas finden können."

Maren warf ihm einen kurzen Blick zu, dann sah sie wieder zu Olsen. „Ich werde weiter versuchen, Kontakte aufzubauen, aber wir müssen vorsichtig sein. Jeder, dem wir hier vertrauen, könnte uns verraten."

„Vorsicht ist der Schlüssel," stimmte Olsen zu. „Aber wir dürfen nicht zögern. Milojevic hat uns immer einen Schritt voraus, aber wir werden ihn einholen. Zusammen."

Die Stimmung im Raum entspannte sich ein wenig, doch die Spannungen blieben spürbar. Die Herausforderung war groß, die Zweifel nagten an jedem von ihnen.

Aber Olsen wusste, dass er das Team zusammenhalten musste. Sie hatten es weit gebracht, und der Feind, den sie jagten, war mächtig.

Doch er wusste auch, dass die größte Stärke in der Zusammenarbeit lag – und nur gemeinsam konnten sie diesen Fall lösen.

„OK…, wir fliegen jetzt zunächst zurück nach Hamburg," sagte Bernd Olsen zu Maren und Jonas. „Dort nutzt Jonas die ihm bestens bekannte IT-Infrastruktur des LKA. Und du Maren gehst mit mir noch einmal zusammen alles an Unterlagen und Erkenntnissen durch. Das wird uns bestimmt ein großes Stück nach vorn bringen."

Maren Starke kümmerte sich unverzüglich um die Rückflüge nach Hamburg. Kurz darauf machten sie sich auf den Weg zum Flughafen. Während des gesamten Rückflugs herrschte eine gespannte Stille, jeder hing seinen eigenen Gedanken nach.

Die Ereignisse der letzten Stunden lagen schwer auf ihnen, und obwohl niemand ein Wort sagte, war die Anspannung spürbar. Hamburg rückte näher, doch die Fragen und das, was sie erlebt hatten, blieben allgegenwärtig.

Der Verrat

Bernd Olsen ging durch die stillen, spärlich beleuchteten Flure des LKA. Der Rhythmus der Regentropfen schien im Einklang mit seinen Gedanken zu stehen, die immer wieder um die gleiche bedrückende Frage kreisten: Wer zog im Hintergrund die Fäden?

Seitdem sie den Maulwurf Rolf Hansen entlarvt hatten, hatte sich Olsens Unbehagen nicht verringert – im Gegenteil. Hansen war nur ein kleiner Teil des Problems, vielleicht sogar nur eine Marionette. Wer war der wahre Drahtzieher?

Das Milojevic-Netzwerk war zu gut organisiert, zu informiert und immer einen Schritt voraus. Jemand mit Macht und Einfluss musste sie beschützen. Das nagende Gefühl, dass der Verrat noch viel weiter reichte, ließ Olsen keine Ruhe.

Er betrat sein Büro und schaltete die Schreibtischlampe ein, deren Licht einen trüben Schein auf die dicken Akten warf, die sich auf seinem Schreibtisch stapelten. Jede dieser Akten erzählte eine Geschichte von Sabotage, von Ermittlungen, die aus unerklärlichen Gründen ins Stocken geraten waren, und von Beweisen, die plötzlich verschwunden waren.

Jemand hatte alles unter Kontrolle – und es war nicht nur Hansen.

Maren Starke und Jonas Holst traten gleichzeitig ein, als wäre ihre innere Uhr auf denselben Takt gestellt. Beide wirkten genauso erschöpft wie Olsen selbst. Die vergangenen Wochen hatten Spuren hinterlassen.

„Bernd," begann Maren ohne Einleitung, während sie auf ihren Platz zusteuerte, „ich habe die Informationen, um die du mich gebeten hast. Und ehrlich gesagt, es sieht verdammt schlecht aus."

Olsen sah sie mit angespanntem Blick an und deutete ihr, fortzufahren. „Ich habe das Gefühl, dass wir bisher nur an der Oberfläche gekratzt haben. Was hast du gefunden?"

Maren setzte sich und zog eine Aktenmappe hervor, in der sie eine Reihe von Dokumenten auf den Tisch legte. „Rolf Hansen war nicht allein. Das war uns klar. Aber es gibt jemanden, der auf einer viel höheren Ebene operiert. Hansen war nur ein Mittelsmann."

Olsen lehnte sich vor, während sich eine unangenehme Spannung im Raum ausbreitete. „Was für eine Ebene?"

Maren hob den Blick. „Justiz. Ein hochrangiger Beamter. Ein Oberstaatsanwalt."

Olsen starrte sie an, als ob er nicht glauben konnte, was er gerade gehört hatte. „Ein Oberstaatsanwalt?" Seine Stimme war leise, doch jeder im Raum spürte die Schärfe darin. „Wer?"

Maren zog ein weiteres Dokument hervor und schob es ihm über den Tisch. „Sein Name ist Dr. Jürgen Lehmann. Er hat Einfluss auf viele der Prozesse, die gegen den Milojevic-Clan eingeleitet wurden, und in einigen Fällen hat er dafür gesorgt, dass wichtige Ermittlungen ins Leere liefen. Einige unserer Anträge auf Durchsuchungsbefehle wurden von ihm blockiert, und jedes Mal, wenn wir einen Durchbruch erwartet haben, gab es eine Verzögerung – eine, die nicht zufällig war."

Olsen atmete tief ein und starrte auf den Namen auf dem Papier. „Lehmann..."

Er erinnerte sich an die Male, in denen ihre Ermittlungen gegen den Clan ins Stocken geraten waren, an die verwirrenden Entscheidungen, die von den Justizbehörden getroffen wurden. Es war ein Spiel der Sabotage, und nun wusste er, wer die Regeln festlegte.

„Verdammter Bastard," murmelte Olsen und rieb sich das Gesicht. „Ein Mann in seiner Position hat die Macht, uns jederzeit auszuhebeln. Wenn er wirklich für Milojevic arbeitet, dann haben wir ein verdammt großes Problem."

Jonas Holst trat näher und blickte über Marens Schulter auf die Dokumente. „Wir haben Hinweise auf Zahlungen, die Lehmann erhalten hat. Offshore-Konten, die über mehrere Strohfirmen laufen. Es ist schwer, den Geldfluss direkt zu verfolgen, aber es gibt Verbindungen zu einem Konto, das mit dem Milojevic-Clan in Verbindung steht."

Olsen ballte die Fäuste. „Das erklärt, warum wir immer wieder gegen unsichtbare Wände gerannt sind. Lehmann zieht die Fäden, und Hansen war nur sein Werkzeug."

Maren nickte und blätterte weiter durch die Dokumente. „Es geht noch tiefer, Bernd. Lehmann hat seine Finger in mehreren Prozessen, die den Clan betreffen. In mindestens zwei Fällen waren Beweise verschwunden, bevor sie vor Gericht gebracht werden konnten. Und er hat enge Verbindungen zu einflussreichen Politikern und Geschäftsleuten, die wahrscheinlich ebenfalls in das Netzwerk verstrickt sind."

Olsen stand auf und trat ans Fenster, während er über die regennassen Straßen der Stadt blickte. „Verdammt," murmelte er. „Das bedeutet, dass wir es mit einem Netzwerk zu tun haben, welches nicht nur den Clan schützt, sondern auch in die Strukturen der Stadt selbst eingreift."

Jonas trat neben ihn und verschränkte die Arme. „Was machen wir jetzt? Wir können Lehmann nicht einfach damit konfrontieren. Er ist zu mächtig. Wenn wir ohne wasserdichte Beweise gegen ihn vorgehen, wird er uns zermalmen – und wahrscheinlich jede Spur seiner Beteiligung verwischen."

Olsen nickte langsam, seine Gedanken rasten. Sie mussten extrem vorsichtig vorgehen. Wenn Lehmann tatsächlich der Maulwurf in den höchsten Kreisen war, dann hatte er genug Einfluss, um sie alle zur Strecke zu bringen.

Aber er war auch gefährlich, weil er noch mehr Macht und Ressourcen hatte als Hansen.

„Wir dürfen nicht überstürzt handeln," sagte Olsen schließlich und drehte sich zu den beiden um. „Wir werden ihn beschatten, jede seiner Bewegungen dokumentieren. Er muss einen Fehler machen. Früher oder später wird er eine falsche Entscheidung treffen – und dann schlagen wir zu."

Maren hob skeptisch eine Augenbraue. „Und was, wenn er keine Fehler macht? Was, wenn er uns in eine Falle lockt?"

„Dann müssen wir ihm einen Schritt voraus sein," entgegnete Olsen entschlossen. „Lehmann wird sich sicher fühlen. Solche Leute glauben, sie seien unantastbar. Und genau dieses Gefühl der Sicherheit wird ihn arrogant machen. Wir müssen still und unauffällig bleiben, bis wir genug gesammelt haben."

Es herrschte einen Moment lang Stille im Raum, während jeder von ihnen über die bevorstehende Herausforderung nachdachte. Lehmann zu entlarven würde kein einfacher Job sein, und es würde Wochen, vielleicht Monate dauern, bis sie genügend Beweise hatten, um gegen ihn vorzugehen. Doch sie hatten keine andere Wahl.

„Bernd," sagte Jonas nach einer Weile, „wir müssen jemanden außerhalb des Systems ins Vertrauen ziehen. Lehmann ist gut vernetzt. Wenn wir ihn nur intern verfolgen, könnte er uns zuvorkommen. Aber wenn wir jemand bei Europol oder auf internationaler Ebene hinzuziehen, könnten wir außerhalb seines Einflussbereichs arbeiten."

Olsen nickte langsam, während er Jonas' Worte in Betracht zog. „Du hast recht. Wir werden Kontakt zu unseren Leuten bei Europol aufnehmen. Aber nur zu den Verlässlichsten. Das muss absolut diskret ablaufen. Wenn Lehmann auch nur eine Ahnung davon bekommt, dass wir ihm auf der Spur sind, wird er alles unternehmen, um uns auszuschalten."

Maren nickte zustimmend. „Ich werde alles vorbereiten. Wir müssen ab jetzt besonders vorsichtig sein. Jeder Schritt, den wir tun, könnte überwacht werden."

Olsen blickte auf die Straßen hinaus und sah das Regenwasser in den Rinnsteinen entlangfließen. Er wusste, dass dies der schwierigste Teil des Falls werden würde. Lehmann war nicht nur ein hochrangiger Beamter. Er war ein Mann mit Verbindungen, Macht und wahrscheinlich genug Wissen, um sie alle zu Fall zu bringen.

Doch eines war sicher: Olsen würde nicht aufgeben. Nicht jetzt, wo sie so nah dran waren. Der Verrat in den höchsten Kreisen war entlarvt, doch jetzt lag es an ihm und seinem Team, diese korrupten Strukturen zu durchbrechen – egal, wie gefährlich es werden würde.

Der Tag war schon weit fortgeschritten, als Olsen mit Maren Starke und Jonas Holst in den stickigen Keller des LKA Hamburg hinabstieg. Die Luft war schwer, die Feuchtigkeit kroch in jeden Winkel des Raums, in dem die Beweismittel aus verschiedenen Ermittlungen lagerten. Unter all den Beweismaterialien lag etwas, das Olsen seit Tagen beschäftigte: Nemos Mobiltelefon.

Nemo, der Informant, den der Milojevic-Clan eliminiert hatte, war die einzige echte Verbindung gewesen, die Olsen tief in die Strukturen des Clans gebracht hatte. Und jetzt war er tot. Doch es gab noch eine Chance, dass er ihnen nach seinem Tod helfen konnte.

Olsen öffnete den Beweismittel-Kasten und zog das versiegelte Handy heraus. „Das ist alles, was von ihm übrig ist," murmelte er, während er das Gerät in seinen Händen hielt.

Maren und Jonas traten näher an ihn heran, ihre Gesichter ernst. „Was genau suchst du?" fragte Maren, als Olsen das Telefon auf den Tisch legte und es vorsichtig entsperrte.

„Nemo war in einer gefährlichen Position," begann Olsen und schaute auf das Display, das sich langsam aufleuchtete. „Er hat mehr gewusst, als er preisgeben wollte. Aber kurz bevor er getötet wurde, sagte er mir, dass er etwas Wichtiges hat – etwas, das uns helfen könnte, Milojevic zu Fall zu bringen."

„Er hat es nicht geschafft, dir zu sagen, was es ist?" fragte Jonas skeptisch.

Olsen schüttelte den Kopf. „Nein. Aber ich glaube, dass er es hier irgendwo versteckt hat. Eine Nachricht, eine Spur – irgendetwas."

„Wir haben doch bereits alles durchsucht, oder nicht?" fragte Maren, die sich daran erinnerte, wie sie schon einmal das Handy durchgesehen hatten. „Da war nichts."

„Nichts auf den ersten Blick," korrigierte Olsen, während er das Handy mit geübten Handgriffen durchblätterte. „Aber wenn Nemo wollte, dass es verborgen bleibt, hat er es sicher verschlüsselt."

Jonas nahm Platz und zog seinen Laptop hervor, den er mit dem Handy verband. „Ich werde einen Blick darauf werfen. Wenn er etwas verschlüsselt hat, dann sollte ich es finden können."

Es dauerte einige Minuten, bis Jonas durch die gewöhnlichen Apps und Dateien des Telefons gescannt hatte. „Hier – es gibt einen Ordner, der seltsam aussieht. Verschlüsselt. Ich könnte ihn knacken, aber es könnte etwas dauern."

„Mach es," sagte Olsen knapp, während er sich über Jonas' Schulter beugte. Der Raum schien plötzlich noch enger zu werden, die Luft dicker, während sie alle auf den Bildschirm starrten. Es war, als ob der Raum um sie herum stiller wurde, nur das gelegentliche Klicken von Jonas' Tastatur durchbrach die Stille.

Minuten vergingen, dann brach Jonas das Schweigen. „Ich habe es," sagte er leise, sein Tonfall mit einem Hauch von Triumph gefärbt. Auf dem Bildschirm öffnete sich eine Datei, die wie eine Textnachricht aussah. Es war keine gewöhnliche Nachricht – sie war verschlüsselt, und nur mit dem richtigen Algorithmus ließ sie sich entschlüsseln.

Olsen trat näher und starrte auf den Text, der nun klar zu lesen war:

„Treffen mit Milojevic – deutscher Politiker. Datum: 14. Oktober. Ort: Villa am See."

„Verdammt," flüsterte Maren, als sie die Worte las. „Ein Politiker. Das könnte alles verändern."

Olsen schüttelte den Kopf, während er die Nachricht noch einmal durchging. „Nemo wusste davon. Er wusste, dass Milojevic auf einer ganz anderen Ebene operiert, als wir dachten."

„Ein deutscher Politiker?" Jonas klang entsetzt. „Das würde erklären, warum es so schwer war, den Clan zu Fall zu bringen. Wenn sie politische Unterstützung haben..."

Olsen trat vom Tisch zurück und begann nervös im Raum auf und ab zu gehen. „Das könnte der Grund sein, warum unsere Ermittlungen immer wieder ins Stocken geraten sind. Wenn ein Politiker im Spiel ist, hat Milojevic möglicherweise die Macht, alles zu verschleiern."

„Wer könnte es sein?" fragte Maren leise, als sie ihren Blick nicht von der Nachricht abwenden konnte. „Wir müssen herausfinden, wer dieser Politiker ist."

„Das ist nicht einfach," erwiderte Jonas. „Die Nachricht ist vage. Ein Datum, ein Ort, aber keine Namen. Milojevic wäre nie so dumm, einen Namen direkt zu nennen."

Olsen nickte. „Das stimmt. Aber das Datum und der Ort – das sind unsere Anhaltspunkte. Eine Villa am See... Das klingt nach einem diskreten Ort für ein Treffen. Es gibt nicht viele Politiker, die sich an einem solchen Ort treffen würden."

„14. Oktober," murmelte Maren, während sie auf ihrem eigenen Laptop nach Daten suchte. „Das ist nächste Woche. Das Treffen steht noch bevor."

Olsen blieb abrupt stehen, als ihm die Bedeutung dieser Entdeckung klar wurde. „Wenn wir das verhindern können – wenn wir herausfinden, wer dieser Politiker ist und ihn beim Treffen mit Milojevic erwischen, dann haben wir einen riesigen Durchbruch."

Die Spannung im Raum war greifbar. Nemo hatte sie auf die Spur eines mächtigen Spiels gebracht. Ein Treffen zwischen Milojevic dem Boss, und einem deutschen Politiker war mehr als nur eine kriminelle Verschwörung – es war eine Bedrohung für das gesamte politische System. Wenn ein Politiker mit Milojevic verstrickt war, dann hatte der Clan Verbindungen, die weit über alles hinausgingen, was sie bisher vermutet hatten.

„Aber wie kommen wir an den Namen?" fragte Jonas, seine Stimme nun ruhiger, doch in seinem Gesicht lag die Spannung des Moments.

Olsen überlegte einen Moment, dann wandte er sich wieder dem Handy zu. „Es muss mehr geben. Nemo hat sich nicht nur auf eine Nachricht verlassen. Wenn er das Datum und den Ort kennt, gibt es vielleicht Hinweise in seinen anderen Nachrichten oder Anrufen."

Jonas nickte und begann, tiefer in die Daten auf Nemos Telefon einzutauchen. Er durchsuchte Anruflisten, Nachrichtenverläufe und Apps.

Minuten vergingen, und die Stille im Raum wurde von der zunehmenden Nervosität durchbrochen. Jeder im Raum wusste, dass sie an der Schwelle zu etwas Großem standen – oder zu etwas Furchtbarem.

„Ich habe etwas," sagte Jonas schließlich und zeigte auf den Bildschirm. „Es gibt eine verschlüsselte Telefonnummer, die Nemo mehrfach kontaktiert hat. Sie gehört zu einem Konto, das mit einem hochrangigen politischen Berater in Berlin verbunden ist. Ich bin mir nicht ganz sicher, aber ich glaube, dass dies die Verbindung ist, die wir suchen."

„Ein Berater?" Olsen runzelte die Stirn. „Das könnte uns näher an den Politiker heranbringen. Politiker arbeiten selten direkt – sie lassen die schmutzigen Geschäfte von ihren Beratern erledigen."

Maren nickte zustimmend. „Das passt ins Bild. Wenn wir diesen Berater überwachen, könnten wir herausfinden, wer hinter dem Treffen steckt."

Olsen atmete tief durch. Es war ein großer Schritt – aber sie waren so nah dran. „Wir müssen das diskret machen. Wenn dieser Politiker merkt, dass wir ihm auf die Schliche kommen, wird er alles tun, um die Spuren zu verwischen. Aber wenn wir ihn beim Treffen erwischen, haben wir ihn."

Die Uhr tickte. Es blieben nur wenige Tage bis zum 14. Oktober, und das bedeutete, dass sie schnell und entschlossen handeln mussten. Doch diese Nachricht – Nemos letzte Nachricht – war der Schlüssel. Sie hatte ihnen eine Spur hinterlassen, die sie direkt zu Milojevics und dem Politiker führen würde.

„Wir setzen alles daran," sagte Olsen schließlich, seine Stimme fest und entschlossen. „Nemo hat uns diesen Hinweis hinterlassen, und wir werden ihn nicht enttäuschen. Wir finden heraus, wer dieser Politiker ist – und dann bringen wir ihn zur Strecke."

Maren und Jonas nickten, während sie sich daran machten, die nächsten Schritte zu planen. Die Spannung im Raum war greifbar, aber sie hatten endlich einen Durchbruch.

Die politische Deckung des Milojevic-Clans war aufgedeckt – und bald würden sie die Köpfe dieser Verschwörung enthüllen.

Der Regen hatte nachgelassen, aber die Straßen von Hamburg waren immer noch nass, als Olsen mit schnellen, konzentrierten Schritten das LKA verließ. Der Tag war lang gewesen, die Nacht noch länger, und jetzt blieb ihnen kaum noch Zeit. Milojevic war kurz davor, seine nächste große Schmuggelaktion durchzuführen, und das bevorstehende Treffen mit einem hochrangigen deutschen Politiker setzte das Team zusätzlich unter Druck.

Alles deutete darauf hin, dass diese Nacht entscheidend sein würde.

Im Auto saß Jonas neben ihm, seine Augen auf den Bildschirm seines Laptops geheftet. „Das Schiff ist vor einer Stunde im Hafen angekommen," sagte er, ohne den Blick zu heben. „Die Ladung könnte jeden Moment entladen werden."

„Wie groß ist die Fracht?" fragte Olsen, während er den Wagen durch die nassen Straßen manövrierte.

„Dutzende Container. Wir wissen nicht genau, welcher der richtige ist, aber wir haben Hinweise auf mindestens drei, die verdächtig sind. Es gibt Diskrepanzen in den Zollpapieren – das reicht, um uns einen Durchsuchungsbefehl zu besorgen."

Olsen nickte, während er das Funkgerät in die Hand nahm und das SEK-Team informierte, das bereits im Hafenbereich wartete. „Zielobjekt gesichtet. Bestätige, wir haben Container im Auge. Zugriff erfolgt auf mein Kommando."

„Bestätigt," kam die kühle Stimme des SEK-Einsatzleiters aus dem Funk. „Team eins und zwei stehen bereit. Wir warten auf dein Signal."

Die Lichter des Hafens tauchten die Umgebung in ein unheimliches, fluoreszierendes Licht. Überall standen Container in unzähligen Reihen, massive Metallstrukturen, die sich in den

Nachthimmel erstreckten. Der Hafen war in dieser Stunde relativ ruhig – nur vereinzelt waren Arbeiter zu sehen, die im Regen die Fracht abfertigten. Doch Olsen wusste, dass dies nur die Oberfläche war. Unter dieser Routine verbarg sich der wahre Kern von Milojevics Operation.

Sie parkten in einer dunklen Ecke des Hafens, unweit der verdächtigen Container. Das SEK war bereits vor Ort, verteilt in taktischen Teams, die sich in den Schatten der Containerstapel verbargen. Olsen konnte das nervöse Klicken der Funkgeräte hören, die unterdrückten Atemzüge der Männer, die sich für den Zugriff bereit machten. Die Spannung war förmlich greifbar.

„Das ist es," murmelte Jonas und zeigte auf den Bildschirm seines Laptops. „Container Nummer 237. Der hier steht im Fokus. Die anderen beiden könnten Ablenkungen sein."

„Wir warten keine Sekunde länger," entschied Olsen und griff nach seinem Funkgerät. „SEK, bereitmachen. Zugriff auf mein Kommando."

Die nächsten Sekunden zogen sich wie Stunden. Olsen konnte die Bewegungen der Hafenarbeiter beobachten, die zwischen den Containerreihen herumschlichen. Einer von ihnen trug ein Funkgerät am Gürtel – ein Detail, das Olsen sofort ins Auge fiel.

„Jonas, sieh dir das an," flüsterte er. „Dieser Typ da – er scheint mehr als nur ein einfacher Hafenarbeiter zu sein."

Jonas nickte. „Er ist unser Mann. Er koordiniert den Vorgang. Schau, wie er die anderen dirigiert."

Olsen sah es jetzt auch. Der Mann gab den anderen leise Anweisungen, seine Gesten präzise und kontrolliert. „Wir müssen ihn erwischen," murmelte Olsen. „Er könnte uns zu Milojevic führen."

„Verstanden. Lass uns reingehen." Jonas schnappte sich sein Funkgerät und informierte das SEK. „Zugriff in drei... zwei... eins... LOS!"

In diesem Moment brach die Stille des Hafens in pure Action aus.

Das SEK-Team stürmte aus den Schatten hervor, ihre Stiefel klapperten auf dem nassen Beton, als sie sich in Formation begaben. Olsen war direkt hinter ihnen, seine Augen wachsam, als er den Hauptmann der Einheit beobachtete, der mit klaren Handzeichen die Männer dirigierte.

„Alle festsetzen!" schrie der SEK-Leiter in sein Funkgerät, während seine Männer sich in Bewegung setzten. Sie verteilten sich blitzschnell zwischen den Containern, jeder von ihnen mit gezückter Waffe, während sie auf ihre Ziele zustürmten. Die Hafenarbeiter schienen für einen Moment erstarrt – die Überraschung stand ihnen ins Gesicht geschrieben.

Ein SEK-Mann packte den koordinierenden Hafenarbeiter von hinten und riss ihn zu Boden. „Keine Bewegung!" brüllte er, während der Mann auf den kalten Beton krachte, sein Funkgerät klirrend neben ihm landete.

Doch dann begann der Gegenangriff.

Einer der Männer, der in der Nähe des verdächtigen Containers gestanden hatte, griff blitzschnell in seine Jacke und zog eine Waffe. „Waffe!" rief ein SEK-Beamter, und der Zugriff verwandelte sich in Sekunden in einen chaotischen Schusswechsel.

Olsen spürte, wie sich der Adrenalinschub durch seinen Körper jagte. „Deckung! Deckung!" rief er und warf sich hinter einen Stapel von Kisten, während um ihn herum die Kugeln durch die Luft zischten. Die Hafenarbeiter – anscheinend nicht nur einfache Arbeiter – schossen nun aus verschiedenen Richtungen, versuchten, die SEK-Beamten zu überwältigen.

„Jonas, bleib unten!" schrie Olsen und sah zu, wie Jonas sich hinter einem der Container in Sicherheit brachte. „Wir müssen sie ausschalten, bevor sie den Container öffnen!"

Die SEK-Einheit reagierte schnell. Ihre gut ausgebildeten Männer formierten sich neu, deckten sich gegenseitig, während sie den Schützen zurückdrängten. Einer der Angreifer wurde getroffen und fiel zu Boden, seine Waffe rutschte über den nassen Beton. Doch die anderen gaben nicht auf. Ein heftiger Feuerwechsel brach aus, Kugeln flogen durch die Luft, prallten von den Containern ab und erzeugten ein ohrenbetäubendes Echo.

„Wir dürfen diesen Container nicht verlieren!" rief Olsen in sein Funkgerät. „Was auch immer Milojevic da drin hat, es darf nicht den Hafen verlassen!"

Einer der SEK-Beamten, der näher an den verdächtigen Container herangekommen war, packte einen Bolzenschneider und machte sich daran, das Schloss aufzubrechen. „Deckung geben!" befahl der SEK-Leiter, und zwei Beamte postierten sich neben dem Container, die Waffen im Anschlag, bereit, jeden Angreifer auszuschalten.

Die Sekunden verstrichen wie in Zeitlupe, als das Schloss schließlich aufbrach und der Container geöffnet wurde. Was sie drinnen fanden, ließ Olsen den Atem anhalten. Kisten, gestapelt bis zur Decke, gefüllt mit Drogen und Waffen. Genau das, wonach sie gesucht hatten.

Doch es war noch nicht vorbei. Einer der letzten Schützen, ein bulliger Mann mit einem wütenden Gesichtsausdruck, tauchte plötzlich auf und eröffnete das Feuer auf die SEK-Beamten am Container. „Runter!" schrie Olsen und warf sich erneut in Deckung, während die Kugeln über ihre Köpfe hinwegzischten.

Ein SEK-Mann drehte sich blitzschnell um, zielte und schoss den Angreifer nieder.

Der Mann brach zusammen, und die Stille, die folgte, war fast surreal. Der Schusswechsel war vorbei – doch die Spannung blieb.

Olsen stand langsam auf, die Waffe in der Hand, als er sich der geöffneten Ladung näherte. „Das ist es," murmelte er leise, während er in den Container hineinblickte. „Das ist Milojevics ganze Operation."

Ein SEK-Beamter trat zu ihm und nickte. „Eine Tonne, mindestens," sagte er und betrachtete die Kisten, die Drogen und Waffen enthielten. „Das war ein großer Fang."

Doch Olsen wusste, dass dies nur die halbe Schlacht war. Der Container war gesichert, aber Milojevic war noch auf freiem Fuß – und Maren war bei dem Treffen mit dem Politiker. Sein Funkgerät knackte leise, und er hörte Marens Stimme: „Bernd, ich bin vor Ort. Es sieht hier ziemlich heikel aus. Ich melde mich, sobald ich mehr weiß."

„Verstanden," antwortete Olsen und atmete tief durch. „Pass auf dich auf."

Die Nacht war noch lange nicht vorbei, und obwohl sie den Schmuggel vereitelt hatten, stand der schwerste Teil der Mission noch bevor. Milojevic musste immer noch gestoppt werden – und das Spiel, das er mit seinen politischen Verbindungen spielte, war gefährlicher als jede Schmuggeloperation.

Team in Aufruhr

Die Luft im Konferenzraum des LKA war stickig und schwer. Das schwache Licht der Deckenlampen warf lange Schatten über die Tische, auf denen sich Berichte, Karten und Einsatzpläne stapelten.

Bernd Olsen stand mit verschränkten Armen am Kopf des Raumes, während er über die Karte der Stadt gebeugt war. Es war einer dieser seltenen Momente, in denen man die Stille beinahe greifen konnte – als ob die Luft selbst vor Spannung knisterte.

Maren Starke und Jonas Holst saßen vor ihm, ihre Gesichter ernst. Sie wussten, dass dieser Plan nicht nur gefährlich war, sondern auch ihre bisher größte Herausforderung werden würde. Der Druck wuchs mit jeder Sekunde, die verstrich.

„Wir haben keine Wahl," sagte Olsen schließlich und hob den Kopf, um den Raum zu mustern. „Wenn wir Milojevic schnappen wollen, müssen wir das hier durchziehen. Gleichzeitig müssen wir sicherstellen, dass der Schmuggel unterlaufen wird. Aber das heißt auch, dass wir das Team aufteilen und verdeckt arbeiten müssen."

„Verdeckt?" fragte Jonas und hob eine Augenbraue. „Wie sollen wir das machen? Milojevic weiß, dass wir hinter ihm her sind. Er wird uns nicht trauen. Jede falsche Bewegung, und er zieht sich zurück."

Olsen nickte langsam. „Deshalb wird das Team geteilt. Eine Hälfte von uns arbeitet verdeckt – direkt in Milojevics Nähe. Die andere überwacht den nächsten Schmuggel. Ich will, dass wir ihm das Gefühl geben, dass alles nach Plan läuft. Nur so können wir ihn in die Falle locken."

Maren lehnte sich in ihrem Stuhl zurück und seufzte leise. „Das ist verdammt riskant, Bernd. Wenn nur eine Sache schiefgeht, sind wir verloren. Milojevic ist nicht dumm. Wenn er auch nur den geringsten Verdacht schöpft, wird er die Schotten dichtmachen und untertauchen."

Olsen strich sich durch das Haar und trat näher an die Karte heran. „Ich weiß, wie gefährlich das ist, aber wir haben keine andere Wahl. Wir können nicht länger nur auf seine Fehler warten. Dieses Treffen mit dem Politiker ist unsere Chance – eine Chance, die wir vielleicht nie wieder bekommen."

Die Verzweiflung in Olsens Stimme war spürbar. Seit Wochen jagten sie Jovan Milojevic, der wie ein Phantom durch die Schatten der Stadt glitt. Jeder ihrer Schritte war ein riskanter Zug in einem Spiel, dessen Regeln Milojevic zu diktieren schien. Aber jetzt, mit dem bevorstehenden Schmuggel und dem politischen Treffen, hatten sie einen winzigen Vorsprung – einen, den sie nutzen mussten.

„Was ist der Plan?" fragte Maren schließlich und lehnte sich nach vorne, ihre Stimme wieder fest und konzentriert.

Olsen deutete auf die Karte. „Wir wissen, dass das Treffen in der Villa am See stattfindet – diskret, abseits, schwer zu über-wachen. Deshalb wird ein Teil des Teams sich dort verdeckt positionieren. Wir müssen sicherstellen, dass wir genug Be-weise haben, um sowohl Milojevic als auch den Politiker zu überführen. Aber das allein reicht nicht."

Er sah auf. „Gleichzeitig wird eine zweite Einheit den Schmug-gel überwachen. Milojevic wird denken, dass alles nach Plan läuft. Er wird seine Operationen fortsetzen, weil er glaubt, dass wir zu beschäftigt sind, um beides zu handeln."

Jonas schüttelte den Kopf, sein Gesicht war skeptisch. „Das klingt nach verdammt viel Arbeit für ein kleines Team, Bernd. Wenn wir uns aufteilen, sind wir schwächer. Was, wenn wir zu dünn aufgestellt sind? Wenn Milojevic uns bemerkt?"

„Deshalb ist es eine verdeckte Operation," erwiderte Olsen ruhig. „Wir müssen so agieren, dass niemand merkt, was wir tun. Es gibt keine zweite Chance. Das bedeutet, dass wir absolut diskret arbeiten müssen. Kein lautes Vorgehen, keine großen Einsätze. Wir werden ihn in die Falle locken, und das so leise, dass er erst merkt, was passiert, wenn es zu spät ist."

Maren zog eine Augenbraue hoch. „Und wie genau stellst du dir das vor? Wir können uns nicht einfach in die Villa schmuggeln. Sie wird bestimmt gut gesichert sein."

„Richtig," stimmte Olsen zu. „Aber es gibt Schwachstellen in jedem System. Wir haben Hinweise auf einige der Sicherheitskräfte, die Milojevic für diese Operation angeheuert hat. Ein Teil des Teams wird sich als Sicherheitsberater ausgeben und sich einschleusen. Von innen heraus werden sie die Überwachung koordinieren."

Jonas starrte ihn an. „Du willst, dass wir uns in seine Sicherheitsmannschaft einschleusen? Das ist Wahnsinn! Was, wenn einer von uns entdeckt wird?"

„Genau deswegen müssen wir absolut diskret sein," antwortete Olsen kühl. „Niemand darf wissen, wer wir wirklich sind. Wir nutzen jede Schwäche, die Milojevic hat, gegen ihn."

Maren nickte langsam, obwohl sie immer noch Zweifel hatte. „Und der Schmuggel? Wie sollen wir beides gleichzeitig überwachen?"

Olsen zeigte auf den Hamburger Hafen, der auf der Karte markiert war. „Das SEK-Team wird sich um den Schmuggel kümmern. Wir haben bereits herausgefunden, dass Milojevic plant, eine neue Ladung über einen Frachter zu schmuggeln. Wir werden verdeckte Ermittler einsetzen, um die Ladung zu verfolgen. Sobald wir wissen, wann und wo die Fracht ankommt, greifen wir zu. Aber das Timing muss perfekt sein. Ein einziger Fehler – und Milojevic verschwindet für immer."

Es herrschte eine angespannte Stille im Raum, als jeder das Gewicht der Situation erkannte. Olsen wusste, dass dieser Plan riskanter war als alles, was sie bisher unternommen hatten. Doch er war überzeugt, dass dies ihre einzige Chance war. Sie mussten Milojevic in die Enge treiben – und gleichzeitig den Schmuggel stoppen, ohne dass er Verdacht schöpfte.

„Es wird nicht einfach," sagte Olsen leise, seine Augen fest auf die Karte gerichtet. „Aber wenn wir Erfolg haben, dann stürzen wir Milojevic. Wir zerschlagen sein Netzwerk und entlarven die politischen Verstrickungen, die ihn schützen."

Jonas lehnte sich nachdenklich zurück, während er über die Details des Plans nachdachte. „Wer wird das verdeckte Team führen?" fragte er schließlich.

„Das werde ich selbst übernehmen," antwortete Olsen, ohne zu zögern.

Maren schüttelte den Kopf. „Bernd, das ist Wahnsinn. Du kannst nicht beides gleichzeitig leiten. Du bist hier unser Ansprechpartner im LKA – wenn du verdeckt arbeitest, riskieren wir, dass der gesamte Einsatz ins Chaos stürzt."

Olsen sah sie ruhig an. „Deshalb habe ich euch. Jonas, du übernimmst den Kontakt mit dem SEK und koordinierst die Operation am Hafen. Maren, du bleibst mit mir in der Villa. Wir werden genau dann zuschlagen, wenn er es am wenigsten erwartet."

Die Spannung im Raum wuchs, und alle spürten das Gewicht der bevorstehenden Entscheidung. Sie waren an einem Punkt angelangt, an dem es kein Zurück mehr gab.

Olsen wusste, dass jeder Fehler sie teuer zu stehen kommen würde. Doch sie hatten keine andere Wahl.

Der Druck wuchs mit jedem Tag, und Milojevic wurde immer dreister.

„Also gut," sagte Maren schließlich und stand auf. „Wenn das der Plan ist, dann machen wir es. Aber ich hoffe, dass du weißt, was du tust, Bernd."

Olsen nickte. „Ich weiß es." Doch tief in ihm nagten die Zweifel. War dieser Plan zu riskant? War er bereit, alles aufs Spiel zu setzen? Er hatte keine Wahl. Milojevic musste gestoppt werden.

Die Zeit tickte erbarmungslos, und die Anspannung im LKA Hamburg war greifbar, als Olsen die Einsatzzentrale betrat. Das Licht im Raum war gedämpft, nur das Flimmern der Bildschirme, die den Hamburger Hafen überwachten, erhellte die Gesichter der Beamten. Es war die erste Phase des riskanten Plans, den sie sorgfältig geschmiedet hatten, und jede Sekunde zählte.

„Wir haben eine Spur," sagte Jonas, der am Computer saß und hektisch durch verschiedene Daten scrollte. „Ein Frachter aus dem Mittelmeerraum hat gestern Abend angelegt. Die Zollunterlagen sind lückenhaft – genau das, was wir erwartet haben. Ich glaube, das ist unsere Chance."

Olsen nickte, während er sich über Jonas' Schulter beugte und die Informationen auf dem Bildschirm überprüfte. Alles schien zu passen. Der Frachter, die verdächtigen Container, die unvollständigen Zollpapiere – es war die Art von Unregelmäßigkeiten, die sie erwarteten, wenn es um Milojevics Schmuggeloperation ging.

„Ist das Team bereit?" fragte Olsen ruhig.

„SEK steht in Position," antwortete Jonas, während er das Funkgerät überprüfte. „Wir warten nur noch auf deinen Befehl."

Olsen starrte einen Moment lang auf den Bildschirm. Die nächsten Minuten würden alles entscheiden. Wenn sie diesen Zugriff durchführten und richtig lagen, konnten sie Milojevics gesamtes Schmuggelnetzwerk zerschlagen. Aber wenn sie sich irrten, wäre es eine Katastrophe. Sie konnten es sich nicht leisten, einen weiteren Fehlschlag zu erleiden – nicht jetzt, wo sie so nah dran waren.

„Wir gehen rein," sagte Olsen schließlich und griff nach dem Funkgerät. „Bestätigt. Zugriff in fünf Minuten."

Die SEK-Teams hatten sich bereits um den Frachter positioniert. Die schweren Einsatzwagen standen in den Schatten verborgen, und die Männer warteten angespannt auf das Signal.

Jonas verfolgte den Funkverkehr zwischen den Teams, während Olsen sich neben ihn setzte und die Details des Plans noch einmal durchging. Sie hatten alles vorbereitet – die Positionen, die Zugangswege, die verdeckten Beobachter – es war der perfekte Zugriff.

„Sind wir sicher, dass es die richtige Ladung ist?" fragte Maren, die nun den Raum betrat, ihre Augen fest auf den Bildschirm gerichtet.

„Es passt alles zusammen," antwortete Jonas. „Die unvollständigen Papiere, die Herkunft des Frachters – es ist zu auffällig, um ein Zufall zu sein."

Olsen nickte, aber tief in ihm nagte ein unbestimmtes Gefühl. Sie hatten Milojevic so lange gejagt, und jedes Mal hatte er es geschafft, ihnen zu entkommen. War das hier nur eine weitere Falle? Oder hatten sie endlich eine echte Spur?

„Zugriff in 3 Minuten," meldete der SEK-Leiter über Funk. „Bereit zum Zugriff."

Olsen griff nach dem Funkgerät und bestätigte das Signal. „Verstanden. Zugriff in 3." Dann wandte er sich zu Jonas und Maren. „Das ist unsere Chance. Wir dürfen nicht zu früh handeln. Wir warten, bis die Fracht vollständig entladen ist. Dann schlagen wir zu."

Die Sekunden schlichen dahin, während der Frachter im Hafen langsam entladen wurde. Olsen spürte, wie sich seine Anspannung steigerte, doch er zwang sich zur Ruhe. Er konnte es sich nicht leisten, die Nerven zu verlieren. Jeder Fehler könnte den gesamten Einsatz gefährden.

Plötzlich knackte das Funkgerät, und die Stimme des SEK-Leiters meldete sich: „Fracht wird entladen. Zielobjekt in Bewegung. Bereit zum Zugriff."

Olsen hob das Funkgerät. „Verstanden. Zugriff in einer Minute." Er konnte das leise Klicken der Waffen hören, die gesichert wurden, das Geräusch der Stiefel, die sich leise auf den kalten Beton des Hafens bewegten. Alles war vorbereitet – es gab kein Zurück mehr.

Dann, im letzten Moment, bevor der Zugriff beginnen sollte, meldete sich eine weitere Stimme über Funk. „Warten Sie! Warten Sie! Das ist die falsche Fracht! Abbrechen!"

Olsen erstarrte. „Was zum Teufel?" murmelte er, während er das Funkgerät an den Mund hob. „Wiederholen Sie das!"

Die Stimme am anderen Ende klang gehetzt. „Abbrechen! Wir haben die falschen Informationen. Das ist nicht Milojevics Fracht. Es handelt sich um legale Ware – nichts Illegales an Bord. Abbrechen!"

Olsen spürte, wie sich ein eiskalter Schauer über seinen Rücken legte. „Jonas, überprüfe das!" rief er und drehte sich zu seinem Kollegen um.

Jonas tippte hektisch auf seinem Laptop herum, während seine Augen über den Bildschirm flogen. „Das kann nicht sein," murmelte er. „Alles hat gepasst..."

Doch die Wahrheit war eindeutig: Die Informationen, die sie erhalten hatten, waren falsch. Die Fracht war sauber. Es war keine illegale Ware an Bord, und der Zugriff hätte in einem Desaster geendet. Olsen schlug mit der Faust auf den Tisch.

„Verdammt!" fluchte er, während das SEK-Team sich aus seinen Positionen zurückzog.

„Wie ist das möglich?" fragte Maren ungläubig. „Wir hatten doch alles überprüft!"

Olsen starrte auf die Bildschirme, sein Herz raste. Sie hatten eine falsche Spur verfolgt – jemand hatte absichtlich falsche Informationen gestreut. „Es war ein Insider," sagte er schließlich, seine Stimme leise, aber voller Wut. „Jemand in unserem Team hat uns in die Irre geführt."

Die Bedeutung seiner Worte setzte sich langsam in den Köpfen der Anwesenden fest. Ein Verräter. Jemand innerhalb ihrer eigenen Reihen hatte absichtlich falsche Informationen verbreitet, um den Einsatz zu sabotieren. Es war kein einfacher Fehler – es war Absicht.

„Wir müssen herausfinden, wer es war," sagte Jonas und hob den Blick von seinem Laptop. „Wenn Milojevic jemanden in unseren Reihen hat, dann weiß er jetzt, dass wir ihm dicht auf den Fersen sind."

„Das wird er sowieso schon gewusst haben," entgegnete Maren, ihre Stimme scharf. „Aber das bedeutet, dass er noch gefährlicher ist, als wir dachten. Wenn er einen Maulwurf in unserem Team hat, dann könnten alle unsere Pläne in Gefahr sein."

„Wir müssen sofort handeln," sagte Olsen und trat entschlossen vor. „Jonas, analysiere die Kommunikationsprotokolle. Finde heraus, wer Zugriff auf die Informationen hatte und wie sie manipuliert wurden."

Jonas nickte und machte sich sofort an die Arbeit. Seine Finger flogen über die Tastatur, während er tief in die Daten eintauchte. Maren trat neben Olsen und legte ihm die Hand auf den Arm. „Bernd, das ist verdammt gefährlich. Wenn wir diesen Maulwurf nicht finden, bevor wir unseren nächsten Schritt machen, könnten wir alles verlieren."

„Ich weiß," antwortete Olsen leise, während er aus dem Fenster starrte. Der Regen hatte wieder eingesetzt und lief in dicken Tropfen die Scheiben hinunter. Es fühlte sich an, als ob die ganze Stadt gegen sie arbeitete, als ob sie immer tiefer in den Strudel der Korruption gezogen wurden, je näher sie Milojevic kamen.

Dann meldete sich Jonas plötzlich. „Ich habe etwas." Olsen und Maren eilten zu ihm, ihre Augen auf den Bildschirm gerichtet.

„Es gab eine Änderung in den Zugriffsprotokollen auf die Informationen über den Frachter," erklärte Jonas. „Jemand hat den ursprünglichen Bericht kurz vor dem Zugriff geändert. Es sieht aus, als ob die Daten manipuliert wurden."

Olsen ballte die Fäuste. „Wer?" fragte er scharf.

Jonas klickte weiter, bis er auf eine bestimmte Datei stieß. „Es war... jemand aus dem Team, das für die Überwachung der Frachter zuständig ist. Ein Kollege aus der Abteilung für Organisierte Kriminalität – Markus Vollmer."

„Vollmer?" Maren klang ungläubig. „Der arbeitet doch schon seit Jahren mit uns zusammen. Er ist ein sehr zuverlässiger Beamter."

„Offensichtlich nicht zuverlässig genug," sagte Olsen kalt. „Er hat uns absichtlich in die Irre geführt."

Maren schüttelte den Kopf. „Aber warum? Was hätte er davon?"

Olsen drehte sich zu ihr um, seine Augen hart. „Weil er für Milojevic arbeitet. Und das bedeutet, dass wir jetzt noch größere Probleme haben, als wir dachten."

Die Worte hingen schwer im Raum. Sie hatten wieder einmal einen Maulwurf in ihren eigenen Reihen – und nun mussten sie entscheiden, wie sie mit diesem Verrat umgehen sollten.

Die Uhr tickte, und sie hatten keine Zeit, sich lange aufzuhalten.

„Wir gehen weiter vor," sagte Olsen entschlossen. „Wir dürfen uns von diesem Verrat nicht aufhalten lassen. Vollmer wird sich nicht davonstehlen können. Aber wenn wir ihn jetzt damit konfrontieren, könnte er Milojevic warnen."

„Also lassen wir ihn laufen?" fragte Jonas, der sichtlich unzufrieden mit der Idee war.

„Für den Moment," erwiderte Olsen, seine Stimme fest. „Wir werden ihn überwachen, aber er weiß nicht, dass wir ihn enttarnt haben. Sobald der richtige Moment gekommen ist, schnappen wir ihn."

Es war eine bittere Entscheidung, aber Olsen wusste, dass sie keine andere Wahl hatten. Der Druck auf ihn wuchs mit jedem Moment, der verstrich. Jeder Fehltritt könnte den gesamten Plan zum Scheitern bringen – doch das größte Risiko war jetzt, nichts zu tun. Sie mussten handeln, und das schnell.

Die Nacht brach über Hamburg herein. Die sonst so geschäftige Zentrale war fast gespenstisch still, als Bernd Olsen auf den kleinen Monitor starrte, auf dem das Gesicht eines Mannes zu sehen war, der gerade in einer Zelle saß.

David „Davo" Markovic, ein Mitglied des Milojevic-Clans, und definitiv kein Schwergewicht. Er war nur ein kleiner Laufbursche, der für die großen Geschäfte des Clans benutzt wurde, aber er wusste mehr, als er zugeben wollte.

Doch in diesem Moment wusste Olsen, dass er einen Schritt weiterdenken musste. Es ging nicht um Davo – es ging um den König auf dem Schachbrett, um Jovan Milojevic selbst. Und um diesen zu schnappen, musste Olsen etwas tun, das ihm schwerfiel.

„Bernd," Marens Stimme riss ihn aus seinen Gedanken, als sie den Raum betrat. Sie warf einen Blick auf den Bildschirm, ihr Gesicht verfinsterte sich. „Davo?"

Olsen nickte knapp, ohne den Blick von der Überwachungskamera zu nehmen. „Ja. Wir haben ihn."

„Das weiß ich," sagte Maren leise und trat näher. „Die Frage ist, was du vorhast."

Olsen atmete tief durch und lehnte sich zurück. „Wir müssen ihn laufen lassen."

Maren erstarrte. Ihre Augen weiteten sich, als sie Olsen ansah, als hätte sie ihn falsch verstanden. „Laufen lassen? Bernd, er ist aktuell unsere beste Chance, an die Struktur des Clans zu kommen. Wenn wir ihn verlieren, verlieren wir wertvolle Informationen."

Olsen drehte sich zu ihr um, sein Gesicht ernst und entschlossen. „Das ist mir klar, aber Davo ist nichts im Vergleich zu Milojevic. Wenn wir ihn festhalten, könnte der Clan Verdacht schöpfen. Sie werden herausfinden, dass wir ihnen näherkommen, und dann wird Milojevic untertauchen. Wir haben keine Wahl."

Maren verschränkte die Arme vor der Brust und trat einen Schritt zurück. „Keine Wahl? Wir haben ihn gerade festgenommen. Wenn wir ihn jetzt freilassen, dann ist alles, was wir erreicht haben, für die Katz!"

Die Tür öffnete sich, und Jonas trat ein. „Was ist los?" fragte er, als er die Spannung zwischen Maren und Olsen bemerkte.

„Bernd will Davo freilassen," sagte Maren und sah Jonas an. „Ich versuche ihm gerade klarzumachen, dass das ein verdammt großer Fehler ist."

Jonas runzelte die Stirn und sah erst Maren, dann Olsen an. „Freilassen? Wieso? Davo ist doch kein unbedeutender Spieler.

Er kennt genug Leute im Clan, um uns wertvolle Hinweise zu liefern."

Olsen seufzte und stand auf, seine Hände in die Taschen seiner Jacke geschoben. „Hört zu, ich verstehe eure Bedenken. Aber wir jagen Milojevic, nicht Davo. Wenn wir ihn zu hart drängen, wird er zu Milojevic zurücklaufen, und dann wissen sie, dass wir ihnen gefährlich nahegekommen sind."

Er machte eine kurze Pause, um seine Gedanken zu sammeln.

„Wenn wir ihn laufen lassen, wird er uns unbewusst zu Milojevic führen. Er wird denken, dass er uns entkommen ist, aber wir werden ihm folgen."

Maren schüttelte den Kopf, ihre Stimme war ruhig, aber voller Enttäuschung. „Das ist nicht richtig, Bernd. Du spielst hier mit dem Leben eines Menschen – und zwar auf eine Weise, die..."

Sie verstummte, unfähig, den Satz zu beenden. „Wir sollten das nicht tun. Wir sind Polizisten. Es gibt Grenzen, die wir nicht überschreiten dürfen."

Olsen drehte sich zu ihr um und sah sie ernst an. „Ich weiß, dass das hart ist. Glaubst du, ich würde das tun, wenn es eine andere Möglichkeit gäbe? Wir haben es mit einem Mann zu tun, der Drogen im Wert von Millionen in die Stadt bringt und Menschen auf den Straßen sterben lässt. Wenn wir Milojevic kriegen, schneiden wir den Kopf der Schlange ab."

Jonas nickte langsam, obwohl er immer noch zögerte. „Aber was, wenn Davo uns in die Irre führt? Was, wenn er merkt, dass wir ihn beobachten?"

Olsen blickte auf den Bildschirm, auf dem Davo immer noch unschuldig in der Zelle saß. „Wir werden das Risiko eingehen müssen. Wir lassen ihn laufen, aber wir werden ihn nicht aus den Augen lassen. Jeder seiner Schritte wird überwacht. Sobald er zu Milojevic Kontakt aufnimmt, greifen wir zu."

Maren trat an den Tisch und lehnte sich dagegen, ihre Augen waren auf den Boden gerichtet. „Und was, wenn wir falsch liegen? Was, wenn Milojevic Wind davon bekommt und untertaucht? Wir haben keinen zweiten Versuch, Bernd."

„Das weiß ich," sagte Olsen leise. „Aber wenn wir Milojevic jetzt warnen, verlieren wir alles. Das Risiko ist hoch, ich weiß. Aber wir können nicht anders handeln. Nicht, wenn wir das große Ziel erreichen wollen."

Die Spannung im Raum war greifbar, als Maren ihre Arme verschränkte und den Kopf schüttelte. „Ich weiß nicht, ob ich das mit meinem Gewissen vereinbaren kann. Wir haben die Pflicht, jeden Verbrecher zu verfolgen. Und jetzt lässt du einfach jemanden laufen, den wir endlich in den Fingern haben."

„Maren, versteh mich," sagte Olsen, und in seiner Stimme lag eine drängende Verzweiflung. „Ich will ihn nicht einfach laufen lassen. Ich sehe ihn als Mittel zum Zweck. Milojevic ist der wahre Feind hier, und wenn wir Davo festhalten, verlieren wir unsere vielleicht letzte Chance, an den Kopf der Operation ranzukommen."

Jonas sah zwischen den beiden hin und her, während die Spannung weiterstieg. „Vielleicht gibt es eine Möglichkeit, beides zu erreichen," sagte er schließlich. „Wir könnten Davo festhalten und ihn als Druckmittel benutzen, um Milojevic aus seinem Versteck zu locken."

„Das würde Milojevic nur nervös machen," entgegnete Olsen. „Er wird sich sofort zurückziehen. Wenn wir Davo laufen lassen, denkt er, dass wir auf der falschen Fährte sind. Milojevic fühlt sich sicher und wird unvorsichtig. Wir brauchen diesen Moment der Unvorsichtigkeit, um zuzuschlagen."

Maren sah ihn lange an, als ob sie versuchte, in seinem Gesicht zu lesen, ob er selbst an das glaubte, was er sagte.

„Also lässt du einen Verbrecher laufen, in der Hoffnung, dass er uns zum Boss führt. Das ist ein riskanter Plan, Bernd. Und ich frage mich, ob du bereit bist, mit den Konsequenzen zu leben."

Olsen schwieg für einen Moment, dann nickte er. „Ja, das bin ich. Weil wir keine andere Wahl haben."

Jonas trat neben Maren und sagte leise: „Bernd hat recht. Das hier ist größer als Davo. Es geht um das ganze Netzwerk. Wenn wir Milojevic kriegen, wird alles zusammenbrechen. Wir müssen das Risiko eingehen."

Maren schloss die Augen und atmete tief durch. „Okay," sagte sie schließlich, ihre Stimme leise, aber fest. „Aber ich will, dass wir das richtig machen. Wir dürfen nichts übersehen. Wenn Davo uns entkommt, und Milojevic dadurch gewarnt wird, dann sind wir geliefert."

Olsen nickte und legte seine Hand auf Marens Schulter. „Das wird nicht passieren. Wir werden alles überwachen, jeden Schritt, den er macht."

Dann griff er zum Funkgerät und gab den Befehl. „Lasst Davo laufen. Aber er wird rund um die Uhr überwacht. Kein Schritt ohne Beobachtung. Wenn er auch nur den kleinsten Kontakt mit Milojevic aufnimmt, greifen wir zu."

Der Befehl war gegeben. Davo würde gehen. Olsen wusste, dass diese Entscheidung seine schwerste seit langem war, aber sie war notwendig. Der Plan war riskant, und das ganze Team wusste es. Doch der Druck wuchs, und sie hatten nur diese eine Chance, um den Milojevic-Clan endgültig zu zerschlagen.

Maren blieb zurück, ihre Arme noch immer verschränkt, während Olsen den Raum verließ. „Du weißt, dass das alles schiefgehen könnte," flüsterte sie in die Stille. „Ich hoffe, du hast recht, Bernd."

Showdown

Der Regen hatte sich in einen feinen Nebel verwandelt. An den Ufern des Sees, der sich ruhig in der Dunkelheit erstreckte, stand die prächtige Villa, umgeben von dichten Bäumen und hohen Zäunen. Sie war der perfekte Ort für ein geheimes Treffen. Bernd Olsen saß mit seinem Team in sicherer Entfernung, verborgen im Schatten der Bäume, und spürte, wie sich die Anspannung in der Luft verdichtete. Heute Nacht musste alles perfekt laufen.

Im Inneren der Villa wartete Gregor Stein, ein hochrangiger Bundestagsabgeordneter, der eine Schlüsselrolle in der deutschen Politik spielte. Stein war nicht nur ein prominenter Vertreter seiner Partei, sondern auch Mitglied im Ausschuss für Innere Sicherheit und Verteidigung, wo er für seine harten Standpunkte gegen organisierte Kriminalität bekannt war. Doch hinter dieser Fassade steckte eine dunkle Wahrheit – er war tief in die Machenschaften des Milojevic-Clans verwickelt, und heute Nacht würde der Beweis dafür ans Licht kommen.

„Bernd, es bewegt sich was," flüsterte Maren Starke ins Funkgerät. Ihre Augen waren fest auf die Kamerabilder gerichtet, die das Gelände der Villa überwachten. „Ein schwarzer Wagen ist gerade vorgefahren. Getönte Scheiben, schwer zu erkennen, aber es muss Milojevic sein."

Olsen atmete tief durch und nickte, obwohl sie ihn nicht sehen konnte. „Bleib dran. Wir greifen erst zu, wenn wir den endgültigen Beweis haben. Stein ist drinnen – wir warten auf Milojevic." Seine Stimme war ruhig, doch die Anspannung lag in jedem seiner Worte. Dies war der Moment, auf den sie monatelang hingearbeitet hatten.

Gregor Stein, der sonst so selbstbewusste und gerissene Politiker, saß zu dieser Stunde tief in der Falle, die er sich selbst gestellt hatte.

Seine Karriere war steil gewesen, doch er hatte sich in den dunklen Netzwerken der organisierten Kriminalität verstrickt. Über Jahre hatte er den Milojevic-Clan geschützt und gleichzeitig seine harte politische Linie gegen genau solche Verbrechen verteidigt. Doch in dieser Nacht, während er in einem prunkvollen Raum der Villa saß, war von seiner gewohnten Fassade nur noch wenig übrig.

„Wo ist er?" murmelte Stein nervös, während er sich eine Zigarette anzündete. Die Flammen des Feuerzeugs spiegelten sich in seinen unruhigen Augen wider. „Wir haben nicht ewig Zeit."

Drinnen herrschte gedämpfte Stille, nur das leise Ticken der Uhr an der Wand durchbrach das Schweigen. Stein zupfte nervös an seiner Krawatte, sein Blick immer wieder zur Tür wandernd. Jovan Milojevic, der skrupellose Kopf des Drogenkartells, würde jede Minute eintreffen.

Stein wusste, dass er keine Wahl hatte. Die Abmachungen, die er mit Milojevic getroffen hatte, waren längst zu tief verwurzelt, als dass er jetzt aussteigen konnte. Ein Rückzug würde das Ende seiner politischen Karriere bedeuten – oder schlimmer noch, das Ende seines Lebens.

„Bernd, Milojevic betritt gerade die Villa," kam Marens ruhige, aber angespannte Stimme über das Funkgerät. „Er hat zwei Männer bei sich, beide schwer bewaffnet."

Olsen verengte die Augen und konzentrierte sich. „Verstanden. Alle Einheiten, bereitmachen. Kein Zugriff, bevor wir den Beweis haben. Bleibt in Position." Er konnte die Nervosität seines Teams förmlich spüren, doch er wusste, dass sie warten mussten. Nur ein falscher Schritt, und Milojevic würde entkommen – und damit auch Stein.

Drinnen in der Villa schlich sich Jonas Holst, der verdeckt als Teil des Personals eingeschleust worden war, durch die Flure. Sein Herz raste, aber seine Bewegungen blieben präzise und unauffällig.

Er musste das Treffen überwachen, das alles ändern würde. Der kleine Sender, den er unter dem Tisch im Besprechungsraum angebracht hatte, sollte jedes Wort auf die im Sender integrierte SD-Karte aufzeichnen. „Das ist unsere einzige Chance," dachte Jonas, während er sich in einer Ecke des Raumes in Position brachte.

Die massive Holztür öffnete sich langsam, und in den Raum trat Jovan Milojevic. Seine Präsenz war einschüchternd, seine Augen eiskalt und berechnend. Der Clanboss war kein gewöhnlicher Verbrecher – er hatte ein Netz von Verbindungen, das bis in die höchsten Ränge der europäischen Politik reichte. Neben ihm traten zwei seiner Männer ein, beide finstere Gestalten, die aufmerksam den Raum scannten, bevor sie sich an die Wände stellten.

„Endlich," murmelte Milojevic, während er sich auf den Ledersessel am Kopfende des Tisches setzte. Sein Blick wanderte zu Gregor Stein, der unruhig an seiner Zigarette zog. „Hast du alles vorbereitet?"

Stein nickte hastig, während er die Zigarette ausdrückte. „Das Geld ist auf den Offshore-Konten bereit. Es gibt keine Probleme." Doch seine Stimme zitterte leicht, und Milojevic bemerkte es sofort. „Du wirkst angespannt, Gregor. Gibt es etwas, das ich wissen sollte?"

Der Politiker schüttelte den Kopf, versuchte seine Unsicherheit zu verbergen. „Nein, nein. Es ist alles in Ordnung. Aber wir müssen vorsichtig sein. Es gibt Leute, die anfangen, Fragen zu stellen." Er spielte nervös mit dem goldenen Kugelschreiber auf dem Tisch, während seine Augen flüchtig den Raum durchsuchten, als er den Blickkontakt mit Milojevic mied.

Milojevic lächelte kalt. „Fragen? Ich hoffe, du weißt, was auf dem Spiel steht. Du hast dich tief genug in meine Geschäfte verwickelt, dass es keinen Weg mehr zurückgibt. Wenn du fällst, Gregor, dann fällst du hart."

Stein nickte, aber er sagte nichts. Der Druck auf ihn wuchs von Minute zu Minute, während er die Kontrolle über die Situation immer mehr zu verlieren schien. Er war längst kein Politiker mehr, sondern eine Marionette in den Händen von Verbrechern, gefangen in einem Netz aus Drogenhandel, Waffenlieferungen und Bestechung.

Draußen im Auto spannte sich Olsens Körper an, als er die Worte über das Funkgerät hörte. „Das ist es," dachte er, während er sich auf die Aufzeichnung konzentrierte. „Wir haben ihn. Milojevic bestätigt Steins Verstrickung in das Netzwerk."

„Bernd, alles läuft nach Plan," flüsterte Jonas durch das Funkgerät. „Ich habe alles aufgezeichnet. Aus der Nummer kommen die beiden nicht mehr heraus."

Olsen nickte, während sein Puls raste. „Wartet noch. Wir müssen sicher sein, dass sie alles enthüllen." Seine Augen suchten die Dunkelheit, als ob er damit Milojevic durch die Mauern der Villa hindurchsehen könnte. Er wusste, dass dieser Moment entscheidend war.

Im Inneren des Raums lehnte sich Milojevic zurück und klopfte mit den Fingern auf die Armlehne seines Sessels. „Die nächste Lieferung geht in einer Woche raus," sagte er leise. „Fünfhundert Kilo Kokain, wie besprochen. Du sorgst dafür, dass die Grenzkontrollen sauber laufen. Keine Probleme. Keine unnötigen Fragen."

Stein nickte, seine Hände zitterten leicht, als er seine Papiere zusammenraffte. „Ich werde es regeln. Die Leute an den entscheidenden Stellen wissen, was zu tun ist. Aber wir müssen vorsichtig sein. Die Behörden sind aufmerksam."

Milojevic lachte leise, ein kaltes, gefährliches Lachen. „Die Behörden sind immer aufmerksam. Aber das wird uns nicht aufhalten. Wenn du deine Arbeit machst, Gregor, wird niemand auch nur die geringste Ahnung haben, was wirklich passiert."

„Wir haben genug," meldete sich Jonas leise über Funk. „Das Gespräch ist komplett. Wir können jetzt zugreifen."

Olsen spürte, wie sich seine Muskeln anspannten. „Bereit machen zum Zugriff," sagte er ins Funkgerät und richtete sich im Sitz auf. „Wir warten noch auf das Signal. Milojevic darf uns nicht entkommen."

Die Minuten vergingen langsam, die Spannung im Raum wuchs weiter. Gregor Stein wischte sich nervös den Schweiß von der Stirn, während Milojevic ihn kalt musterte. Sie hatten alles besprochen – das Geschäft, das Geld, die Lieferung. Doch in Olsens Brust wuchs das ungute Gefühl, dass Milojevic einen Plan hatte, von dem sie noch nichts wussten.

Plötzlich knackte das Funkgerät erneut. „Bernd, es gibt ein Problem," kam Marens Stimme über den Äther. „Einer von Milojevics Männern hat etwas bemerkt. Sie werden misstrauisch."

Olsens Puls beschleunigte sich. „Verdammt," flüsterte er und griff nach dem Funkgerät. „Alle Einheiten, bereit zum Zugriff. Wir dürfen ihn nicht entkommen lassen!" Doch tief in ihm wusste er, dass sie nun auf dünnem Eis tanzten. Jeder Fehler könnte dazu führen, dass Milojevic ihnen erneut entglitt.

Die Dunkelheit lag schwer über der Villa, und während die Sekunden verstrichen, war klar, dass der entscheidende Moment näher rückte. Die Falle war bereit, doch noch wusste niemand, ob sie auch zuschnappen würde – oder ob Milojevic ihnen ein weiteres Mal entkommen würde.

Eine bedrückende Stille umgab die Villa, während sich die Spannung im Inneren immer weiter zuspitzte. Draußen, im Schatten der hohen Bäume und hinter den Mauern, die das Anwesen umgaben, beobachteten Bernd Olsen und sein Team jedes Detail des Treffens zwischen dem Clanboss Jovan Milojevic und dem einflussreichen Politiker Gregor Stein. Es war eine Situation voller Risiken. Ein Fehler, ein falscher Schritt – und der Plan würde in sich zusammenbrechen.

„Olsen, wir haben alles aufgenommen," meldete Jonas Holst leise über Funk. Er war immer noch verdeckt im Haus, in einem Nebenzimmer, versteckt hinter einer schweren Holztür. Seine Aufgabe war es, das Treffen zu überwachen und jedes Wort aufzuzeichnen, das zwischen Milojevic und Stein fiel. „Stein wirkt mehr als nervös."

Gregor Stein, ein langjähriger Bundestagsabgeordneter, war bekannt für seine strikten Positionen gegen organisierte Kriminalität. Er war Teil des Ausschusses für Innere Sicherheit und Verteidigung, und viele betrachteten ihn als einen der härtesten politischen Köpfe in Deutschland, wenn es um Sicherheit und Verteidigungspolitik ging.

Doch was nur wenige wussten, war, dass Stein seit Jahren ein Doppelleben führte. Hinter der Fassade des aufrechten Politikers war er tief in den Machenschaften des Milojevic-Clans verstrickt, und heute Nacht traf er sich mit seinem größten Verbündeten – oder seinem schlimmsten Feind.

Drinnen im Raum hatte Stein kaum die Fassade der Ruhe wahren können. Seit Monaten baute sich der Druck auf, und heute Nacht stand er kurz davor, unter diesem Druck zusammenzubrechen. „Es muss schnell gehen," hatte er zu Milojevic gesagt, seine Hand zitterte leicht, als er eine weitere Zigarette anzündete.

„Bernd, ich höre jedes Wort," meldete sich Jonas wieder. „Stein klingt total nervös. Milojevic ist ruhig, aber Stein... der Kerl bricht fast zusammen." Jonas beobachtete die Szene durch einen schmalen Spalt in der Tür, immer bereit, sofort zu handeln, falls sich etwas Unerwartetes ergab.

Maren Starke, die draußen in einem Lieferwagen saß und die Überwachungsgeräte im Auge behielt, flüsterte ins Funkgerät: „Der Typ hat Dreck am Stecken, das wissen wir jetzt sicher.

Gregor Stein – der Politiker, der immer so hart gegen Kriminalität auftritt – ist genau das Gegenteil von dem, was er vorgibt zu sein." Sie konnte den Zorn in ihrer Stimme nicht verbergen. „Es ist unfassbar, wie tief die Korruption reicht."

Olsen lauschte aufmerksam über das Funkgerät, während er im Auto saß, versteckt in den Schatten einer Baumgruppe, die das Anwesen umgab. „Bleibt ruhig," flüsterte er, seine Augen auf die Kameraüberwachung gerichtet, die jeden Winkel der Villa abdeckte. „Wir müssen das ganze Gespräch haben. Kein Zugreifen, bevor wir alles in der Hand haben."

Es war ein riskantes Spiel, doch es war das Einzige, das sie spielen konnten.

Im Inneren des Raums nahm das Gespräch zwischen Stein und Milojevic eine düstere Wendung. „Du weißt, was auf dem Spiel steht," sagte Milojevic, während er sich zurücklehnte, sein Blick fest auf den nervösen Politiker gerichtet. „Das Geld ist bereit, aber wenn du deine Leute an den richtigen Stellen nicht unter Kontrolle hast, Gregor, wird alles zusammenbrechen."

Stein nickte hastig, seine Hände zitterten, als er sich über den Tisch beugte. „Keine Sorge. Alles ist vorbereitet. Die nächste Lieferung wird durch den Zoll kommen, ohne dass jemand auch nur eine Frage stellt." Seine Stimme war gepresst, voller Angst und Unsicherheit.

„Verdammt," murmelte Jonas, während er das Gespräch weiter überwachte. „Das ist ja noch größer, als wir dachten. Sie planen, den Zoll zu manipulieren, um die nächste Drogenlieferung durchzubringen."

Der Verdacht, dass Stein seine politischen Kontakte ausnutzte, um Milojevics Drogengeschäfte abzusichern, bestätigte sich mit jedem Wort, das er sprach. „Dieser Kerl ist bis zum Hals drin," dachte Jonas, während er weiterhin lauschte.

Draußen behielt Maren die Überwachungskameras im Auge, die auf den Eingangsbereich der Villa gerichtet waren. „Keine ungewöhnliche Bewegung draußen," flüsterte sie über Funk. „Aber wir müssen wachsam bleiben. Milojevic wird Verdacht schöpfen, wenn er das Gefühl hat, beobachtet zu werden."

„Jonas, bleib ruhig," meldete sich Olsen. „Wir warten, bis sie alles offenlegen. Dann greifen wir zu. Aber nicht vorher." Er wusste, dass die Gefahr wuchs, je länger sie warteten, doch sie mussten alles über die Verbindung zwischen Stein und Milojevic wissen, bevor sie handeln konnten.

Im Raum zog Milojevic die Augenbrauen hoch, als er Stein musterte. „Du scheinst nervös, Gregor. Vielleicht hast du doch nicht alles unter Kontrolle?" Seine Stimme war leise, aber jede Silbe trug eine unterschwellige Drohung in sich.

Stein wischte sich den Schweiß von der Stirn. „Natürlich habe ich alles unter Kontrolle," entgegnete er, doch die Angst in seiner Stimme war unüberhörbar. „Aber die Zollbehörden sind mittlerweile nervös. Sie wissen, dass etwas im Gange ist."

Milojevic lehnte sich zurück, das Lächeln eines Raubtieres auf den Lippen. „Nervös? Dann sorg dafür, dass sie still sind. Du weißt, was passiert, wenn jemand den Mund aufmacht." Die Drohung lag schwer in der Luft, und Stein, der sonst so mächtige Politiker, wirkte plötzlich wie ein schwacher Mann, der sich in einer Falle wähnte.

„Wir haben alles," flüsterte Jonas ins Funkgerät, als er die Aufnahme überprüfte. „Stein gibt offen zu, dass er den Zoll manipuliert hat. Milojevic plant den nächsten großen Drogen-Deal. Wir können jetzt zuschlagen."

Doch genau in diesem Moment knackte das Funkgerät, und Marens Stimme durchbrach die Stille: „Bernd, ich glaube, sie wissen, dass wir hier sind. Einer von Milojevics Männern hat draußen etwas entdeckt. Sie sprechen miteinander, ich glaube, sie haben uns bemerkt."

Olsens Herz setzte einen Moment lang aus, bevor es rasend schnell schlug. „Verdammt," flüsterte er. „Alle Einheiten, Zugriff bereit machen!" Sie hatten keine Zeit mehr zu verlieren. „Jonas, halte dich bereit. Wenn sie uns enttarnen, schlagen wir sofort zu."

Drinnen in der Villa sah Jonas, wie sich die Körperhaltung von Milojevics Männern veränderte. Sie schienen unruhig zu werden, ihre Blicke huschten immer wieder zu den Türen und Fenstern. „Es wird ungemütlich," dachte Jonas, als er sich hinter einer der Wände in Deckung begab.

Milojevic stand abrupt auf, sein Gesicht ausdruckslos, doch seine Augen funkelten vor Misstrauen. „Ich denke, das Treffen ist vorbei," sagte er kalt. „Ich hoffe, du hältst dich an deinen Teil der Abmachung, Gregor. Sonst werde ich es tun müssen."

Stein nickte nervös, stand auf und griff nach seinen Papieren. „Natürlich werde ich das." Doch seine Stimme war kaum mehr als ein Flüstern.

Draußen begann sich etwas zu bewegen. Olsen spürte, dass ihnen nur noch Sekunden blieben, bevor das Treffen zu Ende war und Milojevic erneut in den Schatten verschwinden würde.

„Bereitmachen zum Zugriff!" rief Olsen ins Funkgerät, seine Stimme fest, aber die Anspannung in ihm war spürbar. Sie mussten Milojevic jetzt schnappen – oder sie würden eine weitere Chance verlieren.

Die Luft um die Villa wurde schwerer, als ob sie die kommende Gefahr spüren konnte. Drinnen herrschte eine seltsame Stille, unterbrochen nur vom leisen Knistern der teuren Zigarren, die auf den Tisch im Hauptzimmer gelegt wurden. Gregor Stein, der hochrangige Bundestagsabgeordnete, zog nervös an seiner Zigarette, seine Augen huschten immer wieder zwischen Jovan Milojevic und den beiden schweigsamen Männern hin und her, die an den Wänden Wache hielten.

Stein war bis zum Hals in den illegalen Aktivitäten des Milojevic-Clans verwickelt. Für die Öffentlichkeit war er ein Mann, der Korruption und Drogenhandel bekämpfte, doch hinter den Kulissen war er das Gegenteil: Er war der stille Mittelsmann, der dafür sorgte, dass Milojevics Drogen über den Zoll kamen, ohne dass jemand Fragen stellte. Und jetzt saß er in dieser Villa, und jede Faser seines Körpers wusste, dass dies eines der gefährlichsten Treffen seines Lebens war.

„Wir müssen jetzt handeln, Bernd," flüsterte Jonas Holst durch das Funkgerät, während er sich hinter einer Wand in der Nähe des Hauptzimmers versteckte. „Sie sind dabei, alles zu beenden. Wenn Milojevic geht, haben wir keine Chance mehr."

Olsen starrte auf die Überwachungsmonitore im Van, seine Hände um das Funkgerät verkrampft. Er konnte Stein sehen, wie er sich unruhig hin- und herbewegte, während Milojevic, ruhig und kontrolliert, ihn mit einem durchdringenden Blick fixierte. „Wir warten noch," flüsterte Olsen, während er die Zähne zusammenbiss. „Wir müssen Milojevic haben. Stein ist uns nicht genug. Bleibt dran, bis sie das Geschäft abgeschlossen haben."

Drinnen zog Milojevic an seiner Zigarre und musterte Stein weiterhin schweigend. „Du wirkst nervös, Gregor," sagte er schließlich, seine Stimme kalt und schneidend. „Das gefällt mir nicht. Ich habe keine Geduld für Leute, die anfangen, nervös zu werden."

Seine Worte hingen schwer in der Luft, und Stein schluckte schwer, als er die Bedeutung dieser Worte erkannte.

„Alles ist in Ordnung," sagte Stein hastig, während er versuchte, sich zu sammeln. „Der Zoll ist unter Kontrolle. Du musst dir keine Sorgen machen."

Doch Milojevic war kein Mann, der sich leicht beruhigen ließ. „Du weißt, was passiert, wenn etwas schiefgeht," murmelte er, während er die Zigarre langsam ausdrückte. „Ich habe kein

Problem damit, einen neuen Kontakt zu finden, wenn du versagst."

„Bernd, er setzt Stein unter Druck," flüsterte Jonas über Funk. „Wenn wir jetzt nicht zugreifen, könnte das hier schnell eskalieren."

Olsen wusste, dass die Zeit knapp wurde. „Maren, wie sieht es draußen aus?" fragte er durch das Funkgerät, als er die Monitore weiter beobachtete. „Sieht Milojevic nach einem Rückzug aus?"

„Noch nicht," kam die Antwort von Maren Starke, die draußen im Van die Überwachung überwachte. „Aber ich habe ein ungutes Gefühl. Seine Leute werden unruhig. Einer seiner Männer hat die Umgebung bereits zweimal abgesucht. Es ist, als ob sie merken, dass etwas nicht stimmt."

„Wir warten noch!" Olsen musste sicher sein, dass sie Milojevic in flagranti erwischten. Doch tief in ihm wuchs die Erkenntnis, dass diese Situation schnell außer Kontrolle geraten könnte.

„Seid bereit für den Zugriff, wenn ich das Signal gebe. Niemand bewegt sich, bevor ich grünes Licht gebe!"

In der Villa standen die beiden Männer nun auf. Milojevic sah Stein an, als ob er seine Gedanken lesen könnte. „Gregor, ich habe viel Geduld mit dir gehabt," sagte er leise. „Aber du weißt, dass ich dich fallen lasse, wenn du einen Fehler machst."

Stein nickte hastig, seine Hände zitterten leicht, als er seine Unterlagen zusammenraffte. „Es wird keine Fehler geben. Die Lieferung wird glatt laufen. Ich verspreche es."

Milojevic musterte ihn noch einen Moment, dann wandte er sich ab und machte eine Handbewegung in Richtung seiner Wachen.

„Das Treffen ist vorbei," sagte er. „Mach dich bereit, Gregor. Die nächste Woche wird entscheidend für dich sein."

Stein wurde noch blasser, aber er nickte nur und folgte Milojevic zum Ausgang des Raums. „Wir sind fertig," meldete sich Jonas ins Funkgerät. „Milojevic will gehen."

Plötzlich knackte das Funkgerät von Maren im Überwachungswagen. „Bernd, wir haben ein Problem. Ich glaube, sie wissen, dass wir hier sind."

Olsens Herz raste. „Verdammt," flüsterte er. „Alle Einheiten, bereit zum Zugriff!" Das Timing war entscheidend. Sie konnten Milojevic nicht entkommen lassen, doch wenn sie zu früh zuschlugen, könnten Stein und Milojevic sich noch herauswinden.

Im Haus begann sich die Situation rasch zu verändern. Jonas beobachtete, wie einer der Wachmänner unruhig die Hand an sein Funkgerät legte und mit einem hastigen Blick zu Milojevic lief. „Chef, wir müssen gehen," sagte der Mann leise, aber dringend. „Es ist nicht sicher hier."

Milojevic drehte sich abrupt um, seine Augen verengten sich zu schmalen Schlitzen. „Was hast du entdeckt?" fragte er, seine Stimme kühl und tödlich. Der Wachmann flüsterte ihm etwas ins Ohr, und im nächsten Moment war es, als ob sich ein Schalter in Milojevics Kopf umlegte. „Wir werden beobachtet," sagte er leise. „Los, raus hier!"

„Jetzt!" brüllte Olsen ins Funkgerät. „Zugriff, sofort!"

Die SEK-Teams stürmten auf das Gelände der Villa zu, ihre Schritte schnell und präzise, während sie sich auf die Eingänge zubewegten. Doch drinnen war die Lage bereits außer Kontrolle geraten.

Milojevic zog eine Pistole aus seiner Jacke und sah zu Stein hinüber, der starr vor Schreck war. „Du hast mir das eingebrockt, Gregor," knurrte er. „Jetzt hoffe ich, dass du weißt, wie du hier rauskommst."

In dem Moment krachte die Tür des Raums auf, und SEK-Beamte strömten herein. „Polizei! Keine Bewegung!" rief einer der Beamten, doch es war zu spät. Schüsse fielen, und der Raum explodierte in Chaos. Einer von Milojevics Männern feuerte gezielt auf die Beamten, während Milojevic durch eine Seitentür flüchtete.

„Verdammt, sie schießen!" schrie Jonas, als er sich hinter einem schweren Bücherregal in Deckung warf. „Milojevic entkommt!"

Olsen rannte über das nasse Gras, während um ihn herum die SEK-Teams versuchten, die Kontrolle über die Villa zu erlangen. „Verfolgt Milojevic! rief er ins Funkgerät, während er sich auf die Seitentür zubewegte, durch die Milojevic geflohen war. Doch als er die Villa erreichte, sah er nur noch die Rücklichter eines schwarzen Wagens, der mit quietschenden Reifen durch die Bäume verschwand.

Drinnen in der Villa herrschte Chaos. Gregor Stein lag blutüberströmt auf dem Boden, schwer verwundet, aber noch am Leben. „Sanitäter, sofort!" rief Jonas, als er sich zu Stein kniete und versuchte, den Blutfluss zu stoppen.

„Milojevic ist entkommen," meldete sich einer der SEK-Beamten über Funk, seine Stimme angespannt. „Er ist in einem Wagen geflüchtet. Wir haben seine Spur verloren."

Olsen stand schwer atmend in der Tür der Villa, sein Blick war starr auf die Stelle gerichtet, an der Milojevic verschwunden war. „Verdammt!" fluchte er, während er die Hände zu Fäusten ballte. „Er ist uns wieder entwischt."

Drinnen in der Villa war der Politiker Gregor Stein noch immer bei Bewusstsein, aber schwer verwundet. Blut sickerte durch sein Hemd, während er versuchte, sich zu bewegen, doch jeder Atemzug schien ihm große Schmerzen zu bereiten. Jonas kniete neben ihm, die Hände blutverschmiert, während er versuchte, den Druck auf die Wunde zu verstärken.

„Bleib ruhig, wir holen dich hier raus," murmelte Jonas, während im Hintergrund das SEK-Team das Haus sicherte. Die Sirenen der Sanitäter waren bereits zu hören, und in wenigen Minuten würde Stein in ärztlicher Obhut sein – doch der Schaden war angerichtet.

Stein, der so viele Jahre als einflussreicher Politiker gegolten hatte, lag nun blutend am Boden, seine politische Karriere und sein Leben kurz vor dem Zerfall.

Olsen trat an Jonas heran und betrachtete Stein mit einem kalten, kalkulierenden Blick. „Wir haben ihn in der Hand," sagte er leise. „Er wird alles auspacken müssen, wenn er überleben will."

„Aber Milojevic..." Jonas schüttelte den Kopf, die Enttäuschung über den gescheiterten Zugriff war ihm deutlich anzusehen. „Er ist entkommen, Bernd. Wir hatten ihn fast."

Olsen nickte, seine Kiefermuskeln angespannt. „Ja, er ist entkommen," sagte er langsam. „Aber wir haben das Gespräch, und wir haben Stein. Das ist genug, um die Jagd auf Milojevic zu verstärken. Jetzt wissen wir, wie tief die Korruption reicht."

Maren Starke stieß von hinten dazu, ihre Stirn in Falten gelegt. „Stein wird uns helfen müssen. Er hat keine Wahl mehr." Sie blickte auf den verletzten Politiker herab, der schwer atmend versuchte, die Augen offen zu halten. „Wenn wir Milojevic stoppen wollen, dann müssen wir ihn zwingen, alles offenzulegen."

Stein versuchte, etwas zu sagen, doch nur ein schmerzliches Keuchen kam über seine Lippen. Olsen trat näher an ihn heran und beugte sich vor.

„Du wirst uns alles sagen," flüsterte er bedrohlich. „Wir wissen, dass du tief in Milojevics Geschäften steckst. Wenn du jetzt kooperierst, hast du vielleicht eine Chance, das hier zu überleben."

Stein nickte schwach, unfähig, zu sprechen, aber in seinen Augen war die Erkenntnis zu sehen – er hatte keine andere Wahl. Sein ganzes Netz, das über Jahre aufgebaut war, begann sich aufzulösen, und er wusste, dass der Preis für sein Schweigen zu hoch war.

Die Sanitäter stürmten herein und legten Stein auf eine Trage. Während sie ihn aus der Villa trugen, blickte Olsen ihm nach, seine Gedanken schwirrten vor Plänen, wie sie nun Milojevic fassen konnten.

„Milojevic hat sich dieses Mal in Sicherheit gebracht," dachte Olsen bitter, „aber er wird nicht lange versteckt bleiben können. Stein wird uns die Namen nennen. Er muss."

Doch tief in ihm wusste er, dass Milojevic sich erneut einen Vorteil verschafft hatte. „Wir müssen schneller werden," murmelte Olsen leise. „Beim nächsten Mal lassen wir ihn nicht entkommen."

Die Sirenen der Rettungswagen verklangen allmählich, während die Villa von den SEK-Teams gesichert wurde. Das schwere Atmen von Bernd Olsen hallte in der kühlen Nachtluft wider, während er auf den Asphalt starrte, wo bis vor wenigen Minuten ein schwarzer Wagen gestanden hatte – der Wagen, der Jovan Milojevic ins Dunkel hatte entkommen lassen.

Die Razzia war vorbei, aber das Gefühl des Versagens lag schwer auf allen Schultern. „Wir hatten ihn," dachte Olsen bitter, als er sich durch das feuchte Haar fuhr. „Wir waren so nah dran..."

Doch nah dran reichte nicht in dieser Welt. In dem Moment, in dem Milojevic das Anwesen verlassen hatte, hatten sie die Chance verloren, ihn endlich festzunageln.

Neben ihm stand Maren, die den Blick auf das Haus gerichtet hielt. Ihre Stirn war in tiefe Falten gelegt, und ihre Hände vergruben sich fest in den Taschen ihrer Jacke.

„Das sollte unser Moment sein," flüsterte sie, ihre Stimme war kaum mehr als ein Hauch, voller unterdrückter Wut. „Wir hatten alles vorbereitet, Bernd. Und trotzdem..." Sie schüttelte den Kopf und ließ den Satz in der Luft hängen.

Olsen nickte langsam, seine Kiefer verkrampft vor Anspannung. „Wir haben versagt," sagte er mit leiser Stimme, fast mehr zu sich selbst. „Milojevic ist weg. Und Gregor Stein..."

Seine Gedanken wanderten zu dem Politiker, der blutend auf einer Trage im Rettungswagen lag und in ein Krankenhaus gebracht wurde. Stein war schwer verwundet, aber er war noch am Leben.

Ein Mann, der bis vor kurzem noch als Schattenminister für Innere Sicherheit im Gespräch gewesen war, der Mann, der für viele als Kämpfer gegen das organisierte Verbrechen gegolten hatte, entpuppt sich als Marionette eines Drogenbarons.

„Wir haben Stein," sagte Jonas Holst, der mit blassem Gesicht neben ihnen stand. Seine Augen waren müde, aber in ihnen loderte die Enttäuschung. „Aber was bringt uns das? Milojevic ist weg. Wieder." Jonas schüttelte den Kopf, die Worte tropften schwer aus ihm heraus. „Er ist entkommen, Bernd. Wir hatten ihn, und jetzt ist er wieder im Wind."

Maren verschränkte die Arme vor der Brust und sah Jonas lange an. „Wir haben den Beweis, Jonas," sagte sie fest, obwohl in ihrer Stimme der Zweifel mitschwang. „Gregor Stein hat alles zugegeben. Wir haben das Gespräch, die Verbindung zu Milojevic – das ist unser Hebel. Wenn Stein redet, können wir das Netz aufbrechen."

„Ein Hebel?" Jonas lachte bitter, seine Augen zuckten zu dem Rettungswagen hinüber, der sich langsam in Bewegung setzte. „Der Mann ist halb tot. Und selbst wenn er redet – Milojevic ist weg. Das reicht nicht, Maren. Es reicht nicht."

Olsen sah Jonas an, seine Gedanken rasten, während er die Hände fest zu Fäusten ballte.

„Ich weiß, wie du dich fühlst, Jonas," sagte er schließlich, seine Stimme klang rau und angespannt. „Aber wir dürfen nicht aufgeben. Ja, Milojevic ist entkommen. Aber wir haben Stein, und das ist ein gewaltiger Erfolg. Er wird reden. Er wird uns die Namen geben, die wir brauchen."

Doch in Olsens Kopf kreiste nur ein Gedanke: „Wir hatten ihn, und trotzdem haben wir versagt."

Die Enttäuschung lastete schwer auf ihnen allen. Stein, der in der Welt der Politik eine mächtige Figur gewesen war, lag jetzt schwer verletzt in einem Krankenwagen. Milojevic, der gefährlichste Mann im Netzwerk, war ihnen ein weiteres Mal entkommen. Und niemand wusste, wie lange es dauern würde, bis er wieder auftauchte.

„Stein wird reden müssen," sagte Maren schließlich und löste den Blick von Jonas. „Mit dem, was wir jetzt haben, können wir ihn zwingen, uns mehr Namen zu geben. Das ist unsere Chance, Milojevic zu schwächen, selbst wenn er im Moment entkommen ist."

Olsen nickte langsam, obwohl er wusste, dass die Informationen von Gregor Stein sie nicht direkt zu Milojevic führen würden. Sie hatten zwar das Netz enthüllt, aber es fühlte sich an, als ob das entscheidende Teil des Puzzles noch fehlte.

„Wir werden Stein zum Reden bringen," sagte Olsen mit einem Hauch Entschlossenheit. „Wenn wir ihn haben, haben wir einen Teil von Milojevics Netzwerk. Stück für Stück zerlegen wir ihn."

Doch tief in ihm spürte Olsen den nagenden Zweifel, der ihn nicht losließ.

„Was machen wir jetzt?" fragte Jonas schließlich, als er sich umdrehte und den verwüsteten Raum der Villa betrachtete, wo die Spuren des Schusswechsels noch frisch waren.

„Wir haben Beweise, aber was bringt uns das, wenn Milojevic uns ständig voraus ist?"

Olsen schloss kurz die Augen, während die Kälte der Nacht auf seiner Haut brannte. Der Gedanke an den Maulwurf, der weiterhin im Team sein könnte und Informationen an Milojevic weitergab, nagte an ihm. „Wir müssen den Verräter finden," sagte er schließlich, seine Stimme klang wie ein dumpfes Grollen. „Solange der noch in unseren Reihen ist, wird Milojevic uns immer einen Schritt voraus sein."

Maren nickte, doch in ihrem Gesicht war noch immer Besorgnis zu lesen. „Bernd, was, wenn Stein nicht redet? Was, wenn er sich entscheidet, zu schweigen, um seine eigene Haut zu retten?"

Olsen sah ihr lange in die Augen, dann antwortete er mit einer Kälte in der Stimme, die selbst ihn überraschte: „Er wird reden. Er hat keine Wahl. Sein Leben liegt in unseren Händen. Und wenn er uns nicht hilft, dann ist er erledigt."

Sie alle wussten, dass Stein keine andere Wahl hatte. Er war verletzt, seine politische Karriere war vorbei, und der Druck auf ihn würde unerträglich werden. Der Politiker hatte zu viel zu verlieren, um jetzt zu schweigen.

Der Regen setzte wieder ein, und die schweren Tropfen klatschten auf die Asphaltstraße, als der Rettungswagen mit Stein davonrollte. Die Nacht war still, doch für Olsen und sein Team war die Gefahr noch lange nicht vorüber. „Milojevic ist uns voraus," dachte er, als er auf die Dunkelheit hinausblickte. „Aber er wird Fehler machen. Jeder macht irgendwann immer einen Fehler."

„Bernd?" fragte Maren schließlich und brach das Schweigen. „Wir haben den Beweis gegen Stein, aber Milojevic... er ist weg."

Olsen drehte sich zu ihr um, die Entschlossenheit in seinen Augen war ungebrochen. „Wir gehen zurück ins LKA. Wir sammeln alles, was wir haben, und fangen noch einmal von vorne an. Milojevic hat einen Fehler gemacht, indem er Stein in seine Geschäfte verwickelt hat. Wir werden ihn finden, und diesmal lassen wir ihn nicht entkommen."

Die Villa lag still und verlassen da, umgeben von blinkenden Blaulichtern und zerbrochenen Fensterscheiben. Olsen trat einen Schritt vor und nahm einen tiefen Atemzug, während der Regen immer stärker wurde. „Das war unsere Chance," dachte er, „und wir haben sie verloren."

Doch tief in seinem Inneren brannte der Wille weiter. „Das ist noch nicht vorbei," sagte er leise zu sich selbst. „Beim nächsten Mal werden wir bereit sein."

Bernd Olsen stand im strömenden Regen, der mittlerweile wie ein kalter Schleier auf die Szenerie herabfiel. Gregor Stein, der schwer verwundete Bundestagsabgeordnete, war auf dem Weg ins Krankenhaus, während die SEK-Teams das Haus nach weiteren Spuren durchkämmten. Doch der Erfolg fühlte sich leer an. Milojevic war entkommen, und mit ihm verschwand die Hoffnung, den Kopf des Clans endlich zu fassen.

Gregor Stein, der so lange eine respektierte Figur in der deutschen Politik gewesen war, der als lautstarker Gegner des organisierten Verbrechens galt, war nun entlarvt. Er war ein Verräter, ein Mann, der die öffentliche Bühne genutzt hatte, um im Schatten mit den größten Verbrechern zu kollaborieren. Die Ironie dieses Verrats lastete schwer auf allen. Olsen wusste, dass Stein eine Chance war, um tiefer in das Netzwerk des Milojevic-Clans vorzudringen – aber der Mann war schwer verwundet und möglicherweise nicht bereit, alles preiszugeben.

„Jonas," begann Olsen, als der junge Ermittler zu ihnen trat. „Was ist dein Eindruck von Stein? Wird er uns helfen, oder werden wir ihn noch weiter unter Druck setzen müssen?"

Jonas Holst ließ den Blick kurz über das Gelände schweifen, wo die SEK-Teams noch immer die Villa sicherten.

„Stein hat Angst," antwortete er schließlich. „Er weiß, dass er in unserer Hand ist. Er wird reden, aber ich glaube nicht, dass es einfach wird. Er weiß zu viel, und er hat sich tief in das Netz des Clans verstrickt." Jonas machte eine kurze Pause und sah Olsen ernst an. „Aber Milojevic ist ihm immer noch einen Schritt voraus. Wir müssen schneller sein, Bernd."

Olsen nickte.

„Was passiert, wenn Stein nicht redet?" fragte Maren leise, ihre Stimme war rau von der langen Nacht. „Wir wissen, dass er tief in Milojevics Geschäfte verstrickt ist, aber wenn er nicht alles preisgibt, stehen wir wieder am Anfang. Und Milojevic wird sich nicht noch einmal so leicht erwischen lassen."

„Stein wird reden," sagte Olsen entschlossen. „Er hat keine Wahl mehr. Der Mann hat alles verloren. Sein politisches Leben ist vorbei. Seine Familie wird das nicht überstehen. Wenn er uns nicht hilft, ist er erledigt. Aber wir müssen Druck machen. Und zwar jetzt."

In Olsens Kopf arbeitete es auf Hochtouren. Milojevic hatte mächtige Verbündete, nicht nur im kriminellen Milieu, sondern auch in der Politik und der Wirtschaft. Und jetzt, da sie Stein hatten, würden diese Kreise nervös werden.

„Sie werden versuchen, ihn zu schützen," dachte Olsen, während er in den nassen Himmel blickte. „Wir müssen schneller sein, als sie reagieren können."

„Wir setzen Stein so schnell wie möglich unter Druck," sagte er schließlich, während er das Funkgerät zur Hand nahm. „Er ist unser Schlüssel. Er wird uns den nächsten Schritt zeigen."

Maren nickte, aber in ihren Augen spiegelte sich die Erschöpfung wider. „Wir haben Beweise, ja. Aber Beweise sind nicht genug, wenn Milojevic immer wieder entkommt. Irgendwann werden uns die Ressourcen ausgehen, Bernd. Die Medien werden uns zerreißen, wenn wir ihn nicht bald fassen."

Olsen wusste, dass sie recht hatte. Der Fall hatte bereits politische Wellen geschlagen. Der Polizeipräsident wollte Ergebnisse, und zwar schnell. Die Bevölkerung verlangte nach einem Erfolg, und die Presse ließ keine Gelegenheit aus, Olsens Team unter Druck zu setzen.

Die Tatsache, dass sie einen hochrangigen Politiker wie Gregor Stein als Verräter entlarvt hatten, würde Schlagzeilen machen – doch wenn Milojevic weiter auf freiem Fuß blieb, wäre der Erfolg unvollständig.

„Und was machen wir, wenn Milojevic noch mehr Verbündete hat?" fragte Jonas, der seinen Blick nicht von den SEK-Teams abwandte. „Wir wissen nicht, wie tief das Netzwerk reicht. Was, wenn Stein nur ein kleiner Teil davon ist?"

Olsen schwieg einen Moment, bevor er antwortete. „Dann jagen wir jeden einzelnen dieser Verbündeten. Wir lassen nicht locker. Milojevic kann nicht ewig im Schatten bleiben. Und wenn er uns diesmal entwischt ist, wird er bald einen Fehler machen. Das tun sie alle."

Die Anspannung war spürbar, nicht nur im Team, sondern auch bei Olsen selbst. Der Druck von allen Seiten wuchs, und während Milojevic erneut entkommen war, wussten sie, dass die Jagd noch lange nicht vorbei war.

„Jedes Mal, wenn wir näherkommen, entwischt er," dachte Olsen bitter, während er sich in Richtung des Überwachungswagens bewegte. „Stein wird reden müssen."

Im Inneren des Wagens setzte sich Olsen auf den Beifahrersitz und starrte aus dem Fenster.

Der Regen trommelte gegen die Scheiben, als die Dunkelheit der Nacht sich über die Villa legte.

„Wir müssen Stein sofort verhören," sagte er leise, während Maren und Jonas sich ebenfalls in den Wagen setzten. „Je länger wir warten, desto mehr Zeit geben wir Milojevic, sich neu zu organisieren."

Die Villa verblasste langsam in der Dunkelheit, während sie die Straße hinunterfuhren.

„Wir sind nicht am Ende," dachte Olsen, als er die Funksprüche des SEK-Teams hörte, das noch vor Ort blieb. „Das war nur eine Runde. Die nächste gehört uns."

Fall gelöst?

Der Tag nach dem Zugriff auf die Villa brach in einem düsteren, grauen Licht an. Es war, als ob die ganze Stadt den Atem anhielt, in Erwartung des Sturms, der bald folgen würde. Für Bernd Olsen und sein Team hatte sich in der letzten Nacht alles verändert.

Was als Ermittlung gegen einen skrupellosen Drogenboss begonnen hatte, war nun zu einer politischen Krise von unfassbarem Ausmaß geworden. Die Verhaftung des schwer verletzten Gregor Stein hatte einen Skandal losgetreten, der die obersten Ränge der deutschen Politik erschüttern würde.

Stein, der angesehene Bundestagsabgeordnete und Mitglied im Ausschuss für Innere Sicherheit und Verteidigung, war tief in die Machenschaften des Milojevic-Clans verwickelt. Doch dieser Skandal ging viel tiefer, als Olsen sich in seinen kühnsten Vorstellungen ausgemalt hatte.

Die Verbindungen, die sie in der Villa aufgedeckt hatten, ließen nur einen Schluss zu: Stein war nur ein kleiner Teil eines weit größeren Netzes aus Korruption und Machtmissbrauch.

Als Olsen an diesem Morgen die ersten Schlagzeilen sah, wusste er, dass nichts mehr so sein würde wie zuvor.

„Politisches Beben: Bundestagsabgeordneter im Zentrum eines Drogenkartell-Skandals!"

„Gregor Stein: Der tiefe Fall eines Mannes, der Deutschland verraten hat."

Die Medien waren bereits in vollem Gange, die Enthüllungen hatten ein Feuer entfacht, das sich nicht mehr löschen ließ. Die Verbindungen zwischen Stein und dem Milojevic-Clan waren der Tropfen, der das Fass zum Überlaufen brachte.

Doch das wahre Ausmaß der politischen Verstrickungen blieb noch verborgen – und genau das machte die Situation so gefährlich.

Olsen hatte kaum geschlafen. Die Ereignisse der letzten Nacht waren ihm noch präsent: der gescheiterte Zugriff, die Flucht von Jovan Milojevic, und die angespannte Situation mit Gregor Stein, der schwer verwundet ins Krankenhaus eingeliefert worden war. Während die Medien über den Skandal berichteten, wusste Olsen, dass hinter den Kulissen bereits ganz andere Dinge abliefen.

Es war kurz nach acht Uhr morgens, als das Telefon auf Olsens Schreibtisch klingelte. Die Nummer war ihm bekannt – Oberstaatsanwalt Heinrich Bauer, der für die politischen Ermittlungen zuständig war. Olsen hatte gehofft, dass es noch ein wenig dauern würde, bis Bauer ihn zu sich zitierte, doch er wusste, dass dies unvermeidlich war.

Wenige Minuten später stand Olsen vor Bauers Büro im LKA Hamburg. Der Oberstaatsanwalt war ein erfahrener, hochrangiger Beamter, der bereits mehrere große Korruptionsskandale aufgedeckt hatte. Doch als Olsen das Büro betrat, sah er sofort, dass Bauer nervös war. Seine sonst so selbstsichere Haltung war einem Ausdruck der Besorgnis gewichen.

„Setz dich, Bernd," sagte Bauer, während er auf einen Stapel Akten deutete, die auf seinem Schreibtisch lagen. „Wir müssen über den Fall sprechen."

Olsen setzte sich, seine Hände fest auf den Knien. „Was ist los? Wir haben doch alles, was wir brauchen. Stein ist enttarnt, die Beweise sind wasserdicht."

Bauer seufzte tief, bevor er sprach. „Das ist das Problem, Bernd. Es geht hier nicht mehr nur um Stein. Du weißt, wie weit die Verbindungen reichen. Stein ist nur die Spitze des Eisbergs, und die Menschen, die jetzt in Gefahr geraten, werden alles tun, um sich zu schützen."

Olsen sah ihn scharf an. „Wovon redest du? Wir haben den Beweis, dass Stein für Milojevic gearbeitet hat. Wir haben ihn in der Hand. Jetzt müssen wir nur weitergraben."

Bauer lehnte sich zurück, seine Augen wurden schmal. „Das Problem ist, dass wir dabei auf sehr mächtige Leute stoßen, Bernd. Leute, die in der Regierung sitzen. Leute, die Einfluss auf die Wirtschaft haben. Stein war nicht allein in diesem Spiel. Wenn du weitermachst, wirst du nicht nur gegen Milojevic kämpfen, sondern gegen Kräfte, die größer sind, als du es dir auch nur ansatzweise vorstellen kannst."

Olsen spürte, wie sich seine Brust zusammenzog. Er hatte immer gewusst, dass dieser Fall weitreichende Konsequenzen haben würde, aber was Bauer hier andeutete, war weitaus ernster. „Du willst mir also sagen, dass wir den Fall fallenlassen sollen? Dass wir einfach aufhören, weil ein paar mächtige Leute sich bedroht fühlen?"

„Ich sage dir, dass wir vorsichtig sein müssen," erwiderte Bauer, seine Stimme fest, aber gedämpft. „Du weißt, dass dieser Skandal uns politisch das Genick brechen könnte. Die Regierung wird uns unter Druck setzen. Und es gibt genug Leute da draußen, die sicherstellen werden, dass diese Geschichte nie ganz ans Licht kommt."

Olsen stand auf, seine Hände zitterten vor Wut. „Ich habe nicht all die Jahre als Ermittler gearbeitet, um jetzt vor ein paar korrumpierten Politikern zurückzuschrecken, Heinrich. Stein ist bloß ein weiteres Rad in diesem kriminellen System. Und Milojevic ist immer noch da draußen, bereit, den nächsten Schlag zu landen. Wir können das nicht einfach ignorieren."

Bauer stand ebenfalls auf, seine Augen fixierten Olsens. „Du bist nicht naiv, Bernd. Du weißt, dass Politik ein gefährliches Spiel ist. Wenn du in diesem Fall weitergräbst, wirst du auf Leute stoßen, die keine Skrupel haben. Stein mag erledigt sein, aber die Leute, die wirklich die Fäden ziehen, sind weitaus mächtiger. Und sie werden nicht zulassen, dass du sie ans Licht zerrst."

Olsen kniff die Augen zusammen. Die Worte des Oberstaatsanwalts waren ein klarer Warnschuss, aber sie prallten an ihm ab. „Heinrich," sagte er mit fester Stimme, „ich weiß, dass dieser Fall größer ist, als wir ursprünglich wissen konnten. Aber wir haben keine Wahl. Wir haben die Beweise gegen Stein, und wir wissen, dass Milojevic mehr ist als nur ein gewöhnlicher Drogenboss. Wenn wir ihn nicht schnappen, wird dieses Netzwerk weiterwachsen. Und das kann ich nicht zulassen."

Bauer blieb stumm, doch die Sorge in seinen Augen war unübersehbar. Schließlich seufzte er erneut und setzte sich zurück auf seinen Stuhl. „Du gehst über dünnes Eis, Bernd. Ich hoffe, du weißt, worauf du dich einlässt."

Zurück in seinem Büro, ließ sich Olsen schwer auf seinen Stuhl fallen. Er spürte den Druck, der auf ihm lastete, stärker als je zuvor. Die Enthüllungen über Gregor Stein hatten einen Skandal von ungeahntem Ausmaß ausgelöst. Doch das war nur die Spitze des Eisbergs.

Die Namen, die sie entdeckt hatten, die Verbindungen, die sie aufgedeckt hatten – dies alles deutete darauf hin, dass Milojevic Teil eines viel größeren Netzwerks war, eines Netzwerks, das die Macht hatte, ganze Regierungen zu beeinflussen.

Die politische Landschaft in Deutschland begann zu beben. Während die Medien sich auf Stein stürzten und die Öffentlichkeit empört war, wurde Olsen bewusst, dass die wahren Drahtzieher noch im Schatten operierten. Die Leute, die Milojevic und Stein deckten, waren bereit, alles zu tun, um ihre Macht zu schützen.

„Bernd?" Marens Stimme riss ihn aus seinen Gedanken. Sie stand in der Tür, ihre Augen ernst und besorgt. „Was hat Bauer gesagt?"

Olsen lehnte sich zurück und atmete tief ein. „Sie wollen, dass wir den Fall ruhen lassen. Es gibt Leute, die Angst haben, dass wir zu tief graben. Stein ist nur der Anfang. Die Verbindungen gehen weiter, als wir dachten. Und diese Leute werden uns stoppen, wenn sie können."

Maren schüttelte den Kopf. „Das dürfen wir nicht zulassen. Milojevic ist noch da draußen, und wenn wir jetzt aufhören, wird alles umsonst gewesen sein."

Olsen nickte. „Das weiß ich. Aber wir haben es jetzt mit einem Gegner zu tun, der viel gefährlicher ist als alles, womit wir bisher konfrontiert waren."

„Was machen wir jetzt?" fragte Maren, ihre Stimme klang entschlossen.

„Wir machen weiter," antwortete Olsen nach einer kurzen Pause. „Wir haben Stein, und er wird reden. Aber wir müssen vorsichtig sein. Der politische Druck wird zunehmen. Und wenn wir nicht aufpassen, könnte dieser Fall uns alle ruinieren."

Die beiden sahen sich stumm an, und in diesem Moment wurde klar, dass sie nicht nur gegen Milojevic kämpften, sondern gegen ein ganzes System, das bereit war, sich mit allen Mitteln zu verteidigen.

Bernd Olsen beugte sich über die neuesten Berichte. Die Flucht von Jovan Milojevic ließ das Gefühl der Niederlage schwer auf ihm lasten, doch das war nur der Anfang eines viel größeren Problems.

Milojevic war nicht einfach nur untergetaucht – er war spurlos verschwunden. Aber der Name Milojevic hatte seine Spuren hinterlassen, und diese Spuren führten weit über Hamburg, ja sogar über Deutschland hinaus.

„Er ist weg," murmelte Maren Starke, die neben Olsen stand und auf die Bildschirme starrte, welche die

Fahndungsmaßnahmen der letzten Tage zeigten. „Kein Hinweis, keine Spur. Es ist, als ob er in Luft aufgelöst wurde."

Doch Olsen wusste es besser. Männer wie Jovan Milojevic lösten sich nicht einfach in Luft auf. Sie hatten Kontakte, Ressourcen, und vor allem ein dichtes Netz aus Komplizen, die bereit waren, sie zu verstecken, wenn es notwendig wurde. Der Clanboss war schon immer clever gewesen, ein Meister darin, im Schatten zu operieren. Und jetzt, nachdem sie seine Geschäfte in Hamburg zerstört hatten, würde er seine Basis woanders aufschlagen. Aber wo?

„Wir haben eine neue Spur," sagte Jonas Holst, der junge und ehrgeizige Ermittler, der gerade das Büro betrat. In seinen Händen hielt er ein Dossier mit neuen Informationen, die durch Interpol an sie weitergeleitet worden waren. „Milojevic könnte in Montenegro sein. Es gibt Hinweise darauf, dass er sich unter falschem Namen dort niedergelassen hat."

Olsens Augenbrauen hoben sich. „Montenegro? Was haben wir?" Er nahm das Dossier von Jonas entgegen und blätterte durch die ersten Seiten. Der Name war neu, eine falsche Identität, die kürzlich in einem Hotel in Podgorica registriert worden war, in einem Viertel, das für seine kriminellen Verbindungen bekannt war.

„Er hat sich als Geschäftsmann ausgegeben," fuhr Jonas fort, während er auf eine der Seiten deutete. „Vermittler für Immobilien, wie es scheint. Aber das passt zu seinem Muster. Wenn er irgendwo neu anfängt, verwendet er häufig legale Geschäftsmodelle als Tarnung."

Olsen las weiter, seine Gedanken arbeiteten fieberhaft. Das machte Sinn. Montenegro war seit langem bekannt für seine Verbindungen zu internationalen Waffenschmugglern, und das Land war ein idealer Ort für jemanden wie Milojevic, um unterzutauchen.

Die Behörden dort waren oft bereit, ein Auge zuzudrücken, wenn es um einflussreiche Kriminelle ging, besonders wenn diese mit politischen Figuren und Geschäftsleuten gemeinsame Sache machten.

„Montenegro ist nicht der einzige Ort," fügte Maren hinzu, als sie einen weiteren Bericht durchlas. „Er könnte Verbindungen in ganz Osteuropa haben. Seine Netzwerke reichen von Serbien bis Albanien. Aber Montenegro scheint der sicherste Zufluchtsort zu sein, zumindest im Moment."

„Was wissen wir über seine Aktivitäten dort?" fragte Olsen, während er die Seiten aufmerksam durchlas. Er war sich bewusst, dass sie sich nun auf internationalem Terrain bewegten, was die Ermittlungen erheblich komplizierter machen würde.

„Nicht viel," antwortete Jonas, seine Stirn in Falten gelegt. „Er agiert immer noch unter dem Radar. Aber es gibt Berichte von Interpol, dass Milojevic seine Verbindungen im Schwarzmarkt für Waffen und Drogenhandel weiter ausbaut. Es sieht so aus, als ob er in Montenegro nicht nur Drogen, sondern auch Waffenlieferungen koordiniert."

Die Informationen ließen Olsen tief nachdenklich werden. Es war nicht mehr nur eine Frage von Drogen. Milojevic hatte bereits bewiesen, dass er weit mehr im Sinn hatte. Die Erwähnung von Waffen änderte alles. Wenn Milojevic jetzt auch in den internationalen Waffenhandel einstieg, würde dies nicht nur Hamburg betreffen, sondern auch ganz Europa destabilisieren. Er wusste, dass dieser Fall weitaus größere Dimensionen annehmen würde.

„Er ist also nicht nur ein Drogenboss," murmelte Olsen leise vor sich hin, während er sich auf seinem Stuhl zurücklehnte und die Informationen aufnahm. „Er hat sich ein ganzes Netzwerk aufgebaut, das weit über das hinausgeht, was wir eigentlich ursprünglich vermutet haben."

Maren nickte langsam, als sie sich über Olsens Schreibtisch lehnte und auf die Karte schaute, die die letzten bekannten Aufenthaltsorte von Milojevic markierte. „Er hat Verbindungen in ganz Europa, Bernd. Und wenn er sich jetzt auch noch im Waffenhandel etabliert, dann haben wir es nicht nur mit einem Drogenkartell zu tun, sondern mit einer internationalen Bedrohung."

„Das bedeutet, dass er immer mächtiger wird," fügte Jonas hinzu. „Und dass wir noch weniger Zeit haben, um ihn zu stoppen. Wenn er erst einmal neue Allianzen in Montenegro geschmiedet hat, wird es nahezu unmöglich, ihn aufzuspüren."

Olsen strich sich mit einer Hand über das Gesicht. Die Tragweite dessen, was sie entdeckt hatten, wurde ihm immer klarer.

Es war nicht das erste Mal, dass Olsen mit internationalen Verbrechern zu tun hatte, aber Milojevic war anders. Der Clanboss wusste, wie man sich unsichtbar machte, wie man sich tarnt und wieder auftaucht, sobald die Lage sich beruhigt hatte. Und jetzt, wo er in Montenegro operierte, war er erneut in Sicherheit – zumindest für den Moment.

„Was machen wir jetzt?" fragte Maren, als sie die Augen von der Karte hob und Olsen direkt ansah. „Wir können nicht einfach nach Montenegro marschieren und ihn verhaften. Die Behörden dort werden uns nicht unterstützen, zumindest nicht offiziell."

Olsen seufzte. „Ich weiß. Wir müssen vorsichtig vorgehen. Wenn wir ihn zu früh aufscheuchen, könnte er erneut untertauchen, und dann aber für immer. Aber wir dürfen ihn auch nicht aus den Augen verlieren. Milojevic hat zu viel aufgebaut, und es wird immer schwerer, ihm zu folgen."

Er spürte den Druck auf seinen Schultern schwerer werden. „Dieser Fall wird international," dachte er, während seine Augen über die Akten wanderten. „Wir kämpfen nicht nur gegen

Milojevic, sondern gegen ein ganzes Netzwerk, das sich über ganz Europa erstreckt."

Der Gedanke ließ ihn nicht los. Milojevic war ein gefährlicher Mann, aber er war nur ein Teil des Systems. Die Korruption und die kriminellen Verbindungen, die sich nun offenbarten, zeigten ein beunruhigendes Bild: Ein Netz, das nicht nur die Drogenrouten Europas kontrollierte, sondern auch den Waffenhandel und möglicherweise noch mehr.

„Wir müssen noch tiefer in diesen Sumpf hinein," sagte Olsen schließlich, während er aufstand und sich die Jacke überwarf. „Wir dürfen Milojevic nicht aus den Augen verlieren. Er mag jetzt verschwunden sein, aber er wird nicht lange im Schatten bleiben. Und wenn er wieder auftaucht, müssen wir bereit sein."

Maren nickte entschlossen. „Also Montenegro?" fragte sie, obwohl sie bereits die Antwort kannte.

„Montenegro," bestätigte Olsen. „Wir müssen herausfinden, wie weit seine Verbindungen dort reichen und wer ihm hilft. Und wenn er dort neue Allianzen schmiedet, dann wird dies ein noch größerer Krieg, als wir dachten."

Während Olsen die Bürotür hinter sich schloss, wusste er, dass der Kampf gegen Milojevic noch lange nicht vorbei war. Der Mann, den sie jagten, war mehr als ein gewöhnlicher Verbrecher – er war Teil eines globalen Netzwerks, das weit über Europa hinausging. Und wenn sie ihn nicht bald fassten, könnte dieses Netzwerk weiterwachsen, bis es unmöglich würde, es jemals zu zerschlagen.

Es war spät geworden, als Bernd Olsen in seinem Büro saß, die Gedanken wirbelten unaufhörlich in seinem Kopf. Die Lichter des LKA Hamburg flackerten schwach.

Es war diese bedrückende Stille, die ihn dazu brachte, die Nacht hier zu verbringen, die Akten von Jovan Milojevic noch

einmal durchzugehen und über den nächsten Schritt nachzudenken.

Montenegro. Waffenhandel. Eine wachsende Bedrohung, die im
Verborgenen lauerte. Es war Olsen klar, dass es in diesem Fall
schon lange nicht mehr nur um einen einzigen Mann ging. Milojevic war verschwunden, aber seine Schatten zogen sich wie
ein Netz über Europa, bereit, zuzuschlagen, sobald sich eine
Gelegenheit bot.

„Bernd?" Marens Stimme riss ihn aus seinen Gedanken. Sie
stand in der Tür, den Mantel über den Arm geworfen, ihre Augen müde, aber wachsam. „Es ist spät. Geh nach Hause. Morgen ist ein neuer Tag."

Olsen nickte, aber innerlich konnte er nicht loslassen. „Ich
weiß," sagte er leise, während er auf die unzähligen Berichte
und Notizen auf seinem Schreibtisch starrte. „Aber ich habe
das Gefühl, dass wir etwas übersehen. Milojevic wird nicht einfach nur mit Waffen handeln."

Maren seufzte. „Du kannst die ganze Nacht hier sitzen, Bernd,
aber das wird uns jetzt auch nicht weiterbringen. Milojevic ist
verschwunden. Ohne einen neuen Anhaltspunkt..."

Bevor sie den Satz zu Ende bringen konnte, unterbrach das
Klingeln von Olsens Handy die Stille. Es war ein Nachrichten-
ton, der selten zu hören war, nur für vertrauliche Kontakte
vorbehalten. Olsen griff hastig nach seinem Telefon und runzelte die Stirn, als er die Nummer sah. „Was zum..."

„Was ist das?" fragte Maren, die näher an seinen Schreibtisch
trat, während Olsen das Handy entsperrte. Auf dem Bildschirm erschien eine einfache Textnachricht, doch die Worte
darauf jagten ihm einen kalten Schauer über den Rücken:

„Milojevic ist bereit, eine Allianz mit dem Cartel de la Muerte
zu schmieden. Der Deal wird innerhalb der nächsten Tage abgeschlossen. Seid wachsam."

„Das kann nicht wahr sein," murmelte Olsen, während er die Nachricht las. „Cartel de la Muerte..." Er sprach den Namen leise aus, als ob er damit die Bedeutung dieser Nachricht begreifen wollte. Die Worte waren klar, doch die Konsequenzen schienen fast unfassbar.

Maren trat näher und las die Nachricht über seine Schulter. „Cartel de la Muerte?" Ihre Stimme zitterte leicht. „Die sind doch..."

„Brutal. Skrupellos. Gefürchtet," beendete Olsen den Satz. Das Cartel de la Muerte war eines der gefährlichsten und mächtigsten Kartelle der Welt, bekannt für seine extreme Gewalt und seine blutige Herrschaft über den lateinamerikanischen Drogenhandel. Es war keine Organisation, die nur mit Drogen handelte – sie beherrschten den gesamten Schwarzmarkt, von Waffen bis hin zu Menschenhandel. Das Kartell des Todes verdiente seinen Namen durch die grausame Effizienz, mit der es operierte.

„Wenn Milojevic sich mit denen verbündet..." Maren ließ den Satz unvollendet, doch die Bedeutung war ihnen beiden sofort klar. Das bedeutete eine Katastrophe. Wenn Milojevic sich wirklich mit einem solchen Kartell zusammenschloss, würde das nicht nur Hamburg betreffen. Es würde Europa in eine neue, blutige Ära des Verbrechens stürzen.

Olsen starrte noch immer auf die Nachricht, die seine Gedanken in rasendem Tempo weitertrieb. „Wer hat das geschickt?" fragte er schließlich, als er das Handy beiseitelegte. Die Quelle war anonym, aber die Informationen schienen präzise und gefährlich echt.

„Wer auch immer es war, sie wissen, was passiert," murmelte Maren, ihre Stirn in tiefen Falten. „Milojevic plant, sich mit einem der brutalsten Kartelle der Welt zu verbünden. Wenn das wirklich die Wahrheit ist... dann stehen wir vor einer ganz neuen Art von Feind."

„Es ist wahr," sagte Olsen leise, seine Augen fest auf die verschwommenen Lichter der Stadt gerichtet. „Es passt alles zusammen. Milojevic braucht eine neue Basis, einen neuen Schutz, nachdem wir sein Netzwerk in Hamburg zerstört haben. Das Cartel de la Muerte ist der perfekte Verbündete für ihn. Sie bringen nicht nur Geld und Macht, sondern auch ein Ausmaß an Brutalität, das wir bisher noch nicht gesehen haben."

Die Realität dessen, was diese Nachricht bedeutete, begann sich langsam in Olsens Bewusstsein zu graben. Wenn Milojevic wirklich mit dem Cartel de la Muerte in Verhandlungen stand, dann würde dies alles verändern. Das, was sie bisher über den Milojevic-Clan aufgedeckt hatten, war nichts im Vergleich zu dem, was ihnen bevorstand. Dieses Kartell operierte in den dunkelsten Ecken der Unterwelt, und wenn sie einmal Fuß in Europa gefasst hatten, wäre es beinahe unmöglich, sie wieder zu vertreiben.

„Was jetzt?" fragte Maren schließlich, ihre Stimme leise, aber voller Sorge. „Wir haben es wirklich schon schwer genug gehabt, Milojevic in Hamburg zu verfolgen. Aber wenn er sich mit dem Cartel de la Muerte verbündet, dann reden wir von einer ganz neuen Dimension."

Olsen nickte langsam, seine Gedanken wirbelten noch immer. „Das ist der Kampf meines Lebens, Maren," sagte er, während er auf die Nacht hinausstarrte. „Und ich werde ihn nicht verlieren. Egal, was es kostet."

Die Worte hingen schwer im Raum, während sie beide realisierten, dass sie sich jetzt auf einem völlig neuen Schlachtfeld befanden. Die Jagd auf Milojevic war bereits schwierig gewesen, doch jetzt, da das Cartel de la Muerte ins Spiel kam, standen sie vor einem Gegner, der weitaus brutaler und mächtiger war, als sie sich vorgestellt hatten.

Olsen wusste, dass sie sich auf einen Krieg vorbereiten mussten, der nicht nur in Hamburg oder Montenegro ausgetragen werden würde. Es war ein globaler Kampf gegen eine der gefährlichsten Verbrecherorganisationen der Welt.

„Wir müssen alles neu aufstellen," sagte Olsen schließlich. „Ein neues Team. Neue Strategien. Wir können uns keine Fehler mehr leisten. Wenn Milojevic wirklich diese Allianz eingeht, dann stehen wir vor dem gefährlichsten Feind, den wir je hatten."

Maren nickte ernst. „Wir dürfen keine Zeit verlieren." Sie drehte sich um, um den Raum zu verlassen, doch bevor sie ging, warf sie einen letzten Blick auf Olsen. „Bernd, was auch immer kommt, wir müssen das hier zusammen durchstehen. Das ist nicht mehr nur eine Ermittlung. Das ist Krieg."

Olsen blieb allein zurück, die geheime Nachricht noch immer in seinem Kopf kreisend. Die Worte „Cartel de la Muerte" hallten in seinen Gedanken wider, wie ein Echo, das nicht verschwinden wollte. Er wusste, dass dies der nächste Schritt war. Der Feind war größer und gefährlicher geworden. Und dieser Kampf würde ihn an seine Grenzen bringen – und vielleicht sogar darüber hinaus.

Doch tief in seinem Inneren war eine Entschlossenheit, die stärker war als je zuvor.

„Wenn Milojevic eine Allianz mit diesem Kartell schmiedet," dachte er, „dann wird dies der Kampf meines Lebens. Und ich werde nicht aufhören, bis sie alle gestürzt sind."

Die Nacht zog sich weiter in die Dunkelheit hinein, doch für Olsen war die Zukunft klar.

Der Kampf hatte gerade erst begonnen.

Epilog – Der Anfang vom Ende

Mit dem Ende dieser Geschichte haben Sie liebe Leserinnen und Leser Bernd Olsen auf einem Weg begleitet, der ihn in die dunkelsten Ecken der Gesellschaft geführt hat – dorthin, wo Verbrechen, Geld und Macht sich zu einem unzerstörbar scheinenden Netz verweben.

Die Clans und kriminellen Netzwerke, mit denen Olsen in diesem Buch konfrontiert wurde, sind nicht nur fiktive Konstrukte. Sie stehen für reale Bedrohungen, die in vielen Teilen der Welt existieren, auch in unserer unmittelbaren Nähe.

Es geht dabei nicht ausschließlich nur um den Drogenhandel oder den Schmuggel von Waffen. Diese Netzwerke kontrollieren weitaus mehr – sie manipulieren Politik, Wirtschaft und manchmal sogar ganze Regierungen. Das, was sich im Prinzip wie ein Thriller liest, basiert oft auf wahren Geschichten von Korruption, die tief in den Strukturen unserer Gesellschaft verborgen ist.

Der Einfluss des Geldes, das aus diesen illegalen Geschäften stammt, reicht weit über die kriminelle Unterwelt hinaus. Es verändert Leben, untergräbt die Rechtsstaatlichkeit und raubt vielen Menschen die Möglichkeit auf ein sicheres Leben.

Doch so mächtig diese Strukturen auch sein mögen, so gibt es immer Menschen wie Bernd Olsen, die bereit sind, alles zu riskieren, um für Gerechtigkeit zu kämpfen. Olsens Kampf mag fiktiv sein, aber er repräsentiert die Bemühungen unzähliger Menschen, die im Verborgenen arbeiten, um Korruption und Verbrechen zu bekämpfen – oft unter großen persönlichen Risiken.

Ich hoffe, dass Sie beim Lesen dieser Geschichte nicht nur die Spannung genossen haben, sondern auch die tieferliegenden Themen erkannt haben, die sie durchziehen.

Korruption, Gier und der Missbrauch von Macht sind globale Probleme, die uns alle betreffen. Indem Sie sich mit diesen Themen auseinandersetzen, tragen Sie dazu bei, dass diese Realitäten nicht übersehen werden.

Denn es sind nicht nur Bernd Olsen und sein Team, die diesen Kampf führen – es sind viele, die täglich in der realen Welt für Transparenz, Gerechtigkeit und die Einhaltung der Gesetze kämpfen.

Möge diese Geschichte in Ihnen nachklingen und Sie daran erinnern, wie wichtig es ist, für Gerechtigkeit und Menschlichkeit einzustehen – in jeder Gesellschaft und auf allen Ebenen.

In Verbundenheit,

Peter Grosche

Uns so geht es weiter:

Trilogie – Band 2

Pakt mit dem Teufel
· Die falsche Allianz ·

ISBN:
978-3-7693-0122-9

Packend. Brutal. Erbarmungslos.

Hamburg. Eine Stadt, die sich im tödlichen Griff eines der gefährlichsten Drogenkartelle der Welt befindet: Das Cartel de la Muerte.
Nachdem er den skrupellosen Drogenboss El Fantasma Europa ins Visier genommen hat, wird Bernd Olsen, Ermittler beim LKA Hamburg, in einen erbarmungslosen Krieg gezogen, der weit über die Grenzen Deutschlands hinausgeht.

Was als brutale Mordserie in den Straßen Hamburgs beginnt, entwickelt sich zu einem globalen Machtkampf. Olsen und sein Team geraten zwischen die Fronten eines kolumbianischen Kartells, das sich mit europäischen Verbrecherclans verbündet hat.
Als wäre das nicht genug, taucht ein noch mächtigerer Feind auf – ein russischer Oligarch, der die kriminellen Netzwerke auf der ganzen Welt finanziert und im Schatten die Fäden zieht.

Die Straßen von Hamburg verwandeln sich in ein Schlachtfeld.
Bewaffnete Banden liefern sich brutale Schießereien mit der Polizei, während Razzien ins Leere laufen und jeder Versuch, das Kartell zu zerschlagen, im Blutvergießen endet. Olsen muss dabei zusehen, wie das Kartell die Stadt mit Korruption infiltriert, Polizeibeamte besticht und seine Schergen mitten in Hamburg operieren lässt. Der Feind ist übermächtig, unsichtbar und tödlich.

Wird Olsen das Kartell endgültig zu Fall bringen – oder wird El Fantasma Europa in einen Drogensumpf stürzen?